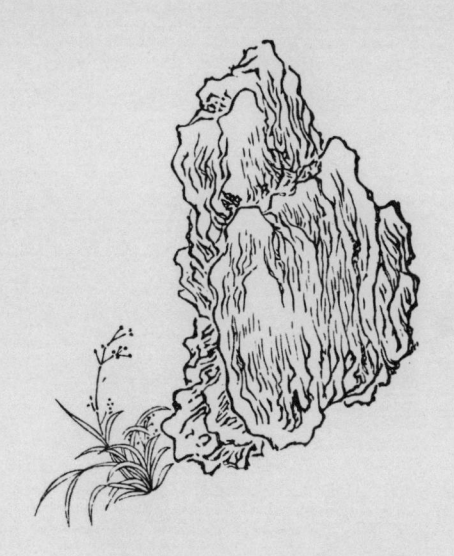

红楼无限意，尽在人间事

人间红楼

潘向黎 著

图书在版编目(CIP)数据

人间红楼 / 潘向黎著. -- 南京：江苏凤凰文艺出版社, 2024. 8.（2025. 7重印）.
ISBN 978-7-5594-8851-0

Ⅰ. I207.411

中国国家版本馆CIP数据核字第2024905BX3号

人间红楼

潘向黎　著

出　版　人	张在健
责 任 编 辑	唐　婧
装 帧 设 计	马海云
责 任 印 制	杨　丹
出 版 发 行	江苏凤凰文艺出版社
	南京市中央路165号，邮编：210009
出版社网址	http://www.jswenyi.com
印　　　刷	苏州市越洋印刷有限公司
开　　　本	880 毫米 × 1230 毫米 1/32
印　　　张	14.5
字　　　数	300 千字
版　　　次	2024 年 8 月第 1 版
印　　　次	2025 年 7 月第 7 次印刷
标 准 书 号	ISBN 978-7-5594-8851-0
定　　　价	79.00 元

江苏凤凰文艺版图书凡印刷、装订错误，可向出版社调换，联系电话 025-83280257

目录

◆

第壹辑 华年·情深情浅

一切因宝黛而起	003
人人都拿黛玉当挡箭牌	019
贾政父子的孝心	037
小角度知己——从宝玉与妙玉说起	051
局外人与贵公子——宝玉其人	069
贾府的规矩与凤姐的款段	095
宝钗什么都有，黛玉只有眼泪	109
胸中纯一团活泼泼的天机	127
茶筅、脂砚斋与秦可卿	153

第贰辑 心眼·世事洞明

开口的第一句话	179
天生当不好丫鬟的晴雯	193
宝钗总能猜对贾母的心思吗	215
林黛玉为什么不喜欢李商隐	235
爱情的雷电与煞风景	247
她们都不爱贾宝玉	261
生生世世不愿见此人	277

第叁辑 天机·梦里梦外

曹雪芹的乾坤大挪移	305
梦里的时间和空间	321
后四十回是曹雪芹写的吗？	347
独有薛蟠，比谁都忙——"忙里偷闲法"	375
红楼衣裳与江宁织造	391
红楼饮食的真滋味	409
从贾探春到林徽因	427

第壹辑

华年·情深情浅

各式各样的人,才构成人间。而且,有各式各样的人,自然会有离散、有生死、有冲突。这样的人间,爱情会有障碍,真心会遇误解,性灵会遇遮蔽,利益会起纷争,这样,绛珠仙子才会有泪可还。

一切因宝黛而起

壹

01

宝玉挨打，曾经被说成一个大逆不道的叛逆者"和封建统治者产生尖锐的矛盾"（1973年人民文学出版社《红楼梦》前言），后来一般理解成一对价值观不同的父子的冲突，抑或理解成家长贾政被迫出手、宝玉无法无天自找其打。但若只读这一段，总难免觉得这是一次偶发的事件。其实在荣宁二府，打儿子是传统，而且家族传统代代传。

第四十五回，老资格的赖嬷嬷对宝玉说了这样一番话："不怕你嫌我，如今老爷不过管你一管，老太太护在头里。当日老爷小时挨你爷爷的打，谁没看见的。老爷小时，何曾像你这么天不怕地不怕的了。还有那大老爷，虽然淘气，也没像你这扎窝子的样儿,也是天天打。还有东府里你珍哥儿的爷爷,那才是火上浇油的性子,说声恼了,什么儿子,竟是审贼!如今我眼里看着,耳朵里听着,那珍大爷管儿子倒也像当日老祖宗的规矩,只是管的到三不着两的。"

这就说出了两府打儿子的情况。荣国府,贾赦、贾政兄弟都经常挨父亲(贾代善)的打,而且"天天打"。宁国府,贾敷、贾敬也经常受父亲(贾代化)的打,而且打得更狠。后来贾敷八九岁就夭折了,贾敬虽袭了官却成天修道炼丹,后来还整天泡在道观里不回家,使宁国府的家族结构和气氛都很不正常。这一切恐怕多少和贾代化的暴烈脾气和对儿子的高压态度有关系。

赖嬷嬷知道贾政打宝玉的频率,她也知道宁国府那边贾珍更经常打贾蓉,她认为这都是承袭了传统,虽然贾珍只继承了管教的形式,管得不得法。

有趣的是,荣国府里,还有宝玉的大伯贾赦和贾琏这对父子,赖嬷嬷忘了。那么贾赦怎么管教儿子呢?贾赦也打儿子,即使在长子贾琏成婚和当了父亲之后,贾赦也还是照打不误。第四十八回,为了石呆子扇子的事情,贾赦把贾琏"打了个动不得",怎么打的呢?"也没拉倒用板子棍子,就站着,不知拿什么混打一顿,脸上打破了两处。"这是平儿到宝钗处讨丸药时说的。贾赦做事没有章法,打儿子也是乱打一通,可知此老为人不靠谱。贾政为人板正,打起儿子来至少有道理。

贾琏也挨打,吃的苦头也不小,还可能破相,但就这三言两语就写过去了。关键是，还只给了侧写。

宝玉挨打呢？那还了得。这件事是上了回目的，几乎写了一整回。第三十三回就叫《手足耽耽小动唇舌　不肖种种大承笞挞》，写宝玉因为金钏儿之死而伤感，在会客时垂头丧气被父亲发现，挨了父亲的训，偏偏这时忠顺王府来人，说忠顺王府唱小旦的琪官不见了，指控宝玉"引逗他出来"，贾政又惊又气，还没来得及处置宝玉，贾环又见缝插针地诬告说金钏儿是被宝玉"强奸不遂、打了一顿"才投井死的，贾政气得半死，下决心动家法痛打宝玉，而且因为情绪崩溃，分不清是管教还是惩戒，是宣泄情绪抑或真要永绝后患。打宝玉的过程起承转合、波澜壮阔。然后王夫人、李纨、凤姐与众姐妹、贾母、薛姨妈、湘云等依次上场，门客、小厮、丫鬟、媳妇如云乱飞，阵仗超过黛玉进贾府的那一回。

就这样完了？没有。接下来的一回，《情中情因情感妹妹　错中错以错劝哥哥》，回目里是两件事，其实写了三件事：黛玉因为宝玉挨打而哭得厉害，宝玉让晴雯送去了两方旧帕子安慰，令黛玉"五内沸然"，写了三首题帕诗；袭人主动去回王夫人话，表明了自己保全宝玉"声名品行"的立场，说到了王夫人心坎上，王夫人口头承诺"我就把他交给你了"，谋求上位者与手握权柄者就此成交；薛姨妈和宝钗也相信了宝玉挨打是薛蟠在外面嚼舌头导致，但这一次薛蟠是冤枉的，呆霸王急了，和母亲、妹妹叫喊，赌身发誓地分辩，最后还口不择言地还击宝钗，说她是因为惦记着金玉良缘才事事护着宝玉——这是一句不能说的话，呆霸王这招

005

属于超限战，顿时把宝钗气哭了，薛姨妈气得乱战。这半回其实是写薛姨妈母子三人之间的一场因误会而起的矛盾，所谓"劝哥哥"不过是宝钗劝薛蟠"从此以后在外头少去胡闹，少管别人的事"之类的几句话。这就是三十四回的内容。完全是宝玉挨打的后话。

直到三十六回的开头，贾母见宝玉好了，还怕贾政叫他，就吩咐贾政免了宝玉的会人待客，于是宝玉得以"日日只在园中游卧"，幸福地在大观园里"躺平"了。这仍然是宝玉挨打的余波。

曹公大约对薛蟠这样的人怀着几分"政治不正确"的喜爱，所以写到他时往往特别活灵活现——

（薛蟠）又骂众人："谁这样赃派我？我把那囚攘的牙敲了才罢！分明是为打了宝玉，没的献勤儿，拿我来作幌子。难道宝玉是天王？他父亲打他一顿，一家子定要闹几天。那一回为他不好，姨爹打了他两下子，过后老太太不知怎么知道了，说是珍大哥哥治的，好好的叫去骂了一顿。今儿越发拉上我了！既拉上，我也不怕，越性进去把宝玉打死了，我替他偿了命，大家干净。"一面嚷，一面抓起一根门闩来就跑。慌的薛姨妈一把抓住，骂道："作死的孽障，你打谁去？你先打我来！"薛蟠急的眼似铜铃一般，嚷道："何苦来！又不叫我去，又好好的赖我。将来宝玉活一日，我担一日的口舌，不如大家死了清净。"宝钗忙也上前劝道："你忍耐些儿罢。妈急的这个样儿，你不说来劝妈，你还反闹的这样。别说是妈，便是旁人来劝你，也为你好，倒把你的性子劝上来了。"薛蟠道："这会子又说这话。都是你说的！"宝钗道："你只怨我说，再不怨你顾前不顾后的形景。"薛蟠道："你只会怨我顾前不顾后，你怎么不怨宝玉外头招风惹草的那个样子！别说多的，只拿前儿琪官的事比给你们听：那琪官，我们见过十来次的，我并未和他说一句亲热话，怎么前儿他见了，连姓名还不知道，就把汗巾儿给他了？难道这也是我说的不成？"薛姨妈和宝钗急的说道："还提这个！可不是为这个打他呢。可见是你说的了。"薛蟠道："真真的气死人了！赖我说的我不恼，我只为一个宝玉闹的这样天翻地覆的。"

通过薛蟠之口，我们才知道，只要宝玉挨打，他的老祖母就要迁怒，之前还有一次说责任在贾珍，把贾珍叫去骂了一顿。"他父亲打他一顿，一家子定要闹几天"，"为一个宝玉闹的这样天翻地覆的"，呆霸王其实不呆，他和宝玉的关系也不错，这两句话说的是实情。

再想想贾琏挨打，只在平儿的口中说出，连其他人的反应也没有，实在凄凉。

同是挨打，如此不同。人比人，没法说。

挨打到底不是天天发生的，那么来看看天天会降临的夜晚。

薛蟠超限战，说妹妹是因为想嫁给宝玉所以护着宝玉，宝钗又气又羞又委屈，"到房里整哭了一夜"。这是端庄自持的宝姑娘啊，这是全书的第二女主角啊，她的一个通宵哭泣的不眠之夜，就这么一句话，没了。

写探春管家的那两回，第五十五回写了探春如何应对"愚妾"赵姨娘和一众"刁奴"，如何铁面无情地照章办事，进而想出了一些俭省的办法，树立了自己的威信，顺便通过平儿和凤姐达成了默契，第五十六回写探春在大观园里施展管理才华——推行承包责任制。这两回里，探春的情绪起伏很大：起初，终于有机会小试锋芒，三姑娘内心一定颇兴奋。不料，当众受了亲生母亲赵姨娘的气，被捅了软肋，"气的脸白气噎，抽抽咽咽的一面哭"，一面和赵姨娘理论。后来，余怒未消，又对平儿拿出主子的款儿说话。渐渐被平儿劝过来了，又自感身世而流下泪来。然后就是商量承包责任制的人选和责、权、利，可谓殚精竭虑。当天晚上，三姑娘会不会失眠？如果没有失眠，她临睡前想了些什么？说了些什么？或者写了些什么？我们都不知道。

因为承包责任制刚刚商量停当，江南甄家的礼单就到了，探春接了礼单，命人回了贾母，紧接着，甄家四个女人来请安，探春李纨等人也陪着见客人，于是知道了甄家有一个外表性情和宝玉一模一样的甄宝玉，此时在注意力的光圈之中，探春已经淡出了。然后宝玉不知不觉就睡着了，梦见自己到了甄家，见到了另一个自己。而经历了振奋——丢脸——伤心——劳心——舒心——百感交集的探春姑娘，难道没有很多感慨，没有进一步的筹划？她是否因此失眠了？她睡得好不好？一个字都没有。

李纨呢？这个青春守寡的贵族少妇，她白天教导儿子读书，漫漫长夜，她就夜夜安眠吗？也不知道。闭上眼睛想一想，几乎想不起来有关李纨独自一个人的任何特写镜头。李纨其实不是一个木讷、乏味的人，她有文化、有教养，虽然低调自保、行事中庸，但识人、审美趣味也都相当不错。她评诗，不但有眼光，而且有自信。她喜欢栊翠庵的梅花，而且毫不压抑自己的心愿，当众让宝玉去向妙玉讨梅花，她也敢于当众说出自己对妙玉的讨厌。在整个人生被迫取守势的大前提下，李纨也并不始终是压抑的、湮灭个性的。但是她的这些细节似乎都是为了衬托别人的，黛玉、宝钗、湘云、探春、宝玉……到了晚上，剩下她一个人，就谁也看不到她了。在作者的心目中，<u>一旦不需要她作陪衬，她也就成了一个遥远的影子</u>，似乎根本不存在。

被爱的人，才有人关心她（他）的夜晚，怜惜她（他）的孤单，而有的人，没有那么幸运。

看看被深爱的林黛玉。她的夜晚，写得都快成我们的了，《红楼梦》读者的必修课之一就是陪着林姑娘失眠。

进贾府的第一个晚上，黛玉睡在和宝玉卧室以碧纱橱隔开的里间，深夜未睡，在为一来就惹出宝玉摔玉的事而流泪，袭人安慰了她，然后她表示了对通灵宝玉的好奇。木石姻缘是天机，但"还泪"从相逢第一天就开始了。

黛玉的夜晚与失眠，有多重要？重要得直接上了回目——《金兰契互剖金兰语 风雨夕闷制风雨词》。"这里黛玉喝了两口稀粥，仍歪在床上，不想日未落时天就变了，渐渐沥沥下起雨来。秋霖脉脉，阴晴不定，那天渐渐的黄昏，且阴的沉黑，兼着那雨滴竹梢，更觉凄凉。知宝钗不能来"，于是写了《秋窗风雨夕》。

> 吟罢搁笔，方要安寝，丫鬟报说："宝二爷来了。"一语未完，只见宝玉头上带着大箬笠，身上披着蓑衣。黛玉不觉笑了："那里来的渔翁！"宝玉忙问：'今儿好些？吃了药没有？今儿一日吃

了多少饭?'一面说,一面摘了笠,脱了蓑衣,忙一手举起灯来,一手遮住灯光,向黛玉脸上照了一照,觑着眼细瞧了一瞧,笑道:"今儿气色好了些。"(第四十五回)

下雨了,黛玉便"知宝钗不能来",这是人之常情,但宝玉却冒雨而来。这是爱情和友情的不同。写宝玉全身雨天的装束,说明雨下得不小,但是对宝玉来说,看林妹妹是必须的,麻烦、夜黑、路滑、兴师动众都不是问题,到潇湘馆倒像是给了他一个机会:向林妹妹展示北静王送的、细致轻巧的雨天三件套(蓑衣、斗笠、棠木屐)。连黛玉都说:"我也好了许多,谢你一天来几次瞧我,下雨还来。这会子夜深了,我也要歇着,你且请回去,明儿再来。"难得黛玉这样温和、懂事、有分寸,似乎都不像林妹妹了。但是她马上坚持要宝玉在回去的路上用她的玻璃绣球灯,以免天黑滑倒,还数落宝玉"怎么突然又变出这'剖腹藏珠'的脾气来!"是深度关心,也透着"我怎么说你都行"的霸气,是恋人之间的亲密。

然后宝玉走了,宝钗又派人送来了燕窝,黛玉命人给了她几百钱,然后——

> 紫鹃收起燕窝,然后移灯下帘,伏侍黛玉睡下。黛玉自在枕上感念宝钗,一时又羡他有母兄;一面又想宝玉虽素习和睦,终有嫌疑。又听见窗外竹梢蕉叶之上,雨声渐沥,清寒透幕,不觉又滴下泪来。直到四更将阑,方渐渐的睡了。

这就是黛玉的一个失眠的夜晚。

同是夜晚,如此不同。在整部书中,作者处处给宝玉和黛玉二人这样的大特写。

那些没得到这样待遇的,也没什么可抱怨的。因为——整部《红楼梦》,一切皆因宝黛而起。

第一回就说得明明白白:神瑛侍者"凡心偶炽""意欲下凡造历幻缘",绛珠仙子为报甘露灌溉之情,决定也去下世为人,用一生的眼泪去偿还。那位僧人说:这件事是千古未闻的罕事。他还说了一句泄漏天机的话——

> 因此一事,就勾出多少风流冤家来,陪他们去了结此案。

一切只因为这一件事。所有人都是陪他们的,也就是说,如果没有宝黛二人,书中的所有人根本不必也不会出现,他们都是因为宝黛二人才来到这个世间,才在《红楼梦》中出现的。

各式各样的人,才构成人间。而且,有各式各样的人,自然会有离散、有生死、有冲突。这样的人间,爱情会有障碍,真心会遇误解,性灵会遇遮蔽,利益会起纷争,这样,绛珠仙子才会有泪可还。

绛珠仙子不说用一生的爱去还,她说眼泪,其实就是相知、相思,就是深情、痴情、一往情深。在东方的时空中,眼泪和爱常相伴而来。在仙界和宝黛心目中,爱和眼泪是一件事。认为爱情必定是轻松愉快的人,可不必看《红楼梦》,"以其无深情也"(张岱语)。

神瑛侍者为什么"凡心偶炽"？不知道。我倾向于不用宗教理念去想这个问题，而用人生理念来看。神瑛侍者也许是内心的小火山突然喷发了，有一种力量必须到复杂的世界里去释放。也许是他明白了必须消灭和真实世界的距离，以有限生命的形式进入那个绝不完美、绝不清静宁和的世界，去翻滚，去变脏，去破碎，然后重新站立、奋力洁净、再次完整。用我的朋友梁永安的说法，"生命本身一定要超越一些东西，我们追寻的目的是要越过一些东西，越过是为了放下它。"（《梁永安的爱情课》）

反正，神瑛侍者下凡了，绛珠仙子也下凡了。他们都是自己选的。很多人也跟着他们下凡了，这些人下凡是不自觉的，他们不知道自己是谁，此生此际是怎么回事，他们也不自知，不知道自己只是这么多人中的一个。这么多人，都是陪神瑛侍者和绛珠仙子来这个世间走一遭的。

一切皆因宝黛而起。这不是一个谁是主角的问题，而是一个情感、审美的问题，是很深的心理选择。

如上面所说，曹公特别给宝黛的待遇，这不仅仅是一个小说家对主角的重视——这在技术上是必然的，何消说得，更是曹公的立场。

曹公在心理上是宝黛视角，情感上是宝黛立场。宝玉挨打，他真的痛，真的焦急，所以过程特别漫长，救兵来得特别慢。黛玉失眠，就是他失眠，潇湘馆里夜雨，落在梧桐和竹梢上，也在作者心里点点滴滴——这样神仙似的妹妹，又在无边的哀愁中失眠了，她所忧愁的会不会发生呢？作者知道：会。所以，没办法让她不忧愁,只能看着她的眼泪和雨珠一起点点滴滴,空阶滴到明。如果你是一个一直失眠或失眠过的人,你会明白,失眠的时间有多漫长,每一晚的失眠又有多么不同,所以失眠对失眠的人是有重大意义的,是不容忽略的。

既然是宝黛立场、宝黛视角,所以写宝钗就有距离。不是因为宝姑娘收敛、庄重、看不透,而是她不是"自己"这一边的,她再完美、再可敬可亲,终究是"旁人"。只知道她正统,不知道她是否藏奸;只知道她务实而理性,不知道她是否冷酷;只知道她也会脸红,不知道是否对宝玉动了心;只知道她写诗会翻出新意,不知道她对未来是随遇而安还是有野心……红楼人物的品鉴,曹公屡屡玩障眼法,他有时会明明写宝钗完美,但其实再完美的旁人也是旁人,而宝黛才是"自己"。

贾母虽亲,但最亲近的长辈终究也不过是亲近的旁人。所以始终不知道她对木石姻缘和金玉良缘怎么想的。贾母的心思,不要说读者要猜,宝黛也要猜测,这就对了。

对于金玉良缘,王夫人和薛姨妈的心思肯定是一样的。除了门当户对、亲上加亲、互补短板(薛家富而不贵,贾家贵而内囊渐尽)这些显而易见的原因,还有血缘关系之间的互相依恋,这是潜在而巨大的感情内驱力。如果宝钗嫁给宝玉,薛姨妈一家可以就此依贾府生活, 这意味着两件事:薛姨妈和宝钗母女二人可以不分开,薛姨妈和王夫人可以长久姐妹做伴。这一点,看看薛姨妈来的时候王夫人的反应,就可以知道:"喜的王夫人忙带了女媳人等,接出大厅,将薛姨妈等接了进去。姊妹们暮年相会,自不必说悲喜交集，泣笑叙阔一番。"王夫人平时的人设是：懒得管家、爱清静、比较淡漠，其中应该也有长期受拘敛的疲惫和无人说心里话的孤单，唯有薛姨妈来和元春省亲，她流下了喜泪。薛姨妈是她的亲妹妹，宝钗这个外甥女其实像她的大半个女儿，是很贴心的。许多人说黛玉身体不好，个性刁钻，难讨婆婆喜欢，其实似是而非。只要想想黛玉的母亲只是王夫人的小姑子，宝钗的母亲是王夫人的亲妹妹，就明白不用论到身体和性情，在王夫人这里，黛玉肯定输了，而且无法扳回。

还有一个关键的人物是贾母。

贾母毫无疑问最爱和最在乎宝玉，所以人们揣测她的主意的时候，总是从她为宝玉打算这个单一立场出发：宝钗端庄平和、面面俱到，宝钗更懂事，宝钗人缘好，宝钗身体健康（会长寿和有利于生育）……似乎忽略了贾母的智慧，也无视贾母对黛玉的感情。先说对黛玉的感情，从黛玉进贾府，贾母把她搂在怀里大哭，其实就打定了主意要把这个外孙女抚养大了，等到林如海也去世了，贾母根本没有也不用吩咐：要再把林姑娘带回来，贾琏就理所当然地把黛玉带回来了，因为所有人都知道黛玉从此就是这个家庭的一员了。贾母始终是疼爱黛玉的，在第三代里面仅次于宝玉，对她的个性也相当宽容，宝钗教育黛玉的那些话，贾母都没有对黛玉说过，即使抱怨"两个玉儿"也透着至亲骨肉、不可能割舍的那种亲。

这样的外祖母，她不可能不替外孙女的归宿考虑。为了保障黛玉的人生，首选就是让她留在贾家，留在自己的眼皮底下，将来留在她的舅舅贾政的眼皮底下，那么合适的人选只有一个：宝玉。宝玉离了黛玉就活不成的样子，贾母看在眼里，并没有紧张或者不满，因为这是她心里默许的。最懂贾母心思的凤姐和比较机灵的仆人，都认定将来宝玉和黛玉是一对儿，这不是空穴来风，而是在贾母的心思和做法影响下达成的共识。不然，在谈论宝玉终身大事的同时，他们也必然会谈论黛玉将来的归宿，但是他们都没有，显然他们都知道：黛玉不用出嫁，黛玉会永远在贾府。而能够让黛玉永远在贾府，最自然而然的出路不就是让她从贾母的外孙女变成贾母的孙媳妇吗？

贾母为什么没有明说？不好说。一方面可能是宝黛都还小，另一方面可能担心说早了贾政夫妇反对（作为父母当然希望宝玉读书上进），第三方面可能怕说破了，宝黛反而要拘礼，不如先让他们以兄妹的关系混在一起再玩几年。贾母不担心黛玉的身体吗？应该没那么担心，因为她其实多少知道黛玉是心病，因此有把握姻缘美满之后，黛玉身体会好起来的。至于很多人说的黛玉可能无法生育，贾母恐怕不会太担心，体弱的女子往往不影响生育，而且生育后身体会好转，贾母肯定知道。再一说，即使黛玉真的不能生养，因为当时是万恶的一夫多妻制，那么让妾室生几个，也就是了。孩子们还都得认黛玉为唯一的正牌母亲呢。看看探春是怎么对待王夫人和赵姨娘的，便可以明白。

贾母为什么夸宝钗？因为她是客人啊，而且是一个各方面都很不错的女孩儿，又那么努力地对长辈投其所好，作为一个审美眼光很不错的老太太，夸宝钗一点都不奇怪。她特别喜欢宝琴，则一半是对出色的女孩儿的习惯性欣赏，另一半似乎是故意在告诉王夫人和薛姨妈：自己并没有对宝钗怀有特别的兴趣。她问宝琴的生辰八字，哪里是想为宝玉求娶？分明是告诉薛姨妈：对你和你姐姐处心积虑要成就的金玉良缘，我根本没有放在心里，宝钗是好姑娘，但是和我家宝玉没关系。至于在清虚观里对张道士说的那番话，什么有合适的人家你就帮我打听着，还装模作样地开出特别低的条件，明显是场面话，顺便掩饰一下真实打算。可怜宝黛生了冤枉气。

在曹公原来的情节里，后来巧姐落难，多亏了刘姥姥解救，带回家将她嫁给了自己的孙子板儿。连刘姥姥这样的村妇都知道，对一个无依无靠的孤女最根本的疼爱，就是给她一个家，而且就在自己的眼皮底下。连刘姥姥都懂得的，见多识广、大局观很好的贾母岂能不知？迎春出嫁，她心里明白不是好姻缘，但是碍于亲父（贾赦）主张，只能不多说，但黛玉不一样，黛玉的终身归宿，就是贾母一个人说了算啊。要她狠心地让宝玉要死要活或者大发狂病，偏不让他娶黛玉；要她让黛玉嫁到别家，从此死活凭她去，这在贾母，是不可能的。这两个玉儿，只要有一个过得不好，贾母晚年就过不好，何况两个同时过得不好，这是贾母绝对不会选择的。

但我们都知道，宝黛姻缘没有成功。究竟曹公是怎么写的，我们没看到，这也是残缺的四十回中最让人抓耳挠腮的一部分。现在后四十回的宝玉病得发昏，贾母嫌弃黛玉，凤姐使调包计，这些都戏剧到夸张，人物都变了形，不懂得为什么续写者对贾母和凤姐有着那么深的恶意。

只能按照狄仁杰断案的思路：排除掉不可能的，剩下的就是可能的了。

许多人猜测可能是这样：事关宝玉和妹妹一家，王夫人坚决顶撞了贾母的意愿，于是搬出了元春这张王牌。贵妃娘娘和母亲一条心，贵妃娘娘（其实是她们母女）选定了宝钗，甚至赐婚，那么贾母就没有办法了，贾政当然只有叩头谢恩的份儿。

但总觉得这样的情节不够浑然。

又有一种猜测：贾母来不及安排好就去世了。有可能，但也不太像。因为贾母养尊处优，即使大病不起，应该也有时间吩咐几句，其中肯定会有宝黛二人的终身大事，甚至拿出王熙凤所说的为他们婚事准备的"梯己"交给宝黛二人。如果这样，贾府甚至会赶紧给宝黛成婚来冲喜，免得祖母丧期要等好几年。除非是贾府当时已经败落，变乱之中，贾母在仓皇凄凉中去世，宝玉不在身边，于是来不及吩咐和安排。

但有没有另一种可能，就是黛玉早早泪尽而亡？她没有等到和宝玉议婚，就还泪已毕，寂然归天了。贾母白发人送黑发人，哀痛之余，只能面对现实，接受金玉良缘。事实上，宝钗的为人一直拥有从宫里到丫鬟仆妇广泛的认可，只要贾母不反对，金玉良缘便可以特别顺滑地被成就。没有了黛玉，娶谁都一样，宝玉不会对宝钗太抵触，甚至也会有几份怜惜，因为他知道一切不是她的错。

他们甚至相处得很好。当他们以礼相待的时候，唇边竟浮现了相似的笑容，寂寞、苍凉、无奈，有出于教养和彼此了解的温和，但掩不住无边的空洞。"空对着，山中高士晶莹雪；终不忘，世外仙姝寂寞林。叹人间，美中不足今方信。纵然是齐眉举案，到底意难平。"这里曹公非常明确地告诉我们：爱情与标准无关，爱就是爱，不爱就是不爱。而有没有爱情，人生完全不同。

人人都拿黛玉当挡箭牌

壹

02

说起林黛玉，很多人的第一反应是越剧里的那句"天上掉下个林妹妹"。一直觉得这句唱词是神来之笔。后来发现最晚在唐朝就已经这么说了，"美人天上落，龙塞始应春"。这是说永乐公主入蕃的，作者孙逖，玄宗时当过左拾遗、中书舍人。

"林妹妹从天上掉下来"以后，在贾府的风评和地位如何？有些读者是这样理解的：天下第一身体差，成天哭哭啼啼，娇滴滴，敏感多心，计较小事，说话刻薄，容易生气还不好哄，特别麻烦……在这些人心目中，大观园中人缘最差、最不好相与的姑娘，这个"桂冠"只能属于黛玉。

有的人则耿直一些，公开承认不管贾府的人怎么看，自己就是看不惯林黛玉，一点都不喜欢她，如果遇到一定受不了，简直要为时空隔阻不可能相遇而庆幸。

理解力和审美力保持在这个水准，在现实里和书里都不会孤独，先看在书中的同类。

比如宝玉的奶妈李嬷嬷，她就气急败坏又哭笑不得地当面抱怨："真真这林姐儿，说出一句话来，比刀子还尖。你——这算了什么。"（第八回）比如丫鬟小红、坠儿，她们觉得"林姑娘嘴里又爱刻薄人，心里又细……"（第二十七回）

如果您正好不待见林黛玉，或许怀疑我这样说，是将您和丫鬟乳母之流并列，暗含对您的贬低，那么我可以用另一个例子证明我绝无此意：王夫人。王夫人可是金陵王家的正经大小姐出身，荣国府的当家奶奶，真正的高门贵族。在第三十二回，王夫人和宝钗商量如何给跳井的金钏准备"装裹"，王夫人婉转地表达了作为舅母和女主人对黛玉的评价：敏感、多心、多病多灾。王夫人这话的意思主要是怜惜还是批评？看一下宝钗的回答，她说："姨娘放心，我从来不计较这些。"谁是会计较，甚至从来专门计较的人呢？当然是黛玉。所以王夫人的意思很清楚，不喜欢黛玉的脾气和作派，嫌她关键时刻指望不上。而宝钗的回应让她很满意，还是宝丫头懂事又贴心。王夫人先入为主，先不把人家当自己人，有事不和黛玉商量，然后把这个预付的心理成本算在对方头上，都怪你是这种人，叫我怎么和你商量？且不说你吃穿用度什么都和我们家姑娘一样，单说我是你舅母、你是我外甥女，你也太不知礼数了！其实黛玉什么都不知道。其实，王夫人叫裁缝赶做两套衣服是正理，要不然最应该商量的是探春，用她比较新的衣服，也就是了。这时候，其实是宝钗太"懂事"，及时上门来帮助姨妈走出心理困境，化解可能引起的舆论危机，还主动赞助衣服发送金钏儿。这一次，宝钗其实"懂事"得拐弯了，不正直厚道了。而王夫人又不拿别人来和她对比，偏偏拿黛玉来对比，衬托宝钗。黛玉再次无缘无故地显得多心，不好说话，不懂事。王夫人们原本这样看她，自然能不断增加新证据。

喜不喜欢黛玉，两大阵营一直是旗鼓相当。清代就有人认为黛玉"人品才情，为《红楼梦》最"（涂瀛语），这是一派，至今人数众多，甚至说黛玉明媚动人，活泼跳脱，幽默风趣，不记仇，也懂人情世故，只不过是有些魏晋风度罢了（刘晓蕾《醉里挑灯看红楼》），我是赞同这种看法的，但不想用来说服任何人。讨厌黛玉也好，热爱黛玉也罢，这是各人的自由，曹雪芹不会在乎，《红楼梦》也没有任何损失。

不过，仔细读《红楼梦》，会发现贾府上下对林黛玉的看法，王夫人、李嬷嬷、小红的看法，并非主流。对林姑娘的真实处境，大家似乎也多少有些误解。

且不说人人皆知的贾母对黛玉的疼爱，也不说凤姐对黛玉的盛赞以及各种礼遇，说说其他可能不这么明显的。

比如贾政。贾政是欣赏黛玉才华的。大观园各处轩馆亭阁之名、对联、匾额，是贾政命宝玉题的，这一次宝玉获得了父亲的认可，父子都大有面子，连带着父子关系都和缓了不少。但是还有一个大观园中人也参与了这件荣耀的事情，谁呢？黛玉。第七十六回，

021

黛玉和湘云在凹晶馆联句之前，湘云夸赞两处轩馆名起得好——

湘云笑道："这山上赏月虽好，终不及近水赏月更妙。你知道这山坡底下就是池沿，山坳里近水一个所在就是凹晶馆。可知当日盖这园子时就有学问。这山之高处，就叫凸碧；山之低洼近水处，就叫作凹晶。这'凸''凹'二字，历来用的人最少。如今直用作轩馆之名，更觉新鲜，不落窠臼。可知这两处一上一下，一明一暗，一高一矮，一山一水，竟是特因玩月而设此处。有爱那山高月小的，便往这里来；有爱那皓月清波的，便往那里去。只是这两个字俗念作'洼''拱'二音，便说俗了，不大见用，只陆放翁用了一个'凹'字，说'古砚微凹聚墨多'，还有人批他俗，岂不可笑。"林黛玉道："也不只放翁才用，古人中用者太多。如江淹《青苔赋》，东方朔《神异经》，以至《画记》上云张僧繇画一乘寺的故事，不可胜举。只是今人不知，误作俗字用了。实和你说罢，这两个字还是我拟的呢。因那年试宝玉，因他拟了几处，也有存的，也有删改的，也有尚未拟的。这是后来我们大家把这没有名色的也都拟出来了，注了出处，写了这房屋的坐落，一并带进去与大姐姐瞧了。他又带出来，命给舅舅瞧过。谁知舅舅倒喜欢起来，又说：'早知这样，那日该就叫他姊妹一并拟了，岂不有趣。'所以凡我拟的，一字不改都用了。如今就往凹晶馆去看看。"

凹晶、凸碧，果然出彩，果然别致！而且用的是非常浅近甚至通俗的字眼，大有化腐朽为神奇之功。黛玉题的应该不止这两处。贾政这个舅舅平时与黛玉交集不多，却是个明眼人，他一经发现就非常欣赏黛玉的才华（起名字、立题目不是容易的事，非常考验审美能力、文学功底和独创性），于是贾政发话：凡是林姑娘拟的，一字不改，都用了。要知道，连宝玉在明面儿上都没有这个待遇呢。这里面黛玉显然压了所有姐妹一头，包括宝钗。

此外，真正贵族是重视风雅的。在一般人那里，宝钗这样的"闺房之秀"已经很完美，而在老贵族的标准里，还要不刻意、散淡、超然，略带一点出世的无所谓才好，所以"神情散朗""有林下之风"要比"清心玉映""闺房之秀"高一筹（语见《世说新语》）。"闺房之秀"可以培养，而"林下之风"更多的来自天赋和天性，一刻意为之就造作就背道而驰。除了才华，贾政也是颇有可能欣赏黛玉身上"林下之风"的人。

元春也是欣赏黛玉的。元妃回家省亲，对林黛玉的第一印象是："见宝、林二人亦发比别姊妹不同，真是姣花软玉一般。"这是外貌。等看了大家写的诗以后，又笑着评价说："终是薛林二妹之作与众不同，非愚姊妹可同列者。"这是才华。只不过，大姐姐每次都是薛林并举，而且后来似乎很快表明了对金玉良缘的支持，所以大家都觉得她欣赏宝钗，不记得她欣赏黛玉。其实，在那么短的时间里，那么纷繁的礼仪规程之中，元春除了肯定宝玉"果然进益了！"平辈里最认可的就是两个人，宝钗和黛玉，是从长相到才华并列冠军的意思。

十二钗里存在感比较低的迎春对黛玉也另眼相看。第二十七回，芒种节，大家在园子里给花神饯行，唯独不见林黛玉，是迎春第一个发现的，她说："林妹妹怎么不见？好个懒丫头！这会子还睡觉不成？"第三十七回，海棠诗社，黛玉说，你们别算上我，我是不敢写诗的。这时候平时被人起外号"二木头"的迎春的反应又最快——她笑道:"你不敢谁还敢呢。"连她也认为黛玉写诗的才华无人能比。别看她平时无声无息,但是却能随时留意和真心欣赏黛玉,而且强烈到她冲破"二木头"的"木"表达出来的地步。

说了这几个人,可能有人会认为,黛玉只是在地位和文化层次比较高的人中间才有知音。岂不闻鲁迅所谓"贾府上的焦大,也不爱林妹妹的"?这话大概率是对的,但又不能一竹竿打落一阶层的人。

兴儿也是贾府的下人,贾琏的心腹小厮,他在尤二姐、尤三姐面前绘声绘色聊荣国府里的人物(第六十五回),是这样说黛玉和宝钗的——

> 奶奶不知道,我们家的姑娘不算,另外有两个姑娘,真是天上少有,地下无双。一个是咱们姑太太的女儿,姓林,小名儿叫什么黛玉,面庞身段和三姨不差什么,一肚子文章,只是一身多病,这样的天,还穿夹的,出来风儿一吹就倒了。我们这起没王法的嘴都悄悄的叫他'多病西施'。还有一位姨太太的女儿,姓薛,叫什么宝钗,竟是雪堆出来的。每常出门或上车,或一时院子里瞥见一眼,我们鬼使神差,见了他两个,不敢出气儿。"尤二姐笑道:"你们大家规矩,虽然你们小孩子进的去,然遇见小姐们,原该远远藏开。"兴儿摇手道:"不是,不是。那正经大礼,自然远远的藏开,自不必说。就藏开了,自己不敢出气,是生怕这气大了,吹倒了姓林的;气暖了,吹化了姓薛的。"说的满屋里都笑起来了。

在这些仆人眼中：黛玉美得不同凡响，还特别有才学，而且气质非凡。这些是背后说的，所以完全是真心的赞美。如果说"天上少有，地下无双"这个评价，还是黛钗共享，那么后面谈到宝玉未来的婚事，兴儿说"准是林姑娘定了的。因林姑娘多病，二则都还小，故尚未及此。再过两三年，老太太便一开言，那是再无不准的了。"认为黛玉是贾宝玉之妻的理想人选——只有她才配得上宝玉。这样一来，对黛玉的评价岂止超过了宝钗，在荣国府的评判体系里，已经是宇宙尽头的至高评价了。

有趣的是，宝玉在恋情萌发初期，和兴儿们的看法大致相同："凡远亲近友之家所见的那些闺英闱秀，皆未有稍及林黛玉者。（第二十九回）"宝玉这时候还有比较，是后来才渐渐抵达"就因为你是你""只有你""非你不可"的境界。

宝黛是一对，这是贾府上下的主流观点。不然，最善于洞察贾母心思的凤姐，也不会当众开黛玉的玩笑："你既吃了我们家的茶，怎么还不给我们家做媳妇？"还指着宝玉说："你瞧瞧，人物儿、门第配不上，根基配不上，家私配不上？哪一点还玷辱了谁呢？"

这场热闹中有几点值得留意，第一是李纨对凤姐这样过于敏感、当众越礼的玩笑，不但不指责不阻止，还来了一句"真真我们二婶子的诙谐是好的"。什么意思？她觉得凤姐玩笑开得好，信手拈来，又非常贴切：因为宝黛就是一对。第二是凤姐炫耀宝玉条件的时候，将贾府择偶考量的诸方面说得很齐全：容貌气质、门第、根基、家产。能把"人物儿"放在第一条，可见凤姐的好出身，以及她身上虽然有俗的地方，也有不俗的一面。按此标准一对照,第二十九回在清虚观中贾母对张道士所说的"只要模样配的上就好"的宝玉择偶标准,之纯属场面话,之毫无诚意,就更加明显了。也有人认为张道士在提的是给宝玉纳妾,聊备一说。

其实,最能说明黛玉地位和处境的是,她经常被人拿来当挡箭牌。

第一个拿黛玉当挡箭牌的是宝钗。

第二十七回《滴翠亭杨妃戏彩蝶　埋香冢飞燕泣残红》里有宝钗扑蝶名场面,扑蝶只是引子,引她去旁听了丫鬟的隐秘(宝钗并没有那么淡然、超然物外,她也有八卦心,平时压抑住,不易察觉,这回暴露了)——

又听说道:"嗳哟!咱们只顾说,看仔细有人来悄悄的在外头听见。不如把这槅子都推开了,就是人见咱们在这里,他们只当我们说玩话儿呢。走到跟前,咱们也看的见,就别说了。"

宝钗外面听见这话,心中吃惊,想道:"怪道从古至今那些奸淫狗盗的人,心机都不错。这一开了,见我在这里,他们岂不臊了?况且说话的语音,大似宝玉房里的小红。他素昔眼空心大,是个头等刁钻古怪的丫头,今儿我听了他的短儿,'人急造反,狗急跳墙',不但生事,而且我还没趣。如今便赶着躲了料也躲不及,少不得要使个'金蝉脱壳'的法子。"犹未想完,只听"咯吱"一声,宝钗便故意放重了脚步,笑着叫道:"颦儿,我看你往那里藏!"一面说一面故意往前赶。那亭内的小红坠儿刚一推窗,只听宝钗如此说着往前赶,两个人都唬怔了。宝钗反向他二人笑道:"你们把林姑娘藏在那里了?"坠儿道:"何曾见林姑娘了?"

宝钗道:"我才在河那边看着林姑娘在这里蹲着弄水儿呢。我要悄悄的唬他一跳,还没有走到跟前,他倒看见我了,朝东一绕,就不见了。别是藏在里头了?"一面说,一面故意进去,寻了一寻,抽身就走,口内说道:"一定又钻在山子洞里去了。遇见蛇,咬一口也罢了!"一面说,一面走,心中又好笑:"这件事算遮过去了。不知他二人怎么样?"谁知小红听了宝钗的话,便信以为真,让宝钗去远,便拉坠儿道:"了不得!林姑娘蹲在这里,一定听了话去了!"坠儿听了,也半日不言语。

小红又道:"这可怎么样呢?"坠儿道:"听见了,管谁筋疼!各人干各人的就完了。"小红道:"要是宝姑娘听见还罢了。那林姑娘嘴里又爱刻薄人,心里又细,他一听见了,倘或走露了,怎么样呢?"

这一节经常被作为宝钗阴险的证据。我小时候读的那一本上,到了这里,我父亲就在书眉上批了一句:"嫁怨黛玉,为人奸险于此略露端倪"。我起初也认同这个判断,但后来觉得,也未必。从结果上看,林姑娘确实无辜躺枪了,但是要说宝钗立志要嫁祸黛玉,其实也不好说。一来,在大观园里,宝钗来往最多的,除了宝玉,就是黛玉了。宝钗喊:"宝兄弟,你往哪里藏!"像话吗?宝姑娘不可能和哥儿这样追追闹闹。再者,扑蝶和偷听的宝钗,本来是要去找林姑娘的,这时候张嘴就说出黛玉,也是自然。潜意识里有没有对黛玉的不服气、不舒服?这个不好说,可能连宝钗自己都说不清楚。

这个时候的宝钗,确实离光明磊落、娴雅厚道都很远,但似乎也无法定罪为"阴险恶毒",也没有充分证据归于出挑的女孩子之间或者潜在情敌之间的敌意。

还有一个拿黛玉当挡箭牌的——凤姐和她的部下们。

在第四十六回，《尴尬人难免尴尬事　鸳鸯女誓绝鸳鸯偶》里面，凤姐知道邢夫人替贾赦来谋求鸳鸯为妾这件事情难度系数太大，而且邢夫人智、情双商都不在线，很可能会碰一鼻子灰，如果人多会特别没面子。所以凤姐在自己不能脱身的情况下，就想让本来很容易被"尴尬人"拉进这场"尴尬事"的平儿躲开——毕竟平儿是邢夫人名义上的儿子贾琏的通房丫头，属于邢夫人可以折腾的直系下属——好让邢夫人丢面子的范围小一点。所以就防火防盗防尴尬，让平儿事先避一避，估摸着邢夫人走了再回来。平儿就逍遥自在地往园子里来了，结果呢，偏偏鸳鸯也躲进园子里，然后鸳鸯的嫂子去劝鸳鸯，鸳鸯大骂嫂子，平儿、袭人还帮腔。所以鸳鸯嫂子羞恼回来，就在邢夫人面前提起了平儿。对凤姐来说，这真是怕什么来什么，她也只好迎难而上，假装大义凛然地说："那你怎么不用嘴巴子打他回来呢？我一出了门，他就逛去了，回家来连一个影儿也摸不着他，他必定也帮着说什么呢！"这时候其实是凤姐在堵鸳鸯嫂子的嘴，不让她揭发平儿可能说了什么帮鸳鸯的话。鸳鸯嫂子果然也就不敢说，就赶快改口说平儿在远处，没有参与她和鸳鸯充满火药味的"给贾赦老爷做妾之可行性论证"。

然后凤姐怕邢夫人起疑心，还继续表演——

凤姐便命人去："快去找了他来，告诉他我来家了，太太也在这里,请他来帮个忙儿。"丰儿忙上来回道:"林姑娘打发了人下请字请了三四次,他才去了。奶奶一进门我就叫他去的。林姑娘说:'告诉你奶奶,我烦她有事呢。'"凤姐听了方罢,故意的还说:"天天烦他,有些什么事!"

强将手下无弱兵,丰儿在这里戏配得很好,很及时,很逼真。凤姐最后两句话更将这个谎言圆得天衣无缝:平儿被林姑娘叫去了,什么事情我也不知道,我需要的时候平儿偏偏不在,我还不愿意呢!我对林姑娘也有一点意见了呢!这戏演得很到位。凤姐和丰儿,很默契地演了一折戏,这样一唱一和,就把平儿不在跟前解释得很合理,在尴尬人面前混过了这一关。这是主仆二人一起用林姑娘当了挡箭牌。

凤姐为什么选黛玉当挡箭牌?大观园里,本来最爱揽事、肯帮忙的是宝玉,可是宝玉最不合适,他自己身边一堆人伺候,怎可能需要凤姐这边派人去帮忙?要派也不能派平儿,哪有弟弟使唤堂兄屋里人的道理?接下来,李纨、宝钗、惜春都是不同款的高冷系,原因各异的明哲保身,不能去攀扯招惹她们,虚晃一枪都不合适;探春绰号是玫瑰花,美,带刺,但她是庶出,处境也比较尴尬,而三姑娘又气场强、不好惹,不可能帮凤姐圆谎,所以绝对不能用她的名头;迎春更不行,她名义上也是邢夫人的女儿,而且长期不被重视,自己气场又弱,说平儿到她那儿去了,保不齐邢夫人一怒之下就冲过去了,对着迎春来一通质问和教训——迎春就像一个纸糊的屏风,摆着看看还可以,实则又薄又脆,哪里当得了挡箭牌?所以只有黛玉了。

没有人据此说凤姐阴险歹毒，大概因为对付的是邢夫人，可叹邢夫人实在太没有群众基础了；大概也因为没有给林姑娘带来什么麻烦——以邢夫人的又蠢又怂，借她一百个胆子，她也不敢去向贾母告黛玉的状。再说，告什么呢？难道告黛玉有事没事叫了平儿去帮忙？简直可笑。所以完全没有可能。

如果说宝钗潜意识里对黛玉或多或少有些不友善，那么这样怀疑凤姐就没什么道理了。凤姐一直对黛玉颇照顾，她对黛玉的好是得到贾母和众人认可的。当然凤姐做事情常常不单纯，她对黛玉的好也有几层缘故：一是看贾母眼色，讨贾母欢心。二是她也看得上黛玉，黛玉是真正的大小姐，又比凤姐有文化。三是为未来的家族内部关系未雨绸缪。

凤姐对权力看得很重，但她看人很准，她知道黛玉和宝玉一样，在理家管事方面完全"不是这里头的货"，即使黛玉当了宝二奶奶，也不会对凤姐构成威胁，所以她对黛玉并无忌惮，黛玉对她而言，主要是一个需要照顾的姑娘，顺手就照顾了，照顾好了还特别容易在贾母和众人面前赢得喝彩，况且还有利于未来进一步搞好和宝玉的关系。所以她一直是善待黛玉的。至于性格，她们两个人的文化水准不在一个境界，但都是伶牙俐齿、谈吐有趣的人，日常中性情也不算不相投。凤姐选黛玉当挡箭牌，没有恶意，纯粹是因为黛玉好用。

如果这还不能说明问题，那么再看另一个人。谁？全天下最爱黛玉的人，宝玉。他也拿黛玉当挡箭牌了。

第五十八回《杏子阴假凤泣虚凰　茜纱窗真情揆痴理》中，

清明那一天，宝玉在园子里遇到了藕官为祭奠死去的药官烧纸钱，宝玉在要拉她去处罚的婆子面前保护藕官——

宝玉忙道："他并没烧纸，原是林姑娘叫他来烧那烂字纸的。你没看真，反错告了他。"藕官正没了主意，见了宝玉，也正添了畏惧，忽听他反替遮掩，心内转忧成喜，也便硬着口说道："你很看真是纸钱了么？我烧的是林姑娘写坏了的字纸！"那婆子听如此，亦发狠起来，便弯腰向纸灰中拣那不曾化尽的遗纸，捡了两点在手内，说道："你还嘴硬。有证有据在这里。我只和你厅上讲去！"说着，拉了袖子，便拽着要走。

宝玉忙把藕官拉住，用拄杖隔开那婆子的手，说道："你只管拿了那个回去。实告诉你，我昨夜作了一个梦，梦见杏花神和我要一挂白纸钱，不可叫本房人烧，要一个生人替我烧了，我的病就好的快了。所以我请了这白钱，巴巴儿的和林姑娘烦了他来，替我烧了祝赞。原不许一个人知道的，所以我今日才能起来，偏你看见了！我这会子又不好了，都是你冲了！你还要告他去。藕官，只管去，见了他们你就照依我这话说。等老太太回来，我就说他故意来冲神祇，保佑我早死。"

藕官听了，益发得了主意，反倒拉着婆子要走。那婆子听了这话，忙丢下纸钱，陪笑央告宝玉道："我原不知道，二爷若回了老太太，我这老婆子岂不完了？我如今回奶奶们去，就说是爷祭神，我看错了。"宝玉道："你也不许再回去了，我便不说。"婆子道："我已经回了，原叫我来带他，我怎好不回去的。也罢，就说我已经叫到了他，林姑娘叫了去了。"宝玉想一想，方点头应允。那婆子只得去了。

宝玉一张口就选了黛玉当挡箭牌，而且被当场揭穿之后，改了借口，还坚持让黛玉为自己分担一半责任，目的虽然达到了，但是那个等着拉人去处理、自己好立功的婆子，为了自己转过这个陡弯，马上决定上行下效，也拿黛玉当挡箭牌。当然她不敢自作主张，她是向宝玉请示过的，宝玉还想了一想，然后同意了。就算一开头宝玉搬出黛玉是情急之中口不择言，那么此刻，他肯定是心绪平定了，他依然觉得可以选择黛玉当挡箭牌，不会有什么问题——肯定能保护藕官、平息事态，而且对黛玉不会带来什么麻烦，因此并无不妥。看清楚了，宝玉不但自己拿黛玉当挡箭牌，还允许别人也拿黛玉当挡箭牌。

经常听说某些人是"招渣体质"，那么黛玉算什么呢？躺枪体质？招黑体质？

为什么这么些人，对她并无恶意和敌意，甚至心怀爱意，但都会不约而同地选择她来当挡箭牌呢？"莫怨东风当自嗟"，原因还真的在她自己身上。

容易被选作挡箭牌的黛玉，具有以下特点：第一是身份尊贵。黛玉的尊贵是几重的：父亲是书香世家、探花出身的官员，母亲是荣国府的"最小偏怜女"，黛玉是真正的贵族小姐；本来未出嫁的姑娘就是"娇客"；黛玉长得美貌，才貌双全。还有一条，与中原的重男轻女不同，满族的传统本来就倾向于重男不轻女，而入关后孝庄太后连续培养和辅佐顺治、康熙两代皇帝，更彰显了女性的力量。加上旗人家的女儿，理论上都有被选进宫成为后妃的可能（一旦像元春那样"征凤鸾之瑞"，连父亲见了她都要跪下回话的），于是形成了满族人"重小姑"（女儿出嫁前在家里地位高）、"重姑奶奶"（女子出嫁后仍在娘家有一定话语权）的习俗。这样的习俗和心理，对曹雪芹时代的贵族官宦之家——不论是满是汉，当然都有影响。

尽管《红楼梦》声称朝代不详，但王夫人亲口回忆黛玉的母亲贾敏，"未出阁时，是何等的娇生惯养，是何等的金尊玉贵，那才像个千金小姐的体统"，没有提一个字说她受到什么严厉管束和"女德"教育，正好符合时代特征。虽然时移世易，她和贾母还是竭力维持传统，既是保全家族颜面，也有顺应时代风尚的考量。贾母、王夫人和凤姐对探春都明显好于同样是赵姨娘所出的贾环，固然有探春本人比贾环有志气有头脑有格调的原因，也很难说没有这个时代心理带来的投影——曹雪芹怕读者不明白，还特地在宝玉过生日的时候，让她抽中的花签上写着"必得贵婿"，于是众人笑着说"我们家里已有了个王妃，难道你也是王妃不成"。看看，探春的最好前途是成为王妃。而她的弟弟贾环，虽然有大伯贾赦说什么"将来官少不了你袭的"，却不合情理，贾赦若不是故意给贾政一家制造点摩擦和内耗，就是为了标新立异，满嘴跑火车，完全不靠谱。世袭一途，连宝玉都没有希望，其庶出弟弟怎么会有可能？所以探春在家里本来就比贾环有分量。

第二，贾母的疼爱。黛玉的母亲是贾母偏爱的小女儿贾敏，贾敏年纪不大就去世了，贾母特地接了林黛玉来照顾，隔代亲，加上补偿心理，"林黛玉自在荣府以来，贾母万般怜爱，寝食起居，一如宝玉，迎春、探春、惜春三个孙女儿倒且靠后"，后来对她的疼爱和重视也一直仅次于宝玉。加上黛玉袅娜雅致又娇弱多病，融入贾家后又袒露出真性情，任性爱娇，哭哭笑笑，是个有情有趣、活色生香的少女，正是贾母喜欢的类型，所以贾母对她的重视和宠爱是不言而喻的。

第三，贾政的看重和赏识。黛玉是贾政的外甥女，第二十回，宝玉为了劝黛玉一着急就说了实话："咱们是姑舅姊妹，宝姐姐是两姨姊妹，论亲戚，他比你疏。"论亲戚，黛玉当然比宝钗近——她叫贾政舅舅，宝钗叫贾政姨父。加上贾政身上也有文人气，并不总是实用主义，所以能欣赏黛玉的才华和气质。

第四，黛玉极可能会是未来的宝二奶奶。这是贾府的主流判断，除了王夫人和薛姨妈这对姐妹一心盼望成就"金玉良缘"。

徐皓峰谈红楼梦的专栏《通灵宝玉与玫瑰花蕾》（《上海文学》2022年10期）与众不同，写得也好看，但是有一点奇怪：他认为"宝玉原不能娶黛玉"，因为黛玉是堂妹，堂兄妹不能婚嫁。而宝钗是宝玉的表姐，可娶。

说错了。对宝玉来说，黛玉是姑表妹，宝钗是姨表姐，都是表姐妹。连袭人在宝玉挨打以后向王夫人效忠时也说："如今二爷也大了，里头姑娘们也大了，况且林姑娘宝姑娘又是两姨姑表姊妹"。所以钗、黛都是表姐妹，一姨表，一姑表。徐皓峰认为，堂兄弟姐妹，是父亲这支的亲戚——这个没错，但还得是父亲的兄弟所生的子女，才是堂兄弟姐妹。父亲的姐妹所生的子女，就和母亲的兄弟姐妹所出一样，都是表兄弟姐妹——这三类分别属于姑表、舅表、姨表。"堂"，正屋也，兄弟分家之前都同住一个堂屋之下，属同一宗族，都是同一祖父的，当然都是同姓。黛玉是贾政的妹妹的孩子，她姓林，宝玉和她不是堂兄妹，是（姑）表兄妹。宝玉倒是有堂姐妹，贾迎春就是。所以，黛玉和宝玉一嫁一娶毫无问题。从管家的王熙凤到兴儿那样的下人都这么想，如果宝玉原不能娶黛玉，他们怎么可能都犯糊涂了呢？

黛玉会是未来的宝二奶奶。这一点，荣国府上下，除了王夫人，差不多都达成共识了。这个地位又使得黛玉和其他姑娘们不一样。

于是，黛玉之所以容易成为挡箭牌，原因就很清楚了。她有贾母做靠山；身份几重尊贵，未来身份可能更尊贵；本人聪明过人，读书多，有个性，不好糊弄不好惹；伶牙俐齿，情商高，在温文守礼和讽刺挖苦之间切换自如；身体和脾气都娇弱，一旦惹她生气可能引起她生病、凤姐训斥、贾母问责等严重后果。还有一点：黛玉生性清高，目无下尘，不问闲事，"我与我周旋"，活在自己的世界里，与周围的人绝不打成一片，因此拿她编谎不容易被戳穿，被糊弄的人也没机会或者没胆量去向林姑娘求证。

当然，林姑娘经常不开心是真的。可是有各种不舒心不痛快，是谁都不能免的。若说黛玉是孤女所以悲凉，黛玉小性子所以经常委屈忧伤，那么来听听贾府的"正人"、气度不凡的探春所说：一家子亲骨肉，"一个个像乌眼鸡似的，恨不得你吃了我，我吃了你！"这又是什么处境？二小姐迎春，连重要的首饰累丝金凤都会被乳母偷去当了做赌本，迎春都不敢计较、不愿追查；凤姐会被赵姨娘联手马道婆作法暗算，会被婆婆当众给难堪，还会被王夫人不分青红皂白地冤枉；就连荣国府的"凤凰"宝玉，被父亲毒打不说,还会被庶出的弟弟故意烫伤了脸,被赵姨娘和马道婆作法暗算,几乎死去……比黛玉的"一年三百六十日,风刀霜剑严相逼"的严重程度如何?

真相呢?性格疏阔爽朗的湘云所说的便是:贫穷之家不相信富贵之家也不能事事称心,必得亲历其境才相信,自己和黛玉两个人,虽父母不在,但总算在富贵之乡,但是仍然有许多不遂心的事情。黛玉和湘云是两位诗人,只有她们在凹晶馆的时候,黛玉表现出了她的清明通透和心平气和:"不但你我不能称心,就连老太太、太太以至宝玉、探丫头等人,无论事大事小,有理无理,其不能各遂其心者,同一理也。"谁的生活又是容易的呢?能各遂其心,那是神仙境界,人间实在做不到。

另一方面,黛玉是诗人,"诗可以怨",写诗的时候,她自然不会放弃"这一正当的表达权力"(朱刚《苏轼十讲》),"怨"了个淋漓尽致。

所以,不要被《葬花词》的"一年三百六十日,风刀霜剑严相逼"误导了。美如姣花软玉、袅娜灵秀、满腹诗书、谈吐有趣的口碑之外,宝玉心中独拔流俗、举止超逸的形象之外,林黛玉在贾府是相当有地位,非常有存在感的。能经常被选作挡箭牌,并不是大家都欺负她,恰恰相反,能"荣膺"挡箭牌首选,而且当了那么多次也不影响她在潇湘馆的诗意生活,那么,她在贾府的地位已经不言而喻了。

什么叫"背面敷粉"的写法?曹雪芹示范在此。

贾政父子的孝心

壹

《红楼梦》后四十回,一直被群嘲为"狗尾续貂",我自己也是从小就不接受后四十回。

后四十回的作者,过去的标准答案是高鹗,后来有争议,现在,连人民文学出版社新出的《红楼梦》珍藏版的布封面上都写"曹雪芹著 无名氏续"了,部分颠覆了我从小的认知,所以从小说惯的"高鹗的后四十回",只能变成版权含混的"后四十回"了。

好吧,完整的表达应该是这样的:我从小就不接受当时相信是高鹗所续、现在则不知道是谁续写的后四十回。

各种搞笑级的生硬细节,整体黯然失色的对话,各种后语不搭前言,随时随地的重度尴尬症。

搞笑、尴尬还不说，"中乡魁宝玉却尘缘　沐皇恩贾家延世泽"这个结局，从回目到内容，俗得大红大绿，俗得彻彻底底，俗得无以复加，即使曹雪芹的棺材板压得住，庸人气味也容易熏坏了猝不及防的我们。

有人说后四十回的主要功劳在于使《红楼梦》完整了，也有人说它保持了悲剧结尾也是一大功勋，而我觉得它的主要功绩在于：让普通读者也能充分体会天才作家与寻常写手的区别。

所以我一直认为，宁可《红楼梦》是残缺的，也不要俗手擅自来续写。在我很多年的印象中，后四十回，除了好歹没有让宝黛幸福，黛玉终究还是泪尽而亡，这一点还对得起曹雪芹，其他的一无可看。

"我的"《红楼梦》，就是那出神入化、撼人心魄又沁人心脾的八十回，后面的四十回，非常遗憾，空白与残缺也比狗尾续貂的所谓完整好。因此，无数次重读《红楼梦》，后四十回，基本上是不看的。

但是心里偶尔也有一丝疑问飘过：续写《红楼梦》的人很多，为什么唯独这个版本被重视？也许是在所有的狗尾之中，这一根还算不错的？还是有什么其他原因？

前年偶然重读了后四十回，却被第一百二十回的一处吸引了。写宝玉出家，来向父亲辞别。

且说贾政扶贾母灵柩，贾蓉送了秦氏凤姐鸳鸯的棺木，到了金陵，先安了葬。贾蓉自送黛玉的灵也去安葬。贾政料理坟基的事。一日接到家书，一行一行的看到宝玉贾兰得中，心里自是喜欢；后来看到宝玉走失，复又烦恼。只得赶忙回来。在道儿上又闻得有恩赦的旨意,又接家书果然赦罪复职,更是喜欢,便日夜趱行。

一日行到毘陵驿地方,那天乍寒,下雪,泊在一个清净去处。贾政打发众人上岸投帖辞谢朋友,总说即刻开船,都不敢劳动。船中只留一个小厮伺候,自己在船中写家书,先要打发人起早到家。写到宝玉的事,便停笔。抬头忽见船头上微微的雪影里面一个人,光着头,赤着脚,身上披着一领大红猩猩毡的斗篷,向贾政倒身下拜。贾政尚未认清,急忙出船,欲待扶住问他是谁。那人已拜了四拜,站起来打了个问讯。贾政才要还揖,迎面一看,不是别人,却是宝玉。贾政吃一大惊,忙问道:"可是宝玉么?"那人只不言语,似喜似悲。贾政又问道:"你若是宝玉,如何这样打扮,跑到这里?"宝玉未及回言,只见船头上来了两人,一僧一道,夹住宝玉说道:"俗缘已毕,还不快走!"说着,三个人飘然登岸而去。贾政不顾地滑,疾忙来赶。见那三人在前,那里赶得上?只听得他们三人口中不知是那个作歌曰:

"我所居兮,青埂之峰;我所游兮,鸿蒙太空。谁与我逝兮,吾谁与从。渺渺茫茫兮,归彼大荒!"

贾政一面听着一面赶去,转过一小坡倏然不见。贾政已赶得心虚气喘,惊疑不定。回过头来,见自己的小厮也随后赶来。贾政问道:"你看见方才那三个人么?"小厮道:"看见的。奴才为老爷追赶,故也赶来。后来只见老爷,不见那三个人了。"贾政还欲前走,只见白茫茫一片旷野,并无一人。贾政知是古怪,只得回来。

众家人回船见贾政不在舱中,问了船夫,说是老爷上岸追赶两个和尚一个道士去了。众人也从雪地里寻踪迎去,远远见贾政来了,迎上去接着,一同回船。贾政坐下,喘息方定,将见宝玉的话说了一遍。众人回禀,便要在这地方寻觅。贾政叹道:"你们不知道,这是我亲眼见的,并非鬼怪。况听得歌声,大有玄妙。那宝玉生下时,衔了玉来,便也古怪,我早知是不祥之兆,为的是老太太疼爱,所以养育到今。便是那和尚道士我也见了三次:头一次,是那僧道来说玉的好处;第二次,便是宝玉病重,他来了,将那玉持诵了一番,宝玉便好了;第三次,送那玉来,坐在前厅,我一转眼就不见了。我心里便有些诧异,只道宝玉果真有造化,高僧仙道来护佑他的。岂知宝玉是下凡历劫的,竟哄了老太太十九年!如今叫我才明白!"说到那里,掉下泪来。

不知道为什么,我也掉下泪来。自从十岁读《红楼梦》至今,陪黛玉宝玉流过泪,陪探春迎春流过泪,陪尤二姐尤三姐流过泪,陪晴雯紫鹃流过泪,只是做梦也没有想到,有一天,我居然会陪贾政落泪。在我心目中,他不仅是冷面刻板大家长,而且是书中第一号乏味人物,怎么,到了红楼梦寒、白茫茫大地真干净之时,我竟然会陪着他落泪?

后四十回还有另一处写得不错:黛玉死后,"一时大家痛哭了一阵,只听得远远一阵音乐之声,侧耳一听,却又没有了。探春李纨走出院外再听时,惟有竹梢风动,月影移墙,好不凄凉冷淡!"我曾经鼻子有点发酸,但终究没有落泪。

因此,贾府父子道别,的的确确,是《红楼梦》后四十回,唯一让我落泪的地方。

贾政为贾母安葬,人生到了这个时候,去路已经看得很清楚,是最需要儿孙的温暖和支撑的,那是生命的延续,会让人看到希望,感觉到生命的热量。这时候听说宝玉不知去向,如果真的就此失去这个最看重的儿子,对一个父亲打击其实是最大的,也很残忍,幸亏贾政还抱了一些希望,觉得宝玉也许可以找回来,所以只是"烦恼"，而不是绝望的悲叹，他这时候心里想的，应该是赶快回家，设法到处寻找宝玉。

然后，生命中的一场大雪突如其来。他遇见了宝玉，并且知道从此不用再找这个儿子了，不但自己，连同整个家族，整个现实的此岸，都失去了宝玉。

我原来没有读细，一直以为父子是在船边的雪地上相见的。仔细看，不是。是"船头上微微的雪影里面一个人"，是在船头上。宝玉来向父亲告别，他怎么会让父亲上岸？哪有这个道理？是他上父亲的船。

回想当初无忧无虑时，宝玉曾对黛玉说，心里最重要的人是祖母、父亲、母亲，第四个就是林妹妹，看似随口一说，又似乎是想用亲情序列来掩盖自然萌发蓬勃生长的爱情，其实，很可能是真的。除了黛玉这个命定的心上人，宝玉最爱的人，应该真的就是祖母、父亲、母亲。

宝玉特地来拜别父亲，而且是在雪中，光着头，赤着脚，一直走上父亲的船头。必须恭恭敬敬地拜谢和拜别过这个人，他的俗缘才能了断。

父子一场，不相知也有不相知的爱法，那爱，绝不浅淡，也从不曾失了发自内心的敬重。

正如宝玉总是"畏猫鼠似的"躲着父亲，但是经过父亲的书房，必定要下马。有时候明知父亲不在，他也仍然要在贾政书房前下马，宝玉说："就算老爷不在，门锁着也要下来。"父亲的书房就是父亲的书房，做儿子的不能骑马而过。他对父亲的畏惧是真的，敬爱也是真的，来自天性的纯孝和后天培养的守礼也依然是真的。

宝玉怎么道别的呢？他"光着头，赤着脚，身上披着一领大红猩猩毡的斗篷,向贾政倒身下拜"。

想到第三回宝玉初登场的时候,"头上戴着束发嵌宝紫金冠,齐眉勒着二龙抢珠金抹额,穿一件二色金百蝶穿花大红箭袖,束着五彩丝攒花结长穗宫绦,外罩石青起花八团倭缎排穗褂,登着青缎粉底小朝靴。面若中秋之月,色如春晓之花,鬓若刀裁,眉如墨画,面如桃瓣,目若秋波。虽怒时而若笑,即瞋视而有情。项上金螭璎珞,又有一根五色丝绦,系着一块美玉。"真是今非昔比,那些花团锦簇的华服、美饰,都不见了,便知道他是什么都抛下了,温柔富贵,烦恼绝望,就像他原来奢华的衣着打扮,统统都不再跟随他去往精神的彼岸,更不要说家人和童仆了。他光着头,赤着脚,终于是"赤条条来去无牵挂"了。

那件"大红猩猩毡的斗篷",也许暗示了他的修行道行,也许是呼应他"怡红公子"的旧身份,或也许是作者出于视觉审美效果的选择:雪地上,还有什么比一件大红斗篷更醒目、好看的呢?

宝玉出现得突然,又形容装扮大变,加上在雪中,再加上他并没有口呼"父亲",所以他"倒身下拜"的时候,"贾政尚未认清",他只是"急忙出船,欲待扶住问他是谁"。

当儿女决绝的时候,父母的反应总是慢的。

贾政还没有看清他的脸,宝玉已经拜完了四拜,又站起来行礼,贾政才认清了是宝玉。他问:"可是宝玉么?"这一句,问得多么心酸。

"那人只不言语,似喜似悲"。

只能"不言语",因为"是不是宝玉",并不是一个容易回答的问题。"我是谁?""宝玉之前是谁?""宝玉之后又是谁?""何人是我?"

往往是梦醒时分才恍然大悟的,却又难以对梦中的人说清楚。

"不言语",因为说什么呢?说起来话长,而尘世的相聚太短。更往往只在不知道自己是谁的时候才得相聚,等到知道了自己是谁,就是不得不分别的时候了。尘缘如电,彼此终于原宥体恤了,却要离散了,这是悲;但是,父亲在分别之后也马上会明白,骨肉亲情尚且是幻梦,世间哪有可靠可信的?那时我们这一世的恩怨就都了清了,嗔痴贪怨,就各自解脱了,这是喜。

这时候的宝玉,不,这个曾经是宝玉的僧人,这个下界历劫的神瑛侍者,心情是不是近乎弘一法师圆寂之前的"悲欣交集"?

可是,这样"不言语",这样当面"人间蒸发",这对一个父亲,多么残忍。

宝玉和一僧一道离去,贾政在雪地里追宝玉。他不顾地滑,不顾威仪,拼尽全力,追得气喘吁吁。这是全书中贾政第二次失态。第一次,是他痛打宝玉的那一次。

人人都觉得那一回宝玉最惨,因为被打得实在不轻,但贾政的惨要有心人才能看出来:有这样惹是生非的儿子,不管是真不行;又是这样天分高明的儿子,岂是好管的?林徽因的父亲林长民曾说:"做一个天才女儿的父亲,不是容易享的福,你得放低你天伦的辈分,先求做到友谊的了解。"何况是天才的儿子!何况是贾政这样中庸板正、不可能像林长民那样开明灵慧的父亲!何况是那个信奉"父子君臣"、相信"父子之严,不可以狎"的时代!无论如何,贾政和宝玉之间是无法达到"友谊的了解"的,这一对父子的血缘感情中,友谊的加持命定是不可能的。

更何况还有贾母这样的老祖母,爱孙儿如命,又独宠宝玉一人,贾政一严加管束,贾母就干涉,就骂贾政,所以贾政管教宝玉,不但达不到效果,而且几乎都是起反作用的,只会让宝玉得到更自由更宽松的待遇,更加为所欲为,贾政更加束手无策。所以,不论端不端严父的架子,贾政在管教宝玉这件事上,竟是一开始就立于必败之地。

所以如果细读这一回,贾政虽然又粗暴又不理智,但也有令人同情的一面:

> 贾政一见,眼都红紫了,也不暇问他在外流荡优伶,表赠私物,在家荒疏学业,淫辱母婢等语,只喝令:"堵起嘴来,着实打死!"小厮们不敢违拗,只得将宝玉按在凳上,举起大板打了十来下。贾政犹嫌打轻了,一脚踢开掌板的,自己夺过来,咬着牙狠命盖了三四十下。众门客见打的不祥了,忙上前夺劝。贾政那里肯听,说道:"你们问问他干的勾当可饶不可饶!素日皆是你们这些人把他酿坏了,到这步田地还来解劝。明日酿到他弑君杀父,你们才不劝不成!"
>
> 众人听这话不好听,知道气急了,忙又退出,只得觅人进去给信。王夫人不敢先回贾母,只得忙穿衣出来,也不顾有人没人,忙忙赶往书房中来,慌的众门客小厮等避之不及。王夫人一进房来,贾政更如火上浇油一般,那板子越发下去的又狠又快。按宝玉的两个小厮忙松了手走开,宝玉早已动弹不得了。贾政还欲打时,早被王夫人抱住板子。贾政道:"罢了,罢了!今日必定要气死我才罢!"王夫人哭道:"宝玉虽然该打,老爷也要自重。况且炎天暑日的,老太太身上也不大好,打死宝玉事小,倘或老太太一时不自在了,岂不事大!"贾政冷笑道:"倒休提这话。我养了这不肖的孽障,已经不孝;教训他一番,又有众人护持;不如趁今日一发勒死了,

以绝将来之患!"说着,便要绳索来勒死。王夫人连忙抱住哭道:"老爷虽然应当管教儿子,也要看夫妻分上。我如今已将五十岁的人,只有这个孽障,必定苦苦的以他为法,我也不敢深劝。今日越发要他死,岂不是有意绝我。既要勒死他,快拿绳子来先勒死我,再勒死他。我们娘儿们不敢含怨,到底在阴司里得个依靠。"说毕,爬在宝玉身上大哭起来。贾政听了此话,不觉长叹一声,向椅上坐了,泪如雨下。……(中略)

　　正没开交处,忽听丫鬟来说:"老太太来了。"一句话未了,只听窗外颤巍巍的声气说道:"先打死我,再打死他,岂不干净了!"贾政见他母亲来了,又急又痛,连忙迎接出来,只见贾母扶着丫头,喘吁吁的走来。贾政上前躬身陪笑道:"大暑热天,母亲有何生气亲自走来?有话只该叫了儿子进去吩咐。"贾母听说,便止住步喘息一回,厉声说道:"你原来是和我说话!我倒有话吩咐,只是可怜我一生没养个好儿子,却教我和谁去!"贾政听这话不像,忙跪下含泪说道:"为儿的教训儿子,也为的是光宗耀祖。母亲这话,我做儿的如何禁得起?"贾母听说,便啐了一口,说道:"我说一句话,你就禁不起,你那样下死手的板子,难道宝玉就禁得起了?你说教训儿子是光宗耀祖,当初你父亲怎么教训你来!"说着,不觉就滚下泪来。贾政又陪笑道:"母亲也不必伤感,皆是作儿的一时性起,从此以后再不打他了。"贾母便冷笑道:"你也不必和我使性子赌气的。你的儿子,我也不该管你打不打。我猜着你也厌烦我们娘儿们。不如我们赶早儿离了你,大家干净!"说着便令人去看轿马,"我和你太太宝玉立刻回南京去!"家下人只得干答应着。贾母又叫王夫人道:"你也不必哭了。如今宝玉年纪小,你疼他,他将来长大成人,为官作宰的,也未必想着你是他母亲了。你如今倒不要疼他,只怕将来还少生一口气呢。"贾政听说,忙叩头哭道:"母亲如此说,贾政无立足之地。"贾母冷笑道:"你分明使我无立足之地,你反说起你来!只是我们回去了,你心里干净,看有谁来许你打。"一面说,一面只令快打点行李车轿回去。贾政苦苦叩求认罪。

……(中略)

彼时贾政见贾母气未全消,不敢自便,也跟了进去。看看宝玉,果然打重了。再看看王夫人,"儿"一声,"肉"一声,"你替珠儿早死了,留着珠儿,免你父亲生气,我也不白操这半世的心了。这会子你倘或有个好歹,丢下我,叫我靠那一个!"数落一场,又哭"不争气的儿"。贾政听了,也就灰心,自悔不该下毒手打到如此地步。先劝贾母,贾母含泪说道:"你不出去,还在这里做什么!难道于心不足,还要眼看着他死了才去不成!"贾政听说,方退了出来。(第三十三回)

贾政先是暴怒,咬着牙狠狠打了一顿儿子;接着看夫人来劝,更气得要死;然后看妻子可怜,长叹一声,坐到椅子上,泪如雨下;然后是面对老母,又急又痛,赔笑解释;接下来是对母亲叩头哭泣,继而苦苦叩头认罪。过了一会儿,冲动过去了,开始灰心,后悔打得太狠了;最后还要打起精神再来劝母亲,让贾母给斥退了。这一回里,贾政的血压、心跳估计没有一个指标是正常的,没有气出脑梗、心梗就算他命大。这一回,写足了贾母的地位、气派,彰显了贾政对母亲的孝顺,但这一回也是家庭教育的失败案例:一个中年父亲,要严管青春期闯祸的儿子,却以管教儿子始,自己被管教终。真是章法全乱,威仪扫地,进退失据,颜面全无。

贾政两次失态,都是因为这个儿子。他太看重这个儿子了,太爱这个儿子了。可惜他面临的是这样天才的儿子,他们所处的是"末世"。所以,这个一本正经的一家之主、当时的社会栋梁,他的失态,一点都没有用。贾宝玉该"顽劣"时多么"顽劣",该决绝时多么决绝,何曾在意他这个濒临崩溃的父亲?

世间多少父母,总是为了孩子而失态,然后这些失态,除了汇入"可怜天下父母心"的浩叹之海,便统统归于无效。

拗不过父子天性,加上也并非不识人,所以贾政内心其实对宝玉是有几分欣赏的。

> 贾政一举目,见宝玉站在跟前,神彩飘逸,秀色夺人;看看贾环,人物委琐,举止荒疏;忽又想起贾珠来,再看看王夫人只有这一个亲生的儿子,素爱如珍,自己的胡须将已苍白:因这几件上,把素日嫌恶处分宝玉之心不觉减了八九。半晌说道:"娘娘吩咐,说你日日外头嬉游,渐次疏懒,如今叫禁管,同你姊妹在园里读书写字。你可好生用心习学,再如不守分安常,你可仔细!"宝玉连连的答应了几个"是"。

这是第二十三回,用"禁管"为名,凶巴巴地通知宝玉拥有住进大观园的特权的时候。

父母和子女的对抗中,父母其实很难长久占上风的;加上经历了宦海沉浮,贾政其实开始理解和更加欣赏宝玉了。他不再逼他走应试的路,反而经常叫他到自己面前来写诗——

> 说话间,贾环叔侄亦来了。贾政命他们看了题目。他两个虽能诗,较腹中之虚实虽也去宝玉不远,但第一件,他两个终是别路,若论举业一道,似高过宝玉,若论杂学,则远不能及;第二件,他二人才思滞钝,不及宝玉空灵涓逸,每作诗亦如八股之法,未免心思庸滞。
>
> 那宝玉虽不算是个读书人,然亏他天性聪敏,且素喜好些杂书,

他自为古人中也有误失之处,较量不得许多;若只管怕前怕后起来,纵堆砌成一篇,也觉得甚无趣味。因心里怀着这个念头,每见一题,不拘难易,他便毫无费力之处,就如世上的流嘴滑舌之人,无风作有,信着伶口俐舌,长篇大论,胡扳乱扯,敷演出一篇话来。虽无稽考,却都说得四座春风。虽有正言厉语之人,亦不得压倒这一种风流去。

近日贾政年迈,名利大灰,然起初天性也是个诗酒放诞之人,因在子侄辈中,少不得规以正路。近见宝玉虽不读书,竟颇能解此,细评起来,也还不算十分玷辱了祖宗。就思及祖宗们各各亦皆如此,虽有深精举业的,也不曾发迹过一个,看来此亦贾门之数。况母亲溺爱,遂也不强以举业逼他了。所以近日是这等待他。又要环兰二人举业之余,怎得亦同宝玉才好,所以每欲作诗,必将三人一齐唤来对作。(第七十八回)

宝玉当众口占古体长诗《姽婳词》,贾政居然亲自提笔记录,儿子口占,父亲执笔,这是何等待遇。整个过程虽然仍有习惯性的批判,但总的更像是师长提点加文友切磋,等宝玉完成全诗后更是以一句笑着说的话来表示认可:"虽然说了几句,到底不大恳切。"看上去不太像是赞赏,其实谁都知道,贾政已经是非常满意了,只不过作为父亲,他不可能当众盛赞儿子,加上总归希望儿子不要得意、戒骄戒躁的意思。

他看到了儿子的才华,虽然是偏才,但是不论是做对联还是写诗作文,都是靠灵感写作的,自由而灵动,自有一种风流;他还看到了宝玉这种才华和灵气的可贵,也明白了应试派和性灵派的难以两全。

贾政正在往一个好父亲的方向转变。但是,这个过程也就是全部了。

时间到了,缘分尽了。好也好,不好也好,明白也好,隔膜也罢,都到了"了"的时间。对宝玉而言,梦醒了。对宝玉的亲人而言,梦破了。

宝玉不见了,白茫茫大地真干净了。这个父亲知道,他找不回来他最看重的儿子了,即使他回家,动用所有的人脉、派出再多的人手,都找不回宝玉了。

他是可以怒骂的,他是可以想不通,怨天咒地加自怜自艾的。剥去了贵族的血统和外衣,他不过是一个在世间按照常理生活、循规蹈矩的中年人,命运给他这样奇突的转折,他就不能觉得不公平吗?

他没有。贾政在这里显示了他的贵族气和人性美。

他的天分不低,所以,宝玉郑重的告别,他看懂了,那首当头棒喝的歌,他也听懂了。他马上领悟了"岂知宝玉是下凡历劫的"。这是个明白人。

知道真相之后,他的第一反应,是自己上当受骗了,还是妻子上当受骗了?都不是,他第一个想到的不是"我",而是自己的母亲——"竟哄了老太太十九年!""那人"并不是贾家的人,只是顶了荣国府二公子的名义来这温柔富贵乡一遭,贾母把他爱得像心肝像凤凰,是被他哄了,而且一哄就哄了十九年。但是这样的一场"哄",也未必不好,因为终究是让贾母在儿孙满堂的感觉中离去,宝玉的十九年,也是带给老太太人生圆满的十九年,贾政可能也想说:哄得老太太喜欢了,哄得好!

这种时候,满心只想着自己的母亲,这是何等的纯孝?不但老太太已经不在,连需要他表演、"装"的外人也没有一个,可见这是一个人发自内心,出乎本性的纯孝。

最后一句,"如今叫我才明白!"是心酸,是感慨,因为父子一场,十九年后的临别之际才明白;更是不舍和伤感,十九年,多少欢乐多少心血,多少苦心多少期望,却原来都只是自己的痴心!更可伤的,破灭之时,竟然连一个可以谴责可以怪罪的人都没有。这叫一个父亲,叫一个人生过半、身心疲惫的人如何承受?但是他没有怪儿子,也没有怪天,只是"落下泪来"。

遇到变故,第一反应很迅速,就是去全力争取,作为家长很称职;灾难来临之际,首先想的不是自己,而是母亲——哪怕母亲已经不在了,这个心理反应的顺序一点都没变,作为儿子是纯孝;意识到母亲已经超脱了,此刻是自己在接受打击后,仍然不怨天尤人,也不拿腔作势暴跳如雷来宣泄,只是"落下泪来"。

对比前八十回,你会发现,到了此刻,那个习惯性地端着、习惯性心口不一的贾政,已经变得不再掩饰他的内心了,他变得真实了。

称职、尽力、纯孝,坚忍而不失真实,你还能要一个中年男人怎么样呢?

"竟哄了老太太十九年!如今叫我才明白!"这两句话,和忍不住掉下的眼泪,让贾政这个人物完整和丰满了。后四十回,所有的人都干瘪、失血,唯有贾政,被艺术的神光照到了。

加上白茫茫大地上的那一点的红——纯白、大红,天地茫茫,那点红飘然而去,转眼不见。

后四十回,还是有其价值的。

小角度知己
——从宝玉与妙玉说起

壹

04

　　妙玉和宝玉的关系，一直是《红楼梦》里耐人寻味的。耐人寻味，而不是引人注目。它就像大观园角落里的一株纤小的花草，不少人不会注意到，即使注意到了也多半叫不出名字，但是这株不常见的花草却不简单，不但天下少见，而且自有其非日常的风姿和"非常情"的韵味，竟是一株异卉。

　　我是反对把这两个人的关系归于爱情的，也不赞成理解成：宝玉习惯性到处无差别怜香惜玉，而妙玉暗恋贵公子加上妙龄思凡。曹公的心思自然不会这么油腻，而且要比这样的想象"刁钻"。

　　一个是带发修行的佛门中人，一个是怡红快绿的富家公子；一个性格孤傲、有洁癖、浑身的讲究、高端和不自然，一个待人随和、耽溺于美和温情、成天无事忙瞎操心；一个冷，一个热；一个深敛，一个坦荡。这样的两个人，他们的内心本来应该是不可能有交集的，即使妙玉偶然进了大观园，人生轨迹偶然有了交集，但他们对彼此的内心也只应该是个清淡隔膜的过客，这才合逻辑。

但是逻辑是逻辑，生活是生活，生活比逻辑广阔得多，生活有时候有逻辑，有时候无逻辑，甚至反逻辑。丢开逻辑的问题，反正妙玉和宝玉，就是没有互为路人甲乙，反而某种程度上是互粉，形成了一种特殊的、纯度颇高的感情关系：小角度知己。

这不是曹雪芹写着写着、一时兴起而设定的情节，也不是他修改过程中增加出来的，是他一开始就拿定了的主意。在前八十回里，妙玉的戏很少，但是她却是警幻仙子那里上了"金陵十二钗正册"的，占据一个与黛玉、宝钗、贾府"原应叹息"四姐妹并列的珍稀位置，这是曹雪芹在明白宣告她的重要性。

她名字里又带一个"玉"字，和宝玉相同的"玉"字。

有一种说法，书中凡是名字带"玉"的，都与宝玉有夙缘或重要纠葛：黛玉不用说，她是宝玉心中的阆苑仙葩、唯一真爱，就连丫鬟小红，据说本来后面也和宝玉会有交集——只是我们没办法看到曹雪芹究竟怎么写的，这个因为脑子清楚、口齿伶俐得到凤姐赏识的丫头，原来叫红玉，因为重了宝玉的名字，改成了小红，据说那个被去掉的"玉"字，依然在暗示她后来会在宝玉生命中扮演一个不容忽视的角色——有一种猜测是，她会在宝玉落难贫苦之际，来救济帮助他。（在程乙本中，这个丫鬟才被改名叫小红，这一点，我站程乙本，因为庚辰本，除了第二十七回莫名其妙地出现了一下"红儿",几乎是一路"红玉"到底的,脂本则干脆就是保持一路"红玉",一个身份卑微的丫鬟居然对怡红院中正牌主子如此不避名讳,实在不好理解。)

"玉"字尊贵,绝不能随便用。因此,妙玉的"玉"字,显然是曹雪芹半明半暗地昭示妙玉这个人物的重要性。

在红迷中,妙玉一直不太讨人喜欢,近些年更是每况愈下,说她冷淡刻薄、自视太高、矫揉造作、装腔作势、表里不一、可厌可笑……变幻莫测的时代,忙碌奔波的生涯,大多数人确实没有心理余裕来宽谅和细赏这样的女子。

那么曹雪芹对她的评价如何呢?评价很高。警幻册子上,妙玉这页是"画着一块美玉,落在泥垢之中",断语是"欲洁何曾洁,云空未必空。可怜金玉质,终陷淖泥中。"明确说了,妙玉其人,是可敬可爱的金玉之质,但结局是与她的品格和心愿非常对立的,陷入污浊,非常不幸。结局归结局,命运再不济,她都是"金玉质",没有疑问。

这三个字太抽象?有具体的解释。

大观园建好了以后,需要尼姑、道姑,于是——

又有林之孝家的来回:"采访聘买得十个小尼姑、小道姑,都到了;连新作的二十分道袍也有了。外又有一个带发修行的,本是苏州人氏,祖上也是读书仕宦之家,因自幼多病,买了许多替身,皆不中用,到底这姑娘入了空门,方才好了,所以带发修行,今年十八岁,法名妙玉。如今父母俱已亡故,身边只有两个老嬷嬷、一个小丫头服侍,文墨也极通,经典也极熟,模样又极好。因听见'长安'都中有观音遗迹并贝叶遗文,去岁随了师父上来,现在西门外牟尼院住着。他师父精演先天神数,于去冬圆寂了。遗言说他'不宜回乡,在此静候,自有结果'。所以他未曾扶灵回去。"王夫人便道:"这样我们何不接了他来?"林之孝家的回道:"请他,他说:'侯门公府,必以贵势压人,我再不去的。'"王夫人道:"他既是官宦小姐,自然骄傲些,就下个帖子请他何妨。"林之孝家的答应了出去,命书启相公写请帖去请妙玉。次日遣人备车轿去接等后话,暂且搁过,此时不能表白。(第十八回)

妙玉是这样的一个女子,很不寻常。贾府初次请她,她的回答是"侯门公府,必以贵势压人,我再不去的。"这话里除了一派高洁心性,也有闺阁女儿的矜持和爱娇,明里是拒绝,暗里是试探对方的诚意和表明自己要求的待遇,以及待遇之中最看重的是什么(是尊重),所以连林之孝家的这样的文化水平也未曾觉得她是完全关上了门,而是将她的情况和态度原原本本向王夫人汇报,让王夫人拍板。因为她的条件实在过人,所以她的这种略显高冷的作派,连一向绝不以善解人意著称的王夫人都能接受,很理解地命令下个请帖请她。

前面说到,妙玉的名字里有一个"玉"字,但还有一点要注意,"妙玉"不是她的本名,而是她的法名。如果说她名字里的"玉"字暗示与宝玉的凤缘,那么却比别人多了最严苛的限制——必须在她入空门修行之后,因为这是法名。想想也确实如此,她本是读书仕宦之家的小姐,若非出家为尼,怎么可能进了贾府的大观园,怎么可能见得到宝玉呢？所以，她和宝玉命中注定相遇，注定在彼此生命中有一个位置，但必须是以尼姑和世俗公子加施主的身份相见，一上来就绝无发生少男少女情缘的任何可能。但是，正是这个铁一样坚硬而冰凉的前提条件，才让他们得以相见。《红楼梦》让我们看到：世间的事情，往往就是这样，无法预设，超出想象，充满悖论，常常绝望，也常常闪烁着奇妙的灵光。

妙玉这个人，尚未出场就让人感觉到了她的清高矜持，甚至可以说是相当骄傲。但，一个女孩子，出身不凡，文墨也极通，经典也极熟，模样又极好，又正当十八岁的妙龄，她不可以骄傲吗？

出身好，却漂泊在外，才貌双全，聪慧敏感，有点不好说话，这些地方都与黛玉有相似之处。

如果她平和谦抑沉着内敛，那岂不是公然又一个宝钗——佛门中的宝钗？如果她喜怒哀乐，真性流露，甚至敢于任性使气，那岂不是出了家的黛玉？如果她真的心如槁木死灰一般，对寺外的一切不见不闻，那岂不是成了年轻版的李纨？曹公怎么会这样写？怎么会让他的十二钗发生这样无趣的相似？妙玉只是妙玉，独一无二的，不但宝玉觉得新鲜，读者也觉得新鲜。

妙玉的重头戏在第四十一回《栊翠庵茶品梅花雪　怡红院劫遇母蝗虫》一折。贾母带众人去栊翠庵喝茶。因为贾政父子"大观园试才题对额"那一回略过了栊翠庵，这是栊翠庵第一次正式亮相，但曹雪芹依然没有写环境，只是通过贾母之口说出栊翠庵花木比别处好看，曹雪芹还写了这里有好茶和绿玉斗，处处照应"栊翠"二字。

当下贾母等吃过茶，又带了刘姥姥至栊翠庵来。妙玉忙接了进去。至院中见花木繁盛，贾母笑道："到底是他们修行的人，没事常常修理，比别处越发好看。"一面说，一面便往东禅堂来。妙玉笑往里让，贾母道："我们才都吃了酒肉，你这里头有菩萨，冲了罪过。我们这里坐坐，把你的好茶拿来，我们吃一杯就去了。"妙玉听了，忙去烹了茶来。宝玉留神看他是怎么行事。只见妙玉亲自捧了一个海棠花式雕漆填金云龙献寿的小茶盘，里面放一个成窑五彩小盖钟，捧与贾母。贾母道："我不吃六安茶。"妙玉笑说："知道。这是老君眉。"贾母接了，又问是什么水。妙玉笑回："是旧年蠲的雨水。"贾母便吃了半盏，便笑着递与刘姥姥说："你尝尝这个茶。"刘姥姥便一口吃尽，笑道："好是好，就是淡些，再熬浓些更好了。"贾母众人都笑起来。然后众人都是一色官窑脱胎填白盖碗。

那妙玉便把宝钗和黛玉的衣襟一拉，二人随他出去，宝玉悄悄的随后跟了来。只见妙玉让他二人在耳房内，宝钗坐在榻上，黛玉便坐在妙玉的蒲团上。妙玉自向风炉上扇滚了水，另泡一壶茶。宝玉便走了进来，笑道："偏你们吃梯己茶呢。"二人都笑道："你又赶了来饕餮吃。这里并没你的。"妙玉刚要去取杯，只见道婆收了上面的茶盏来。妙玉忙命："将那成窑的茶杯别收了，搁在外头去罢。"宝玉会意，知为刘姥姥吃了，他嫌脏不要了。

又见妙玉另拿出两只杯来。一个旁边有一耳，杯上镌着"瓟斝"三个隶字，后有一行小真字是"晋王恺珍玩"，又有"宋元丰五年四月眉山苏轼见于秘府"一行小字。妙玉便斟了一斝，递与宝钗。那一只形似钵而小，也有三个垂珠篆字，镌着"点犀䀉"。妙玉斟了一䀉与黛玉。仍将前番自己常日吃茶的那只绿玉斗来斟与宝玉。宝玉笑道："常言'世法平等'，他两个就用那样古玩奇珍，我就是个俗器了。"妙玉道："这是俗器？不是我说狂话，只怕你家里未必找的出这么一个俗器来呢。"宝玉笑道:"俗说'随乡入乡',到了你这里,自然把那金玉珠宝一概贬为俗器了。"妙玉听如此说,十分欢喜,遂又寻出一只九曲十环一百二十节蟠虬整雕竹根的一个大海出来,笑道:"就剩了这一个,你可吃的了这一海?"宝玉喜的忙道:"吃的了。"妙玉笑道:"你虽吃的了,也没这些茶糟蹋。岂不闻'一杯为品,二杯即是解渴的蠢物,三杯便是饮牛饮骡了'。你吃这一海便成什么?"说的宝钗、黛玉、宝玉都笑了。妙玉执壶,只向海内斟了约有一杯。宝玉细细吃了,果觉轻浮无比,赏赞不绝。妙玉正色道:"你这遭吃的茶是托他两个福,独你来了,我是不给你吃的。"宝玉笑道:"我深知道的,我也不领你的情,只谢他二人便是了。"妙玉听了,方说:"这话明白。"黛玉因问:"这也是旧年的雨水?"妙玉冷笑道:"你这么个人,竟是大俗人,连水也尝不出来。这是五年前我在玄墓蟠香寺住着,收的梅花上的雪,共得了那一鬼脸青的花瓮一瓮,总舍不得吃,埋在地下,今年夏天才开了。我只吃过一回,这是第二回了。你怎么尝不出来?隔年蠲的雨水那有这样轻浮,如何吃得。"黛玉知他天性怪僻,不好多话,亦不好多坐,吃过茶,便约着宝钗走了出来。

宝玉和妙玉陪笑道:"那茶杯虽然脏了,白撂了岂不可惜?依我说,不如就给那贫婆子罢,他卖了也可以度日。你道可使得。"妙玉听了,想了一想,点头说道:"这也罢了。幸而那杯子是我没吃过的,若我使过,我就砸碎了也不能给他。你要给他,我也不管你,只交给你,快拿了去罢。"宝玉道:"自然如此,你那里和他说话授受去,越发连你也脏了。只交与我就是了。"妙玉便命人拿来递与宝玉。宝玉接了,又道:"等我们出去了,我叫几个小幺儿来河里打几桶水来洗地如何?"妙玉笑道:"这更好了,只是你嘱咐他们,抬了水只搁在山门外头墙根下,别进门来。"

· 057 ·

妙玉本来应该陪着贾母等人喝茶,可是她按捺不住心性,要显示自己的品位,于是悄悄把宝钗、黛玉的衣襟一拉,二人随她出去,来到耳房里"吃梯己茶"。这时候,很难确定妙玉是否声东击西——主要是想邀请宝玉去喝茶,不过宝玉跟着去了,她的喜悦如同淡淡云层后的月亮,是完全掩饰不住的。

生性"过洁"的她,居然用自己平时吃茶的那只绿玉斗给宝玉喝茶,对照一下她对刘姥姥喝过的杯子是什么态度就知道这意味着何等认可和格外看重。她都没有把这个绿玉斗给黛玉、宝钗这两位姑娘用,却给宝玉这位少爷用,竟然全不避嫌。

宝玉和她一问一答,斗了一回机锋,她就十分欢喜,笑了起来。她必须掩饰自己的喜悦,所以"正色"强调,宝玉是借了宝钗、黛玉的光,这与其说是欲盖弥彰的笨拙掩饰,不如说是一种少女在自己在意的异性面前骄傲的姿态。

至于她将黛玉贬成"大俗人",倒是一个聪明而高冷的少女,在终于有机会炫技的兴奋之中,控制得不好,戏过了,直接导致黛玉和宝钗提早离开。这时候,按照平时的情形,宝玉多半也会跟着林妹妹和宝姐姐离开,但是一个少年的好奇心和宝玉身上特有的理解力起了作用,他留了下来,而且赔笑继续和她聊天,将刚才不无尴尬的气氛重新调整成默契愉快的感觉,还半自嘲半逗乐地说:走了以后,要不要叫人打几桶水来洗地?这一次进栊翠庵,宝玉先是专注观察妙玉的行事,然后找到机会就自贬自谦(作为通灵宝玉的主人而说玉是俗物);然后又不让妙玉和刘姥姥这样的人打交道,表明对她高洁的认可和保护;最后还说,要让人来洗地,这就是说自己一行人都是俗物,都不配进栊翠庵的,生性"过洁"的妙玉满意了,她又笑了起来。

妙玉身为出家人,当然是受到很大限制的,但是她在宝玉面前,非常珍视和强调的,是自己超越出家与否的个体的特殊性:性情高洁,超尘脱俗、品位过人,有与众不同的三观,而且决不妥协。宝玉的一拨就转、心领神会,表明了他对作为生命个体的妙玉这个人的尊重,对其与众不同的个性的接纳和欣赏,对她不合时宜的逻辑和举止的理解和善意"微调",这当然让妙玉非常高兴——遇到这样懂自己的人,谁会不高兴呢?

好感也好,情愫也罢,现实留给他们的是这样小的一个角度,这样"刁钻"的一条路径,如果不是绝顶聪明又知情识趣的人,怎么能够发现这样的小角度,小心而谨慎地抵达一般人视而不见的境界?如果不是心思细密,又肯在非日常的事情上耗费心思,又怎能通过这样的九曲回肠的路径,抵达默契,相视而笑,成为一种只可意会不可言传的知己呢?

小角度知己,是很容易错过、也不容易抵达的一种关系。不但要通过小角度的考验,达成默契,就是在彼此心灵的多宝格里,要放在相应的位置,我把你放在什么位置,你也要把我放在相应的位置,不可以没有位置,也不可以放错位置。

这是非常高难度而低概率的事情,所以能实现的人,也通常会给予这种稀有关系足够的重视和珍惜。

这里还侧写了黛玉。平时的黛玉,只有她讥讽别人、嫌弃别人的份,可是在栊翠庵,居然被妙玉当面说她是个"大俗人",

真是令人吃惊,按照平时的逻辑,黛玉似乎应该拂袖而去,事后也向宝玉哭闹抱怨,但是没有。那个被人说最小心眼、最难相处的黛玉,此刻非常大度,非常平和,而且善解人意。她固然觉得不好多话、也不好多坐,但是她没有发作,她安静而平和地喝完茶,然后约着宝钗一起先走了。注意,这样在栊翠庵的耳房里,就只剩下妙玉和宝玉了。平日里黛玉与宝玉经常同出同进——连在薛姨妈家吃了饭,黛玉要走了都会问宝玉"你走不走?"而宝玉回答"你要走,我和你一同走",这一回,她怎么不叫宝玉一起走,而是叫宝钗一起走?让宝玉和一个才貌双全的女儿单独相处,这在黛玉,岂是寻常的举动?但是,她就是这样做了。因为她懂得。既懂得宝玉,也懂得妙玉。她以一个恋爱中的女孩子特有的敏感,洞悉了妙玉对宝玉的特殊好感,也看出宝玉对这样一个妙龄女尼的好奇和兴趣,她本能地知道,他们之间也有一种相知。她更知道,对于在栊翠庵中孤寂修行的妙玉来说,能和宝玉这样一位风雅知音相对喝一盏茶是多么难得的时光,多么可遇不可求的机会,所以,她乐于成全她。在这里,连脂批都看出来了,赞叹道:"黛是解事人。"如此说来,黛玉对妙玉也是小角度知己呢。

如果还不信黛玉对妙玉确实是另眼相看和善解人意,后面还有两次证明。一次是大家在芦雪庵赏雪联诗(第五十回),宝玉落第,李纨说"今日必罚你。我才看见栊翠庵的红梅有趣,我要折一枝来插瓶。可厌妙玉为人,我不理他。如今罚你去取一枝来。"众人都说这样罚得又雅又有趣。宝玉也很乐意,答应着就要走。湘云黛玉一齐说道:"外头冷得很,你且吃杯热酒再去。"湘云早执起壶来，黛玉递了一个大杯，满斟了一杯。湘云笑道："你吃了我们的酒，你要取不来，加倍罚你。"宝玉忙吃一杯，冒雪而去。李纨命人好好跟着。黛玉忙拦说："不必，有了人反不得了。"

连李纨这样的老好人都公开说讨厌妙玉，而曾被当面抢白的黛玉却没有附和，她不但对妙玉没有一句非议，反而很赞成宝玉去找妙玉求梅花——黛玉和宝玉一样，有魏晋风度，这样风雅别致、堪称佳话的韵事，自然非常有兴趣参与。而且，黛玉就是黛玉，她的与众不同在于拦住李纨，不让派人跟着宝玉去，她只是说了很简单的一句：有人跟着反而折不来梅花了。

她没有解释，也不宜解释，这种微妙处，多说半句都不合适，其实就是她深知宝玉在妙玉心目中有特殊的地位，让他一个人去，不让任何外人跟着，是两个知己见面，是面子最大的。大雪天，琉璃世界，妙玉独加青眼的怡红公子去栊翠庵扣门，向"世人不入她眼"的妙玉讨一枝梅花，"为乞嫦娥槛外梅"，真是多么风雅多么悦目的画面。黛玉乐于成全这样的一页画面。她和宝玉心里都明白，宝玉一个人去，不但能轻易得到梅花，而且那枝梅花才是"有情意的"呢。黛玉的识人，黛玉的气度，黛玉的知情识趣，黛玉的风雅在骨，在这一句话里写得很透。

另一次是第七十六回，黛玉和湘云在凹晶馆联诗，妙玉从山石后面转出来，口中赞道："好诗好诗！"然后又说夜深了，室外不宜久留，请她们到栊翠庵喝茶写诗——

黛玉见他今日十分高兴，便笑道："从来没见你这样高兴。

若不见你这样高兴,我也不敢唐突请教,这还可以见教否?若不堪时,便就烧了;若或可改,即请改正改正。"妙玉笑道:"也不敢妄加评赞。只是这才有了二十二韵。我意思想着你二位警句已出,再若续时,恐后力不加。我竟要续貂,又恐有玷。"黛玉从没见妙玉作过诗,今见他高兴如此,忙说:"果然如此,我们的虽不好,亦可以带好了。"

黛玉对妙玉可谓谦和十分,斯抬斯敬,所以平时孤僻乖张、此时也有些好为人师的妙玉很高兴,直到她们告辞,妙玉始终都是笑着的。

妙玉有才华不假,但这不是黛玉善待她的主要原因——因为论写诗,黛玉远在妙玉之上。主要是黛玉理解妙玉,妙玉的清高、妙玉的孤傲、妙玉的孤苦、妙玉的不得已,黛玉都理解。妙玉被身世与特殊处境逼出来的别扭怪癖,同样心高气傲而寄人篱下的黛玉比别人更多一份理解与怜惜;所以她待妙玉以敬重、以欣赏、以包容、以温柔体贴。这才是黛玉的真面目。那些说她小心眼、爱生气的人,都来看看黛玉如何对待妙玉的,再自我检讨一下到底是谁心眼小。

说回第四十一回,《栊翠庵茶品梅花雪　怡红院劫遇母蝗虫》,回目里写的两件事,是有奇异呼应的,都是逛园子逛着逛着,有实实去不得的人进了最最不该进的地方。第一件事里面,栊翠庵品茶,实实不该进栊翠庵的人,进了栊翠庵。谁?一个是刘姥姥,在妙玉看来,她是肮脏恶俗的无知村妇,表面上是刘姥姥最不该进栊翠庵;另一个是贾宝玉,他长得太好,性情太温柔,也太知情识趣了,所以很不该出现在妙玉面前,他一出现,少女妙玉和修行人妙玉就会变成两个人，而不能合一。实际上，宝玉是最不该进栊翠庵的人。第二件事，是刘姥姥喝醉了误入了怡红院，最不该进怡红院的人进了怡红院，而且还鼾齁如雷，酒屁臭气，扎手舞脚地在宝玉床上睡了一觉。

凡世间一切不可太强求，否则会适得其反，看看栊翠庵和怡红院，都是怕什么来什么。

不该来的人来了以后，都需要清除掉一些东西，怡红院里是靠三四把百合香来熏走刘姥姥带来的气息，而栊翠庵是宝玉用想象中的几桶水替妙玉冲干净了意念中的地面，恢复了栊翠庵的清净超然。果然宝玉是宝玉，用虚拟的举动，帮妙玉消除了心理上的不适，妙玉果然没有看错人。

小角度知己，不但珍稀，而且高难度。彼此之间只可意会，外部也缺乏参照系，因此分寸拿捏颇有难度，是需要以审慎、庄敬态度对待的。

第六十三回，过完生日的宝玉，意外在砚台下发现妙玉给他祝贺生日的帖子，是一张粉笺子，上面写着"槛外人妙玉恭肃遥叩芳辰"（就是生日贺卡的意思吧，妙玉如何知道宝玉生日，就像宝玉如何知道妙玉平时用绿玉斗喝茶的，总在云雾缭绕之中），宝玉"直跳了起来"，做了一连串在众人眼中"大惊小怪"的举动，他马上要回帖，但是妙玉的帖上自称是"槛外人"，聪明灵慧的宝玉不知道自己该如何措词。他知道这不是小事，于是决定出门找自己在才学方面最信任的黛玉商量（如此郑重其事），然后偶然遇到了岫烟，岫烟说正要去找妙玉说话。岫烟是一个不俗的女孩子，而且是妙玉的老朋友，但是面对她不了解的贵公子和贾府主人宝玉，她依然按照人之常情对妙玉的"非常情"故作不理解，笑着批评了几句："他这脾气竟不能改，竟是生成这等放诞诡僻了。从来没见拜帖上下别号的，这可是俗语说的'僧不僧，俗不俗，女不女，男不男'，成个什么道理。"岫烟这里说的不是真心话，但是，成年以后，我们早晚会懂得：岫烟说的是对的，在"常情"的世界里，"非常情"的人都是错的。

但"非常情"的宝玉一片赤诚，对他"非常情"的同道、小角度知己非常维护，宝玉"忙笑道：'姐姐不知道，他原不在这些人中，算他原是世人意外之人。因取我是个些微有知识的，方给我这帖子。'"每回读到这里，总是感动。宝玉果然是宝玉，独一无二的宝玉，但凡世间独特的人、洁净的心，他都愿意去了解、去欣赏、去体贴。

岫烟听了，对宝玉刮目相看，丢开了"常情"的面具，与宝玉进行了一番"非常情"的交谈——

> 岫烟听了宝玉这话，且只顾用眼上下细细打量了半日，方笑道："怪道俗语说的'闻名不如见面'，又怪不得妙玉竟下这帖子给你，又怪不得上年竟给你那些梅花。既连他这样，少不得我告诉你原故。他常说：'古人中自汉晋五代唐宋以来皆无好诗，只有两句好，说道：'纵有千年铁门槛，终须一个土馒头。'所以他自称'槛外之人'。又常赞文是庄子的好，故又或称为'畸人'。他若帖子上是自称'畸人'的，你就还他个'世人'。畸人者，他自称是畸零之人；你谦自己乃世中扰扰之人，他便喜了。如今他自称'槛外之人'，

是自谓蹈于铁槛之外了;故你如今只下'槛内人',便合了他的心了。"宝玉听了,如醍醐灌顶,嗳哟了一声,方笑道:"怪道我们家庙说是'铁槛寺'呢,原来有这一说。姐姐就请,让我去写回帖。"岫烟听了,便自往栊翠庵来。宝玉回房写了帖子,上面只写"槛内人宝玉熏沐谨拜"几字,亲自拿了到栊翠庵,只隔门缝儿投进去便回来了。

在这里,曹公告诉我们,小角度知己,不但需要珍视,而且是一件考验智慧的事情。如果不是岫烟,即使宝玉和黛玉商量了,也未必能获得最佳答案。另外,宝玉之所以会想到和黛玉商量,也说明他深知黛玉不会生气也不会多心,他和妙玉是需要郑重以待的朋友,小角度的知己,聪慧如黛玉,善解如黛玉,怎么可能会错意?

以"槛内人宝玉熏沐谨拜"回答妙玉的宝玉,是如何对待小角度知己的最佳示范,要另眼相看,要郑重其事,而且因为要准确回应对方的小角度心思,确实需要费心琢磨或向合适的人请教的。维系小角度知己的默契和情谊,不是一件容易的事,但是唯有当事人知道是否值得。

类似的知己关系,还有平儿和宝玉。第四十四回平儿受了委屈,被让到怡红院中,宝玉、袭人等安慰她,宝玉细心地安排她换弄脏了的衣服、洗脸、重新化妆。在平时,平儿是贾琏的爱妾,凤姐的心腹,这是世俗的界定,宝玉也深知这些,并不曾想挑战禁区。但是,在特定的情况下,平儿还原成她自己——一个"极聪明极清俊的上等女孩儿",宝玉立即抓住难得的机会,给了这样的女孩儿应有的待遇,然后因为终于在一个好女儿面前尽了一份心而"心内怡然自得"。

宝玉是识人的。平儿确实是宝玉所料的那种"极聪明极清俊的上等女孩儿"。她当然不会像妙玉那样写一个帖子给宝玉,但是她和宝玉也是小角度的知己。第五十二回,平儿到怡红院,私下和麝月谈论自己金镯子失而复得的事情,她说宋妈妈发现了坠儿偷的镯子,送过去了,"我赶忙接了镯子,想了一想:宝玉是偏在你们身上留心用意、争胜要强的,那一年有一个良儿偷玉,刚冷了一二年间,还有人提起来趁愿,这会子又跑出一个偷金子的来了。而且更偷到街坊家去了。偏是他这样,偏是他的人打嘴。所以我倒忙叮咛宋妈,千万别告诉宝玉,只当没这事,别和一个人提起。第二件,老太太、太太听了也生气。三则袭人和你们也不好看。所以我回二奶奶,只说:'我往大奶奶那里去的,谁知镯子褪了口,丢在草根底下,雪深了没看见。今儿雪化尽了,黄澄澄的映着日头,还在那里呢,我就拣了起来。'二奶奶也就信了,所以我来告诉你们。你们以后防着他些,别使唤他到别处去。等袭人回来,你们商议着,变个法子打发出去就完了。"

这时候的平儿表现得高贵而大气,她非常理解宝玉成天在丫环脂粉堆里混,她并没有觉得那是好色或者不成体统、不上进,相反,她认为宝玉在这些人身上"留心用意,争强好胜",言下之意,将女儿们调教得有教养、有气质、有上佳表现,是一项正经事,几乎就是一项事业。这不是和宝玉的心思合拍吗?宝玉在众人眼中的不合时宜,在平儿眼中,却是天经地义的,因为她知道宝玉是什么样的人。她明白他,她也懂得他对自己的明白,所以她坦然领受宝玉的照顾,也会在适当的机会自然而然地回报。并且,就像宝玉不需要平儿感谢自己那样,平儿也不需要宝玉感谢,所以她是瞒着宝玉的。她瞒着的,其实是非常难能可贵的一番心意:她知道宝玉在乎什么,所以先想到要照顾宝玉的感受和脸面,然后才想到要避免老太太和太太生气,所以她对宝玉的丫环坠儿偷自己金镯子一事决定息事宁人。

这时候的平儿,确实不再是贾琏的爱妾、凤姐的心腹,也不是一个大丫鬟,而是一个冰雪聪明、知情识趣,颇为脱俗的好女子,也许有人会觉得这是善良、平和、顾全大局,但我觉得她是做了一个"小角度知己"应该做的:懂得你的可贵,主动体谅你爱护你照顾你成全你,而且完全不需要你领情。难怪在窗下偷听的宝玉"喜的是平儿竟能如此体贴自己"。

《红楼梦》告诉我们:只有真正识人的人,才会有这样的小角度知己。只有能超越功利目的,肯以"非常情"方式付出的,才配有这样的小角度知己。这不是爱,是互相懂得,是互相敬重,是互相给予特殊的体谅和礼遇。在现实的限制和人世的无奈之中,这是人与人之间非常宝贵的相知、默契和珍惜。

或许有人会说:这么麻烦,又没有什么用处,谁稀罕什么"小角度知己"?

那么,恭喜你,你拥有的是无限辽阔的常情的世界。

局外人与贵公子
——宝玉其人

壹

曹雪芹在全书一开篇就袒露了自己的雄心：要打破历来小说熟套窠臼，"令世人换新眼目"。《红楼梦》的主角贾宝玉，最明显地贯彻了曹公的立意与追求：宝玉这个人，劈空而来，御风凌波，前所未见，直到他一场热闹繁华归于白茫茫大地真干净，他悬崖撒手飘然而去，世人都还说不清看到了什么，更说不清心里的五味杂陈。这确实是"换新眼目"，确实是大开眼界，更确实是如饮醇醪不觉自醉。

其实不想说宝玉，因为他最说不得。看不起他的人弃之、鄙之、笑之，认为他缺乏阳刚气质，没志气，没担当，没出息，喜欢在脂粉堆里厮混，懦弱无能，荒唐可笑；推重他的人，或说他是具有初步民主主义思想的反封建的叛逆者,或说他是伟大的情圣、情僧,"俨有释迦、基督担荷人类罪恶之意"(王国维论李煜语);到了今天又有很多人说他身上有现代性,从两性相处模式上说他是尊重女性、知情识趣的暖男。

对于贾宝玉,我是欣赏的。不过我认为,对他的各种嘲笑和"差评",有的是误会和隔膜导致的,有的是他命中必须承受的,属于双向隔绝、双向嫌弃;而对他的赞美,有些说得很是,也有些过于拔高了,并不令人信服。

脂评曾以一连串的"说不得"来感叹,说宝玉"说不得贤,说不得愚,说不得不肖,说不得善,说不得恶,说不得正大光明,说不得混账恶赖,说不得聪明才俊,说不得庸俗平凡,说不得好色好淫,说不得情痴情种"。理解这样"说不得"的"今古未有之一人",自然是有门槛的。

宝玉是翩翩佳公子。一个贵族世家,一旦出现这样一个相对完美的少年,往往是命运放出胜负手:要么由他来创造奇迹光大家业,要么就由他来承担结局。就像大观园里的花不该开时开了,要么是吉兆要么是花妖,总之不寻常。太不寻常的宝玉,一生下来,身上就背负了这样的宿命加悬念。

宝玉所拥有的天分和后天条件,是现实中寻常人极少拥有的,所以感同身受只是一句空话;他所拥有的人生,其丝滑程度和如履薄冰,也是绝大多数人不能享受和不能面对的,所以,理解宝玉从一开始就并不容易。宝玉所处的时代和环境,他可能做出的选择,也和今天迥异,所以,如何理解这个人物的价值,如何评价曹雪芹创造出这个人物的意义，也并不简单。

宝玉有句名言："女儿是水做的骨肉，男子是泥做的骨肉。我见了女儿便清爽，见了男子便觉浊臭逼人。"这句话，嘲笑的人和欣赏的人一样多。在我看来，这句话是《红楼梦》最"令世人换新眼目"之语，石破天惊，天雨粟鬼夜哭。

理解这句话之前，先来重温一些历史事实。中国几千年，女性的地位低下到什么程度：

太平年月，理所当然地男尊女卑，女性备受歧视，以至于许多阴暗龌龊的字眼都带"女"字旁——王鼎钧先生说："国语字典女部有十七个字代表坏人坏事，罪恶都由女子承担。除了这十七个字以外，文字学家还找出一些对女子不利的字：如，是口中发出命令，女子服从。奸，是三女相聚，一定有坏主意。威，是女子看见兵器，心中恐惧。……我们由这些字能够想见的是：从前女人受了多大的歧视啊。众所周知，每一个社会都曾经或者正在牺牲一部分人。美国曾经牺牲黑人，'旧中国'曾经长期牺牲女人。"（王鼎钧《活到老，真好》）

遇到战乱年代，女性又首当其冲地被毁灭、被侮辱、被践踏。王彬彬在《大屠杀中的妇女、孩子与女孩子》中写道："大乱离、大屠杀中，女性是杀戮的对象，是入侵的外寇、作乱的内寇杀戮的对象，也是自家丈夫和父亲杀戮的对象。"全文斑斑血迹，令人不忍卒读。

在经典小说《三国演义》《水浒传》中，女性经常是被嫌恶、被杀戮、被随便抛弃的对象，从英雄豪杰到绿林好汉，基本都厌女、仇女，动不动就随便结果了一个或几个女子的性命，危难时刻总是先抛弃女性。而《金瓶梅》里的西门庆是另一个极端，对女性又完全物化，是警幻仙姑所说的"皮肤滥淫"，与对女性的暴力行径殊途同归，都是不把女性当人看。对幼女也不慈悲，《金瓶梅》里的武松杀了潘金莲后连沦为孤儿的亲侄女迎儿也不怜惜顾及，不论从人性（恻隐之心）、人伦道义或江湖侠义的角度也都说不过去。以现代文明立场看过去，他们的举动是何等的粗陋，内心是何等的荒芜。

在这样的历史背景下，贾宝玉对女孩子的评价和态度，"强行在双方原来性别地位双重不平等的关系里，垫了一块石头"（贾嘉《职场红楼》专栏，《BOSS直聘》2024-03-22），不得不说是荒漠中的一股清流，既清澈又甘美。他把女孩子当成最干净最高贵的存在，对女儿有一种与生俱来的欣赏、爱重和呵护，既有对女性前所未有的尊重，也有对美好青春和纯净天性的罕见珍视，更有对每个人的自然天性的宝重——那些中老年之所以变成鱼眼珠子，主要不是因为她们年华老去，而是因为她们被社会的庸俗面格式化了，变得油腻、贪婪、冷漠甚至市侩了。而年轻女孩子各禀天性，各有各的美好。所以，宝玉特别看重女孩子，在文明程度上和李逵们判若云泥。而且他对女孩子的亲近，又大多不存私心、不带欲望，没有功利性目的，只是希望近距离欣赏对方，乐于帮助对方继续做自己，做更美好、更自在的自己。他在女孩儿堆里厮混，实在是出乎一派天然，欣赏和呵护女孩子，也接受她们的欣赏、偏爱和引领，彼此都是真实而愉快的，是特别美好的"人与人"的关系。无关占有和控制，浑是深情与爱惜，这一点又与西门庆们有霄壤之别。

宝玉的不凡还在于有了超前于时代的平等意识。他可以依仗的实在太多了，但是他从不依仗。（可惜人与人的沟通总是难的，一提门第和地位，有人又立即想起了家业，又因自己太过看重物质，故此只见宝玉的宝马香车、锦衣玉食、仆从如云，忽略了他身为性灵派的不自由和悲凉。）贾府的仆人、丫鬟都不怕宝玉，因为他没有架子、没有威势，他自然流露自己，当谁的面都忠实于自己，不喜欢的人他就尽力避免接触——因为他实在不喜欢装，可是面对讨厌的人，如果不装就会违背他的教养，所以他每次见贾雨村，都是苦差事，比一般人想象的苦得多。

对庶出的弟妹、仆人、丫鬟、穷亲戚、借居者、老村妇，这些世俗眼中理所当然可以看低、不放在眼里的人，宝玉从不看低。宝玉太好性子、太好说话了，所以书里书外，大家齐齐忘记其实他的门第和地位何其高贵，天分何其高明，都不敬畏他，都随便评说他嘲笑他教育他鄙薄他。但只要和薛蟠、贾珍、贾环、贾蓉比比，再和当今一些富二代、富三代比比，便可知宝玉的人品、性情多么难得。

宝玉种种好处，已经有很多人说过了，不过若说宝玉最大的好处，我认为是：他眼中有"人"，他识人的高下、清浊。

在他眼中，每个人是每个人，就是她（他）自己，他会脱离身份、等级、贫富、性别这些标签，就人论人地看、评价、对待每一个人。（说到底，宝玉多情而不滥情，实是因为这一点。因为他真识人，而像黛玉这样"奇"的女子，只有一个。）

宝玉看人，以知高下、分清浊始，以知高下、分清浊终。中间会看容貌、谈吐、学识、趣味和相处的机缘，但没有通常会考虑的现实利益和虚荣心。

识人的高下，这是宝玉与众不同的特别重要的一点。宝玉自己也极看重这一点。一见黛玉，他便问她：你也有玉吗？这是写宝玉认为黛玉和自己是一种人，却也是写宝玉的不自知，不知道自己衔玉而生是多么奇特，也就是不知道自己多么特殊、多么尊贵、罕有其匹。黛玉说：没有。宝玉一下子就暴躁起来，摘下那玉就狠命摔到地下，他骂那块玉，犹如骂一个关键时刻让自己特别失望的密友：连人的高下都不识，还说什么通灵不通灵呢！我也不要这劳什子了！

是否识人的高下，在宝玉心里，是如此的重要。

宝玉特别能识人之高下，这不是纯良不纯良，清洁不清洁的问题，这是天生慧根，是心灵自由，是自我捍卫。在现实之中是价值观、审美与直觉的胜利。

都说宝玉反主流反正统，其实把宝玉说得刻意了。他看人无意于反不反正统、反不反主流，他只是有自己的标准并且坚持而已。都说他对美丽的女孩子都很看重很温柔，但其实他爱重黛玉，对同样才貌双全的宝钗、湘云谈功名利禄、仕途经济还是感到遗憾和厌恶，而且无法掩饰立即发作；他欣赏的是美好、天真而脱俗的女孩子，不管她们是千金大小姐还是丫鬟、优伶、女尼。

他也并不以性别论高下，绝不像有人歪派他的那样：只要是女子统统好，只要是男子一律不好。对男子，地位尊贵如北静王，只因为他"才貌双全，风流潇洒，每不以官俗国体所缚"，宝玉当面恭敬不说，背地里还把他送的鹡鸰香珠转送黛玉，可见对北静王的敬重和心悦真实无伪。从北静王到柳湘莲、琪官，地位天差地别，而宝玉都看重。因为他们品貌不俗、性情优美，因为他们为人有自己的风格，并且能顶住各种世俗压力，坚持做自己。

血缘非常近的堂哥贾琏，宝玉却看不上，觉得他俗，也没兴趣多来往。利欲熏心的贾雨村是宝玉最讨厌的人，是他眼中最浑浊的"禄蠹"的典型。

宝玉眼中，好女儿们是清，北静王、柳湘莲、琪官、秦钟这些好男儿也是清；贾雨村为代表的一众禄蠹，荣宁二府昏俗油腻的男性亲属，那些蛮横势利、全没心肝的老婆子们，还有一心钻营于腥臊荣利的人们，都是浊。

别人论权势、财势、地位、名气，还论血缘亲疏与辈分，他论的是人本身，高与下，清与浊，可敬与不可敬，可爱与不可爱，有趣与无趣。

世间那些说不清高下、清浊的人呢？比如刘姥姥。宝玉虽然声称女子嫁了人就成了鱼眼珠子，如何讨厌如何该死，但却不曾看轻贫穷卑微、一身土味、上门打秋风的老村妇刘姥姥，因为她真实本色，智商情商在线，有属于广阔大地的阅历，又诙谐有趣。她处于高下、清浊之间的中间地带，是宝玉一体尊重和抱持善意的普通人。

写妙玉、黛玉、凤姐、鸳鸯对待刘姥姥，衬托出宝玉的心地和待人。这份不势利的纯良，是不容易的，弥足珍贵。

宝玉自然也有宝玉的暗面。

我觉得并不是大家经常嘲笑的"不阳刚""娘娘腔""没出息",宝玉最大毛病在于他的"局外人"心态:他缺乏现实感,始终有一种局外人的自我暗示(他是来经历一番的,本就不同于我们这些世人,生下来就是局中人),导致丧失行动意识,以至几乎是360度全方位无死角地丧失行动能力。而行动意识和行动能力是成年人生存能力中重要的内容。其中包括对现实的感知和判断,对不同局势的预测和应对,对命运的承担和反抗,宝玉没有这个能力,而且确立这种能力的机会,他也一再贻误,变得希望渺茫——好吧,说句寒心的,其实就是没有可能。不要说"宝玉还小,其实是个将成年未成年的少年",这话明显是"为爱者讳",再喜欢宝玉,你心里恐怕也知道:以他的人格和个性,即使长大了也是不中用的,是也不是?和凤姐与他亲妹妹探春做一对照,就会看得很清楚。

这当然不是贵族之家出了个不肖子孙或者世家公子被娇惯成废物那样简单。那样的纨绔废物堆山填海,怎么只有贾宝玉一个人飘然独立,历经时光而至今被人谈论?

读加缪的《局外人》,我有很多瞬间会想起宝玉。《局外人》的主角默尔索,生性温良宽和,但在事业、名利场、爱情、择友上都淡然、不在乎,任何选择他的回答都是"对我都一样""我怎么都行"。似乎丧失了所有世俗的热情。女友想结婚,他也无可无不可;明明自己因为无心之失被庭审,他也没有抗辩,内心深感蒙冤,但是最终也没说什么,就让自己被判了死刑。

翻译家柳鸣九在《〈局外人〉的社会现实内涵与人性内容》一文中写道：

> 默尔索这个人物不仅得到加缪的理性肯定，而且对加缪来说在感情上也是亲近亲切的，他是加缪以他身边的不止一个朋友为原型而塑造出来的，其中还融入了他自己在现实生活中的某种感受与体验。一个是巴斯卡尔·比阿，另一个是被他称为彼埃尔的朋友，而两个朋友身上的共同特点都是"绝望"。巴斯卡尔·比阿是来自巴黎的职业记者，当时在阿尔及尔主持《阿尔及尔共和报》，是加缪的领路人与顶头上司。他酷爱文学，富于才情，在诗歌创作上颇有成绩，也从事各种各样的职业，其中包括不那么高尚的职业如出盗版书等。他具有独特的精神与人格，自外于时俗，轻视现实利益与声名功利，只求忠于自己，自得其乐，有那么一点超凡脱俗的味道。罗歇·格勒尼埃把这个人物称为"极端虚无主义者"，"最安静的绝望者"。关于默尔索的另一个原型彼埃尔，加缪曾经这样说："在他身上，放浪淫佚，其实是绝望的一种形式"，可见加缪对这两个原型，都有一个共同的着眼点，那便是"虚无""绝望"。这一点值得我们在后文中再作一些评析，至于加缪本人融入默尔索身上的自我感情，则是他1940年初到巴黎后的那种"陌生感""异己感"，"我不是这里的人，也不是别处的。世界只是一片陌生的景物，我的精神在此无依无靠。一切与己无关"。

《局外人》几个原型来源，一个是"极端虚无主义者"，"最安静的绝望者"，另一个是"放浪淫佚，其实是绝望的一种形式"，第三个，即适度融入的加缪自己的感情则是：我不是这里的人，……一切与己无关。这三个方面，实在都很容易发现和宝玉的相通之处。

对家族事务，宝玉可真够"一切与己无关"的。

第十六回元春封了皇妃，宁荣二府上下里外一片喜悦欢庆，唯独宝玉，"贾母等如何谢恩，如何回家，亲朋如何来庆贺，宁荣两处近日如何热闹，众人如何得意，独他一个皆视有如无，毫不曾介意。因此众人嘲他越发呆了。"

对家族来说这么大的喜事，而且元春是他亲姐姐、是特别疼爱他的长姐，他也只是如此，可见对于他不在意的事情，他淡漠到何等地步——这是真正的"无感"。

陪黛玉回扬州的贾琏，听到这个消息，马上加快了行程："贾琏这番进京，若按站走时，本该出月到家；因听见元春喜信，遂昼夜兼程而进"，"明日就可到家了"，这番贵族子弟中"正常人"的反应，可以作宝玉的对照。

贾琏与黛玉要回来了，先遣人来报信，宝玉听了，方略有些喜意，但是他是如何反应的呢？"只问了黛玉好，余者也就不在意了。"黛玉之父、他的姑父林如海的后事，堂兄贾琏的旅途奔波，下人们是否一路得力，他一概不问，因为心里根本没有这些。

探春理家的时候，王熙凤对平儿说："虽有个宝玉，他又不是这里头的货，纵收伏了他也不中用。"王熙凤这句话不是贬低宝玉，不但是实情，而且倒是有几分知心，她知道宝玉天资聪慧，只是心思不在齐家治家上面。她觉得宝玉的"不中用"，和宝玉向贾珍推荐她协理宁国府时说的"管必妥当"，其实说明这两个表姐弟兼堂叔嫂互相是懂得的。这也是宝玉和凤姐识人处，当然宝玉识人比凤姐更高，因为他天分高，而且他读书，再者他心里比凤姐安静。

宝玉确实"不是这里头的货"。但他的局外人态度比这走得更远。丫鬟偷东西，他不动怒，也不想追究；小厮与丫鬟私会，他看见了也就看见了，还保证不告诉别人；凤姐管家，他竟然不知道自己家的下人也要领对牌做东西；弟弟推倒蜡灯烫了他一脸泡，他也不责骂，还不让人告诉祖母，一味息事宁人——与其说他仁慈宽谅，不如说他懒得多事、不屑于认真……

有时真的令人无话可说。比如，第六十二回，连黛玉都认为贾府不宜继续奢靡铺张，应该开始俭省，"我虽不管事，心里每常闲了，替你们一算计，出的多进的少，如今若不省俭，必致后手不接。"宝玉笑着说了一句著名的话："凭他怎么后手不接，也短不了咱们两个人的。"这句话实在太像纨绔子弟的不通世事和没心没肺了。但其实仍然是"局外人"立场导致的。也是他缺乏现实感的一种表现。他不知道，真的一旦内囊尽了，自己和家人要面临什么日子，住什么，吃什么，穿什么，会如何苦楚、心酸、屈辱、难捱，老祖母和林妹妹如何承受，大观园又会怎么样，他丝毫没有去想象去担忧，更没有和可卿、探春、黛玉一样的想法：那样的苦难要努力避免。

作为虚无主义者，在他的想象里，繁华似锦、诗酒风流和万缘寂灭、归于虚空似乎就是一体两面，好的这一面享受到尽了，啪嗒一声翻过去，就是一个"无"字，什么都没有了，当然连他这个人也没有了。这样避开了许多的痛苦和折磨，避开了所有的挣扎、撕扯、丑陋、混乱和污浊，甚至也避开了毁灭本身。宝玉内心深处的愿望是：所有的美啊、爱啊，请为我停留。停留到最大极限了，花不要枯萎入泥、雪不要融化成水，就一切直接烟消雾散吧，直接归于虚空吧。

多情的人更绝望，敏感的人更脆弱，灵透的人更痛苦。许多人说宝玉拒绝成长，其实是拒绝俗世的现实，因为现实里一定有痛苦、挣扎、不美和不洁。

他总想着"丰盛的有"直接归于"彻底的无"。这个省略中间过程的"直接"有多么干脆，多么唯美，多么干净，就有多么不现实。

缺乏现实感，最大的原因恐怕在这里。他想避开所有他不想要的，不想看的，不想听的，避开所有他不愿承受、不堪承受的。

灵气过人的人，心理问题往往无药可医无人能救，因为他太"通灵"了，谁也疏不通骗不了劝不住。你对他说要保重身体，他说人终有一死，区区肉身何足挂虑；你对他说要不就及时行乐，他又说总归要清洁精神；你说那便独善其身，他又叹为何天地不仁以万物为刍狗，滔滔尘世万千人受苦；你说那便不计得失入世搏杀匡世济人，他又说其实茫茫大千一切皆空……

有的人在现实中往往很无能，因为想得太多，早已经在心理层面耗尽了力气。全书一开篇说的"正邪两赋"之人，他们的灵气，有一部分是用来发现别人忽略的东西的，另一部分是用来自我折磨和自我消耗的。所以他们如果要开拓要进取，要立一番事业，心理能量根本不够。

成也富贵，败也富贵，宝玉成为"局外人"，现实层面的原因也很多。第一，生长于富贵之家，确实不谙世事不知世路，可算常见病。看看薛蟠和贾珍的败家和胡来，不知天高地厚，不畏神灵律法，便知高门世家子弟，像宝玉这样疏离和躺平真的不是罪。第二，他是钟鸣鼎食的公侯之家的第四代，代际处境尴尬，家族已经明显走下坡路，他再振作也不可能重新上坡，而要把一辆走下坡的巨大马车控制住，对个体而言是生命难以承受之重，贾珠承受不了早早死了，至于宝玉，正如有人评论福克纳《喧嚣与骚动》中的凯蒂所说的"太多的责任导致不负责任"，他的颓、丧都是由来有自的。第三，个人天赋、性情和命定的位置之间的错位，往往造成莫大悲剧。李后主之所以被慨叹"做个才子真绝代，可怜薄命做帝王"，正因为如此：李煜是感性发达、多才多艺的艺术型人格，却偏偏被推上了一国之君的位置。宋徽宗也是相似的情况。宝玉追求个性自由、弃绝仕途经济，投胎技术也不错，却偏偏哥哥死了，于是被置于家族、父母寄予厚望的未来顶梁柱的地位，与李后主、宋徽宗的悲剧是有几分相似的。第四，现实世界中没有令他仰慕的男性楷模——北静王虽然是理想形象，但他是世袭罔替的王爷，对宝玉来说是另一轨道的存在，没有参照和仿效的意义，因此只有清净灵秀的女孩儿们带给他凝视、探究和自我提升的动力，但这种探究和自我提升却是非社会化、非功利化的，不能带来一个成年男性现实中的"长进"和世俗成功，相反，只会在世俗眼中"痴傻""好色""不肖"的道路中越走越远。第五，宝玉聪慧颖悟，自我独特，个性飞扬，他还没有本事安身立命，就看透了现实世界的荒唐、污浊和丑陋，精神层面有着"宁做我"、保守个性、捍卫清洁精神和性灵立场的强大趋向，不可能抛弃洁净的情操和活泼的性灵，费尽心机往仕途经济、送往迎来的"彀中"钻。最后，他天生慧根，又异常敏感，从眼前的繁华旖旎中早早看出了背后的空虚悲凉，从生命的饱满处看到了绝对丧失和绝对虚空，内心有挣脱悲喜尘网、摆脱烦恼、得大自在的倾向，所以不可能再恪守中庸之道，忍耐、谦逊、中庸稳妥地谋求个人的前程和家族的中兴。

宝玉"不是这里头的货"，确实。那么他是什么样的人呢？他是浊世佳公子，现实中无用的艺术型人格。如何理解这样的人？一定要让曹雪芹自己解释才行。看全书刚开篇曹雪芹说的那番话：

> 天地生人，除大仁大恶，余者皆无大异。若大仁者，则应运而生；大恶者，则应劫而生。运生世治，劫生世危。尧、舜、禹、汤、文、武、周、召、孔、孟、董、韩、周、程、朱、张，皆应运而生者；蚩尤、共工、桀、纣、始皇、王莽、曹操、桓温、安禄山、秦桧等，皆应劫而生者。大仁者修治天下，大恶者扰乱天下。清明灵秀，天地之正气，仁者之所秉也；残忍乖僻，天地之邪气，恶者之所秉也。今当运隆祚永之朝，太平无为之世，清明灵秀之气所秉者，上自朝廷，下至草野，比比皆是。所余之秀气，漫无所归，遂为甘露，为和风，洽然溉及四海。彼残忍乖僻之邪气，不能荡溢于光天化日之下，遂凝结充塞于深沟大壑之中，偶因风荡，或被云摧，略有摇动感发之意，一丝半缕，误而逸出者，值灵秀之气适过，正不容邪，邪复妒正，两不相下，如风水雷电，地中相遇，既不能消，又不能让，必至搏击掀发后始尽。既然发泄，此气亦必赋之于人。假使或男或女，偶秉此气而生者，上则不能为仁人为君子，下亦不能为大凶大恶，置之千万人之中，其聪俊灵秀之气，则在千万人之上；其乖僻邪谬不近人情之态，又在千万人之下。若生于公

侯富贵之家,则为情痴情种;若生于诗书清贫之族,则为逸士高人;纵然生于薄祚寒门,甚至为奇优,为名娼,亦断不至为走卒健仆,甘遭庸夫驱制。如前之许由、陶潜、阮籍、嵇康、刘伶、王谢二族、顾虎头、陈后主、唐明皇、宋徽宗、刘庭芝、温飞卿、米南宫、石曼卿、柳耆卿、秦少游,近日倪云林、唐伯虎、祝枝山,再如李龟年、黄幡绰、敬新磨、卓文君、红拂、薛涛、崔莺、朝云之流,此皆易地相同之人也。(第二回)

这段真是千古奇文!仅仅为了这一段话,前二回也断不可少。

总觉得曹雪芹让贾雨村说出这段话,和后面让宝钗说出帮惜春准备画具、颜料的那段话一样,不是人物塑造之必需,而是小说内部功能性段落——作者必须说,所以找了一个相对合适的人来说了。"正邪两赋"这段话太重要了,小说一开始就要郑重道出,可是偏偏开头出场的人物实在少,只能安在贾雨村嘴里了。倒便宜了这个天杀的。(我这样骂贾雨村并不过分,和顺守礼的平儿姑娘是"尊称"他"饿不死的野杂种"的。)

正邪两赋之人,"上则不能为仁人为君子,下亦不能为大凶大恶,置之千万人之中,其聪俊灵秀之气,则在千万人之上;其乖僻邪谬不近人情之态,又在千万人之下。"这一路人,因生活环境不同,可能成为情痴情种、逸士高人、奇优,名娼,但就是不能走寻常路,当不了"正常人",上不了名校,考不了公务员。

贾雨村说他已经遇到过两个这样的"异样孩子",包括甄宝玉,而且还猜测贾宝玉也是这一路人物。后面我们知道,甄宝玉是贾宝玉的镜像,因此,甄宝玉和贾宝玉,一而二,二而一,都是典型的灵邪集于一身的人物。这一路人物,很难用现实的尺度来衡量,但是,"这等子弟,必不能守祖父之根基,从师长之规谏的"。宝玉补不了天,也支撑不了家业,更不要说光大门楣了。"于国于家无望",确实,他是现实中不能指望的那一路人。

补不了天也就罢了,中兴不了家族也可恕——这样的人本是大多数,到今天都如此,诸君也不要因为自己日日上个班打个卡就觉得自己是国族栋梁,就有权苛责宝玉。但是作为正邪两赋之人,宝玉的暗面也是不容忽视的。曹雪芹说了,"异样孩子"身上有不寻常的"邪气"。因为这个,其"在千万人之下"的"乖僻邪谬不近人情之态"所带来的麻烦还是不小的,有时候就是灾难,甚至是致命的。

宝玉的"邪"之所以会导致灾难,是因为他的"非常情",具体说来,一半来自过于理想主义的开端,另一半来自贵族公子的习气:第一是说话随意,有时信口胡说。第二是心思跳脱,会随时"撂开手"。第三,一遇危险,果断自保。

他的众生平等、万物有情,聪明灵秀,知情识趣,以及特别"识人的高下"带来的知心感,使他喜欢的人几乎没有一个不喜欢他的,他想接近的人几乎没有不愿意和他接近的(有例外,比如龄官)。

但是,这些美好的友情,往往看得到开始,猜不中结局。

他和秦钟一见如故,无比亲厚,秦钟死后他"痛哭不已",送殡后"日日思慕感悼,然亦无可如何了"。但是也就这样了。到后面一贫如洗的柳湘莲说设法自己弄了几百钱给秦钟新筑了坟,宝玉却说自己在家做不得主,"虽然有钱,又不由我使",真是不诚恳、不体面的一句话,分明只懂得叫小厮去供大观园里新结的莲蓬,根本没有想到要给秦钟修整坟墓。时过境迁,曾经的同坐同起、情投意合不过如此。

他和金钏儿调笑,导致金钏儿被撵出去,然后悲愤委屈跳井。当王夫人的耳光落到了金钏儿的脸上,宝玉的反应是什么?"早一溜烟去了"。事后也没有求情和设法救助。风云突变,所谓的怜香惜玉不过如此。

他结交琪官,是慕名已久相见恨晚,此后也彼此话头相合、另眼相看,所以琪官将自己最大的秘密告诉了他——要脱离忠顺王府、另寻地方独立生活,但当忠顺王府来人上门逼问琪官下落的时候,权势和严父权威的双重威胁下,他也很快就说出了琪官的下落。这个行为,无论是什么人做的,无论怎么辩解,就是出卖朋友。忠顺王府的人说了,找不到琪官,还要来贾府要人,后来没有来,不用说,琪官被抓回去了。遇到外力威胁,所谓的相交莫逆不过如此。

更令人惊讶的是他还对黛玉表态说:"就便为这些人死了,也是情愿的!"真亏他说得出口。许多人都觉得这是宝玉带伤言志,多么令人感动,果真如此吗?其实不带感情滤镜地看,这简直就是一个人做了有负道义之事后无法面对真相的自我催眠,近乎在心爱之人面前自欺欺人。宝玉挨打,何曾是为了"这些人"的利益?又帮他们担待了什么?金钏儿、琪官,这些人如果不认识宝玉,或者认识了但不那么相信他,而是严守不同阶层之间的界限和分寸,只怕还能多活几年呢。

这还真不是生性柔怯或者年岁小,而是另有原因的。这个原因，导演徐皓峰说的最令我赞同：

> 贵族子弟的共性吧，待人是口上亲热，心里远。你觉得他跟你亲近，是你的自我感觉，你在他心里什么位置，他自己也没有定数。视情况而定，太平时光，你是他兄弟，稍有危机，你就是棋子。
>
> 遇上大险，先保存自己，爹娘皆可抛，以"不绝种"为使命。"仁义礼智信"在平民是道德，对贵族有时是危险，贵族家有灭门横祸，平民家没这个，所以道德观不同。没人教育宝玉这事，天生素质如此。
>
> 金钏儿、蒋玉菡在梦里现身，宝玉对他俩不以为然，这便是真相。现实里，他俩对宝玉太次要了，想不起管，不值得管。
>
> ……
>
> 悲天悯人的宝玉，突然暴露出贵族子弟的自保本能——形象多重，是主角写法。
>
> ——（《通灵宝玉与玫瑰花蕾》第十二回）

就是这个话了。

"遇上大险，先保存自己"，这也罢了，但有时候不需要"保存自己"，他也会犯点混，给别人惹出大麻烦，而且内心似乎并无明确歉疚和良心负担。

被他莫名其妙害惨了的，除了金钏儿，还有尤三姐。第六十六回，柳湘莲在路上遇到贾琏，定了和尤三姐的婚事，把鸳鸯剑作为定礼，尤三姐喜出望外，薛蟠为报柳湘莲救命之恩，这时已经安排好了柳湘莲和尤三姐结婚的宅子和一应东西。然后柳湘莲来见了宝玉——

  二人相会，如鱼得水。……湘莲就将路上所有之事，一概告诉了宝玉。宝玉笑道："大喜，大喜！难得这个标致人！果然是个古今绝色，堪配你之为人。"湘莲道："既是这样，他那里少了人物，如何只想到我？况且我又素日不甚和他厚，也关切不至此。路上工夫忙忙的，就那样再三要来定礼，难道女家反赶着男家不成？我自己疑惑起来，后悔不该留下这剑作定。所以后来想起你来，可以细细问了底里才好。"宝玉道："你原是个精细人，如何既许了定礼，又疑惑起来？你原说只要一个绝色便罢了，何必再疑？"湘莲道："你既不知他娶（指贾琏娶尤二姐），如何又知是绝色？"宝玉道："他是珍大嫂子的继母带来的两位小姨。我在那里和他们混了一个月，怎么不知。真真一对尤物！他又姓尤。"湘莲听了，跌足道："这事不好，断乎做不得了！你们东府里除了那两个石头狮子干净，只怕连猫儿、狗儿都不干净。我不做这剩忘八！"宝玉听说，红了脸。

  湘莲自惭失言，连忙作揖说："我该死胡说，你好歹告诉我，他品行如何？"宝玉笑道："你既深知，又来问我作什么？连我也未必干净了。"湘莲笑道："原是我自己一时忘情，好歹别多心。"宝玉笑道："何必再提！这倒是有心了。"

  宝玉在哥儿们面前"假老练"，直接毁了这桩眼看要成就的姻缘，也断送了尤三姐的性命和柳湘莲的人生。他一张嘴就说错了，在当时的礼教规范之下，怎么可以评价别人家未嫁女子的相貌？你是打哪儿轻易见到的呢？然后又把尤三姐和淫乱罪恶之深渊的东府扯上关系，居然还信口胡说什么"混了一个月"，把尤三姐

· 087 ·

本人钉上了耻辱柱：和贾珍父子、贾琏、宝玉都不清不楚，人人得而"混"之。这时候越是言之凿凿地保证她是"尤物"，越是唤起柳湘莲内心的不洁感，这在一般男子都难以忍受，况且是身世坎坷、志气不折、自尊心异常敏感的柳湘莲？而且在柳湘莲骂了东府波及宝玉的时候，宝玉的猪一样的反应和对答，更坐实了尤三姐是不堪的女子，是贾氏父子、兄弟、叔侄联手想把一顶绿帽子免费赠送柳湘莲，使他成为全天下的笑话。宝玉几句话一出口，柳湘莲还没有出贾府的门，这桩亲事就完了，尤三姐也死定了。

若是贾珍、贾蓉这样谤讪，尤三姐纵死也不至这么冤屈，偏偏是宝玉这样说，明明他一贯怜香惜玉，对尤氏姐妹也在有限的接触中颇为尊重、照拂，绝不会有意要伤害尤三姐；明明尤三姐对他还有几分知己之情，背后还替他说话；更明明他们只在秦可卿葬礼期间的公开场合见过两三回，都没有说上几句话，绝无半点瓜葛，从未有过调笑厮混。男人年轻的时候，常常会有这样的假老练和在两性经历方面的"浮夸风"，宝玉平日都好，但这种劣根性偶尔没摁住，就说错话了，接着一下子被柳湘莲顶到了墙角，又只顾自己尴尬，错过了诅咒发誓、纠正错误的机会。于是，事情急转直下，柳湘莲上门去索回鸳鸯剑，尤三姐知道他是听见闲话，嫌弃自己，千言万语没法自证，就以死明志了，这样浓缩的爱和剖白震撼了柳湘莲，痛悔之下，他一下子冷透了，出家了。宝玉随便说的几句话，造成了这样的结果。"于国于家无望"不打紧，真希望他"乖僻邪谬不近人情"的老毛病不要在柳湘莲上门时发作。居然是由他来断送好女儿尤三姐，真是残酷。

"保存自己"之后,有时候宝玉又像大脑断了片,明明可以施以援手,至少助一臂之力,他却什么都不去做,像双手都粉碎性骨折了似的。最典型的是对晴雯。晴雯被撵,宝玉最清楚后果的严重性,但他就是明知晴雯必死而不敢为她求情。虽说一个少年顶撞动怒的母亲需要的不是一般的胆量,而且面对这样冷酷蛮横的母亲也确实可能效果适得其反,但晴雯被撵出去之后呢?

他本可以找贾母替晴雯喊冤求情,因为晴雯原本是贾母的丫鬟,王夫人没有请示过贾母就把晴雯撵出去是对贾母不敬,是犯了大忌,贾母完全可以一句话就把晴雯救回来,甚至可以把王夫人骂一顿,让晴雯回怡红院,还加她的月例,公然抬举她。即使贾母考虑晴雯与王夫人已经弄僵了、势必难以在怡红院立足,忍下自己初衷落空的暗气,也可以把她叫回自己身边,则晴雯会和鸳鸯一样成为贾母倚重的大丫鬟。再不行,总还可以把她安排到黛玉、探春那里,过几年再替她做主一门合适的亲事发嫁,也就是了。何至于任她这样受尽委屈、凄惨早夭?但是宝玉没有和贾母开口说一句。不是他想不到这个路径,他替黛玉要每天一两燕窝的时候,都知道绕开凤姐和王夫人,直接向贾母提出,贾母也马上让人办妥。但是,他没有为晴雯开口。这样珠围翠绕长大的少年往往缺乏面对强压抗争的勇气和为人打抱不平的侠气。此外,晴雯虽是他看重的第一等人,但终究也没有到离了她就不行的地步。

即使如此,他还可以自己私下设法。他让袭人把晴雯的东西送去给她,或者把私房钱拿几吊去给她养病,说明他也不是不知道晴雯的短缺和困窘,那么到了自己设法独自去看望她的时候,岂不是雇人看护、请医求药、送钱送物的好时机？宝二爷却是两手空空。不要说雇了有经验的老妈子、请了好医生、带了安顿银子，就连些许几吊钱、晴雯爱吃的点心、怡红院现成的一点茶叶，都没有。

更不要说商量对策和精神支持了。如果他看了晴雯的凄惨处境，能说："你且安心吃药调理，不要灰心，撑住这几日，我回去就去求老祖宗，一定把你要回去。"晴雯有没有可能不死？可是他先放弃了，他放弃了救援，完全是临终关怀的态度。他只应晴雯的要求和她交换了一件贴身的袄儿。这个举动，在晴雯是跨越生死的痴心一片，在他也不过是惯常做的，和与蒋玉菡换汗巾子没太大区别。

晴雯对宝玉没有一句怨言，也没有要求他做任何努力。麝月曾经问宝玉怎么看戥子，宝玉笑她："你倒成了才来的了。"晴雯不是怡红院"才来的"，她是了解宝玉的。她只留下深深的知心情谊和纯洁的美感，让宝玉为难的话，她没有说一个字。知己做到这个份上，晴雯真是对得起宝玉。

而宝玉在放弃了晴雯之后，心里还是有牵挂的，他仍在乎自己在晴雯心目中的地位。别的丫鬟说晴雯临死直着脖子叫喊了一夜，那是何等悲惨凄凉的情景，何等令人同情和悲愤的结局，可是宝玉一心追问的是："一夜叫的是谁？"一个丫头说叫的是娘，宝玉不接受，另一个乖巧的丫头说晴雯问起宝玉，有遗言留给宝玉，他才转悲为喜。他心目中"第一等人"、知己、亲人一般的晴雯小小年纪丢了性命，他不追悔自己没有保护好她，不后悔不内疚不惭愧，而觉得她临死有没有念着自己才最重要，还相信她死后是去天上当花神，用这么低劣的创可贴来抚慰自己的精神伤口，这，不是可笑，不是可叹，实在是有些不光彩了。因此，后来洋洋洒洒的《芙蓉女儿诔》，我总是读不太进去，一次都不曾感动。

还有对柳湘莲说自己没法给秦钟修坟，宝玉说"家里虽然有钱，但又不由我使"，这句话也让我惊着了。第十七回，大观园题对额露脸之后，众小厮讨赏，宝玉张嘴就是"每人一吊钱"，小厮们还看不上这一吊钱，而是把他身上佩戴之物都解去了；第二十回，麝月说不去赌钱玩是因为没有钱，宝玉说："床底下堆着那么些，还不够你输的？"第五十一回，请大夫给晴雯看病，商量着给大夫一两银子，结果他和麝月都不识戥子，连麝月都说"别少了，叫那穷小子笑话"，随手就是一块至少二两的银子给了出去，宝玉根本视若无睹。何等随意，何等潇洒，确实是到了视银子若无物的地步。怎么到了给好朋友修坟的时候就没有那几百钱了呢？莫非探晴雯的时候，他也突然觉得自己实际上没有财务自由呢？不然，怎么到看望晴雯的时候，就不拘哪里找不出几两银子呢？

他也仍然是一个真正的贵公子。他叫贾芸来玩，但贾芸来了却扑了空，因为"他原是富贵公子的口角，那里还把这个放在心上，因而便忘怀了。"（第二十四回）一直到大病一场、贾芸坐更看守多日之后，他才真正请贾芸来相见，自己都说"我怎么就忘了你两三个月。"然后他和贾芸聊的"散话"包括：谁家的戏子好，谁家的花园好，谁家的丫鬟标致，谁家的酒席丰盛……（第二十六回）连脂批都忍不住说：写尽纨绔口角。

· 091 ·

贵公子习气，他身上依然有。在对待他不上心的人时，就颇明显。

宝玉的仁慈和温柔只在一个狭窄的地带。一个属于个人、内心、审美、求新求异、高雅趣味的狭长地带。在这个地带之内，他的灵秀明察秋毫、他的温柔无微不至，他也果真信奉众生平等、万物有灵，这都是真的。这个地带里，他自带柔情滤镜、人文放大镜、心理显微镜，关注得很深很细。但出了这个地带，他更多的时候是一个半天才半孩童的少年，基本上是一个缺乏现实感、没有担当的人。

幸亏喜欢他的人，从来也不需要他是个完人才喜欢。不然可怎么来读一部《红楼梦》呢。

这样的一个宝玉，需要原谅，但是他是值得被原谅的。因为书里书外，只有一个贾宝玉。

他身上脱俗的灵气、熠熠生辉的才华、出众的相貌、优美的品格、高超的审美锐度、风流蕴藉的谈吐、近乎本能的柔善心性、众生平等的慈悲心肠、对世上万物近乎"泛神论"的好奇，以及对女性的敬重和珍视，感情至上，弃绝功名，重视天性和个性……每一项都已经很珍贵，何况集于一身，确实是达到了人世间珍稀的境界。

如何原谅这样一个人？第一条就是，他绝无半点坏心眼，他的种种无能、荒谬和"邪"，是老天生就，血统和环境造就的。第二条是，他是真的没有现实感，所以他对自己也很不好，并不懂得如何自私自利。如果大祸临头，可以想象，他也只会像加缪笔下的"局外人"那样，无从挽救自己，甚至因为觉得荒谬而什么都不想说，坐视属于他的灾难的到来。他没有能力在俗世中保护任何人，他爱的人,他欣赏的人,他自己。他谁也救不了,就是掌着灯,看着稀世之花盛开,又纷纷凋零。虽然心碎,但只能那么眼睁睁地看着。暗夜里的掌灯赏花人,这就是他。第三条是,他是人生过程论者,拒绝用功利标准衡量人,他也从来没有标榜过自己有用,也不想有用,让人对他"无用"的指责显得没来由。

我们苛求宝玉,是不是也多少暴露了我们代代相传的重功利轻格调、重实用轻性灵的集体取舍?那么多人赞美宝钗贬低黛玉,也和这种实用至上的口味有关。

而《红楼梦》是无用之人写无用之人、无用之事的书,主打的就是一个无用。无用的人,无用的美,无用的眼泪,无用的心思,无用的相思,无用的雅致,无用的欢笑,无用的仪式,无用的趣味……满纸眼泪,满纸性灵,满纸伤痛和幻灭,也满纸尊贵、洁净与优美,满纸爱、自由和人生真味。

无用而自由,无用而深情,无用而美,无用而深邃。

能领略这样气势磅礴的"无用",潦倒的曹雪芹多么骄傲。所以他写写改改,改改停停,似乎并不着急让它完整地面对世间和时间,因为无用的宝玉、黛玉已经站在那里,他们自会闲闲地穿越千百年忙忙碌碌、人人渴盼有用的时光,一直在那里,一个是阆苑仙葩,一个是美玉无瑕,自有无数人懂,自是入骨风流。完成不完成,以何等面目传播,读者怎么解读,对后来的文学作品性命交关的事情,对这本无用的书来说,都不那么要紧。

《红楼梦》是留给后世千千万万理想读者的——挚爱有情人生、注重心灵自由、捍卫个体尊严与审美价值、坚信精神价值高于现实利益的人，才是《红楼梦》的理想读者。一心只想"有用"的人，只为"有用"活着的人，不必来读《红楼梦》。因为读了也只恨宝玉不早早考了功名、不赶紧娶了宝钗，替他机关算尽，白费心不说，还显得粗蠢。

艺术型人格的光彩与暗面，在宝玉身上体现得非常明显。难为曹雪芹，他写主人公的"邪"，是彼时的达官显贵和无知仆妇直到今天的社会栋梁和平头百姓，都觉得"邪"的那种"邪"，但是他写宝玉的"灵"——明慧处、脱俗处、迷人处，又令人顿时忘记这些。仿佛天下真的有这样一个人，我们被他的通身的"灵气"摄住，不能不一直以视线追随他，以心灵接受他。

这样的人，原是非常情的人，曹雪芹不负责歌颂或者谴责，开篇的两首《西江月》难说褒贬，也不知是似贬实褒还是自我追悔，他不负责裁判，也不代为辩解，他只负责把这样一个宝玉写出来，这样空前绝后，这样活灵活现，这样令人耳目一新，说之不尽。

《红楼梦》这本书是活的，就因为宝玉、黛玉、贾母、凤姐，直至平儿、晴雯、鸳鸯、小红，个个是活的，不同的人去和他们对话，他们会对你说出不同的话来，浅者得其浅，深者得其深。清代邹弢《三借庐笔谈》所谓"《红楼梦》笔墨深微，初读不知，而多读一回便多一种情味"，就是这个话。正因为是活的书，即使是同一个人读它，不同年龄和不同处境、心境下去读，也会听见书中的人对你说出不同的话来，读出不同的情味来。

所以，有一万个读者，就有一万个贾宝玉。而每一个贾宝玉，都光彩熠熠亦暗影迷离，格外立体。

贾府的规矩与凤姐的款段

壹

鸳鸯和凤姐合谋，策划和导演刘姥姥当众表演"小品"来取乐，于是刘姥姥在开席时高声说道："老刘，老刘，食量大如牛，吃一个老母猪不抬头。"说完还鼓着腮不语。引得上上下下都哈哈大笑。第四十回《史太君两宴大观园　金鸳鸯三宣牙牌令》这一幕，曹雪芹依次写了湘云、黛玉、宝玉、贾母、王夫人、薛姨妈、探春、惜春等人的反应，个个大笑，人人失态，唯独没有写和贾母、宝玉、湘云、黛玉同桌的宝钗。说明什么？——宝钗没有笑，更没有任何失态。

"在这场合，没有特别的举动正是她的特别之处。所以，这是'不写之写'。"（潘旭澜《艺术断想·各不相同》）就是说，曹雪芹用"不写"来"写"宝钗的端庄持重、喜怒不形于色。确实如此。虽然宝姑娘不笑，但这顿饭依然很热闹，随后，贾母等人吃完了。就小说情节而言，本来应该回到贾母率众游园的主线，曹雪芹却不急，漾了一个小小余波——

> 这里收拾过残桌，又放了一桌。刘姥姥看着李纨与凤姐儿对坐着吃饭，叹道："别的罢了，我只爱你们家这行事。怪道说'礼出大家'。"凤姐儿忙笑道："你可别多心，才刚不过大家取笑儿。"一言未了，鸳鸯也进来笑道："姥姥别恼，我给你老人家赔个不是。"

被捉弄的人说捉弄她的人"礼出大家"，似乎有点让人意外，意外之余有人难免会想：这话是什么意思？真的就是字面上的意思，还是弦外有音？如果弦外有音，是什么意思？是这个贫苦的老妪在说贾府是"大家"，应该最讲"礼"的，而刚才凤姐和鸳鸯这样恶作剧，是"大家"对客人应有的礼仪和礼数吗？当然不是。这两个人为了取悦贾母，可以说是"孝心虔"，可以算"精致的淘气"，但也游走在"失礼""失体统"的边缘了。因此，有人认为这是刘姥姥在讽刺，是前面不得不忍辱顺从之后高明的反击。再看凤姐的反应是连忙解释，似乎也印证了刘姥姥话里有话。

假设在一桌席上，有人走到对面，对坐在那里的人抬了一下手，谁都没看清，这时如果坐着的人端着酒杯满面春风地站起来，那么大家就会认定他是给人家敬酒；反之，对方捂着脸跳了起来，那么大多数人会认为他打了坐着的人一耳光。

所以根据凤姐的反应，刘姥姥说这话更像是在讽刺，或者至少弦外有音。这种猜测或推断究竟对不对呢？

读经典要细，读《红楼梦》尤其。凤姐说"你可别多心"，我们不是刘姥姥，不可将此话当真，读时要句句经心字字留心，宁可多心，也不可粗心。

"我只爱你们家这行事。怪道说'礼出大家'"，这句话，放在整回里看，确实是"两宴大观园"的第一宴（其实是早餐）、凤姐和鸳鸯捉弄了刘姥姥、刘姥姥卖力"演出"、众人失控大笑之后的事情，这样粗粗看去，这句话，和刚刚发生的凤姐等人对客人的"促狭""取笑"形成反差，确乎有些像讽刺。凤姐听了刘姥姥这句话，也马上觉得自己刚才的行为显然不符合贵族世家待客之道，也许还有违惜老怜贫的应有教养，所以赶紧赔笑解释。如果鸳鸯晚一点进来，刘姥姥也许就有时间打消凤姐的误会，但是鸳鸯进来了，而且她也是笑着道歉的，所以话头就被她彻底带偏。于是刘姥姥只能认真解释起来了，说自己乐意合作，不会计较，"这有什么可恼的！"似乎越发让人感觉凤姐前面的解释是有必要的，也就是说：刘姥姥的那句"礼出大家"确实可能话里有刺。

其实不然。再细细看，刘姥姥是在什么时候说这句话的呢？是"看着李纨与凤姐儿对坐着吃饭"时说的。

注意这个时间。李纨和凤姐是什么时候坐下吃饭的呢？是在贾母等人"一时吃毕"，"都往探春卧室中去说闲话"之后，在原地收拾了残桌，又放了一桌，她们这才吃饭。贾母为什么到探春卧室里休息聊天？因为这顿饭贾母作主，就是在探春住的秋爽斋的晓翠堂上摆的。就是这顿刚刚在秋爽斋的晓翠堂完成的早宴，李纨和凤姐都在，但她们都没有吃，应该都没有坐下过。她们在做什么呢？凤姐摆筷子，李纨端菜，两人还和鸳鸯一起照顾贾母和客人——大家大笑之后，凤姐和鸳鸯装着没事，"还只管让刘姥姥"，恰恰证明"让"客人、给客人布菜本来就是她们在众人大笑之前在做的事情。这是她们在宴席上的职责。捉弄刘姥姥，是为了让贾母和大家开怀一乐，是她们超水平完成职责的华彩部分。

但她们没有一起吃饭。凤姐是荣国府管家奶奶，是贾母和王夫人最器重的人；李纨是贾母的长孙媳妇，贾政和王夫人的长儿媳，虽然年轻孀居，也是荣国府正牌大少奶奶，还生了儿子贾兰——当时是贾母唯一的重孙子。是这样的两个人。刘姥姥当然觉得不可思议。

如果有谁也觉得难以置信，可以翻回第三回，看看林黛玉进了贾府的第一顿饭是怎么吃的。那顿饭，明明已经有很多人伺候，但李纨、王熙凤、王夫人都亲自伺候了整顿饭，"李氏捧饭，熙凤安箸，王夫人进羹"，她们分别捧饭、摆筷子、端羹汤。这是从黛玉的眼中看出来的，所以写得清清楚楚，详详细细。这双聪慧而敏感的眼睛，好奇中满是"留心在意"的紧张，一下子就看出了荣国府的规矩有多大。后来安排座位，王熙凤让黛玉在左面第一张椅子上坐，黛玉推让，贾母让她坐，说王夫人和李纨、凤姐不在这里吃饭，你是客人，应该这么坐。黛玉才坐下了。这时，"贾母命王夫人坐了"，然后迎春姐妹三个才坐下。这里坐的次序很明确：贾母第一个坐，然后客人黛玉坐，然后王夫人坐（想必她还推辞过,所以是贾母"命"了才坐下),然后是迎春、探春、惜春三个姑娘坐下。

李纨和凤姐呢?"二人立于案旁布让",她们两个全程没有坐下过,一直是站着的,站在桌子旁边,而且有事情要做——"布让"。

一顿饭吃完,茶端上来了,贾母说:"你们去罢,让我们自在说话儿。""你们"是谁?儿媳妇和孙媳妇们。王夫人听了忙起身,但也不是转身就走,而是站着又说了两句闲话(想必不外乎表现对贾母的孝敬和对黛玉的关心),然后带着凤姐和李纨两个人离开了。现在,下班了,她们可以去吃饭了。她们吃饭的时候,自然也有许多人伺候的。

所以,围绕着贾府饭桌的永远有两类人,吃饭的人,和伺候吃饭的人。

两种角色可以随时转换。王夫人、凤姐和李纨是主子,但她们是这家的媳妇,所以如果是有贾母在的宴席,她们就是伺候吃饭的人。她们自己吃饭的时候,她们就是被伺候的人。王夫人辈分和年纪大,所以有时候贾母会让她也坐下,接受伺候。

当然有下人。但重大场合时,下人们只能在外围伺候。就是平时,伺候的人也分很多等级。看看怡红院里,小丫头红玉(又叫小红,有几处也写作红儿)找到一个机会给宝玉倒了碗茶,就被大丫鬟们一通数落和挖苦,可见伺候和伺候不一样,里面的等级是非常严格的。

不仅如此,什么人伺候,伺候的性质和色彩也不一样。下人们表达的是忠心和能力,作为主子,同时也是晚辈的王夫人、凤

099

姐和李纨她们，表达的是孝心和教养。王夫人、李纨、凤姐在宴席上伺候贾母吃饭，她们的"劳作"虽是象征性的，但是规矩却是守足了的，比如熙凤和李纨都是不上桌吃饭，比如她们都是一直站着的。就是说，她们常常不是边吃边伺候贾母，而是专门伺候完贾母和照顾完众人（贾母请的客人、陪贾母吃饭的未出阁的妹妹们），等大家吃完饭，自己才吃。这里面是贵族之家的礼数，有刻板压抑的一面，也有合理的一面，做得娴熟了，也有种谦抑之美。像馆阁体的字，虽然没有个性、不太有趣，但也不失某种恭谨、圆润、中规中矩的美感。

所以到了第四十回，凤姐和李纨再次在贾母和其他人都吃过饭之后，才终于坐下来匆匆吃一点。因为规矩一向如此，她们和府里的仆妇、丫鬟都习以为常，但第一次看到这样情景的刘姥姥，就很惊讶、很感慨、很赞叹了。因为她没见过年老长辈是这样受尊重和有地位的，因为她没想到这两位体面尊贵的奶奶是这样谦卑守礼，可能还感动于贾府对客人的礼数——连她这个来打秋风的客人都吃过了，可是这两位奶奶却刚刚坐下来吃。这个时候，她不知道该说什么，但她是个有些见识的人，所以她记起了一句"礼出大家"。大约在她过去的人生中，从来没有懂得这句话的意思，但眼前的这一幕，让她懂得了这句话的涵义，于是她就用它来发出了由衷的赞叹。这一刻，她可能根本忘记了前面的事情，就是真心实意地赞叹了一句。这时候的刘姥姥，有些像一个穷苦的读书人，虽然穷得吃不饱穿不暖，但是手里拿着书读，偶尔感触，评点出一句话来，却超越了自己的处境和身份，显出了见识。

在这里，多心的人倒是凤姐，而刘姥姥的心思没那么复杂，她说的是真心话。

这些贾府上下习以为常的规矩，不要说刘姥姥，就是林黛玉初入贾府时，也大多是第一次见识。"林黛玉常听得母亲说过，他外祖母家与别家不同"。外祖母家就是"敕造荣国府"，而这个"别家"，也不是寻常人家，而是别的官宦人家。也就是说贾府的门第、气势、奢华、规矩都超过一般官宦贵族之家。所以黛玉刚入府，心情紧张而行为谨慎。林黛玉尚且如此，刘姥姥就更不必说了，她发自内心地赞叹，就没有什么可奇怪的了。

"礼出大家"，既是指这样钟鸣鼎食的人家一整套讲究、繁复而不无严苛的规矩，也是指这里的人们对这套规矩的熟稔和举重若轻、行云流水的遵守。

还有一处描写可以作为旁证，第十五回秦可卿出殡途中，凤姐等人到一个庄子里更衣打尖（那时候没有服务区，于是这个庄子临时被征用为服务区），庄汉们都被"撵尽"，"婆娘们无处回避，只得由他们去了"。什么意思？这些农村妇女可以在一定距离内围观凤姐、宝玉这些和他们的人生几乎不可能有交集的人。围观的感受如何？"那些村姑庄妇见了凤姐、宝玉、秦钟的人品衣服、礼数款段，岂有不爱看的？"

《红楼梦》里的"人品"，似乎和现在的意思不一样，更侧重外在，主要是指容貌和气质。所以这里是说凤姐、宝玉、秦钟都长得很好看，气质与众不同，衣着精美而高贵（此时因在办丧事，不会华美），"礼数款段"，是说他们举止从容舒缓、符合礼仪和身份。"款段",看到注解是"形容仪态举止从容舒缓的样子",似乎是形容词,但细品其意,加之和"人品""衣服""礼数"并列,似应理解为名词,就是指举止和派头。这些村姑和庄妇的观感,和刘姥姥应该是一致的,所以反观刘姥姥的话,确实应该就是赞叹,没有别的意思,更不是讽刺。

这里出现了"人品衣服、礼数款段"这八个字。出现在全书最不起眼的角落里,不,连犄角旮旯都算不上,只是出现在非主要情节的支线的小插曲描写的末端,应该说是出现在全书的缝隙里。但这并不起眼的八个字里,有曹雪芹的审美标准,也有他作为小说家的观察角度和描写重点。

黛玉进贾府那一回,主要人物的出场,大部分就是通过写他们的"人品衣服、礼数款段"来让读者留下第一印象的。当然也有例外,比如对黛玉,完全没有写衣服,也基本没有写具体容貌,只写了气质和神韵。众人看她时,是"年貌虽小,其举止言谈不俗,身体面庞虽怯弱不胜,却有一段自然的风流态度,便知他有不足之症"。曹雪芹一上来就告诉我们,不用宝玉那样含情的眼睛,任何人见到黛玉,黛玉的身体纤弱和气质脱俗,都是一望而知的。宝玉看她时,第一层是"细看形容,与众各别",再次点出黛玉与众不同;第二层方是那段著名的描写:"两弯似蹙非蹙罥烟眉,一双似泣非泣含露目。态生两靥之愁,娇袭一身之病。泪光点点,娇喘微微。闲静时如姣花照水,行动处似弱柳扶风。心较比干多一窍,病如西子胜三分。"没有对衣服、五官的具体描写(这些是物质的),"厮见""归坐"过程中的"礼数款段"也只是暗写("行动处似弱柳扶风"即是),但已经给人强烈的印象:这位林姑娘,有一种充满忧愁的诗性气质,有一种带病态的非日常的美,有一种脱俗、明慧、敏感、纤细的气质。"姣花""西子"两个词的出现,极言其美丽。所以那些《红楼梦》中谁最美丽的争论,都是没有仔细体会曹雪芹的笔墨。林黛玉,他用西施来比,薛宝钗,他用杨贵妃来比,都是绝世大美人,但自然是西施最美。第三层是晕染开去——"宝玉看罢,因笑道:'这个妹妹我曾见过的。'"写两个人的似曾相识,照应他们仙界的宿缘。(如果读到这里,忘记了第一回云山雾罩写出的神瑛下凡、绛珠还泪的宿缘,觉得纯然是写一对少男少女的一见如故一见钟情一见倾心,也不算错。人世间的爱情,究竟是因为有宿缘,此生此世此际此时才一见倾心;还是因为此生此世此际此时一见倾心了,才想象和深信有"宿缘"这回事,谁知道呢?)

　　黛玉是例外,写迎春、探春、惜春,尤其浓墨重彩地写凤姐、宝玉,就都是"人品衣服、礼数款段"一样不少。后来写宝钗也是,从头发、衣服、五官、脸型、肤色、丰润的身材、身上的香气直到雪白的手臂,写足了全套。

　　然则曹雪芹看人,自有他与众不同之处,"礼数款段"之中他格外重视两样:举止大方,好口齿。

　　好口齿这一条,有一个情节浓墨写了:第二十七回红玉(小红)偶然回话,因为口齿伶俐而得到凤姐的赏识,后面被凤姐要去使唤了。后来凤姐因贾琏偷娶尤二姐而到宁国府撒泼大闹,她大骂尤氏时仍然没有忘记这个标准:"你又没才干,又没口齿,锯了嘴

· 103 ·

子的葫芦,就只会一味瞎小心图贤良的名儿。"王熙凤自己,自然是有才干,更有口齿,开销人、威胁人的时候雷霆万钧,骂人的时候滔滔不绝、十分狠辣,偏偏她还是个天生的段子手,说笑话编故事加幽默自黑,都是张嘴就来,能逗得贾母开怀、众人大笑。她看不上尤氏"又没才干,又没口齿",这是心里话,只不过本来不该也不会当众说出来。(为达目的不管一切,而且没有必要地践踏别人的尊严,这样的"口齿"已经有点可怕了,可知此人已然黑化。)

正常情况下,好口齿终归是讨喜的。贾母明确说过"凤儿嘴乖,怎么怨得人疼他",她也喜欢口齿伶俐、生动有趣的人。这应该也是曹雪芹的标准。

第五十六回,探春在大观园里改革,平儿替凤姐解释,然后宝钗的一段话也很有意思:

> 宝钗忙走过来,摸着他的脸笑道:"你张开嘴,我瞧瞧你的牙齿舌头是什么作的。从早起来到这会子,你说这些话,一套一个样子,也不奉承三姑娘,也没见你说奶奶才短想不到,也并没有三姑娘说一句,你就说一句是;横竖三姑娘一套话出,你就有一套话进去;总是三姑娘想的到的,你奶奶也想到了,只是必有个不可办的原故。这会子又是因姑娘住的园子,不好因省钱令人去监管。你们想想这话,若果真交与人弄钱去的,那人自然是一枝花也不许掐,一个果子也不许动了,姑娘们分中自然不敢,天天与小姑娘们就吵不清。他这远愁近虑,不亢不卑。他奶奶便不是和咱们好,听他这一番话,也必要自愧的变好了,不和也变和了。"

探春也承认自己的一肚子气,被平儿说消了。

平儿的口才好,段位更在红玉之上,也在妙玉之上。宝玉、黛玉、宝钗难得到栊翠庵喝一杯茶,这是妙玉的高光时刻,可惜她高调得过头,自视太高,分别心太重,又太想在宝玉面前显示自己的超尘脱俗,结果言语之间颇不自然,还出语尖刻。作为暂时的主人,又是在品茶的时候,可是她不但卖弄,还连黛玉都奚落了,这样的作派其实是破坏品茶意境的。平儿的好口齿,是为了别人,所以真的好;妙玉的好口齿,只为了自己,又内心戏太多,有点用力过猛,说着说着收不住话锋,锋利过了头,就有点可厌了。

举止大方,第一层是要缓慢、舒徐、持重。这个标准自带贵族气。曾国藩在写给儿子曾纪泽的家书中反复提到这件事情:"尔语言太快,举止太轻,近能力行'迟重'二字以改救否?"(咸丰十一年七月二十四日书)"尔在家常能早起否?……说话缓慢、行路厚重否?宜时时省记也。"(咸丰十一年九月二十四日书)。这可能是现代社会淡忘、废弃的一个标准。但《红楼梦》里仍然是在乎这个标准的。

凤姐这个人,似乎总是过于闹腾,不够端庄,但其实,前十几回里面,她的举止是舒徐自持,相当得体的。看曹雪芹如何写她:

凤姐也不接茶,也不抬头,只管拨手炉里的灰,慢慢的问道:"怎么还不请进来?"(第六回)

那凤姐只管慢慢的吃茶(第六回)

凤姐儿听了,款步提衣上了楼(第十一回)

闻人报:"大爷进来了。"唬得众婆娘唿的一声,往后藏之不迭,独凤姐款款站了起来。(第十三回)

凤姐出至厅前,上了车,前面打了一对明角灯,大书"荣国府"三个大字,款款来至宁府。(第十四回)

凤姐缓缓走入会芳园中登仙阁灵前,一见了棺材,那眼泪恰似断线之珠,滚将下来。(第十四回)

这才是一个贵族少奶奶的仪态和风度。贵族小姐也不是这样的,必须是少奶奶,而且"很应该"是当家的、得意的少奶奶。

一体两面,凤姐就很讨厌别人慌里慌张,认为慌张、冒失很不高贵、不体面,很惹人厌。她骂贾环:"老三还是这么慌脚鸡似的,我说你上不得高台盘。""慌脚鸡"骂得很刻薄,也很形象。

举止大方,还包括出得了场面。第十四回中,宁国府办丧事,凤姐去帮忙主事,"一应张罗款待,独是凤姐一人周全承应。"这个其实很奇怪,虽然说尤氏"病"了,但偌大一个宁国府,就没有其他女眷了吗?有。"合族中虽有许多妯娌,但或有羞口的,或有羞脚的,或有不惯见人的,或有惧贵怯官的,种种之类,俱不及凤姐举止舒徐,言语慷慨,珍贵宽大;因此也不把众人放在眼里,挥霍指示,任其所为,目若无人。"大场面的时候,羞口、羞脚、不惯见人、惧贵怯官,这些都不行。曹雪芹写凤姐"举止舒徐,言语慷慨",则在举止大方和好口才基础上更上一等,显出了足够的控场能力和非比寻常的气度。都说秦可卿的丧事,就为写王熙凤一个人,的论。这一回写足了她的能干自信,写透了她的爱逞强,也写活了她的气场大。

到这里为止,曹雪芹对她主要都是欣赏的。别忘了是谁推荐凤姐来"协理宁国府"的?是宝玉。从来不管家务事的宝玉对凤姐的欣赏,这里透露的是作者的态度。

第十四回还写道——

> 凤姐儿见自己威重令行,心中十分得意。因见尤氏犯病,贾珍又过于悲哀,不大进饮食,自己每日从那府中煎了各样细粥,精致小菜,命人送来劝食。(凤姐有条不紊、滴水不漏,是大家子出身的管家奶奶的行事。也是"礼出大家"。)贾珍也另外吩咐每日送上等菜到抱厦内,单与凤姐。(这是写宁国府对她的礼遇和感激,再次暗示没她不行。)那凤姐不畏勤劳,〔有一个版本的评语极妙:"不畏勤劳者,一则任专而易办,一则技痒而莫遏。士为知己者死。不过勤劳,有何可畏?"(蒙双行夹批)〕天天于卯正二刻就过来点卯理事,独在抱厦内起坐,不与众妯娌合群,便有堂客来往,也不迎会。

这样的气概,这样的得意,这样的任意挥洒,无所顾忌,太满了,埋藏着某种危险。

果然,水月庵里,化身为老尼姑的命运在等她了。老尼姑受人所托,需要通过贾府走通上层门路,要拆散一对年轻人的婚约,好将那个女孩儿另许一个官二代。在老尼的奉承、利诱加激将之下,正因大显身手而得意忘形的王熙凤终于说出了这样的话:"你是素日知道我的,从来不信什么是阴司地狱报应的,凭是什么事,我说要行就行。"

这话说得没王法没天理。这是凤姐形象的转折点，也是她命运的转折点。在这里，多米诺骨牌的第一块被轻轻推倒了。伟大的小说家曹雪芹让我们清清楚楚地看见：一个人的自信如何成了狂妄嚣张，慷慨挥洒如何成了肆意妄为、毫无敬畏和不知戒惧。如果能看到曹公的后四十回，我们一定会看到这种膨胀的可怕后果。

王熙凤的这个决定，其实是随机的、冲动的。她决定得太快了。质变的那一刻，往往是快的。就如花开，常常是慢的，而花谢，只在转眼之间。

此时和此后的凤姐，再也没有"缓缓"和"款款"的风度和心态了。那份从容、矜持、舒徐、"珍贵宽大"，是她的出身和教养给她的莫大祝福，可惜她轻易地把它弄丢了。生来拥有很多资源的人往往不懂得珍惜，偏生她能力出众，于是加上不知敬畏。强者之败，就是这样开始的。

宝钗什么都有，黛玉只有眼泪

壹

不知道第几遍读到第三十四回《情中情因情感妹妹　错中错以错劝哥哥》，读到宝玉挨打之后，宝钗立即送了特效的丸药来，而黛玉来时，却两手空空，只是哭得"两只眼睛肿的桃儿一般"，不禁长叹一声，一句话撞上心头：宝钗什么都有，黛玉只有眼泪。

眼泪有什么用！妙的是，曹雪芹还要从黛玉口中说一遍。宝钗因为批评薛蟠不该挑唆人告宝玉，呆霸王被冤枉，一着急就口不择言说宝钗想嫁给宝玉，这下子把宝钗气哭了，而且回房间整整哭了一个晚上。第二天起来，也无心梳洗，便出来看也被薛蟠气得够呛的母亲，正巧遇到黛玉"独立在花阴之下"，黛玉看她无精打采，眼睛又明显是哭过的样子，就笑着刻薄她："姐姐也自保重些儿。就是哭出两缸眼泪,也医不好棒疮!"这个阶段的黛玉逢着机会就刺宝钗几句,却不料这回本就以己度人说错了,反而说中了自己——令人恍悟黛玉哭出了多少眼泪,也医不好宝玉的棒疮,也保不住人间仙境大观园,也成就不了木石姻缘。却原来,绛珠仙子一生的眼泪,点点滴滴流在神瑛侍者的心上,每一点每一滴都像珍珠一样,而在现实的世界中是没用的。他是无用的人,她给的是无用的眼泪。

黛玉所有的,只是她的眼泪。宝钗完全不同,极少流泪的宝钗,什么都有。

为什么说薛宝钗什么都有呢?

首先,他们家在京中有房舍,还有几处。当他们全家进京城的时候,曹雪芹让我们看得很清楚,他们是有选择地住进了贾府,不但薛宝钗的舅舅王子腾家可以住,就是他们自己在京中也是有房子的。看第四回——

那日已将入都时,却又闻得母舅王子腾升了九省统制,奉旨出都查边。薛蟠心中暗喜道:"我正愁进京去有个嫡亲的母舅管辖着,不能任意挥霍挥霍,偏如今又升出去了,可知天从人愿。"因和母亲商议道:"咱们京中虽有几处房舍,只是这十来年没人进京居住,那看守的人未免偷着租赁与人,须得先着几个人去打扫收拾才好。"他母亲道:"何必如此招摇!咱们这一进京,原该先拜望亲友,或是在你舅舅家,或是你姨爹家。他两家的房舍极是便宜的,咱们先能着住下,再慢慢的着人去收拾,岂不消停些。"薛蟠道:"如今舅舅正升了外省去,家里自然忙乱起身,咱们这工夫一窝一拖的奔了去，岂不没眼色。"他母亲道："你舅舅家虽升了去，还有你姨爹家。况这几年来，你舅舅姨娘两处，每每带信捎书，接咱们来。如今既来了，你舅舅虽忙着起身，你贾家姨娘未必不苦留我们。咱们且忙忙收拾房屋，岂不使人见怪？你的意思我却知道，守着舅舅姨爹住着，未免拘紧了你，不如你各自住着，好任意施为。你既如此，你自去挑所宅子去住，我和你姨娘、姊妹们别了这几年，却要厮守几日，我带了你妹子投你姨娘家去，你道好不好？"薛蟠见母亲如此说，情知扭不过的，只得吩咐人夫一路奔荣国府来。

他们出场的时候，读者容易被薛蟠惹下的人命官司和抢来的英莲吸引，容易忽略一个小小背景，薛家的财势。"丰年好大雪"的薛家在京中有几处房舍，而且直到进京快到了，他们才讨论此事，显然对那几处房舍并不很放在心上。再看第四回结束的地方，就是他们进了贾府以后，薛姨娘和她的姐姐王夫人私底下约定，"一应日费供给一概免却，方是处常之法"。就是说薛家人所有的日常开销都自己来，所有物资保障和待遇都不要贾府管了，薛姨妈这句说得高明，这样才是长久之计。王夫人呢，也就一口答应了，这不是姐妹之间客不客气的问题，是王夫人清楚妹妹家的实力。

黛玉后来也对宝钗说："你如何比我？你又有母亲，又有哥哥，这里又有买卖地土，家里又仍旧有房有地。你不过是亲戚的情分，白住了这里，一应大小事情，又不沾他们一文半个，要走就走了。"黛玉看得清楚。而黛玉自己呢？"我是一无所有，吃穿用度，一草一纸，皆是和他们家的姑娘一样，那起小人岂有不多嫌的。"宝钗还有家，薛家更是财力雄厚，这一点，让两个女孩子在贾府的底气完全不同。

钗、黛待人接物的巨大差异，一般人都将原因归于性格，其实和这个底气也有关系。宝钗摆平自己的热毒（热衷和火气），其实靠的不是冷香丸，主要是一味神药：银子。有钱，自然凡事不多心，凡事不计较，凡事不紧张，出手疏爽，容易周全。她当然比黛玉容易平和淡定得多。

有钱和有很多钱，又是两回事。来看第十三回，秦可卿突然去世了。这个时候呢，秦可卿的公公贾珍说了那句著名的荒唐话，就是："如何料理，不过尽我所有罢了！"这句话，情感冲动完全压倒了理智，失去了分寸，相当奇异，有点荒谬，往往被当成贾珍和秦可卿不伦的佐证，其实也有一种破罐子破摔的姿态。加上没有长辈管束，贾珍在秦可卿丧事上冲动到底，"恣意奢华"。但是选棺材的时候，他看了好几副杉木板（后来贾政认为按规格就该选杉木），他都看不上，正巧薛蟠来吊唁慰问，听说贾珍找不到好板，就对他说："我们木店里有一副板，叫作什么樯木，出在潢海铁网山上，作了棺材，万年不坏。这还是当年先父带来，原系义忠亲王老千岁要的，因他坏了事，就不曾拿去。现在还封在店里，也没有人出价敢买。你若要，就抬来使吧。"抬来一看，是什么样的木头呢？"帮底皆厚八寸，纹若槟榔，味若檀麝，以手扣之，玎珰如金玉。"大家都赞叹称奇，贾珍问价钱，薛蟠很阔气，笑道："拿一千两银子来，只怕也没处买去，什么价不价，赏他们几两工钱就是了。"做人中庸的贾政这时劝贾珍："此物恐非常人可享者,殓以上等杉木也就是了。"贾珍不听。

如此珍贵和不寻常的木料,原来是给一个亲王准备的,薛宝钗家都有。

当然,如果宝钗能参与秦可卿的葬礼,肯定是不会像薛蟠做这样不得体、不守礼、有僭越味道的举动,毕竟宝姑娘的两大好处,一是无短板,二就是有超越年龄的分寸感。但是以她在家里的地位,她对这些财物的支配权,和薛蟠是差不多的。所以她也是送得起这样的豪礼的。

说到葬礼,正好宝钗也遇到一次。第三十二回,金钏儿跳井自杀了。王夫人正在说,她想把姑娘们的新衣服拿两套给金钏儿装裹,但是最近姑娘们又正巧没有新做衣服,只有黛玉生日做了两套,然后王夫人怕黛玉忌讳,不好向她开口(此处批评黛玉,真是亏王夫人说得出口!贾母最疼爱的外孙女、自己的外甥女过生日的新衣服,现在居然想拿去给死去的丫鬟穿,这岂止是不好开口,作为舅母都不应该在脑子里出现这个念头),所以王夫人正在叫裁缝赶做,这个时候江湖人称"及时雨"的宋——啊,不对,薛宝钗就连忙说了:"姨娘这会子又何用叫裁缝赶去,我前儿倒做了两套,拿来给他岂不省事。况且他活着的时候也穿过我的旧衣服,身量又相对。"在王夫人需要的时候,宝钗又随手就拿出了两套新衣服。宝钗平时的装扮总是半新不旧,很低调的,她为什么就能够随时有正巧刚做了的新衣服呢?自然是他们家不断给她做新衣服,所以实际上宝钗有很多的一年四季的新衣服,穿都穿不过来，而她偏偏挑那些旧的穿，一方面与暴发户划清界限，彰显自家是旧族，穿着妆饰走的是"老钱风"路线，更有格调，同时也显得自己作为大家闺秀的安分平和。但薛家岂能亏待唯一的大小姐？自然是不管她穿不穿，依然会按时节不断给她做新衣服，所以，她的新衣服不要说两套，就是十套八套，也是说拿就能拿出来的。这里明写两套，其实写了背后的无数套。正如此处明写宝钗的懂事和遇事镇定，其实写透了她的冷漠无情。

看这一段，估计不止我一个人有一种冲动，想堵在薛宝钗气定神闲地离开的路上，劈头对她说：不愧是姓薛啊，可惜只有雪的冰冷，没有雪的洁净。听听你满嘴说的是什么？这是一条人命啊，你再怎么想帮亲姨妈搞心理建设，也不能张嘴就把金钏儿的自杀说成失足掉下去；一个如此年轻的女孩子，你再怎么看轻她，怎么忍心在她死后还说她是个糊涂人？这是和你平常有往来的女孩子啊，因为她是王夫人身边的贴身丫鬟，你连她的身材尺寸都注意到、送过她旧衣服的，就算你当时纯粹是出于公关，她终究也不是一个陌生人，她突然死了，就不值得你情绪有一点点涟漪——哪怕几秒钟的黯然，一时的不知说什么好？

宝钗在金钏儿死后的表现，是无法为之辩解的。因为此事本与她无关，这是她主动选择去表现的。吃了那么多冷香丸，也没能在这种时候学会高贵的沉默，她太想在王夫人面前建功立业，功倒是立了，也造了孽。孝敬长辈没错，帮亲不帮理也可以理解，但是总要有底线。不问黑白，毫无慈悲，机巧百出，浑然天成，"懂事"到这个地步，实在也太会做人了，段位高是高，到底少了些人情味。

可惜王夫人们不会这么看,她们看到的只是宝钗及时奉上的两套衣服,还附赠贴心安慰。俗世之中,宝钗真是要什么有什么。

再来看第三十四回宝玉挨打,宝玉被父亲打得不轻以后被抬回了怡红院。姐妹兄弟中第一个来的人是谁呢?是宝钗。"及时雨"宝钗来了,而且不空手——只见宝钗手里托着一丸药走进来,向袭人说道:"晚上把这药用酒研开,替他敷上,把那淤血的热毒散开,可以就好了。"治疗棒伤的特效药,宝钗也有,而且是很方便能拿到的,所以她这么快就来了。

再看第三十七回,湘云想做东,邀一次诗社,宝钗就给这个名士风度的诗人加文艺女青年提个醒,告诉她:不能不考虑钱的事情。

有人认为,"也只有宝钗能把一个原本很小众也不需要花钱的文青活动,做大做强办成集体聚会。海棠社是怎么起来的?探春一纸邀约,众人即兴应和,又趁着贾芸送来两盆白海棠,即以海棠为题写诗——让迎春随手打开一本诗集,一个丫鬟随口说一个字,定下格律和韵脚,就这么乘兴而起,又风雅又随意。

而宝钗认为,诗社虽小,但关键是不能得罪人。她是把文青聚会当成社交,把娱乐搞成应酬的。"(《刘晓蕾〈红楼梦〉十二讲》)

这里对宝钗的看法我赞同,而且觉得嘲讽得痛快而不失忠厚;不过说大观园起诗社"不需要花钱",却觉得也对也不对。探春发起海棠诗社,确实又风雅又随意,不过大家在秋爽斋写完诗、评完诗，之后做了什么呢？大家"略用些酒果，方各自散去"（第三十七回）。这些酒果应该是探春出的，因为她说了既然是她起的意，就要先做个东道主人。其实还用了一些纸、墨，以及一支用来计算时间的、叫作"梦甜香"的香，虽然没写到，但应该还有请众人喝的茶——大观园里的茶，也不是便宜之物。笔墨纸砚香，平时就有，诗社时用用无所谓，酒果却要事先准备下，茶可能也要——毕竟大观园里每个人喝茶的口味都不一样。难怪过了没多久，探春、李纨带着众姐妹一起来找凤姐，一定要她进诗社当"监社御史"，凤姐一语道破她们的心思："你们别哄我，我猜着了：那里是请我作监社御史，分明是叫我作个进钱的铜商！你们弄什么社，必是要轮流做东道的。你们的月钱不够花了，想出这个法子来拗了我去，好和我要钱。"李纨忍不住笑了，说："真真你是水晶心肝玻璃人。"凤姐答应了。（这里插句闲话，王熙凤最后的表态真是春风妙趣、口舌生香："我不入社花几个钱，不成了大观园的反叛了，还想在这里吃饭不成？"令我不禁想起过去有个说法："恨凤姐，骂凤姐，不见凤姐想凤姐"，凤姐确实有可恨之处、该骂之处，但也确实有这样的魅力。）

所以，诗社还是要花钱的。在凤姐挖苦李纨吝啬、不肯出钱陪姑娘们玩玩的话里面，她凭直觉随口说出诗社大致需要"每年一二百两银子"，如此说来让姑娘们从月钱里出确实不是办法，要运转得顺滑，要长久，真的需要固定的经费来源呢。

风雅是出水的荷花，"出淤泥而不染，濯清涟而不妖，"可是没有淤泥和水，哪里来的荷花？荷花需要水和淤泥，风雅往往更费钱呢。

回到宝钗为湘云筹划螃蟹宴的时候。只听现实主义的好姑娘"时宝钗"对浪漫主义的"憨湘云"循循善诱：你既然要开社呢，就要做东。你现在这里呢，又做不得主，一个月你在家统共就那么几串钱，你还不够盘缠呢，你现在又干这些没要紧的事儿，你婶子听见了越发抱怨你了。况且你就是把你的零花钱都拿出来做这个东道也不够，难道为这个家里去要吗？还是要再往这里（向贾母、王夫人、凤姐）要呢？一听这番话，完全没有心理准备的湘云不知道怎么办了。这个时候宝钗就说了："这个我已经有个主意。我们当铺里有个伙计，他家田上出的很好的肥螃蟹，前儿送了几斤来。现在这里的人，从老太太起连上园里的人，有多一半都是爱吃螃蟹的。前日姨娘还说要请老太太在园里赏桂花吃螃蟹，因为有事还没有请呢。你如今且把诗社别提起，只管普通一请，等他们散了，咱们有多少诗作不得的。我和我哥哥说，要几篓极肥极大的螃蟹来，再往铺子上取上几坛好酒，再备上四五桌果碟，岂不又省事又大家热闹了。"

看看，宝钗又有好主意，又有好螃蟹——当令的价格不菲的极肥极大的螃蟹，而且轻易就能拿出几篓来，他们家的铺子上还有好酒，她也很方便就能够办齐四五桌的果碟。而这些，是连湘云这样"阿房宫，三百里，住不下金陵一个史"的史家出身、又受贾母疼爱的大小姐都不是随心所欲可以轻易办到的。

宝钗的"以德服人"是无远弗届，也是能攻城拔寨的。第四十五回，宝钗来探望黛玉。说到黛玉的身体情况，精通医理的宝钗就说:"依我说,先以平肝健胃为要,肝火一平,不能克土,胃气无病,饮食就可以养人了。每日早起拿上等燕窝一两,冰糖五钱,用银铫子熬出粥来,若吃惯了,比药还强,最是滋阴补气的。"黛玉听了很感动,但是说了,在这里,每年请大夫、熬药、人参肉桂,已经闹了个天翻地覆了,再去跟他们说要吃燕窝粥,容易讨嫌,所以不能再多事了。宝钗就说:"你说的也是,多一事不如少一事。我明日家去和妈妈说了,只怕我们家里还有,与你送几两,每日叫丫头们就熬了,又便宜又不惊师动众的。"这里大家注意啊,所谓"只怕我们家还有",是宝钗说话习惯性地留余地,也是几分自谦、不便炫耀的意思,事实上是他们家肯定有,宝钗心里很清楚。结果并没有等到第二天第三天,当天晚上,宝钗就让蘅芜苑的婆子送来了燕窝。是一大包上等燕窝,还有一包洁粉梅片雪花洋糖。跑腿的婆子转达宝钗的话:这比买的强,姑娘先吃着,完了再送来。

宝钗这次大手笔,送的是上等燕窝。而且照例很细心,连调味的糖都一起送来了。"这比买的强"这句话非常体贴,含了一层意思是,不是你买不起,正好我家有这个,省得你费事去找这个市面上难觅的好东西了,只是帮你省事。

这样的燕窝,当天说,当天就送来。宝钗真是什么都有啊。

薛家虽然来贾家暂住,也可能确如某种说法是来亲戚家转运(徐皓峰语),但经济方面一点不依靠贾家,甚至在许多方面可以顺手给贾家一些帮助。可见薛家的"权势"虽然在走下坡路,但财势犹在。

然后第四十九回,"琉璃世界白雪红梅",这个时候,大多数人都穿着很讲究的御寒衣服:各式斗篷、鹤氅,"不是猩猩毡,就是羽缎羽纱的,十来件大红衣裳映着大雪,好不齐整"(平儿语),这个画面让爱红的曹雪芹心花怒放,连对林黛玉都破例写了穿着打扮:"黛玉换上掐金挖云红香羊皮小靴,罩了一件大红羽绉面白狐狸皮的鹤氅,系一条青金闪绿双环四合如意绦,上罩了雪帽。"居然是一身大红。总之,这个下雪天大家的衣服有三个特点:保暖,讲究,大红。不过也有三个人没有穿大红。第一个是李纨,她是寡居的女子,不会穿红色,她穿了一件青哆罗呢对襟褂子。第二个是邢岫烟,她没有避雪的衣服,是一件旧毡斗篷,既不好看也不暖和,在雪中"拱肩缩背,好不可怜见的"(平儿的观感)。第三个和别人不一样的就是宝钗,宝钗穿一件莲青斗纹锦上添花洋线番羓丝的鹤氅,颜色:蓝紫色的;花纹:交叉图案上重叠自然花卉;质地:用丝线混合进口细羊绒的织物;式样:优雅大气的鹤氅。宝钗对维护人设是当真的,大雪天她也与众不同,偏不穿红的,她穿了蓝紫色。颜色含蓄,但是料子和花纹都高级,"丰年好大雪"的薛家的姑娘,时时刻刻把低调奢华贯彻到底了。舒适保暖而淡雅内敛的鹤氅,宝钗自然也有。

湘云穿的也漂亮,湘云穿的是贾母给她的一件衣服,而宝钗那件鹤氅他们家本来就有的,所以还是宝钗什么好东西都有。

后来薛蟠出去做生意,给薛姨妈带了一箱绸缎绫锦洋货等家常应用之物,给宝钗带了一箱礼物,"却是些笔、墨、纸、砚,各色笺纸、香袋、香珠、扇子、扇坠、花粉、胭脂等物;外有虎丘带来的自行人、酒令儿、水银灌的打筋斗小小子、沙子灯,一出一出的泥人儿的戏,用青纱罩的匣子装着;又有在虎丘山上泥捏的薛蟠的小像,与薛蟠毫无相差。宝钗见了,别的都不理论,倒是薛蟠的小像,拿着细细看了一看,又看看他哥哥,不禁笑起来了"。"因叫莺儿带着几个老婆子将这些东西,连箱子送到园子里去。又和母亲哥哥说了一回闲话,才回园子里去。……宝钗到了自己房中,将那些玩意儿一件一件的过了目,除了自己留用之外,一分一分配合妥当,也有送笔、墨、纸、砚的,也有送香袋、扇子、香坠的,也有送脂粉、头油的,也有单送玩意儿的。只有黛玉的比别人不同,且又加厚一倍。"(第六十七回)

当时交通和物资流通不便,外地的特产不容易见到,但这样精美别致的江南土特产,宝钗一得就是琳琅满目的一大箱,除了她自己留下的,还足够她分给所有贾家上下,包括少有人缘的贾环,连赵姨娘都很高兴。

到了第七十七回,王夫人找不到好人参,找得焦躁,只好来问贾母——这是荣国府的最后防线,贾母果然有,命鸳鸯拿出来,还有一大包,皆有手指头粗细,就称了二两给王夫人。谁知道送到医生家里,医生说"这一包人参,固然是上好的,如今就连三十换也不能得这样的了,但年代太陈了。这东西比别的不同,凭是怎么好的,只过一百年后,就自己就成了灰了。如今这个虽未成灰,然已成了糟朽烂木,也无性力的了。请太太收了这个,倒不拘粗细,好歹再换些新的倒好。"

偌大的贾府,居然找不到二两好人参,这对王夫人是个打击,而且贾母珍藏的上好人参已成了糟朽烂木，不能用了，这对家族而言显然是个很坏的兆头，这个打击更大，于是——

  王夫人听了，低头不语，半日才说："这可没法了，只好去买二两来罢。"也无心看那些，只命："都收了罢。"因问周瑞家的说："你就去说给外头人们，拣好的换二两来。倘一时老太太问，你们只说用的是老太太的，不必多说。"
  周瑞家的方才要去时，宝钗因在坐，乃笑道："姨娘且住。如今外头卖的人参都没好的。虽有一枝全的，他们也必截做两三段，镶嵌上芦泡须枝，掺匀了好卖，看不得粗细。我们铺子里常和参行里交易，如今我去和妈说了，叫哥哥去托个伙计过去和参行商议说明，叫他把未做的原枝好参兑二两来。不妨咱们多使几两银子，也得了好的。"王夫人笑道："倒是你明白。就难为你亲自走一趟更好。"
  于是宝钗去了，半日回来说："已遣人去，赶晚就有回信。明日一早去配也不迟。"王夫人自是喜悦，因说道："'卖油的娘子水梳头'，自来家里有好的，不知给人多少。这会子轮到自己用，反倒各处求人去了。"说毕长叹。（第七十七回）

  又是宝钗。宝钗有好人参——至少有买到原枝好参的渠道。她的帮助，让王夫人又高兴又感慨。这番找好人参的折腾已经把贾府的实情暴露得彻底了，所以王夫人的"喜悦"也有点心酸。
  按照薛家和王夫人的亲密程度，还有宝钗对王夫人的一贯体贴，估计找到了人参也不会让王夫人出钱的，肯定就是薛家送了，宝钗会笑着说："姨娘再别说这个话，姨娘面前，这点人参我们还孝敬得起。"或者说"我哥哥说，两下里有的是生意往来，不用现支银子，姨娘不用管了。"这是后话，当场王夫人伤感，还得开导，论安慰开导人，还得是宝钗——

  宝钗笑道："这东西虽然值钱，总不过是药，原该济众散人才是。咱们比不得那没见世面的人家，得了这个，就珍藏密敛的。"王夫人点头道："这话极是。"

不得不说，宝钗这句话劝得实在高，高明，高级，高雅。宝钗的世事洞明、人情练达、反应灵、会说话和有身份，真是可以打一百二十分——如果满分一百分、附加分二十分的话。
  说回大观园，宝玉挨打那一回，黛玉在做什么？

  这里宝玉昏昏默默，只见蒋玉菡走了进来，诉说忠顺府拿他之事；又见金钏儿进来哭说为他投井之情。宝玉半梦半醒，都不在意。忽又觉有人推他，恍恍忽忽听得有人悲泣之声。宝玉从梦中惊醒，睁眼一看，不是别人，却是林黛玉。
  宝玉犹恐是梦，忙又将身子欠起来，向脸上细细一认，只见两个眼睛肿得桃儿一般，满面泪光，不是黛玉，却是那个？宝玉还欲看时，怎奈下半截疼痛难忍，支持不住，便"嗳哟"一声，仍旧倒下，叹了一声，说道："你又做什么跑来！虽说太阳落下去，那地上的余热未散，走两趟又要受了暑。我虽然捱了打，并不觉疼痛。我这个样儿，只装出来哄他们，好在外头布散与老爷听。其实是假的，你不可认真。"此时林黛玉虽不是嚎啕大哭，然越是这等无声之泣，气噎喉堵，更觉得利害。听了宝玉这番话，心

中提起万句言词，只是不能说得，半日，方抽抽噎噎的说道："你从此可都改了罢！"（第三十四回）

黛玉已经哭了很久，眼睛肿得桃子一般，因此不能在有人的时候来看宝玉——怕人家拿他们取笑打趣，所以特地等到怡红院里安静了才来，而且后面一听凤姐来了，马上就又躲开了。黛玉的哭，是没有功利性的、发乎真情、自己也不能控制的心疼、怜惜和伤感。自己控制不了自己的情绪，这本是恋爱中的常态。一个人，如果从来没有管不住自己的心、自己苦自己、自己为难自己的体验，也很难说是真的恋爱过。黛玉只是不能不哭，怕别人看见，还是哭；伤身体，还是哭；紫鹃苦苦地劝，还是哭。

黛玉能给宝玉的，只有眼泪。

见与不见，吵架与不吵架，理解与不理解，赌气与不赌气，默契与不默契，担心和不担心，感动与不感动，她都在哭，都在为他而哭。

"想眼中能有多少泪珠儿，怎禁得秋流到冬，春流到夏？"这是曹雪芹的深深怜惜和无限叹息。

但是他懂得林黛玉，懂得这样的感情，所以他给了这份非同寻常的人间感情一个神圣的源头：仙界。天上的缘分。所以黛玉下界，原本就是来还泪的。这样近乎上古神话的源头，说明曹雪芹知道这样的爱情，在人间本就珍稀，也说明他知道，有一种爱情，是不可抗拒，不可控制，不可妥协，不可盘算的，为了表现这种纯度和烈度，干脆就说这是命中注定。

黛玉只有眼泪，但这样的一个女孩子，一生的眼泪只为宝玉一人而流，在宝玉内心的天平上，是比尘世的一切都重的。有了这份眼泪，足以让宝玉抵御此后人生所有的苦楚和人世间的所有荒凉。

曹雪芹不露声色、细细密密地写了宝钗多么懂事，多么周全，多么难得，宝钗拥有一切，但是宝钗和宝玉不是一个世界里的人，她和他，曾经离得很近，但终究互相都不能走进对方的心里。两个并不相融的生命，宝钗拥有得再多，与宝玉有什么关系呢？

有人说："宝钗……是属于她那个时代的，而且是那个时代的最高点，而黛玉，则超越了她的时代，不再归属于那个时代了。"（《移步红楼》），这种读解是有道理的。因为曹雪芹在很多方面是肯定宝钗的，第四回初介绍薛家人时说宝钗"肌骨莹润，举止娴雅"，这八个字是何等的分量，这样的风姿、韵味和气质，在全书中也是独一无二的。在居住环境上也对她青眼有加，先让她住梨香院，后来又让她住进了奇草寒香、格外清雅的蘅芜苑，这都是有道理的。"山中高士晶莹雪"，虽不是发自天性、生来如此，但这番修为也不是容易达到的。

娶了这样的妻子，宝玉觉得怎么样呢？说不清，恐怕连他自己也说不清。但是，不如意是肯定的，内心伤痛不能愈合是肯定的，因为他"终不忘世外仙姝寂寞林"。他的心是空的，宝钗什么都有，但宝钗拥有的，偏偏填不进他心里，更不要说填满他心里的空了。于是后来他终于悬崖撒手，出家去了，用无边无际的空无来平衡心里彻彻底底的幻灭。

黛玉一生还泪，是不是很冤屈、很愁怨、很不幸？脂批说："绛珠之泪至死不干，万苦不怨，所谓求仁得仁，又何怨！"是这样的，绛珠仙子是为了还泪（深情地爱一个人）而来到人间的，她在不停流泪的过程中，证明了这个她爱的人是值得的，这个人正是那唯一的，这个人完全懂得她的心，这个人心里也只有她一个，心心相印，她就得到了自己的圆满。又有什么可怨恨可不甘心的呢？黛玉说过，"我为我的心"，她说了，她为的是自己的心。她不停地为宝玉哭泣，宝玉也在不停地为她哭泣，其实她也不停地让宝玉欢笑，宝玉也不停地让她欢笑。有句话说得很好：在爱情里那能让你笑的人，迟早会让你哭。但其实，在对的人之间，也可以反过来说：那能让你哭的人，才能让你真正地笑。

而那些报答灌溉之恩的晶莹泪珠，也和天上甘露一样，清澈，甘甜，无比珍贵。还完了眼泪，这一生的事业就完成了。

"爱到不能爱，聚到终须散"，没有遗憾了。

连流行歌里面都有这样的荡气回肠——"盛开吧，开吧开吧，让我清晰地思念吧。从初见能够爱到最后一秒也足够吧。遇见的如果是我们彼此最好的年华，回头望，就都是幸福啊。"（《花》）

宝钗彻底没能得到她想要的。在那套评价体系里，她稳操胜券，期盼着"好风凭借力，送我上青云"，至少也是进退绸缪、从容自若、岁月静好、博人赞叹，谁知不但青云路断，而且那个给她点赞的评价体系整个坍塌了。"金簪雪里埋"，可想而知她在婚姻里遇到的冷淡和无视，以及内心的索寞、枯寒和绝望。

这样"完美"的一个宝钗，这样什么都有的宝钗。

那样不完美的一个黛玉,那样除了眼泪什么都没有的黛玉。

失去了黛玉,娶了宝钗,感受如何?"纵然是齐眉举案,到底意难平。"即便是那副贤良淑德、无懈可击的姿势,宝玉也没有让宝钗做太久。他不看了。他出家了。

心灵和现实之间,感情和物质之间,曹雪芹坚定地站在心灵和感情这一边。

胸中纯一团活泼泼的天机

壹

一提晴雯,我总会想起她的一句话。

第六十三回,宝玉过生日,怡红院里的丫鬟们凑份子给宝玉庆祝,袭人、晴雯、麝月、秋纹,每人五钱银子,芳官、碧痕、小燕、四儿四个人,每人三钱银子,共是三两二钱银子,交给了管厨房的柳嫂子,预备四十碟果子,还藏了坛好绍兴酒,八个人单给宝玉过生日。

宝玉听了,很开心,但也有点过意不去,说:"他们是哪里的钱,不该叫他们出才是。"晴雯道:"他们没钱,难道我们是有钱的?这原是各人的心。哪怕他偷的呢!只管领他们的情就是了。"这真是金句、妙语。

宝玉听了，笑说："你说的是。"袭人笑道："你一天不挨他两句硬话村你，你再过不去。"晴雯笑道："你如今也学坏了，专会架桥拨火儿。"说着，大家都笑了。

"哪怕是偷的呢！只管领他们的情就是了。"——这句话实在痛快，性情中人才能说出来。整部《红楼梦》，性情中人不少，但只有晴雯能说得出来。同样是好女儿，黛玉、探春不会说，紫鹃、平儿也不能说出这样的话来。只有最不受管束、心灵自由的晴雯，才能说出来。

还是晴雯痛快！什么表面的谦让礼仪，什么章程王法，都不如真心实意来得要紧。"各人的心"是重点，人家真心待你，你就真心领受，那些世俗层面的考量根本没必要说。明月直入，无心可猜，这是人与人交情的最高境界。宝玉温柔而心细，有时候会分不清主次，有时候会"无事忙"，所以晴雯马上截断了他的"歪楼"，把话题转回到庆祝生日上。话说得难听，更见交情，而且提示宝玉注意力放在大家的心意上，宝玉是最重情义的，所以当即领受晴雯的提示，表示赞同。而晴雯的表达非常生猛、出人意料，也很有趣，所以把宝玉说笑了。袭人的话虽有些微对他们的特殊默契的醋意和无奈，但也是觉得他们的对答有趣，主要是一句调侃，没有恶意，所以晴雯也没有在意，随口顶一句，大家都笑了。

都知晴雯美貌，晴雯伶俐，晴雯天真，晴雯脾气大，但忘了晴雯的一个大优点：有趣。晴雯真有趣啊。脂批说宝玉"胸中纯是一团活泼泼的天机"，确为的论，若移之说晴雯，也很合适。

袭人是胸中一团暗沉沉的盘算，她的温柔和顺是包裹着拳头的丝绒；而晴雯的厉害是玫瑰花的刺，避开了刺，会看到她的胸中是一团明亮亮、活泼泼的天机。

这一团活泼泼的天机，在欣赏者眼中固然可喜，在道德家们眼中，就是不守本分，刁钻古怪，就是举止轻狂，不成体统。

晴雯的命运在第五回《开生面梦演红楼梦 立新场情传幻境情》就揭晓了。在太虚幻境，薄命司，"金陵十二钗又副册"里——

> 宝玉便伸手先将"又副册"橱门开了，拿出一本册来，揭开一看，只见这首页上画着一幅画，又非人物，也无山水，不过是水墨滃染的满纸乌云浊雾而已。后有几行字迹，写道是：
> 霁月难逢，彩云易散。
> 心比天高，身为下贱。
> 风流灵巧招人怨。
> 寿夭多因毁谤生，
> 多情公子空牵念。

我们都知道，神仙安排宝玉拿出来的，不论是"金陵十二钗正册"或是"副册"或"又副册"，肯定都是"贾府分卷"，上面都是贾府女子的命运。

过去我只注意看每个人的判词，看得都背下来了，每回重读，第五回反而经常略过或者掠过，于是忽略了两个细节：第一，判词里的画的预言性。比如晴雯，名字叫晴雯，偏偏"满纸乌云浊雾"，说明她的一生都非常不走运。相比之下，袭人的画是一簇鲜花，一床破席，在谐音"花""袭"的同时，可能也表明袭人有风光的时候，或者也暗示了袭人的两面性。第二，在这一册中，晴雯排第一位，袭人是第二位，排在晴雯后面。这是天上的顺序，神明眼中的优劣顺序，自然高于地上（俗世中）的一切排序，更不用说王夫人那种沉闷专横的人的判断。

宝玉身边两个重要的大丫鬟，究竟是晴雯好还是袭人好，一直也是有争论的。但不要以为曹雪芹是春兰秋菊、各有千秋的看法，曹雪芹的评价很明确，一上来就在这里。全书所有的丫鬟里，晴雯排第一。或曰，是不是曹雪芹对袭人也很认可，评价仅次于晴雯？未必，因为金陵十二钗直到十二钗又副，排列的顺序，除了"天上的"次序——看人品、性情、容貌、气质、才华、见识、个性……（那是曹雪芹的终极真心），主要还参照和宝玉的关系远近，情感关系与家族关系的远近，不然很难理解李纨和巧姐这样戏份不多的人赫然列在十二钗，也很难理解秦可卿这样道德上经不起细察的人也出现在这样宝贵的席位里。李纨是宝玉唯一的嫂子，巧姐是宝玉的堂侄女（而且是堂哥贾琏和表姐王熙凤生的唯一后代），秦可卿特别美艳袅娜，是荣宁二府中对他具有性意识启蒙意义的存在，而且这个大美人对防范家族危机有远见卓识，所以这三个人都必须在十二钗里。按照这个逻辑，照顾宝玉时间最长而且尽心、体贴的袭人，自然也一定会出现在"又副册"的重要位置，所以是第二位。

在地面上，袭人的地位和身份是高于晴雯的。晴雯被逐，宝玉悲叹晴雯将死，是阶下海棠死了半边做预兆的，并说草木皆有灵验，如孔子庙前之桧、坟前之蓍，诸葛祠前之柏，岳武穆坟前之松，小格局一些的，还有杨太真沉香亭之木芍药，端正楼之相思树，王昭君冢上之草。袭人终于忍不住了，或者说她也可以不用再忍了，她说："真真的这话越发说上我的气来了。那晴雯是个什么东西，就费这样心思，比出这些正经人来！还有一说，他纵好，也灭不过我的次序去。便是这海棠，也该先来比我，也还轮不到他。想是我要死了。"

"那晴雯是个什么东西"，这句话里的恶意和嫉恨，直白得不需要任何翻译了。"他纵好，也灭不过我的次序去"，这是在职场根基稳固、条件平平而被破格提拔、此刻已经大获全胜的袭人的胜利宣言，何等自信，何等骄傲。天赋妾权，理所当然。

但是，在警幻仙子那里，在天上，大观园的丫鬟中，晴雯才是第一位的女孩子。袭人不会服气的，因为她根本不会懂。在这里，曹雪芹在书页和书页之间的缝隙里，用很淡的墨色，写下了他的选择：温柔和顺是可喜的，体贴入微对主人是重要的，耳鬓厮磨是会影响男人判断的，长时间陪伴也是宝玉很在意的，但仍然是、终究是——比不上性情中人的相知和互相欣赏，因为那是可遇不可求的，因为那是出乎天性的、毫无功利的，因为那份难以命名的情感洁白无瑕。因此，袭人只是第二位，晴雯才是第一位。

晴雯太任性，连出场都很晚。在第五回里，晴雯的名字一晃而过——贾母等人到宁府赏花，宝玉到秦可卿房中睡午觉，"只留下袭人、媚人、晴雯、麝月四个丫鬟为伴"。到第八回，晴雯本人才第一次出现。宝玉和黛玉在薛姨妈那里吃了饭喝了酒，回到贾母处，宝玉进了自己卧室，只见笔墨在案。然后晴雯出现了——

晴雯先接出来，笑说道："好，好，要我研了那些墨，早起高兴，只写了三个字，丢下笔就走了，哄的我们等了一日。快来给我写完这些墨才罢！"宝玉忽然想起早起的事来，因笑道："我写的那三个字在那里呢？"晴雯笑道："这个人可醉了。你头里过那府里去，嘱咐贴在这门斗上，这会子又这么问。我生怕别人贴坏了，我亲自爬高上梯的贴上，这会子还冻的手僵冷的呢。"宝玉听了，笑道："我忘了。你的手冷，我替你渥着。"说着便伸手携了晴雯的手，同仰首看门斗上新书的三个字。

晴雯一出场，就有说有笑，语带娇嗔，脂批说"娇憨活现，余双圈不及。"写得太好了，脂砚斋迫不及待要画上双圈表示欣赏。晴雯的生动，其实透着伶俐和活泼，与其说娇憨，不如说是非常娇俏、活色生香。她一出场就显出了平素和宝玉的融洽，还有对宝玉的在意体贴。而宝玉醉中替她渥手，令人想起后面第五十一回，大冷天的夜里，晴雯没穿外衣就出去想吓唬麝月，浑身冰凉地回屋后被宝玉叫进被子里渥渥。宝玉喝酒回来，让晴雯和他一起洗澡，晴雯不肯，说我不陪你洗澡，要不你吃水果吧。宝玉这些举止，很容易让人想歪，但这两个人自己，什么也没想，脸不红，心不跳。

他们这种要好法，说不得孩子气，说不得男女，说不得无心，说不得有情。是玩伴？有点像。是手足？像。是知己？也像。是亲人？最像。但难道没有爱意？应该有，但是一点没有逾越界限。反正两个"胸中纯是一团活泼泼的天真"的人，他们就是纯要好。连袭人都知道，晴雯是宝玉心目中一等的人。

后来通过黛玉的视线，揭晓了这三个字是：绛芸轩。这是宝玉在怡红院之前的住处，确实应该由宝玉来写、由晴雯来贴，他是绛芸轩——怡红院这个女儿乐园的保护者，她是其中最明亮最纯真的女儿。（顺便提一句，不是有"绛"字就是有"红"字，都是暗示和黛玉前身绛珠仙子的仙缘夙份，起初明写了"绛"，是怕直接变幻成"红"之后我们不明白。何况"芸"是香草，与黛玉前身绛珠草同为草木。可叹历代世人为宝玉应该选黛还是选钗操了多少心，其实命定之人是黛玉，唯有黛玉一人，这也是宝玉的宿命。）

回到绛芸轩。宝玉过了一会儿，又想起一件事——

因又问晴雯道："今儿我在那府里吃早饭，有一碟子豆腐皮的包子，我想着你爱吃，和珍大奶奶说了，只说我留着晚上吃，叫人送过来的，你可吃了？"晴雯道："快别提。一送了来，我知道是我的，偏我才吃了饭，就放在那里。后来李奶奶来了看见，说：'宝玉未必吃了，拿了给我孙子吃去罢。'他就叫人拿了家去了。"

（第八回）

宝玉对身边的人好，会记得晴雯爱吃豆腐皮的包子，袭人爱吃酥酪。可见在许多方面，宝玉对待晴雯和袭人是一样好的。后来的种种变化，和袭人、晴雯两个人的不同选择有很大关系。

第九回，宝玉要上学，袭人絮絮吩咐了一番之后，宝玉让她放心，还让她们别闷死在这屋里，常去找林妹妹玩笑才好。（宝玉这个吩咐对大丫鬟非常够意思，不过让人想起前一回，贾母吩咐秦钟只和宝玉在一处，不要理别人，果然是亲生的祖孙俩，都是力推自己最看重的人，不及其余，两个人一个脾气。）然后，宝玉又去嘱咐了晴雯、麝月等几句，就出去见贾母、王夫人、贾政了。虽然急于和秦钟一起上学，但他并不会忘记和晴雯告别。宝玉忽然想起未辞黛玉，急忙又到黛玉房中作辞，临走了黛玉又叫住问："你怎么不去辞辞你宝姐姐呢？"宝玉笑而不答，就走了。可见，和谁辞别，不和谁辞别，是重要的。宝玉辞别的，都是他的血缘至亲和真亲近的人。

晴雯在宝玉真亲近的人之列，但也止步于此，止步于一个充满可能但边界清晰的状态。为什么，这里面包含了人生的无数奥秘和微妙。

晴雯很美，但她从来不卖弄，找遍全书，找不到一处她怎么打扮给宝玉看的描写。

晴雯很任性，但是她其实自有女儿家的矜持和分寸。宝玉握她的手来暖，她很坦然（没反应可能是天真，也是一种最好的保持距离）；宝玉让她进自己被窝暖身体，她既不娇羞也不大惊小怪，而是真的进了被窝暖了暖，然后很自然地离开了，她没有趁势让两人关系升温，也没有让两个人感到两性之间的尴尬和羞涩——这两者都是为未来的关系升温打下伏笔的，她既不尴尬也不羞涩，就毫无微妙、事过无痕；宝玉喝醉了回家，要她一起洗澡，她很明确地拒绝了，而且说出了理由，是宝玉之前和另一个丫鬟的搞笑黑历史；袭人回家，宝玉要她和麝月中的一个睡在自己暖阁的外边，晴雯也是马上表态：我肯定是在另一间的熏笼上睡了，你叫麝月睡在你外边。

小小晴雯，面对自己的主人，而且是魅力十足、关系融洽的怡红公子,不假思索地保持着距离。她似懂非懂,似在意似不在意,但是拒绝得很干脆很得体,丝毫不见躲闪、暧昧和故作姿态的挑逗、拖泥带水的暗示。这都是其他丫鬟做不到,甚至不可能做到的。这里真的值得发一赞叹。

心理学家科胡特的名言:"不带诱惑的深情,不带敌意的拒绝"。

多么高的标准,多么高的难度。

晴雯做到了。甚至可以说,整部《红楼梦》,只有她做到了。宝玉的深情里,不能说完全没有诱惑;黛玉的拒绝里,很难说彻底排除了敌意。平儿也接近这个境界,但是平儿的情没有这样深。

而晴雯对宝玉,就是这样的深情。

对这个知己、兄弟和亲人,她是完全站在他的立场上、最考虑他的感受、最尊重宝玉的尺度和天性的。除了黛玉,她也是宝玉的坚定盟友。这方面,她确实有黛玉的风范,她身上有黛玉的影子。宝玉不喜欢仕途经济,她从来不劝,也不认为他"性格异常""放荡弛纵","任性恣情""最不喜务正";宝玉不喜欢读书科考,她帮着应付,甚至想出借机装病来躲过老爷查问的点子;宝玉喜欢和姐姐妹妹在一起厮混,明显对黛玉倾心,她一向理解和接受,其实她并不完全明白,所以谈不上像紫鹃那样支持,但是她理解她尊重,因为她接受宝玉原来的样子——对宝玉的天性,她是全盘接受,从未想要改变的。所以宝玉养伤期间要给黛玉送手帕,选的是她,而且要先支开袭人。

你待我好,因为我是我,所以我对你好,因为你是你。这样的相知,发生在如此不同凡响的两个人之间,真让人觉得人间值得。

晴雯最高光的时刻，当然是补孔雀裘的那一幕。

只见宝玉回来，进门就嗐声跺脚。麝月忙问原故，宝玉道："今儿老太太喜喜欢欢的给了这个褂子，谁知不防后襟子上烧了一块，幸而天晚了，老太太、太太都不理论。"一面说，一面脱下来。麝月瞧时，果见有指顶大的烧眼，说："这必定是手炉里的火迸上了。这不值什么，赶着叫人悄悄的拿出去，叫个能干织补匠人织上就是了。"说着便用包袱包了，交与一个妈妈送出去。说："赶天亮就有才好。千万别给老太太、太太知道。"

婆子去了半日，仍旧拿回来，说："不但能干织补匠人，就连裁缝绣匠并作女工的问了，都不认得这是什么，都不敢揽。"麝月道："这怎么样呢！明儿不穿也罢了。"宝玉道："明儿是正日子，老太太、太太说了，还叫穿这个去呢。偏头一日烧了，岂不扫兴。"晴雯听了半日，忍不住翻身说道："拿来我瞧瞧罢。没个福气穿就罢了。这会子又着急。"宝玉笑道："这话倒说的是。"说着，便递与晴雯，又移过灯来，细看了一会。晴雯道："这是孔雀金线织的，如今咱们也拿孔雀金线就像界线似的界密了，只怕还可混得过去。"麝月笑道："孔雀线现成的，但这里除了你，还有谁会界线？"晴雯道："说不得，我挣命罢了。"宝玉忙道："这如何使得！才好了些，如何做得活。"

晴雯道："不用你蝎蝎螫螫的，我自知道。"一面说，一面坐起来，挽了一挽头发，披了衣裳，只觉头重身轻，满眼金星乱迸，实实撑不住。若不做，又怕宝玉着急，少不得狠命咬牙捱着，命麝月帮着拈线。晴雯先拿了一根比一比，笑道："这虽不很像，若补上，也不很显。"宝玉道："这就很好，那里又找哦啰斯国的裁缝去。"晴雯先将里子拆开，用茶杯口大的一个竹弓钉牢在背面，再将破口四边用金刀刮的散松松的，然后用针纫了两条，分出经纬,亦如界线之法,先界出地子后,依本衣之纹来回织补。补两针,又看看,织补两针,又端详端详。无奈头晕眼黑,气喘神虚,补不上三五针,伏在枕上歇一会。

宝玉在旁,一时又问:"吃些滚水不吃?"一时又命:"歇一歇。"一时又拿一件灰鼠斗篷替他披在背上,一时又命拿个拐枕与他靠着。急的晴雯央道:"小祖宗!你只管睡罢。再熬上半夜,明儿把眼睛抠搂了,怎么处!"宝玉见他着急,只得胡乱睡下,仍睡不着。一时只听自鸣钟已敲了四下,刚刚补完;又用小牙刷慢慢的剔出绒毛来。麝月道:"这就很好,若不留心,再看不出的。"宝玉忙要了瞧瞧,说道:"真真一样了。"晴雯已嗽了几阵,好容易补完了,说了一声:"补虽补了,到底不像,我也再不能了!"嗳哟了一声,便身不由主倒下。(第五十二回)

(插一句闲话,脂批说了,钟敲四下,就是寅正初刻,按照当时通行的写法就应该是"寅正初刻"这四个字,这里写"钟敲四下"是为了避讳"寅"字。所以,《红楼梦》前八十回是曹雪芹所作,万一不是,也是江宁织造曹家的人写的,不会是冒辟疆,不会是吴梅村,也不是这个那个的公子王孙与闲杂文人。他们不是曹寅的后代,干嘛要充这个孙子、避别人家的尊长之讳?也许有人会说这是巧合,曹雪芹并不是避讳,他没有那么讲究避讳,那么你错了,全书一开始,他就借贾雨村之口说了,黛玉读书,遇到"敏"字都念成"密",写字时遇到"敏"字,都减一两笔,都是为了避母讳——黛玉之母名叫贾敏,所以,曹雪芹非常讲究避亲长的讳,这里的"钟敲四下",就是避祖父曹寅的讳。)

晴雯重感冒,发高烧,却在这样的情况下咬牙支撑,熬夜赶做如此高难度的织补活计，不但费神费力，而且时间紧迫，人在病时不能休息，反而要高强度劳作，本来就格外消耗；况且要承受时间紧迫的压力；况且夜里照明自然不如白天的光线充足；况且要保证完成得好，要让所有人看不出来宝玉这件珍贵的雀金裘曾经被火星子烫出一个洞……"少不得狠命咬牙捱着""无奈头晕眼黑，气喘神虚，补不上三五针，伏在枕上歇一会"，看得人鼻酸，这不是"勉力"，这就是"挣命"。

为了宝玉这个知己，晴雯是可以这样拼命的。这就是晴雯对宝玉的态度：你只管做你自己，也谢谢你让我做我自己，但关键时刻，我可以为你拼命。

第二回写了这样拼命的结果：

> 宝玉见晴雯将雀裘补完，已使的力尽神危，忙命小丫头子来替他捶着，彼此捶打了一会歇下。没一顿饭的工夫，天已大亮，且不出门，只叫快传大夫。一时王太医来了，诊了脉，疑惑说道："昨日已好了些，今日如何反虚微浮缩起来，敢是吃多了饮食？不然就是劳了神思。外感却倒清了，这汗后失于调养，非同小可。"一面说，一面出去开了药方进来。宝玉看时，已将疏散驱邪诸药减去了，倒添了茯苓、地黄、当归等益神养血之剂。宝玉忙命人煎去，一面叹说："这怎么处！倘或有个好歹，都是我的罪孽。"晴雯睡在枕上嗐道："好太爷！你干你的去罢！那里就得痨病了。"宝玉无奈，只得去了。

她对宝玉这样好，两个人如此融洽亲密，但她却从来没有想要"利用"这种关系来做什么,哪怕是作为一个人必须考虑的将来的前途和归宿。"士为知己者死",关键时刻、舍我其谁,她没有想过要交换什么。

正因为没有任何企图,没有任何心机和盘算,她对宝玉的情与义,是万足金的。这片赤诚无私,肝胆相照,近乎侠。

"撕扇子作千金一笑",固然是写宝玉,也是写晴雯,如此"出格"的举动,在《世说新语》里应该会被归于"任诞"之中的吧,在麝月这样的正常人眼中是"作孽"的举动,只有晴雯可以和宝玉演这出对手戏。宝玉说扇子可以撕来玩,晴雯马上说我最喜欢撕了,你拿扇子来给我撕;宝玉就笑着将手中扇子递给了她,晴雯果然嗤嗤几声撕成几半;宝玉笑着说:"响得好,再撕响些!"然后抢过来麝月的扇子,递给晴雯,也撕成几半。两个人都大笑。

这是视现实规则若无物的大笑,这是心灵自由、性灵舒展的大笑,这是两个同类互相确认、默契于心的大笑。如果不是晴雯,谁来给宝玉如此美好的回忆?如果不是晴雯,谁来上演怡红院这么自由不羁、异样光彩的一幕?

这一刻,宝玉的醉眼之中,会不会看到晴雯身后,站着洒落不拘的竹林七贤?我觉得,竹林七贤如果看到晴雯撕扇这一幕,一定会拊掌大笑的。

在怡红院中,是晴雯真正成全了宝玉对女孩子的想象。宝玉深信女孩子是水做的,女孩儿是世间最清净洁白的生命,她就真的以爱、以骄傲、以纯洁、以生命来实践了这个美好的童话。

"质本洁来还洁去",说的是黛玉,也是晴雯。这句充满诗意和悲凉的谶语，在晴雯身上先应验了，她的结局是黛玉归宿的预演。

很多人觉得晴雯性格不好，爱挑剔，不宽容，要么说话难听，要么乱发脾气，反正和温柔体谅、为他人着想这些意思不沾边。是这样吗？

性情中人本不在常规里活着，被误解被攻击也是他们的宿命。其实晴雯的个性掩盖了她的心底柔软。看一个人的性情，要看她的高光时刻，也要看她平时的家常样子，在那些非高光、非应激的时刻里自然显露出来的一切，在放松状态下不假思索的近乎本能的反应，其实同样是一个人的原来质地，可能更加说明本质。

就看她着凉感冒这一回，她的表现就可说明诸多问题。

晴雯一生病，宝玉的第一反应是：不要声张，免得太太知道，叫你回家去养息，咱们悄悄地请大夫进来看。晴雯却说：你到底要告诉大奶奶一声，不然一会儿大夫来了，有人问起来，怎么说呢？李纨同意了，并且做出了安排："李纨已遣人知会过后门上的人及各处丫鬟回避，那大夫只见了园中的景致，并不曾见一女子。一时出了园门，就在守园门的小厮们的班房内坐了，开了药方。"这样稳妥的安排，多亏晴雯让宝玉事先告诉李纨。

晴雯是遵守规则和懂规矩的，她尊重大观园的管理层，也替别人着想：她不愿意多事，导致有人要负责，也不愿意有人因为自己而为难。

取了药来，宝玉叫人把煎药的银吊子找出来，就在房间里煎，晴雯又说："正经给他们茶房里煎去，弄得这屋里药气，如何使得。"她怕宝玉和其他人会被药味熏着了。这个天生丽质、心高气傲的姑娘，并不因为自己病了，就忘记考虑别人的感受。

当她高烧烧得满脸通红、额头烫手的时候，宝玉回来却发现她一个人独卧于炕上，一问才知，麝月是被平儿找出去说话的，而秋纹是晴雯自己撵她去吃饭的。一个"撵"字，说明秋纹也很尽心地在照顾晴雯，而晴雯，怜惜同伴的辛劳，感念她的照顾，一心想着让她及时吃上饭，所以坚持让她去，甚至故意假发脾气、嘴上说不好听的话，这才把她撵去了。

晴雯是会体念别人的，不独是对宝玉。

当然，晴雯心比天高，这样的人都特别敏感，晴雯有晴雯的致敏源。

秋纹得到王夫人两件衣服的赏赐，感到非常荣幸，可是晴雯却揭秘说这是把好的给别人（袭人），挑剩下的才给她的，"要是我，我就不要。……一样这屋里的人，难道谁又比谁高贵些？把好的给他，剩下的才给我，我宁可不要，冲撞了太太，我也不受这口气。"（第三十七回）。

这是心高气傲，是不甘心为奴，不甘心自认卑贱。也是对上司们不公正的公开不服，对他们有眼无珠的不满。问题是，难道王夫人们这样做，是对的吗？如果他们就是不公正，晴雯不平则鸣，又有何不可？能忍让的人，有的是出于修养，有的是出于各种原因不得不忍让，晴雯既没有成长到有全面良好修养的地步，又坚信自己可以凭本事吃饭，不需要隐忍，所以她总是像《皇帝的新衣》中那个孩子一样，张嘴就说出"国王什么都没穿"。

她要尊严，绝不可受折辱，人的尊严高于一切利益。她还要平等，要公正。

她这样公开放言的时候，心里觉得怡红院外不平等不公正，但是怡红院里有宝玉在，还是有平等公正可言的。

晴雯又多次说袭人、麝月等人和宝玉装神弄鬼、鬼鬼祟祟，还当面说袭人"明公正道，连个姑娘还没挣上去呢，也不过和我似的，那里就称上'我们'了！"非常得罪人，简直是捅了命门的那种，但是她是绝对会说出来的，不说不行。

她要光明磊落、堂堂正正。对偷偷摸摸、不能见光的关系，她讨厌、鄙视得不能克制。她内心觉得袭人、麝月等实在犯不上那么野心勃勃，实在有想法，也应该光明正大地努力，而不是偷偷摸摸私相授受，或者明修栈道暗度陈仓。她其实不是容不得袭人想当宝二姨娘，她是看不上袭人偷偷摸摸，然后并未"过了明路"就沾沾自喜、自居身份。

晴雯还特别看不上别人钻营。因为一钻营就顾不得吃相，往往就不择手段。她对小红的讽刺挖苦，虽然没必要，虽然刻薄，但绝不是妒忌，更不是忌惮，而是因为看不起钻营行为。她对袭人、麝月的讽刺挖苦，也是如此。很多人在她的话里听出了酸味，以为是围绕宝玉的妒忌，其实真的冤枉了她。作为一个女孩子，她的器量不算大，固然有时候会心理不平衡，但主导情绪绝不是妒忌——说她妒忌袭人？妒忌麝月？晴雯会笑你的。她主要是看不得。什么叫看不得呢？看不惯＋看不起。她确实看不惯她们的行为，看不起她们挖空心思、无所不用其极的钻营。

在袭人看来，晴雯自然是放肆、无礼、刁钻、可恶，她多半还会觉得晴雯凶悍、泼皮但冒失、愚蠢而自取灭亡。

这是价值观的巨大差异，没办法。

晴雯对小丫鬟和老婆子们的态度确实不好。最为人诟病的是对待偷了平儿镯子的小丫鬟太凶，太无情。先来镜头回放一下——

> 说着，只见坠儿也蹭了进来。晴雯道："你瞧瞧这小蹄子，不问他还不来呢。这里又放月钱了，又散果子了，你该跑在头里了。你往前些，我不是老虎吃了你！"坠儿只得前凑。晴雯便冷不防欠身一把将他的手抓住，向枕边取了一丈青，向他手上乱戳，口内骂道："要这爪子作什么？拈不得针，拿不动线，只会偷嘴吃。眼皮子又浅，爪子又轻，打嘴现世的，不如戳烂了！"坠儿疼的乱哭乱喊。麝月忙拉开坠儿，按晴雯睡下，笑道："才出了汗，又作死。等你好了，要打多少打不的？这会子闹什么！"晴雯便命人叫宋嬷嬷进来，说道："宝二爷才告诉了我，叫我告诉你们，坠儿很懒，宝二爷当面使他，他拨嘴儿不动，连袭人使他，他背后骂他。今儿务必打发他出去，明儿宝二爷亲自回太太就是了。"宋嬷嬷听了，心下便知镯子事发，因笑道："虽如此说，也等花姑娘回来知道了，再打发他。"晴雯道："宝二爷今儿千叮咛万嘱咐的，什么'花姑娘''草姑娘'，我们自然有道理。你只依我的话，快叫他家的人来领他出去。"麝月道："这也罢了。早也去，晚也去，带了去早清净一日。"（第五十二回）

确实是晴雯常犯的毛躁、冲动的老毛病，她本来可以不必出面，等宝玉、袭人缓缓处置；对坠儿也确实有些过分，如果一定要辞退，就没必要又骂又打的，如果又骂又打了，就应该以观后效，不该马上赶出去。但是，晴雯的深恶痛绝里面，包含着多少"心比天高"的痛苦，包含了多少"身为下贱"的不甘和要强。她多么希望丫鬟们都像她自己一样，自尊、自爱，有本事，要脸面，可是坠儿偏偏没本事，好吃懒做，还贪小，甚至偷了平儿的手镯，这不但丢了怡红院的脸，更丢了丫鬟们的脸，而这是晴雯刻意维护的。晴雯之所以比宝玉恼怒，原因就在此。再说，坠儿偷东西，而且偷的是别的房中重要女眷的首饰，这个过犯可不算小，她是肯定会被撵出去的，而且要不是平儿和宝玉的宽和，她的贼名儿还会传出去。说句实话，就是放在今天，哪一个家庭会留用一个偷窃的住家保姆、清洁工？哪一个单位会用一个犯了这号毛病的员工？

平儿所说"晴雯那蹄子是块爆炭"，确实不错，这里面除了她被骄纵、坏脾气之外，主要也是高自尊和低地位导致的一种心理洁癖，宝玉对晴雯翻译成："他说你是个要强的"，倒是说中了一大半：事关脸面她特别的敏感，自尊心特别强，也希望同伴们都自尊自爱，不要让人看轻，遇到她们不能自爱的时候，她就非常痛恨。她对坠儿的态度，其实和主人们的严厉和苛刻，仍是有区别的。很多时候，她不必要地得罪人，其实也有这个原因，她不希望看到同伴们谄媚、争宠、争着往上爬，更不希望看到她们贪小、媚上、小偷小摸。眼里不揉沙子，是因为她知道很多人看不起丫鬟，所以她特别自尊特别要强，以至于无法接受同伴们不够自尊不够自爱。

打骂、撵走坠儿，晴雯确实错了。首先，她越权行事，管了自己不应该处理的事情，承担了自己不能承担的责任。第二，她处理得太火爆了，可能导致坠儿罪不至此的悲惨结局。第三，她昧于大局，既不能体会宝玉宽柔待下之意，又不能贯彻平儿善良稳妥的初衷。第四，对晴雯自己也是错误的选择：以身犯险，自己卷进是非，而且带几分霸道和专断，作为水做的女孩儿，一点都不好看。这是晴雯的正邪两赋的"邪"的时刻。

没办法，没有人说晴雯完美。她离完美确实有相当距离，但是她比大观园里大部分丫鬟都强百倍。只有平儿和紫鹃可以和她媲美，其他人，都不如她，不要说袭人了。

晴雯，她是独一无二的。

而袭人和王夫人这样的人，在相同的时代和背景下，是可以批量生产的。

关于晴雯，一直有几个纠缠不清的问题。

第一，袭人告密了吗？或者说，背后对王夫人进谗言的，有袭人吗？这一点，我从来没有疑问。当然。卧榻之旁，岂容他人鼾睡。怡红院里，真正"我心狂野"、不守本分的是袭人，她连黛玉、湘云的醋都要吃，于是乎，袭人之侧，岂容晴雯？否则，就凭王善保家的一番空洞指控，怎么足以让王夫人明知晴雯是贾母给宝玉的丫鬟，却不对贾母报告，发火之后过了一段时间还是坚决把她撵出去呢？这里面当然有袭人的作用。

第二，晴雯为什么被赶出去就死了？有人觉得不可思议。原因一，晴雯生来心气高，王夫人对她突然召见、一通辱骂，事后宝玉细问她，她都不肯说为何，别人污蔑她的那些话，对宝玉她都说不出口。士可杀不可辱，对高自尊的人，这样劈头盖脑却不能反抗的羞辱是足以致命的。原因二，她本来就在生病，被王夫人折辱后病情加重，后来被从坑上拉下来、粗暴驱赶，甚至不许穿外衣就拖了出去（这不是辞退而是当众羞辱和审判），病情雪上加霜，加上受冤枉，又惊又气又恨又委屈又伤心，身体能不垮吗？原因三，她失去的不仅是一份优渥的工作，而是失去了心里认定的家，人生之路突然桥断路塌。心高气傲的人一旦看不到希望就会放弃，她从内心放弃了活下去的一切努力。原因四，从怡红院的大丫鬟到穷困潦倒、举目无亲的处境，突然而巨大的落差导致的精神刺激，消耗了她最后的一点元气。贾府的丫鬟，本来就待遇不错，"吃穿和主子一样，又不朝打暮骂""贾府中从不曾作践下人，只有恩多威少的。且凡老少房中所有亲侍的女孩子们，更比待家下众人不同，平常寒薄人家的小姐，也不能那样尊重的。"（第十九回）何况怡红院宝玉身边的大丫鬟？然后，突然被赶出来，没有自己的家，只能到亲戚家勉强栖息，穷苦简陋，无人照顾，连喝一口水都没有人倒，还少不了听市井中人的冷言冷语和污蔑讥嘲。所以，晴雯所面临的落差，是足以摧毁一个柔弱少女的。说晴雯太轻易就死了的人，可能忘记了，晴雯，她只是一个十六岁的、身体娇弱的女孩子。她生病了无人照顾、心比天高却被污以她最无法忍受的罪名，蒙受奇冤却无处申诉，连一个听她哭诉的亲人都没有，她活不下去了，这有什么奇怪？

第三，晴雯和宝玉之间，是什么感情？他们本应是什么关系？他们的感情很难说清，一定要说，大概是：有一分玩伴的要好，有一分主仆的情谊，有二分手足的相知，有三分亲人的相依，还有三分，尚在萌芽中的爱意。贾母原来的安排里，袭人这个大丫头给宝玉,是当他的贴身小保姆的,如果很得力,将来也许配一个得力的家生仆人,就成为管家奶奶;晴雯虽然比她小,资历和月银都比她差一等,但那是暂时的,晴雯是贾母从容貌、言谈、针线都早早选中,将来要给宝玉做姨娘的。贾母对宝玉确实是无比疼爱,而且知道如何去宠这个宝贝孙子:有美丽明媚、伶俐能干的晴雯为妾,再娶一个知书达礼的名门闺秀为妻,这才是宝玉的幸福未来。所以,袭人勤勤恳恳无微不至,晴雯负责提供情绪价值,这都是题中应有之义。晴雯有时偷懒,有时任性,脾气大,骂骂小丫鬟,这都不是事儿,在贾母看来,她平常和宝玉谈得来,能让宝玉高兴,就很好。若是知道她关键时刻还能为宝玉两肋插刀,有肝胆,就会更满意。

而袭人、麝月,再怎么努力,终究改变不了先天的条件:一个不漂亮、沉闷、乏味,另一个资质平平、更平凡,在贾母眼中,要一辈子侍奉宝玉,她们都不够格。

但贾母最初的想法没有及时推进。晴雯的骄傲天性和天真无邪中女儿家的矜持,宝玉对祖母的意图浑然不觉,他又生性尊重女孩子——对如此活色生香的女孩子竟然没有怦然心动时分,也没有任何随意狎昵,导致若即若离,后来似乎就偏向亲人模式了。偏偏遇上对未来有规划的袭人无孔不入,贾母的设想就渐渐脱轨了。在贾母的想象中,袭人哪里是晴雯的竞争者?而在贾母意识到现实偏离了她的设想之前,王夫人又突然出手,把晴雯的未来和生命都断送了。

第四,晴雯那么心高气傲,到底有没有道理?林语堂说她"好在烂漫天真，坏在野嘴烂舌"，要怎么理解这样的性格？

晴雯很美，不论从喜欢她的贾母眼中，或者从讨厌她的管家奶奶、王夫人眼中看去，她都是非常美的。"水蛇腰，削肩膀""眉眼有点像林妹妹"，可知晴雯之美，在容貌，也在身材。而且聪明伶俐，玲珑剔透，好口齿，有审美眼光，做得一手水平不凡的好针线——补雀金裘的时候，不但怡红院里没有人能胜任，就是外面的能工巧匠也问了一圈没有人敢接活。

这样的人，在贾府长大，又先后经过生活家贾母和怡红公子宝玉的调教，她心高气傲，有何不可？

作为女孩子，晴雯是纯洁的。她品性高贵，清高自持。她生得十分好看，又从小到宝玉身边，但她不但和宝玉没有私情，而且曹雪芹从来没有写过宝玉眼中的晴雯容貌，暗示宝玉对她的美貌、女性魅力没有怦然心动的时刻。他们很相投，但是他们作为异性，并没有哪一个不可抵御的来电瞬间。

这可是贾宝玉。就连为人正经、颇有气场的鸳鸯，宝玉都会仔细看她的装扮和皮肤，还凑到她脖颈闻香气，还猴上身说"好姐姐，把你嘴上的胭脂赏我吃了吧。"就连怡红院负责外围工作的小丫鬟小红，宝玉第一次见她，都免不了"仔细打量那丫头：穿着几件半新不旧的衣裳，倒是一头黑鬒鬒的头发，挽着个䰖，容长脸面，细巧身材，却十分俏丽干净。"

可是晴雯，宝玉明明知道她生得比谁都好，明明日日夜夜在宝玉身边，但就是没有这样的时刻；连相貌平平的袭人在其滴水穿石的努力下，都能在宝玉眼中变得"娇俏柔顺"而迷住宝玉，大美人晴雯却没有让宝玉觉得娇俏妩媚而被迷住。因为晴雯身上的正,晴雯的干干净净,使得宝玉无从生出亵玩之心,也无从嬉皮笑脸,这说明宝玉识人,更说明晴雯的为人。

她风流灵巧,即性情生动,格调不俗,而且有趣,与宝玉相同的"胸中纯一团活泼泼的天机",对生活充满了非功利的热情——给宝玉过生日她最起劲,第一个响应宝玉玩占花名游戏的也是她,宝琴、岫烟等四美进京,宝玉叫大家去看绝色,别人不去,也是晴雯马上去看了,而且回来也满口赞叹,她平时会和同伴赌瓜子、裹成一团胳肢痒痒、会半夜想跟出去吓唬麝月……

第二十四回写小红"虽然是个不谙事的丫头,却因他有三分容貌,心内着实妄想痴心的往上攀高,每每的要在宝玉面前现弄现弄",有三分容貌尚且不肯受屈,何况晴雯这样的十分容貌和十分才干呢?但晴雯有这样优越的条件,加上贾母的看重,天天在宝玉身边,却没有借机"往上攀高",可知晴雯之没有野心与了无心机。

小红被凤姐赏识,连为晴雯鸣不平的脂批都说:"凤姐用小红,可知晴雯等埋没其人久矣。"脂砚斋冤枉人,袭人既然是宝玉身边头号管事大丫鬟,这事怎么都先得算在她头上。再者,秋纹、碧痕是当面挫败小红接近宝玉图谋的人,小红因此心灰意懒。小红在怡红院不得施展,这账算到晴雯一人头上,真是冤枉。说起来,晴雯确实心思简单、个性毛躁,事不关己也要蹚浑水,这个毛病真是自误一生。

等到第二十八回,看到小红脱颖而出,凤姐向宝玉正式要了

· 149 ·

小红来使唤，真令人为晴雯扼腕。早知道清清白白的一个人，最后会被冤死，晴雯真不如跟着凤姐的好。但是以凤姐的地位和脾气，贾琏的好色，这条路晴雯走不通。晴雯最大的福气也许是一直跟着贾母，可以多过几年平安日子。或者离开贾母后，跟着探春也好多了，探春有文化有分寸，晴雯的灵性和性情，需要有人勒住缰绳，时时把控，处处约束。最后跟着探春远嫁，到外面的世界去闯一闯，或许是晴雯最好的可能了。探春的气场又强，能保护下人，抄检大观园，如果晴雯在探春房中，探春不会像宝玉一样无能坐视，她会保护晴雯的——倒不是她对晴雯多么好，而是她知道人生在世，有些是非对错，还是要奋力争一下的；再说作为贾府的小姐，保护下人就是维护自己的权益和脸面。反观宝玉，明明和晴雯洁白无染，当着王夫人的面却一言不发，好像被发现"不法事实"、心虚了似的，让王夫人更觉得真理在握，事实昭然。在保护自己下属或者朋友这一点上，宝二爷确实是一名"悟能"（无能）猪队友。

第五十八回，要遣散十二个唱戏的女孩子，有几个不愿意离开的就分散在园中各处使唤，"当下各得其所，就如倦鸟出笼，每日园中游戏。众人皆知他们不能针黹，不惯使用，皆不大责备。其中或有一两个知事的，愁将来无应时之技，亦将本技丢开，便学起针黹纺绩女工诸务。"看到这里，不禁再次想起了晴雯，这些唱戏的女孩子中都有人面对现实睁开了眼睛，而本来精通针黹、条件优越的晴雯，已经长大了，依然不懂得为自己将来着想。虽然贾母和宝玉都欣赏她、喜欢她，本来看上去是双保险了，但是她不知道，所谓的主子，是一个阶层一个集体，并不止这一个两个人，而是一群人,这群人里面只要有一个讨厌她,她就无法在此安身。她更不知道,宝玉对她的厚待和纵容,虽然是出于懂得,但这种懂得是有毒的,只会招来无数忌恨和毁谤,对晴雯本人只会让她模糊掉身份的界限,看不清现实的严峻,到了关键时刻,她就只剩下她自己,一个孤零零、病恹恹的十六岁的女孩子,没有人为保护她而战,没有人为她说一句话。

宝玉的"懂得"实际上害了她,这样不负责任的纵容和呵护是危险的,最终也果然致命。

她在最后见宝玉一面的时候,呜咽着说自己"痴心傻意,只说大家横竖是在一处",实在令人泪下。如此绝美而无辜的女孩子,就这样蒙冤夭亡,是《红楼梦》里令人心碎、无法忘怀的一页。

都说"晴有林风,袭为钗副",晴雯身上有黛玉的味道,袭人是低配版的宝钗。所以,晴雯这样的结局,也预示了黛玉的结局。宝玉悼念晴雯的《芙蓉女儿诔》,其实也是提前献给黛玉的诔文。所以,当宝玉将"红绡帐里,公子多情;黄土垄中,女儿薄命"改成"茜纱窗下,我本无缘;黄土垄中,卿何薄命"时,黛玉听了,怵然变色。晴雯死了,这只是宝玉伤心的开头,命运齿轮加速转动,金陵十二钗的结局也纷纷来临。他见证过女儿们所有的明媚和美好,他还必须见证所有女儿的结局:千红一哭,万艳同悲。他享受过常人不能享受到的欢乐,他也要承受超出常人的绝望和悲凉。

说回晴雯这个人,她的好处在烂漫天真,明艳娇俏,至情至性,品性高洁,没有野心,不屑钻营,嫉恶如仇,率真无伪。但她毕竟太小,理性发育尚未成熟,无大局观可言,加上无人教导,又一连遇上两个特别知情识趣的好上司，天性野蛮生长，因此她的坏处在：过于骄纵，没有远见，浮躁多气，野嘴烂舌，到处树敌，不懂忍让，不能宽容，轻率冒失，遇到挫折时缺乏韧性。

晴雯身上有一份不自觉的风度。她撕扇子和宝玉相对大笑，有几分魏晋风度；她病中补孔雀裘，除了"士为知己者死"的侠义，还有"不鸣则已一鸣惊人"的派头。往大里说，在待人处世上晴雯是无意中践行了"以众人待我，我以众人待之；以国士待我，我必以国士报之"，颇有几分大家风度和士人风范。

晴雯是大观园里盛放得最恣意的花朵，那份自由，那份夺目，那个时代的绝大多数女儿都不曾有过。是她的美和笑容照亮了整个大观园。当这朵明艳照人、纯洁无瑕的女儿花凋零，大观园娇红软绿、晴和宜人的春天也就要结束了。

有时候忍不住会想，当晴雯躺在绝望的病榻上，去看她的人，不应该是贾宝玉，而应该是从唐朝穿越而去的刘禹锡。关于如何在逆境之中生存，如何在骄傲倔强之中增加宽度和韧性，真希望彼时有刘禹锡来给她上一课，来对她讲讲自己如何一再被贬，如何"前度刘郎今又来"。真的，晴雯需要刘禹锡来做老师：别人伤害你，你用不着用放弃生命来成全他们的愚蠢无知或者歹毒心肠。豁达一点，坚韧一点，有时候，人生最珍惜的东西被摧毁，美感荡然无存，光明似乎也熄灭了，但你仍可以皮实地活下去，日子长着呢，世界大着呢。

茶筅、脂砚斋与秦可卿

壹

有一日,闲翻人民文学出版社"四大名著珍藏版"《红楼梦》,读到第二十二回,元春让太监送来灯谜奖品,猜中的人每人一个宫制诗筒,一柄茶筅。过去没留意,这次突然注意到261页下面"茶筅"注为:"用竹子做的洗涤茶具的刷帚。脂评有注:'破竹如帚以净茶之积也。'"但,茶筅不是用来清洁茶具的,是点茶时用来"击拂"的。不过如果我这样对编辑说了,估计编辑也会不以为然,因为有脂评在,他们有"权威依据"。我也查了一下《脂砚斋重评石头记》,"茶筅"处确实批了一句:"破竹如帚,以净茶具之积也。"文字稍有出入,意思是一致的。此处还有一句脂批:"(诗筒与茶筅)二物极微极雅。"

诗筒是什么呢？脂砚斋说，是随身带着的装诗歌草稿的小筒，"或茜牙成，或琢香屑，或以绫素为之不一"，总之可以由各种材料做成。出门在外，突然有灵感想起一句诗的时候，可以先写下来，放在诗筒里，免得回家之后忘了。总之，约等于现在的小记事本或移动存储器。这个功能，现在大部分是被手机代替了，想到什么，拿出手机随手录入，或者对手机低语几句，就可以了。

另一件极微极雅之物，茶筅，在许多日本茶道图片中很常见，在国内有些茶艺师的茶席上也有。电视剧《梦华录》中赵盼儿与茶汤巷胡掌柜斗茶，茶筅也不止一次特写出镜。如果从来没有见过，可以想象将一节竹子的半截精细切割成丝、总的轮廓呈郁金香花苞状的物件。论功能，它是打蛋器的风雅亲戚。随着宋代茶文化东渐，茶筅成了日本茶道中不可或缺的茶具，还发展出根据竹穗根数而定的不同规格：十六根的为平穗，三十六根的为荒穗，五十四根的为野点，六十四根的为常穗，七十二根的为数穗，八十根的直接叫"八十本立"，一百根的为百本立，一百二十根的为百二十本立。

几年前，我在《茶是径山茶 道是径山道》中写观赏径山茶宴——

已见茶师"罗茶""候汤""熁盏"已毕，注少许沸水入瓯，皓腕徐移，有人请问："这是干什么？"茶师轻道："调膏"。正是。随即注汤，环注盏畔，手势舒缓大方，毫不造作。拿起茶筅（此前许多人纷纷问过"这是什么？""做什么用？""筅字怎么写？"此时全都安静了），持筅绕茶盏中心转动击打，我忍不住脱口而出："击拂"。因为这是"初汤"，明显的，她的腕力蓄而不发，再注汤（"第二汤"），这回直注茶汤面上，急注急停，毫不迟疑，再"击拂"时，但见皓腕翻动，一时间一手如千手，令人目不暇接，这一汤茶师力道全出，击打持久，眼见得汤花升起，茶汤和汤花的一绿一白，分明而悦目。第三汤，汤花密布，越发细腻，随着不疾不徐、力道与速度匀整的"击拂"，汤花云雾般涌起，盖满了汤面……

如果击拂的轻重、频率、运筅不当，击拂之后，汤花会立即消退，露出水痕（即苏东坡诗"水脚一线争谁先"的"水脚"），宋代就叫"一发点"，是点茶失败的一种表现。而这次的汤花白如霜密如雪，还经久"咬盏"，我们后来在隔壁用餐，频频过来探视，过了一个小时，汤花居然保持完好，始终没有露出"水脚"，实在令人惊叹。

如果对脂砚斋和红学家深信不疑，我自然不好说什么，就听听比他们更"古"的宋徽宗怎么说吧。宋徽宗在《大观茶论》有"筅"专篇，曰："茶筅以觔竹老者为之，身欲厚重，筅欲疏劲，本欲壮而末必眇，当如剑脊之状。盖身厚重，则操之有力而易于运用；筅疏劲如剑脊，则击拂虽过而浮沫不生。"

看，茶筅是与"击拂"、与茶沫相伴而生的，绝不是用来清洁茶具的。这里说茶筅"如剑脊之状"，是现在已经很难见到的片状茶筅。不过电视剧《梦华录》的文史功夫下得深，与赵盼儿点茶对决的茶汤巷胡掌柜手中握的竟就是宋徽宗所说的状如剑脊的片状茶筅，而赵盼儿手中握的是半截状如郁金香花苞的圆形茶筅。但无论形状如何，茶筅的功用是确定无疑的。

茶道有"唐煮宋点"之说，《大观茶论》中还有对当时七汤点茶法的描写：

　　……妙于此者，量茶受汤，调如融胶，环注盏畔，勿使侵茶。势不欲猛，先须搅动茶膏，渐加击拂。手轻筅重，指绕腕旋，上下透彻，如酵糵之起面。疏星皎月，粲然而生，则茶之根本立矣。第二汤自茶面注之，周回一线。急注急止。茶面不动，击拂既力，色泽渐开，珠玑磊落。三汤多寡如前，击拂渐贵轻匀，同环旋转，表里洞彻，粟文蟹眼，泛结杂起，茶之色，十已得其六七。四汤尚啬，筅欲转稍宽而勿速，其清真华彩，既已焕发，云雾渐生。五汤乃可少纵，筅欲轻匀而透达。如发立未尽，则击以作之。发立已过，则拂以敛之。然后结霭凝雪，茶色尽矣。六汤以观立作，乳点勃结，则以筅著之，居缓绕拂动而已。七汤以分轻清重浊，相稀稠得中，可欲则止。乳雾汹涌，溢盏而起，周回旋而不动，谓之咬盏。宜匀其轻清浮合者饮之。《桐君录》曰，"茗有饽，饮之宜人。虽多不为过也。"

　　这一段之中，茶筅不断出现，而且靠它做出繁复而精妙的动作。读完以万乘之尊沉湎于点茶的徽宗的这一段内行话，对茶筅是用来点茶击拂（搅拌以打出茶沫）而非清洁茶具，应当不会有怀疑了。

　　宋元时期有不少诗词写到茶筅，比如释德洪《空印以新茶见饷》中有"要看雪乳急停筅，旋碾玉尘深注汤"，也可以看出茶筅的作用在于击拂出洁白而细腻的茶沫——雪乳。

　　再说，用来点茶击拂的茶筅，当然比清洁茶具的物件要风雅多了。若真是用来"净茶具之积"，恐怕未必有资格和"诗筒"

一起被元春选作风雅小奖品吧。

说了这么一堆,当然意不在茶筅,也不在茶艺,而在《红楼梦》。通过小小、轻轻的一柄茶筅,可以明白:脂砚斋和曹雪芹再亲近,脂批也不是圣旨。脂砚斋不总是对的,真的不必他说一句信一句。

脂砚斋对曹府的生涯有亲身经历,这个错不了,他(们)也给了困苦中写小说的曹雪芹最初的阅读、互动和激赏,那是一个潦倒之中的天才作家最最需要的温暖——没有之一。我觉得这是他(们)最大的功劳。不过,需要明白的是:脂砚斋们虽然对作品背景有见识,也懂一些文学鉴赏,但他们毕竟不写小说,一旦他们因部分亲历而情感过于浓烈,读得忘我(忘记自己的身份是读者而不是创作者),过于投入地提出明确修改意见甚至不容置疑的抗议和忠告,对高明而精微的创作就是一种庸常而粗陋的干扰,后果是糟糕和严重的。

看看曹雪芹被脂砚斋们干扰的部分,再看看造成什么样的后果,就知道脂砚斋好心办了坏事。

要谈这件事,必须说一个名字:秦可卿。

秦可卿的故事结束在大观园建成之前,前八十回里,她的故事是十二钗中唯一得到明确结局的——连她的后事都写得轰轰烈烈而纤毫不乱,但,偏偏她的故事最令人看不明白也想不清楚,怎么解释都疑窦丛生。

第五回太虚幻境里,属于秦可卿的一页是:"画着高楼大厦,有一美人悬梁自缢,其判云:情天情海幻情身,情既相逢必主淫。漫言不肖皆荣出,造衅开端实在宁。"

明白判断了三件事：秦可卿是自缢而亡。她的死和情欲有关。因其败露而引起她的死亡的风月之事，非常不道德不光彩，足以超过荣国府子孙所有不肖行径的总和，而让宁国府被牢牢地钉在耻辱柱上。如果仅仅是秦可卿这个长孙媳妇与外人"有私"，虽然也是犯了"淫"，是污浊，是罪，但那就是一般人认为的"不贞""淫妇""荡妇"，用曹雪芹的词汇也可以含蓄地说"流荡女子"，不会用"不肖"这个词。肖与不肖，是与血统有关的标准。"不肖"者，说明骂的是贾府的正脉嫡系子孙。因为他们对祖先、父辈才有"肖"的责任。这句判词同时也清楚地免去了秦可卿和管家、男仆等私通的嫌疑（类似于当代某国王室少妇会和马术教练发展出婚外关系，秦可卿原本也可能与管家、男仆有私）。既然说"不肖"，而且严重到撼动整个宁国府口碑根基的地步，那么和秦可卿一起犯下"淫"的罪行的另一方，就只能是宁国府的主人。而宁国府，因为贾敬常年在道观里混，府里上下平时只有两位男性主人，一个是秦可卿的丈夫贾蓉，（他们的夫妻关系非常古怪，几乎没有一点有质感的细节写出他们的关系实质，秦可卿自称他们是互相礼敬的，从不吵架，但总觉得他们是一对塑料夫妻，缺少真实的相处；倒不是说贾蓉的人品和气质配不上秦可卿，或者秦可卿的出身高攀了贾蓉——反正婚姻大事又不是他们自己定的，再古怪也只能怪父母走眼，而是说他们两个人似乎有一种默契：互相给一个名分，然后人前演一下对手戏，外人不在就卸妆下班，大路朝天各走半边。）另一个男性主人，就是秦可卿的公公贾珍。根据判词与家庭构成，可以肯定，秦可卿是因为和公公有不正当的关系，事情败露后,自缢于天香楼,这就是后来改成"秦可卿死封龙禁尉"消失了的半回,即"秦可卿淫丧天香楼"。曹雪芹原来的构思是:秦可卿先"淫丧天香楼",再"死封龙禁尉"。

曹雪芹的构思是清晰而完整的。不但判词如此,宝玉听仙女演唱的《红楼梦》十二支中有一支《好事终》,唱的也是:"画梁春尽落香尘。擅风情,秉月貌,便是败家的根本。箕裘颓堕皆从敬,家事消亡首罪宁。宿孽总因情。"还是骂宁国府纲常毁堕、门风沦丧,但这一回,明确说了和一位美貌且自知、很有女性魅力的女子有关。秦可卿长得极美,仅仅从字面描写上来看,可能是《红楼梦》中第一美貌的女子,说宁国府中的美貌女子,除了她还能是谁?不同的是,这支曲子里明确点了贾敬的名字,说作为儿孙不能继承祖业、败家,是从他开始的,那么导致进一步"家事消亡"、"因情"的"宿孽",是说谁呢?是谁和秦可卿一起造成的呢?从人物图谱上说,只能是贾珍。从辈分逻辑上说,也只能是贾珍。骂完父亲,骂儿子——骂完贾敬,轮也该轮到贾珍了,没有跳过儿子直奔孙子的道理。如果说宁国府的第一代是不凡,第二代是不俗,那么第三代和第四代则是从不肖到不堪,也实在该骂。所以后面焦大点了贾珍的名字,一是曹雪芹借醉汉点破了窗户纸,二说明宁国府门风实在糟糕,连老忠仆都看不下去了。

这样吃定了曹雪芹的原意,再看秦可卿卧房的描写,就会有新发现:她的卧室,有一股细细的甜香袭人,令人眼饧骨软;壁上有唐伯虎画的"海棠春睡图"(曹雪芹后文里还有意无意将唐伯虎和春宫画明确联系到一起,薛蟠说看到一个叫庚黄的人的春宫画,好得了不得——宝玉猜出来是唐寅二字,唐寅就是唐伯虎),两边有宋学士秦太虚写的一副对联云:"嫩寒锁梦因春冷,芳气袭人是酒香。"案上设着武则天当日镜室中设的宝镜,一边摆着赵飞燕立着舞过的金盘,盘内盛着安禄山掷过伤了太真乳的木瓜。上面设着寿昌公主于含章殿下卧的榻,悬的是同昌公主制的联珠帐。床上是西施浣过的纱衾,红娘抱过的鸳枕。以《红楼梦》中罕见的夸饰笔调写出的这些香艳器物、暧昧意象构成的氛围,正如脂批所说:"艳极,淫极,已入梦境矣。"刘黎琼、黄云皓说:"各种精致而浮夸的譬喻,不能较真儿的,但这些譬喻都罩着一层鼓胀着的外壳,叫作'欲望'。(《移步红楼》)"说得都对。而这样空气中都充满情欲气味的环境和氛围,并不仅仅是供宝玉做一场春梦,在梦中完成从儿童到少年的飞跃。和其他的居室空间一样,这是主人内心的外化。这样一间卧室,在静静述说着秦可卿对欲望的耽溺,她的"欲"中有没有"情"?曹雪芹说"总因情",那么大概是有,但这种"情"也很"成人",是和云雨无度搅在一起的。云雨就罢了,为什么还定是"无度"?因为这间卧室里的陈设,实在超越了常规和常理,高门少奶奶应有的分寸荡然无存,而秦可卿还自得地对宝玉说:"我这屋子大约神仙也可以住得了。"她是重视感官享受、公然为情欲争地步的人。曹雪芹在开启我们的想象,他要我们知道,这间香艳卧室的主人,有着超出常规、离经叛道的身体的欲望,一旦有机会便会泛滥成灾的。

同样的暗示在宁国府到处弥漫:花园叫"会芳园",馆阁名有"天香楼""逗蜂轩""登仙阁"……都可以生发出与欲望有关的联想。

而且"天香""登仙"之语，再次令人想到杨贵妃。写可卿卧室的时候，写到"盘内盛着安禄山掷过伤了太真乳的木瓜"，用的旧典是杨玉环与安禄山的传闻，但通过那个穿越的不可能之木瓜又明确"间离"，告诉我们，不是要八卦杨玉环和安禄山，木瓜不是真的，他们的传闻也很可能不是真的。那么，关于杨玉环，关于秦可卿，"真的"到底是什么？秦可卿和杨玉环有什么关联？宝玉进可卿卧室午睡那次，读者的思索被宝玉和仙女们打断了。等到后面再次用"天香""登仙"等字眼若有若无地在秦可卿和杨玉环之间飞一条虚线，有心人就不应该错过了。杨玉环，和其他著名的皇妃不同之处在于，她本来嫁给了唐玄宗之子寿王，是寿王妃，唐玄宗是她的公公，后来被失去了心爱的武惠妃而郁郁寡欢的唐玄宗看上，经过一番欲盖弥彰的神操作，她在二十六岁时嫁给了六十岁的唐玄宗，成了著名的杨贵妃。他们的故事，看作是令人不齿的"脏唐臭汉"的一部分也好，看作是令人艳羡和同情的帝妃爱情传奇也罢，故事的起初，确实就是焦大醉骂的那两个字，也是宝玉听不懂问凤姐、凤姐以断喝代回答的那两字：爬灰。如果把宁国府看作一个小朝廷，贾珍其实就是个为所欲为的小皇帝，玄宗觉得全天下美女都是他的，贾珍觉得全府的美女都是他的，是同样的道理。人伦纲常、礼义廉耻，那是要求别人的。

秦可卿爱不爱贾珍呢？有几种可能：一种，根本不爱，她只是无奈屈从贾珍的荒淫来换取在豪门中的表面安稳的日子；一种，她和贾蓉是挂名夫妻，她和贾珍倒是干柴烈火的饮食男女，那就是类似于《金瓶梅》的欲望故事了；最后一种，绝对权力和大量宠爱的驯化之下，杨玉环怎么爱上唐玄宗，秦可卿就怎么爱上贾珍——虽然不洁净，虽然是另一极的"世难容"，但他们可能是有真感情的，人性就是这样复杂。但不论有没有感情，还有一点冰冷的铁则：这样的故事，通常是由权利高位者的男性主导，但罪名和惩罚绝对是女性承担。只不过，贾珍毕竟不是皇帝，对儿媳不能公开夺而娶之，所以秦可卿活得更辛苦，死得也比杨贵妃更早。秦可卿和杨玉环，美貌相似，经历相似，"罪孽"相似，连死法也完全相同。说这完全是巧合，可能性太微渺了。

秦可卿像暗夜昙花，是一种极清纯又极魅惑的美，神秘、短暂，花期只在"一现"之间，所以曹雪芹对她的笔墨是繁密的。前十三回花在她身上的笔墨，完全是主角才有的阵仗。

第五回写她卧室，让宝玉其实不合情理地在她卧室梦游了太虚幻境，然后，只隔了一回，又写到她。第七回周瑞家的第一次看到香菱，细细看了她的相貌，说她："倒好个模样儿，竟有些像咱们东府里蓉大奶奶的品格儿。"一笔写出两个美人，秦可卿是一个，原来的；香菱是一个，新来的。然后周瑞家的替薛姨妈跑腿送宫花，每个姑娘两枝，凤姐四枝，送到时正好贾琏和凤姐刚亲热了一场（又是暧昧暗示），平儿拿了四枝宫花进去，不一会儿就拿了两枝出来，叫小僮彩明过来吩咐道："送到那边府里给小蓉大奶奶戴去。"这是写秦可卿平素爱打扮，也是写凤姐和秦可卿关系不错。也在这一回里，凤姐和宝玉去宁国府做客，秦可卿主动对宝玉引见了兄弟秦钟（秦可卿对宝玉一直很热情，这里应是有意安排秦钟和他认识），凤姐不在乎什么辈分，也不在乎见男子，便叫贾蓉带秦钟进来见面,跟着凤姐的丫鬟媳妇们连忙过去报告平儿准备凤姐赏秦钟的见面礼,"平儿知道凤姐和秦氏厚密,虽是小后生家,亦不可太俭,遂自作主意,拿了一匹尺头,两个'状元及第'的小金锞子,交付与来人送过去。凤姐犹笑说太简薄等语。"写大家族内部人情,再带一笔凤姐和秦可卿关系不错。后面在秦可卿病重的时候,通过尤氏之口再次说她们关系不错,层层渲染。然后宁府派了焦大先送秦钟回家,焦大不满派差事不公,就叫骂起来,凤姐和宝玉出来上车,正好听见——

焦大越发连贾珍都说出来,乱嚷乱叫说:"我要往祠堂里哭太爷去。那里承望到如今生下这些畜牲来!每日偷狗戏鸡,爬灰的爬灰,养小叔子的养小叔子,我什么不知道?咱们'胳膊折了往袖子里藏!'"众小厮听他说出这些没天日的话来,唬的魂飞魄散,也不顾别的了,便把他捆起来,用土和马粪满满的填了他一嘴。

凤姐和贾蓉等也遥遥的闻得,便都装作没听见。宝玉在车上见这班醉闹,倒也有趣,因问凤姐道:"姐姐,你听他说,'爬灰的爬灰',什么是'爬灰'?"凤姐听了,连忙立眉嗔目断喝道:"少胡说!那是醉汉嘴里胡唚,你是什么样的人,不说没听见,还倒细问!等我回去回了太太,仔细捶你不捶你!"唬的宝玉忙央告道:"好姐姐,我再不敢了。"(第七回)

第八回《比通灵金莺微露意 探宝钗黛玉半含酸》,这些对宝玉重要的时刻转移了对秦可卿的视线,但这一回的尾巴上,秦钟来拜见了贾母和王夫人。众人因"素爱"秦可卿,所以也都对秦钟很热情,都有表礼相赠。然后带出秦可卿姐弟的家世,写他们的父亲秦业好不容易凑了给贾氏塾师的拜师礼,然后秦钟就跟着宝玉去塾里上学了。第九回《恋风流情友入家塾　起嫌疑顽童闹学堂》,写秦钟、宝玉因为结交"情友"而与亲戚金荣起了争端,导致学堂里一场混战,然后第十回金荣的姑妈听了气不过,要到宁国府找秦可卿理论,(可卿这时候已经病得不轻了,但雪芹岂肯老实说出,而是信手指一人一事"从对面写来"),结果要告状的人先见了尤氏,从尤氏口中得知秦可卿病了一段时间了,病得不轻,是什么病也不知道,病因也不明。还说今天秦钟已经来过了,来告状说在学堂受了欺负,秦可卿又恼又气,连早饭都没吃。可卿是为什么病的?什么时候开始病的?这时回想第七回,焦大痛骂,尤其是说出了贾珍这个名字,还有"爬灰"这个致命的关键词,正送凤姐和宝玉出来的秦可卿肯定是听得清清楚楚,应该就是那一刻,她清清楚楚感到头顶上悬着的剑即将坠下来,击穿她毁灭她,那是万劫不复、永不可能洗刷的罪名和污浊,任何一个个体生命都很难承受的。何况她是出身卑微而嫁入豪门、相貌出众、聪明过人、生性要强、心思细密的人。事情很可能已经败露,秦可卿的精神垮了,于是她病了。甲戌本此处有批语:"一部《红楼梦》,淫邪之处,恰在焦大口中揭明。""淫邪"云云,是道德评价,道德评价用于文学作品和文学人物,方法比较简便,效果却比较难说。蒙府本有回后批:"焦大之醉,伏可卿之病至死。"说得极是,而且说得客观,不涉道德评价,只说因果:因为焦大醉骂,导致了秦可卿的病倒,以及后来的死亡。

回到宁国府为秦可卿求医问药的第十回，蒙府本有回前诗一首："新样幻情欲收拾，可卿从此世无缘。和肝益气浑闲事，谁知今日寻病源。"这一世的幻情要结束了，秦可卿就要回到"孽海情天"去销账了，宁府的人还找什么高明的大夫，张太医还谈什么病源，众人还讨论什么医理，都是完全不相干的闲事。蒙府本第十回后有批语："欲速可卿之死，故先有恶奴之凶顽，而后及以秦钟来告，层层克入，点露其用心过当，种种文章逼之。虽贫女得居富室，诸凡遂心，终有不得不夭亡之道。"说她是"贫女"居"富室"，精神压力太大，长久消耗，拖垮了健康，似乎未认定秦可卿有难言的隐秘。其实是焦大醉骂，指名道姓揭开了宁府最深的隐秘，然后秦钟不知姐姐处境，来告状，所告内容还涉及别人对他的非议（也与风月有关），令秦可卿为自家姐弟名声不好而羞愤忧虑，也可能让她对自己的隐秘一旦泄露更加忧惧，所以病就加重了。

进入第十一回，主角缺席的贾敬生日家宴，邢夫人、王夫人、凤姐、宝玉都到宁国府赴宴，却没见到理应出现的秦可卿，于是她病情的严重程度，在众人面前公开。

> 凤姐儿道："我说他不是十分支持不住，今日这样的日子，再也不肯不扎挣着上来。"尤氏道："你是初三日在这里见他的，他强扎挣了半天，也是因你们娘儿两个好的上头，他才恋恋的舍不得去。"凤姐儿听了，眼圈儿红了半天，半日方说道："'天有不测风云，人有旦夕祸福。'这个年纪，倘或就因这病上怎么样了，人还活着有什么趣儿！"

这里已经挑明了：秦可卿的病不会好了，她已经进入生命倒计时。饭后其他人到花园里（还不是大观园，此时仍是东府花园）坐坐，凤姐要去看秦可卿，宝玉要跟着去，于是一起去了，宝玉忍不住流泪（宝玉和凤姐有一点相同：待人都是凭自己的眼光和趣味取舍，不太在意辈分），被凤姐支走，凤姐又自己和秦可卿说了许多衷肠话儿，才去园子里和众人会合，路上遇到了不正经的贾瑞。又过了些天，贾母命凤姐去看秦可卿，凤姐看完到尤氏房中，明确提出应该准备后事了，回答贾母时说的"暂且无妨，精神还好呢"，也是高技巧地透露病情真相。第十二回写凤姐"毒设相思局"，贾瑞正照风月鉴而死，表面上与可卿无关，但是跳出来一想，也是欲望导致一个年轻人死去的故事。而且会发现贾蓉在凤姐整治贾瑞的戏码中非常活跃。凤姐和贾蓉之间不是亲情，更与男女风月无关，这两人类似于小团伙老大和小兄弟，贾蓉是凤姐心腹，这时候和贾蔷一起是凤姐的干将。有机会参与恶作剧和敲竹杠，贾蓉的心情似乎很不错。再一想，这位有点小仗义，也有点小邪恶的欢脱少年，不就是那位重病将死的美艳少妇秦可卿的丈夫吗？你明明一直知道的，但这时候会突然意识到：他们是夫妻。然后被吓一跳，因为我们好像已经忘了。他们这对夫妻，似乎需要读者用理智去帮他们维系住，不然随时就会松开飘走，成为两个不相关的人。好，他们是夫妻，那就更奇怪了，"打着灯笼没处找"的贤妻快死了，怎么贾蓉还有心情干这些？但他就是有这份闲心。他们的夫妻关系，平时门关着紧紧的，这里开了一条缝，别的门缝通常会有一线光透出来，他们的门缝里却只有一线浓重、暗沉的黑泻出来，让你知道，门内不可能有光。

这就到了秦可卿命运大结局的第十三回。

这一回有几个重要情节，一是可卿托梦给凤姐，要她为家族的日后早做准备，避免"树倒猢狲散"的可悲结局，并且提出了明确的方案。（蒙府本有回前诗："生死穷通何处真，英明难抑是精神。微密久藏偏自露，幻中梦里语惊人。"这是赞叹秦可卿的远见和韬略。秦可卿的格局是大的，见识是高明的，不然也不会独重有才干有胆略有手腕的凤姐，而"脂粉队内的英雄"凤姐也不会一向和她谈得来。）然后凤姐的梦被报丧的云牌惊醒，现实中的可卿死了。二是后事非常隆重，贾珍非常悲痛，而且不管不顾地以逾制越礼的规格办秦可卿的后事。三是贾珍花钱给贾蓉买了一个五品龙禁尉的官，以进一步提升秦可卿的哀荣。四是贾珍请凤姐帮忙料理宁国府，凤姐为卖弄才干欣然同意，很快想清楚宁国府的积弊，准备好好整治。

这一回各种批语可谓密密麻麻，可见其重要性和复杂性。

甲戌本此页被对角撕去，故有很多残缺，不过仍然可以看到一句："隐去天香楼一节，是不忍下笔也。"

庚辰本批了一大片，泛泛感叹，没什么大意思。

靖藏本批重要："此回可卿梦阿凤，作者大有深意，惜已为末世，奈何奈何！贾珍虽奢淫，岂能逆父哉？特因敬老不管，然后恣意，足为世家之戒。'秦可卿淫丧天香楼'，作者用史笔也。老朽因有魂托凤姐贾家后事二件，岂是安富尊荣坐享人能想得到者？其事虽未行，其言其意，令人悲切感服，姑赦之，因命芹溪删去'遗簪'、'更衣'诸文,是以此回只十页,删去天香楼一节,少去四五页也。"

这位不知道真名叫什么的老先生,您对秦可卿的苦心和见识"悲切感服"没问题,您要给她磕一个(头)都是您的自由,您老人家只管"悲"只管"服",但您有什么权利决定在别人的作品里"姑赦之"?您老人家难道是荣国府里不招人待见的大老爷的原型不成,如何就这样迫切地要处处践行一个"赦"字?您有什么资格命令曹雪芹把"秦可卿淫丧天香楼"整节删去,让这一回少去了四五页?这种爆棚的道德感,这种混淆现实与虚构的控制欲,有多荒唐,您自己知道吗?再说,您懂文学吗?您知不知道在小说中越多面越是重要人物,而您因为秦可卿某一方面有过人之处,就要隐去她的背面和暗面,这是完全不懂文学创作的外行之言。

但是,出于某种我们不能确知的原因,曹雪芹似乎接受了这种意见,至少他先着手删去了相关的情节。但是,这不是什么合理的删节,也不是符合人物性格逻辑、情节脉络的调整,更不是小说艺术上的"不写之写",这是无法想象的改动,约等于裁缝做好了衣服被要求单独改一只袖子,约等于建好了房子觉得有根柱子不体面,然后硬生生留梁去柱,这一"赦"、一"删",使得秦可卿这个人物和宁国府的故事,在结构上发生了问题。

因为原来的一砖一瓦都是为"天香楼一节"而准备的。

就在这一回,写到夜里云牌叩响丧音,报"东府蓉大奶奶没了",凤姐因为刚在梦中和秦可卿说话,"吓出一身冷汗,出了一回神,只得忙忙的穿衣服,往王夫人处来"。这时候其他人是什么反应?

"彼时合家皆知，无不纳罕，都有些疑心。"这是第一反应，然后惊讶猜疑中意识到不论死因是什么，这个温柔可亲的人确实死去了，才开始痛哭。为什么第一反应是人人都奇怪和疑心？因为死得太突然，而且大家可能多少隐隐约约听到了一些什么。这分明是秦可卿自杀而不是病死才会带来的心理反应。

此处甲戌本眉批："九个字写尽天香楼事，是不写之写。棠村。"庚辰本眉批："可从此批。"靖藏本眉批："可从此批。通回将可卿如何死故隐去，是余大发慈悲也。叹叹！壬午季春，笏叟。"都是一派胡言。哪里是不写之写？这算哪门子大发慈悲？如果要这么说，是不是还要慈悲到底，让曹雪芹把结局改成大团圆的欢喜结局？这些批语一再证实一件事：曹雪芹的原意和我们现在看到的是大相径庭的，都是脂砚斋们乱出主意惹的祸。

都说是曹雪芹删改，其实呢，删是删了，改得却有限，甚至很可能是尚未动手改，所以到处留下"未删之笔"，也就是原来情节的痕迹。

比如——

贾珍哭的泪人一般，【甲戌侧批：可笑，如丧考妣，此作者刺心笔也。】正和贾代儒等说道："合家大小，远亲近友，谁不知我这媳妇比儿子还强十倍。如今伸腿去了，可见这长房内绝灭无人了。"说着又哭起来。众人忙劝道："人已辞世，哭也无益，且商议如何料理要紧。"贾珍拍手道："如何料理，不过尽我所有罢了！"

在这里蒙府本出现了一条双行夹批："'尽我所有'，为媳妇是非礼之谈，父母又将何以待之？故前此有恶奴酒后狂言，及今复见此语，含而不露，吾不能为贾珍隐讳。"蒙府本批也终于明说秦可卿和贾珍有问题。本来嘛，曹雪芹不替贾珍隐讳，你如果替贾珍隐讳？贾珍反常的表现很难替他做正常的解释。尤氏拒绝这个不可能的任务，加上心情不好，已经躺倒不干了。若说这是为了让凤姐有机会大显身手才让尤氏生病，未免小看曹雪芹了，从凤姐的角度看，尤氏病倒是因，凤姐料理宁国府是果，但尤氏躺倒必须也有前因，这才是毫不牵强，水到渠成。则前因有两个：家门丑闻败露还出了人命为其一，丈夫不顾脸面悲痛过度为其二，尤氏羞愤相激、尴尬无奈、只能称病不出便又成了果。

又比如——

贾政因劝道："此物恐非常人可享者，殓以上等杉木也就是了。"此时贾珍恨不能代秦氏之死，这话如何肯听。（第十三回）

在铺张、逾越的葬礼背后，还明写贾珍"恨不能代秦氏死"的心思，当然是坐实两人不寻常的关系。徐皓峰认为贾珍是作为不靠谱的家长对可以支撑家族的正经人的感情，是一家之言，但显然不合曹雪芹的原意。

再比如——

因忽又听得秦氏之丫鬟名唤瑞珠者，见秦氏死了，他也触柱而亡。此事可罕,合族人也都称叹。

这里,甲戌本侧批:"补天香楼未删之文。"靖藏本侧批:"是亦未删之笔。"

这个叫瑞珠的丫鬟明显是知情人,怕主人灭她口,不如自己了断,还可以让家人得到优厚待遇,其实这里面有信息不对称的悲剧成分,因为贾珍这个罪人有些奇异,他似乎并不想洗刷自己,可卿已去,贾珍伤心程度不亚于失去李瓶儿的西门庆,他不管不顾了。本来弄死一个丫鬟很容易,但既然作为主犯的宁府"黑老大"不想遮掩,也就想不到对目击证人灭口这样的"常规操作"。另一个叫宝珠的丫鬟,显然也是知情者,但她似乎从贾珍放飞自我的悲痛中看到了生的希望,所以她选择当秦可卿的义女,承担"摔丧驾灵"这些亲生儿女要做的事情。贾珍大喜,马上传下话去,让所有人呼宝珠为小姐。这个态度,证明瑞珠死得冤枉。

请凤姐出山帮忙的时候,也写贾珍"此时也有些病症在身,二则过于悲痛了,因拄拐踱了进来"。对王夫人说着说着,也又滚下泪来。秦可卿死了,贾珍如丧考妣,伤心到走路要拄拐,而丝毫不见贾蓉如何悲伤。贾蓉置身事外的态度,我们必须再次用理智提醒他和秦可卿是夫妻,否则会觉得他们是远房亲戚,来往不多的那种。

这里面的各种铺垫,情节上犹如骏马注坡,后面还拉着一车官方禁售的黑火,势不可挡地奔驰而下。

这时候,脂砚斋却跳出来说:勒住马,快勒住它!曹雪芹说:

根本停不下来。脂砚斋又喊：快去掉马，去掉马！于是，马不见了，一整车的火药出于惯性还在向前，曹雪芹又问：那一车黑火怎么办？脂砚斋说：那本来就是做炮竹用的，过年府里要用的。

就这样，挖掉了天香楼一节，前前后后的那些伏笔，顿时成了无主孤魂，而秦可卿这样重要的人物，也成了死得不明不白，概念大于细节、性格支离分裂的形象了。如果不看脂批，那么除了让人如坠五里雾中，还能有什么效果和审美意义？如果看了脂批，能不像我这样拍案而起、大骂脂砚斋的，那真是有极好的涵养。

按照曹雪芹"宿孽总因情"的说法，秦可卿和贾珍之间确实有不道德的、不光彩的关系，但也还是有"情"的，可能也有一番心理挣扎，最终还是坠入"迷津"，因此属于躲不开的"宿孽"。贾珍固然为人荒唐，但此时的破罐子破摔、不顾一切，却也有几分与秦可卿一起担当罪孽的胆气和"真小人"的真实。

《红楼梦》里有"真小人"，薛蟠是一个，贾珍也是一个。

删掉天香楼一节，秦可卿形象突兀破碎，贾珍也不好理解，宁国府的道德风评方面所获的绝对差评也不好解释了。若不是贾珍有这样出格而不可饶恕的行为，那么作者为什么对宁国府那么厌恶、鄙视和大加鞭挞？连柳湘莲一听尤三姐是贾珍的小姨子就死活要退亲，也变得没道理了。天香楼一段不该删，删不得。

去掉天香楼，秦可卿之死作为宁国府坍塌的第一块多米诺骨牌的功用其实就落空了。她本是绝美、风情与罪恶的化身，她的情与欲有过多纠缠，而且到了不顾人伦纲常的地步，这样的欲，不但是错，而且有罪了；至于贾珍的"淫"，更是既"滥"又"乱"。

所以这两个迷津中人是用来和大观园中主角们的重情而不淫、痴情而不滥、钟情而不乱来做对照的。天香楼是这番构思的支点,岂能简单去掉?

脂砚斋出的是馊主意,但曹雪芹为什么听了呢?或者说,关于秦可卿的故事,为什么现在呈现给我们的,是这样无言的结局呢?

在我看到的所有解释中,有一种是相对有道理的,还有一种是能自圆其说的。

相对有道理的一种是:很多专家认为,因为在《红楼梦》之前另有一部《风月宝鉴》,写秦可卿和贾珍、王熙凤和贾瑞,贾琏和尤二姐等人的故事,都是和情欲有关的,主旨是"戒妄动风月之情",就是告诉人们要警惕失控的情欲带来危害,这部《风月宝鉴》部分被放进了后来构思的《红楼梦》,所以曹雪芹虽然删去了天香楼一节,却留下一些蛛丝马迹。

另一种能自圆其说的是:曹公对秦可卿实在是太矛盾了,他既爱她也惜她,爱她美貌风情、才华横溢,惜她不能有节操和自制,最终以自缢收场;他在两副笔墨里都不能落定,任何一方都是他不能完全赞同的。所以这两副笔墨下,秦可卿便是这样的矛盾。看上去温柔敦厚,合乎礼教道德,心却是不安分的,带着些侥幸和冒险的大胆,冲到禁忌的外围试探深浅,管不住身体。《移步红楼》)

而我认为,是曹雪芹明知脂砚斋的意见是外行话,但是外行话在特定情况下还是会对内行起作用的。家族已败落,亲族也四散,往昔繁华已经"落得个白茫茫大地真干净"了,这时候还在身边的一个亲人说：不是说好了，写家族留给我们的美好回忆吗？怎么你写出家族里有人爬灰这样的丑事，我受不了！就算咱们心里过得去，祖宗颜面也不好看呀！小说家曹雪芹毕竟也不是石头里蹦出来的，他犹豫了。再加上，如果写出"淫丧天香楼"，确实是挑战了人伦纲常，在普通人眼中可能会使"正邪两赋"之人失去美感，彻底堕入"邪"的一边，使读者将秦可卿视作淫邪污秽之人，这也是对女子抱有极大善意的曹雪芹不忍设想的。最后一点，曹雪芹还可能担心读者们会因为拒绝这个人物而因人废言，使得秦可卿关于家族未来的远见卓识含金量下降，而那是曹雪芹和他的亲人们用血泪代价换来的经验总结，他真心实意希望那番话能够一字不易地立在那里，千秋万代。于是，他决定放弃令人不安的天香楼。他先删去了一些文字，同时，小说家曹雪芹心想：关于秦可卿，需要再下一番功夫修改了。倒不是那时候没有电脑，无法"查找且替换"，而是关于一个人物，《红楼梦》往往伏线千里，草蛇灰线，牵一发动全身，所以即使有电脑可用，修改也并不容易。裁缝怕改衣服，因为背离原先设计，改动再小也不好办，比从头做一件还难。

但是能撼动曹雪芹的意见，自然有它的道理。哪怕是文学以外的道理，也还是道理。好吧，如果要去掉天香楼，隐去秦可卿和贾珍的不伦关系，应该怎么办？我苦苦想过，最后结论是：如果我在彼时，又没有资格和力量当面驳倒脂砚斋，那么我会对曹雪芹建议：宁国府的人物设置其实是可以重新考虑的。袅娜温柔、得众人欢心、和凤姐谈得来的女子，宁国府有一个就够了。你何不将秦可卿和尤氏合二为一？要么把秦可卿的美貌和心智给尤氏，要么把尤氏的宽和与分寸感给秦可卿。两代女主人，浓墨重彩写一个就可以了，另一个就像对李纨一样，在常识范围内简笔勾勒就好。这样似乎是被脂砚斋干涉之后保住结构和人物的一条路。

但是，即使我能穿越过去，见到苦心孤诣地埋头增删的曹雪芹，我也一定不会这样放肆妄言，我只愿自己化身茜雪、小红之类的小人物，给曹雪芹送上两大提盒的美食，能穿越几次就送几次，而对他的写作不会多说一个字。我会在心里默念："您一定要撑住啊，一定要写完啊，省得我们后世几亿读者牵肠挂肚。您知道吗？《红楼梦》完整了，我们的人生才会完整。拜托您了，拜托了！"

《红楼梦》只能由曹雪芹完成，要删只能他删，要改只能他改。可惜这样的工程异常耗费时日和心力。很可能曹雪芹虽然全书基本完成，但开头关于秦可卿的修改最终来不及完成；也可能阴差阳错，最后虽然费尽心血改好了，却和曹氏所写的后四十回一样，被不可饶恕的人借去，被不可原谅地丢失了，而没来得及改的版本已经不胫而走。

与今天的小说传播方式不同，《红楼梦》是一边写（改）一边流传，而且最初是用传抄的方式流传的，所以版本又多又复杂。

说回秦可卿的公案，我之所以猜测曹雪芹绝不会只删不改，而我们看到的是他未改妥当的版本，并非空穴来风的胡猜妄测。第七十五回，贾府中秋赏月，贾政令宝玉作诗，然后贾兰、贾环也都作了一首，这三首诗都是空着的，而且都有脂批"此诗原缺"，庚辰本回前批语写得很清楚，一行是："乾隆二十一年五月初七日对清。"另一行是："缺中秋诗，俟雪芹。"也就是第一批核心读者看了这一回的初稿，当时还缺三首中秋诗，曹雪芹还没写，要等他补上。主线推进，次要内容先空着，等空了再来补上，对这种做法，今天的小说家应该都不陌生。而脂砚斋丝毫不惊讶，说明曹雪芹在写作过程中经常这样。批者读得很投入，"俟雪芹"既是提醒，也是热切的期盼。冲着这份感情，我又不由得有些原谅他（们）了。

一部伟大的小说，连残缺都让后人的补全显得多余、可笑和不自量力；一部明显残缺、"破绽"百出的作品，艺术上却如此完整、完美而绝妙。这就是《红楼梦》。

第贰辑

心眼·世事洞明

《红楼梦》是无用之人写无用之人、无用之事的书,主打的就是一个无用。无用的人,无用的美,无用的眼泪,无用的心思,无用的相思,无用的雅致,无用的欢笑,无用的仪式,无用的趣味……满纸眼泪,满纸性灵,满纸伤痛和幻灭,也满纸尊贵、洁净与优美,满纸爱、自由和人生真味。

无用而自由,无用而深情,无用而美,无用而深邃。

开口的第一句话

贰

01

对红楼主要人物,曹公有个基本路数,即大多按照"人品衣服、礼数款段"来写。自然好看。

而每个人开口的第一句话,也各自有趣,而且不简单,或渲染气氛,或彰显身份,或刻画个性,或体现禀赋,或暗示命运,因此不可任其轻松滑过。

第三回,黛玉进贾府,自然是先说"拜见外祖母""拜见大舅母、二舅母"之类的话,但都未细写,曹公写明白的她开口的第一句话是什么?众人看出她身体不好,问她:"常服何药,如何不急为疗治?"黛玉回答:"我自来是如此,从会吃饮食时便吃药,到今日未断,请了多少名医修方配药,皆不见效。"这是黛玉的第一句话。

她的自幼多病，可想而知。后面提到癞头和尚要化她出家，又说如果舍不得她，只怕她的病一生不能好，除非从此以后总不许见哭声，也不见外姓亲友，这些是在"点"读者，要让我们想起第一回的一道一僧，想起黛玉仙界的来路。于是我们想起来，黛玉（绛珠仙子）下凡为人，是要用一生的眼泪来还宝玉（神瑛侍者）的灌溉之恩的，所以她肯定要和宝玉相见，肯定要经常为宝玉哭，也经常惹得宝玉哭。所以"不见外姓亲友""总不许见哭声"这两条都绝无可能，那么，黛玉的病，就是一生都不能好的了。此时黛玉尚幼，也许七岁，也许十一岁，但一开口，就说出了这样惊人的预言，而且所有人都知道，这预言一定会成真的。

凤姐的第一句话是伴随着笑声而来的——

只听后院中有人笑声，说："我来迟了，不曾迎接远客！"黛玉纳罕道："这些人个个皆敛声屏气，恭肃严整如此，这来者系谁，这样放诞无礼？"（第三回）

在黛玉惊讶的目光中，众星捧月般的，打扮得"恍若神仙妃子"的凤姐亮相了。她说的第一句话，很像名角在九龙口的叫板，原是要引人注意的。说明她很有身份，而且在荣国府地位不同，同时深受贾母和王夫人宠爱，所以这样高调而不拘礼数。此时的凤姐，正在春风得意的时候，因此浑身都是流光溢彩的生机和春天的芳香。第一幕就告诉我们，这个人有三大特点：她很美，她打扮得非常华美，而且她总是笑着说话。这还了得？用现在的话说，她是大女主，她自带背景音乐和灯光，一出现，就令气氛为之一变。

凤姐忽喜忽悲、又转悲为喜、又表态、又关心地热闹过后，以端上茶和水果宣布她的"高定版"寒暄告一段落。这时候王夫人才等到机会开口，她问凤姐："月钱放过了不曾？"这是王夫人开口说的第一句话。过去读到这里，只觉得王夫人一开口就很无趣，这次读到这里，不禁笑了起来：什么叫一秒出戏？王夫人干这个简直太专业了。前面贾母和后来的凤姐，一起营造的充满感情的氛围，多么温暖，多么感性，甚至带着几分私密（贾母当着两个儿媳妇，居然说出"我这些儿女，所疼者独有你母"这样的话），而王夫人根本不在那个情境里，感觉她一看到凤姐就想问的，只是按捺着，等凤姐在贾母和远客面前必须做的规定动作完成了，她就要谈自己关心的其他事务了，而她关心的就是月钱，所以她就那么光秃秃、直别别地问：月钱发了吗？多么现实，多么自顾自，多么无趣！凤姐是在感情和现实两个世界穿梭自如的，所以她马上回答已放完了，然后主动说昨天王夫人让她拿出来的某种缎子，她在后楼上找了半天，没有找到。王夫人表示没找到不要紧，这时候，请大家想象一下黛玉与贾母"礼貌中不失尴尬的微笑"，大概是连王夫人都发现自己歪楼（偏离主题）了，所以赶紧补救——

因又说道："该随手拿出两个来给你这妹妹去裁衣裳的，等晚上想着叫人再去拿罢，可别忘了。"

这种话本来是她一开口就应该说的，却放在她说错话把气氛弄成冷场之后才说，也是醉了。而且说黛玉，不说"我这外甥女"偏说"你这妹妹"，分明透着不亲。如果因此说王夫人就是一个感情不丰富的人,那么你错了。薛姨妈带着薛蟠、宝钗到的时候,"喜得王夫人忙带了女媳人等,接出大厅,将薛姨妈等接了进去。姐妹们暮年相会,自不必说悲喜交集,泣笑叙阔一番。"感情丰富得很。

"因又说道",四个字看似"闲"到可有可无,其实却不"闲",曹雪芹在写她的呆笨。开口第一句写她的无趣,这四个字写她是个不灵透的人——看一看凤姐说话的行云流水满室生春,贾母的幽默风趣、凑兴圆通、一拨就转,就知道了。王夫人一开口就把气氛弄冷了,接着把天聊死了,终于自己也意识到,然后才想补救的话,多么用力,真是笨啊,曹雪芹看在眼里,也写给我们看。王夫人的努力,效果如何?贾母和众人似乎都没了兴致,没人再说什么,很快就散了。黛玉进贾府的这场觐见,气氛由热转冷,就是从王夫人问月钱开始的。

有趣的聪明人又如何?无趣的笨人才是厉害呢。

宝玉正式说的第一句话:"这个妹妹我曾见过的。"照应两个人的来历和凤缘,也可以理解成一见如故、一见钟情。黛玉的感觉和他相似:"黛玉一见,便吃一大惊,心下想道:'好生奇怪,倒像在那里见过一般,何等眼熟到如此!'"她当然没有说出来,因为内心受到冲击,她也不可能笑,而宝玉这句话是笑着说出来的。

相近的感受,男子是轻松的,女子却重大和凝重多了。在感情之中,似乎总是如此。

贾政开口的第一句话,不那么引人注意,在第四回里,薛姨妈母子三人到了以后,贾政派人对王夫人转达了他对这几个亲戚的安置意见:"姨太太已有了春秋,外甥年轻不知世路,在外住着恐有人生事。咱们东北角上梨香院一所十来间房,白空闲着,打扫了,请姨太太和姐儿哥儿住了甚好。"话说得周到而温厚,同时理性而板正,是贾政声口。想想薛蟠临行前惹出的人命官司,就知道贾政在担心薛蟠再闯祸生事、想对他有所拘束,这番考虑是有道理的。这几句话,就该正统家长贾政来说。

贾政这个家长不好当。面对宝玉这个天才儿子,背负着门第的重负,贾政夫妇这对父母太难了,一上来就立于必败之地。

平儿开口的第一句话是:"叫他们进来,先在这里坐着就是了。"她让周瑞家的把刘姥姥带进来。这句话,说明她是凤姐身边得力的人,可以作一些主的,同时,她待人也还不错,并不势利。

宝钗说的第一句话,很奇怪,不是和贾母说的,也不是和王夫人、宝玉说的,居然是和周瑞家的说的。周瑞家的到梨香院找王夫人,到宝钗房间,宝钗正在描花样子,见她进来,就"放下笔,转过身来,满面堆笑让:'周姐姐坐'。"宝钗的第一句话是和一个下人说的,一方面可知宝钗出场非常低调和内敛,住下后也非常娴静本分,没有什么特别的话值得一记;另一方面,对一个突然出现的下人尚且如此谦和有礼,对待贾母、王夫人等贾府长辈会如何恭敬自抑,则不用多说了。

周瑞家的给姑娘们分送薛姨妈送的宫花,送到惜春这里——

只见惜春正同水月庵的小姑子智能儿一处顽耍呢,见周瑞家的进来,惜春便问他何事。周瑞家的便将花匣打开,说明原故。惜春笑道:"我这里正和智能儿说,我明儿也剃了头同他作姑子去呢,可巧又送了花儿来,若剃了头,可把这花儿戴在那里呢?"(第七回)

将来剃了头作尼姑去——惜春开口说的,就是这个。太虚幻境惜春的判词是:"勘破三春景不长,缁衣顿改昔年妆。可怜绣户侯门女,独卧青灯古佛旁。"而她自己还要这样一开口就顶上一句,让读者明白:她人虽年轻,心却不年轻,眼下的日子还烈火烹油、鲜花着锦,还有人送宫花来为繁华锦上添花,而她心里的花已经谢了,春天已经空了。故事一开始,她就有了出世的心思。

李纨的儿子、宝玉的侄子贾兰,如何?在贾府义学里,一众小厮、少爷打成一团的时候,贾兰按住了同桌贾菌想抓起来打回去的砚,"极口劝道:'好兄弟,不与咱们相干'。"从小没有父亲,受孀母管教,懂事而安分,小小年纪就懂得明哲保身、息事宁人。

贾琏第一句说的什么? 记得是在第十六回,林如海去世,贾琏护送林黛玉回府,凤姐对他笑道:"国舅老爷大喜!国舅老爷一路风尘辛苦。……"为什么叫他国舅?因为在贾琏不在家期间,元春晋封为贤德妃了,所以作为她的堂兄弟,贾琏也可以宽泛地算国舅了。这是无人时的凤姐,是一个伶俐可人的少妇,她殷勤地取悦着丈夫,同时也开着玩笑,轻松而温馨。贾琏笑道:"岂敢岂敢,多承多承。"这是对凤姐半喜悦半调侃的致词的回答,也是半客气半玩笑的。这应该是贾琏说的第一句话,说明他的口才和反应都不错,但是在凤姐面前,他总显得有点被动,透露了一点这家子和别家不同的"消息":在凤姐面前,贾琏这位"爷"居然是落了下风的。但是贾琏有的是轻松反击的办法,这是全世界大多数男人都会的招数——他很快说到了美丽的女子,他刚才去见姨妈,突然遇见了一个年轻的小媳妇,"生得好齐整模样",他想不出这是谁,就问了薛姨妈（居然忍不住当面问！），才知道是香菱，于是贾琏说："开了脸，越发出挑的标致了。那薛大傻子真玷辱了他。"这才是琏二爷真正主动说的第一番话。贾琏一开口就是说美女，而且当着妻子的面，把对美人浓厚的兴趣表现得很充分，以至于引来了凤姐"眼馋肚饱"的挖苦，其为人和格调可见大略。

湘云出场与众不同，不同在几乎没正式写，为什么？一方面可能是因为湘云和宝玉自小熟悉，所以记不清她何时、以何种方式出现；另一方面也许是湘云身上有股爽朗的英气，而宝玉身上却是一片温柔细腻，这两个人注定没有异性之间来电的感觉，不来电，就没有哪一个瞬间铭心刻骨、值得大书特书。因此，湘云的出场便是随随便便地那么一写——

忽见人说："史大姑娘来了。"……只见史湘云大笑大说的，见他两个来，忙问好厮见。（第二十回）

然后黛玉因为宝玉刚才去找宝钗而生气，走了，宝玉跟过来解释和劝慰，这时候湘云来了，她说："爱哥哥，林姐姐，你们天天一处玩，我好容易来了，也不理我一理儿。"这是她开口说的第一句话。湘云有点咬舌头，总是把二哥哥说成"爱哥哥"，这声口娇憨可爱。她的抱怨有没有道理？有道理，这是人之常情。但是，宝黛两个人都是不在人之常情之中的人，他们之间也不是人间寻常会遇见的感情，所以黛玉一来，所有的姐姐妹妹都靠后了，有什么办法呢？宝钗如果也觉得这样，她一定不会抱怨，而湘云就会说出来，湘云没有复杂的心思，心里不藏话。湘云的第一句话，写出了她的率真性格，写出了她和宝玉关系很近，和黛玉也不错，这是显的；背后一层是隐的，淡淡地写出了在搬进大观园之前，在宝玉那里，湘云她们的重要性已经不能和黛玉相比了。在少男少女的世界里，爱情一觉醒，亲情和友情自然就远远靠后了。

迎春是十二钗里存在感比较弱的，也是贾府四个"春"里最无声无息的一个，有"二木头"的绰号，她的第一句话藏在第二十七回里。黛玉在怡红院尝了闭门羹，在家伤心，第二天是芒种节，宝钗、迎春、探春、惜春、李纨、凤姐和丫鬟们都在园中给花神饯行，顺便玩耍，独不见黛玉。这时候迎春说："林妹妹怎么不见？好个懒丫头！这会子还睡觉不成？"她第一个注意到，并且说出来了。到这时候才主动说一句话，可见她真是低调、沉默而黯淡。所以这句话就值得从角落里翻出来仔细看一看。这是很普通的一句话，却至少说明三点：第一，迎春和黛玉相处得不错，至少，迎春是喜欢黛玉的；第二，这时候的迎春是她一生中心情最好的时候，她很轻松很愉快，以至于随口管起了闲事，一点都不"木"。第三，迎春是个善良的小姐，她眼里、心里是有别人的。在自己高兴的时候，根本不去关心别人，甚至不关心别人死活，这样的人世间很多，但二姑娘迎春不是这样的人。

若有人特别老实，死抠字眼，怀疑迎春在说黛玉"懒"，甚至暗戳戳地在指出黛玉不合群不凑兴，是不是也说得通呢？当然说不通。迎春是非常小心压抑的一个人，根本没有非议和挑剔人这个频道，况且当时是那么美妙的园林，那么愉快的节日气氛，"懒丫头"云云，纯粹是亲热的口气。最重要的是，迎春是真心喜欢黛玉的，而且敬重她的才华。第三十七回，探春发起，众人结海棠诗社，宝玉说早该起个社的，黛玉说此时也不算迟，但是你们别算上我，我是不敢的。这种自谦，其实是变相的骄傲，明明她最有资格，偏偏说没资格。这时候迎春的反应又很快："你不敢谁还敢呢。"她的意思是，你写诗的才华是最高的，如果你都不敢写，就没有人敢了。好个迎春！不声不响，却有眼光。说到才华，李纨经常在黛玉和宝钗之间骑墙、玩中立，迎春倒是真心实意地推重黛玉，她自己缺乏诗才，但她不妒忌，只是敬慕有才华的黛玉。和她一贯懦弱自保的为人处世对照起来，她当众说出这句话，倒也不容易。第一百零一遍重读《红楼梦》，发现迎春起初的两句话竟然都和黛玉有关，这位二表姐确实如黛玉的第一印象那样：温柔可亲。

说到《红楼梦》里嘴巴最厉害的，一般一下就想到凤姐，或者想到黛玉。

黛玉的嘴厉害，一半是对宝玉使小性子，一半是调侃、挖苦人，前者虽然常常有点过分，但不过是恋爱中的女孩子需要更多安全感，况且再过分也只折腾宝玉一个人，和其他人无干；后者也只是一个天资过人、反应敏捷又口齿伶俐的少女的即兴发挥，没有什么目的和心机，有时候是忍不住淘气，有时候是无端炫技。

凤姐嘴巴才是真厉害，不论是骂人还是为取悦贾母而搞笑。她骂人，一方面什么都敢说，毫无忌讳，一方面自带气势，拉开阵仗，骂得洋洋洒洒。比如第二十回当着赵姨娘的面骂贾环（也骂赵姨娘）——

凤姐向贾环道："你也是个没气性的！时常说给你：要吃，

要喝,要顽,要笑,只爱同那一个姐姐妹妹哥哥嫂子顽,就同那个顽。你不听我的话,反叫这些人教的歪心邪意,狐媚子霸道的。自己不尊重,要往下流走,安着坏心,还只管怨人家偏心。输了几个钱?就这么个样儿!"贾环见问,只得诺诺的回说:"输了一二百。"凤姐道:"亏你还是爷,输了一二百钱就这样!"回头叫丰儿:"去取一吊钱来,姑娘们都在后头顽呢,把他送了顽去。——你明儿再这么下流狐媚子,我先打了你,打发人告诉学里,皮不揭了你的!为你这个不尊重,恨的你哥哥牙根痒痒,不是我拦着,窝心脚把你的肠子窝出来了。"喝命:"去罢!"

凤姐占据了家族伦理、为人处世和审美格调的几重优势,把猥琐的贾环骂了个体无完肤。她的优势足,所以心理上完全是降维打击,骂得起承转合、酣畅淋漓,把赵姨娘和贾环一起教训了一番,最后还威风十足地一声喝退。过瘾。虽然厉害得有点过了,但总体而言,她是对的。赵姨娘母子实在没有道理,而且时有害人之心,所以曹公判定凤姐的行为是"正言弹妒意"。

凤姐在贾母面前承欢取悦,那是她的口才发挥的巅峰时刻。所以贾母说只要有她在,一个人抵十个人的热闹。确实,贾府家宴上,只要凤姐不在,就立即显得冷清。她的幽默有天分,无风三尺浪,张口就来,而且真的让人开怀。只看第五十回,薛姨妈说要摆酒席请贾母赏雪,凤姐马上开始了——

凤姐儿笑道:"姨妈仔细忘了。如今先秤了五十两银子来,交给我收着,一下雪,我就预备下酒,姨妈也不用操心,也不得忘了。"贾母笑道:"既这么说,姨太太给他五十两银子收着,我和他每人分二十五两,到下雪的日子,我装心里不快,混过去了,姨太太更不用操心,我和凤丫头倒得了实惠。"凤姐将手一拍,笑道:"妙极了,这和我的主意一样。"众人都笑了。贾母笑道:"呸!没脸的,就顺着竿子爬上来了!你不该说姨太太是客,在咱们家受屈,我们该请姨太太才是,那里有破费姨太太的理!不这样说呢,还有脸先要五十两银子,真不害臊!"凤姐儿笑道:"我们老祖宗最是有眼色的,试一试姨妈,若松呢,拿出五十两来,就和我分。这会子估量着不中用了,翻过脸来拿我做法子,说出这些大方话来。如今我也不和姨妈要银子,竟替姨妈出银子治了酒,请老祖宗吃了,我另外再封五十两银子孝敬老祖宗,算是罚我个包揽闲事。这可好不好?"话未说完,众人已笑倒在炕上。

贾母和凤姐简直像说双口相声的,而且说得又自然,又有逻辑,严丝合缝,却和事实形成强烈反差,这两个人既有自黑、互嘲,实际上是别致的"凡尔赛",总之是"搞笑,我们是认真的",因此众人笑倒在炕上,我也是看一回笑一回的。

除此之外,凤姐也经常三言两语平息风波,比如——

可巧凤姐正在上房算完输赢账,听得后面高声嚷动,便知是李嬷嬷老病发了,排揎宝玉的人。——正值他今儿输了钱,迁怒于人。便连忙赶过来,拉了李嬷嬷,笑道:"好妈妈,别生气。大节下,老太太才喜欢了一日,你是个老人家,别人高声,你还要管他们呢;难道你反不知道规矩,在这里嚷起来,叫老太太生气不成?你只说谁不好,我替你打他。我家里烧的滚热的野鸡,快来跟我吃酒去。"一面说,一面拉着走,又叫:"丰儿,替你李奶奶拿着拐棍子,擦眼泪的手帕子。"那李嬷嬷脚不沾地跟了凤姐走了，一面还说："我也不要这老命了，越性今儿没了规矩，闹一场子，讨个没脸，强如受那娼妇蹄子的气！"后面宝钗黛玉随着，见凤姐儿这般，都拍手笑道："亏这一阵风来，把个老婆子撮了去了。"（第二十回）

拍手笑的，应该还有曹雪芹本人吧。毕竟他深知，只靠宝玉"鱼眼珠子"那样文学化的指责，是根本不能解决问题和终止此类混乱场面的。

但凤姐的口才还是不如一个人，谁？宝钗。

第三十回，"宝钗借扇机带双敲"，宝玉说宝钗像杨贵妃，"体丰怯热"，惹得宝钗大怒，于是用三句话作出了很到位的还击。第一句是冷笑着说："我倒像杨妃，只是没一个好哥哥好兄弟可以作得杨国忠的！"第二句是指着一个来找扇子的小丫头靛儿说的："你要仔细！我和你顽过，你再疑我。和你素日嘻皮笑脸的那些姑娘们跟前，你该问他们去。"这火发得很大，而且明显把黛玉带了进来。宝姑娘还没有收手，又在回答黛玉的问题时说自己看的戏是李逵骂了宋江，后来又赔不是，其实她是故意挖了一个坑，故意不说这出戏的名字。宝玉不留神，马上进了坑，说姐姐怎么不知道，这出戏叫《负荆请罪》。于是宝钗说了第三句："原来这叫作《负荆请罪》！你们通今博古，才知道'负荆请罪'，我不知道什么是'负荆请罪'！"宝玉和黛玉顿时羞红了脸。因为他们吵了架，宝玉刚刚去几万声"好妹妹"地和好了，宝钗这时候当众说"你们才知道负荆请罪"，确实挖苦得非常狠。

宝钗的厉害，第一在于她知识储备丰足，人情世故的洞察力强，

· 190 ·

就这样她依然不轻易开口,而是忍过情绪最狂暴的几分钟再采取对策,同时她是见机行事、借力打力的高手,能够完成精准打击。第二在于她段位高,大家小姐的风度和体面维持得很好,没有一个不合适的字眼,玩的全是话里有话,损人的话表面上都有正常的由头,一般人不留意也不知道她在说什么,不会落得小心眼、刻薄的把柄。第三,"任是无情也动人",这句话也可以反过来说,很动人,也很无情,宝钗是可以翻脸无情的,而且哪怕是她借居的贾府的主人宝玉不小心得罪了她,语言之间触犯了她的底线,她也绝不会隐忍的,既不宽厚,也不淡远,更不"装愚守拙",而是这样当场、当众非常厉害地反击。(其实宝玉说她像杨妃并没有对她的人格侮辱或含沙射影的不尊重,只是指她体丰怕热这一条,其实杨妃还是大美人儿呢!但在宝姑娘眼里,杨妃的道德污点和悲惨结局肯定是压倒其美貌和一度拥有的荣宠的。)

宝钗大获全胜。宝玉和黛玉都非常尴尬,宝玉无精打采,然后糊里糊涂地做下一连串的事情:招惹金钏儿,导致王夫人把金钏儿赶出去;雨中看龄官在花下用金簪子一遍遍写"蔷"字,看得自己被大雨淋透;飞奔回怡红院,又因为丫鬟开门迟了,而踢了开门的一脚,却偏偏踢伤了袭人,导致袭人吐血⋯⋯

第二天,是端阳节,酒席上宝钗对宝玉淡淡的,也不和他说话。这个态度也厉害,说明昨天的怒气还未全消,也说明宝钗坚持"严正立场"、不会轻易缓和,这是继续给宝玉压力。这个节日的宴席,大家都没什么兴致,"无兴散了"。这时候,曹雪芹这里又玩了一个障眼法,他写道:黛玉天性喜散不喜聚,宝玉喜聚不喜散,所以心情不好。其实不是。宝玉这一次，主要是因为宝钗挖苦和冷落了他，而且通过一次节日的聚宴也没能缓和；而黛玉之所以淡然处之，是因为宝玉和宝钗不和，正中她的下怀。然后宝玉闷闷不乐地回自己房中。就发生了另一件事，偏偏晴雯不小心弄坏了他的扇子，宝玉一反常态地对晴雯发了火，两个人莫名其妙吵得很厉害，最后是宝玉、晴雯、袭人都哭了。

晴雯说宝玉"近来气大得很，行动就给脸子瞧"，一向怜香惜玉的宝玉居然踢了袭人，骂了晴雯，这说明他心里窝了一腔火。这时候黛玉已经和他和好，而金钏儿还没有跳井，宝玉之所以这样，主要就是被宝钗挤兑出来的。黛玉那么经常和他吵架，他最多是要砸玉，从来没有迁怒于别人的，想必是潜意识里也知道，和黛玉的争吵是恋爱的必修课，苦恼中自有甜蜜；而宝钗这样，纯粹是挤兑他，戳他的心了。这一次，宝玉确实被气着了，也确实非常没面子。

宝钗真厉害。她不比凤姐，凤姐是出了阁的少妇，而且是贾府的当家少奶奶。宝钗是个闺阁千金，又是客居在此的亲戚。而且宝玉是贾母最溺爱的孙子、这府里的凤凰，泼辣如凤姐从来对宝玉都是和颜悦色、照顾妥帖的，而一贯号称娴雅端庄豁达随和的宝钗却这样"开销"他，把他激得方寸全乱、大失常态又有苦难言。最妙的是，宝玉再动怒，怡红院里再不得安宁，也只会有人说宝玉浮躁，或者再拉上晴雯，说晴雯轻狂，没有一个人会怪到宝钗身上，她的好名声丝毫无损。

宝钗的厉害，实实的在凤姐之上。

晴雯 天生当不好丫鬟的

贰
02

晴雯是被定了"妖精""狐狸精"的罪，被撵出去的。但是宝玉身边第一个被这样骂的，却不是她，而是袭人。第二十回，宝玉的奶妈李嬷嬷到宝玉房中发脾气——

只见李嬷嬷拄着拐棍，在当地骂袭人："忘了本的小娼妇！我抬举起你来，这会子我来了，你大模大样的躺在炕上，见我来也不理一理。一心只想妆狐媚子哄宝玉，哄的宝玉不理我，听你们的话。你不过是几两臭银子买来的毛丫头，这屋里你就作耗，如何使得！好不好拉出去配一个小子，看你还妖精似的哄宝玉不哄！"

袭人被骂哭了,宝玉过来分辩,李嬷嬷还说他:"你只护着那起狐狸,那里认得我了,叫我问谁去?谁不帮着你呢,谁不是袭人拿下马来的!……(你)把我丢在一旁,逗着丫头们要我的强。"这里指控袭人的罪名好几重,并且波及其他丫鬟和宝玉本人。黛玉、宝钗也过来劝,最后是凤姐一阵风似的来带走了李嬷嬷,李嬷嬷在顺势撤退的路上,还骂袭人是"娼妇蹄子"。

除了后来被宝玉误踢了一脚,这是袭人最委屈、最狼狈的一次。

本来黛玉、宝钗、凤姐都认为李嬷嬷老糊涂了,不与她一般见识,她的话更没人当真听,这事就过去了,更和晴雯没有关系,谁知道宝玉被闹得头疼,情商下降,说了一句多余的话,惹恼了晴雯——

宝玉点头叹道:"这又不知是那里的账,只拣软的排揎。昨儿又不知是那个姑娘得罪了,上在他账上。"一句未了,晴雯在旁笑道:"谁又不疯了,得罪他作什么。便得罪了他,就有本事承任,不犯带累别人!"袭人一面哭,一面拉着宝玉道:"为我得罪了一个老奶奶,你这会子又为我得罪这些人,这还不够我受的,还只是拉别人。"宝玉见他这般病势,又添了这些烦恼,连忙忍气吞声,安慰他仍旧睡下出汗。(第二十回)

宝玉这句话有两层意思,一是袭人是性情温柔、恭谨小心的,李嬷嬷纯粹是欺负老实人。但在晴雯看来,却未必如此,尤其是她知道袭人和宝玉的另一层关系,加上袭人在宝玉屋里的首席大丫鬟的地位,觉得宝玉说的不是事实,明显将袭人天使化,所以不忿。二是宝玉觉得是别的丫鬟得罪了李嬷嬷，李嬷嬷迁怒于袭人，晴雯觉得自己被冤枉或被怀疑了，所以有反弹。

事实上，宝玉的怀疑不是完全没有根据的，前一天，李嬷嬷要吃宝玉留给袭人的酥酪，有一个丫头说"快别动！那是说了给袭人留着的，回来又惹气了。你老人家自己承认，别带累我们受气。"这个可能就是晴雯，脂批也说"这等话语声口，必是晴雯无疑"。如果是晴雯说的，那么她是预感到会被带累而终未能避免被带累，自然心里不痛快；如果不是晴雯说的，那她就有被错怪的感觉，也忍不住不说话。不过她没有真的动气，所以只是笑着说的。但是这几句话，在袭人听来是在伤口上撒把盐，晴雯有口无心，袭人记在心里，所以两个人的敌对关系进一步加强了。

袭人善于示弱，又是哭又是拉宝玉，还作出胆小怕事、忍气吞声的样子，所以让宝玉非常怜惜。但是一连两个"为我"，又把所有人归于"这些人"，如此，她和宝玉自然就是"我们"了，后来她也终于把这个"我们"说了出来。袭人和宝玉虽然亲密，但她在宝玉面前，始终是非常有头脑，这一回合更是在被动的处境中，利用李嬷嬷的昏聩以及宝玉对奶妈的不满，绝地反击，在宝玉心目中大大加分，可谓手段高明。而晴雯，多少会让宝玉觉得不太懂事，对袭人不体谅，对自己不温顺、不给面子。袭人和晴雯在宝玉屋里的重要性，宝玉在生活中对袭人和晴雯的依赖程度，就是这样一天一天发生变化的。

晴雯在得罪了袭人之后，马上又得罪了麝月。当天晚上袭人病卧，其他人都出去玩了，宝玉和麝月闲来无事（其实宝玉和麝月一向话题不多），就给麝月篦头，结果晴雯回来取钱（这时我们知道她在掷骰抹牌），看见了，她又是不过脑子就讽刺人——

> 一见了他两个，便冷笑道："哦，交杯盏还没吃，倒上头了！"宝玉笑道："你来，我也替你篦一篦。"晴雯道："我没那么大福。"说着，拿了钱，便摔帘子出去了。
> 宝玉在麝月身后，麝月对镜，二人在镜内相视。宝玉便向镜内笑道："满屋里就只是他磨牙。"麝月听说，忙向镜中摆手，宝玉会意。忽听唿一声帘子响，晴雯又跑进来问道："我怎么磨牙了？咱们倒得说说。"麝月笑道："你去你的罢，又来问人了。"晴雯笑道："你又护着。你们那瞒神弄鬼的，我都知道。等我捞回本儿来再说话。"说着，一径出去了。（第二十回）

旧时婚礼，新婚夫妇要喝盛在用彩线相连的两个酒盏中的酒，叫作"吃交杯盏"。而女子出嫁后就把头发改梳成发髻，表示由少女变成了妇人，这叫上头。所以晴雯的挖苦不可谓不犀利。此时大家都小，基本上是开玩笑居多的气氛，但是晴雯点破知道他们（宝玉和袭人、宝玉和麝月）瞒神弄鬼的事情，近乎揭人隐私，宝玉虽然不以为忤也无所谓，但麝月心里肯定会留下一些不舒服和戒备的。大年节下，热闹玩笑之中，晴雯已经得罪了身边最重要的两个同伴。而她还只顾着牌桌上翻本，殊不知她的人生已经翻不回来了。

李纨说凤姐是"水晶心肝玻璃人"，就是说她什么都看得清清楚楚，而且也心直口快说得清清楚楚，其实晴雯也是"水晶心肝玻璃人",但是凤姐是谁,晴雯是谁?两个人没有可比性,所以"水晶心肝玻璃人",这不是丫鬟可以拥有的特点。

不久,袭人因为宝玉没日没夜与姐妹们厮混,和他冷战,宝玉就连她的追随者麝月一起不理,转而重用小丫鬟四儿,但是晴雯呢?在此期间毫无踪影,要么她没心没肺地在自顾自玩,要么她明知发生了什么,但不屑于趁机笼络宝玉争取上位(像其他丫鬟那样),总之她毫无建树,似乎根本没在宝玉身边出现。

晴雯的一生,是坐视无数机会从眼前流过的一生,她根本不想"上进",还看不起别人求"上进",这一点,她和宝玉真是同路人。

但是宝玉有心思落地的另一面。他在续写《南华经》的一段话里,第一次明确将"钗""黛"并论,将"花""麝"并列,没有晴雯。可以解释成因为晴雯这次没有惹他生气,但如果停下来想一想,虽然表面上是灰心和看破,但其实恰证明了"钗""黛""花""麝"的魅力和对宝玉的影响力。注意,宝玉身边的大丫鬟排序,居然有时候是袭人、麝月了。接二连三的不懂事和冒犯之后,加上在宝玉少有的孤单之际的无所用心,晴雯的重要性下降了。

然后,她们跟着宝玉一起住进了大观园。不要说丫鬟,就是那个时代的贵族小姐,又有多少人能住进这样的园子?大观园里,梦幻般的,晴雯人生的华彩乐段开始了。何况主人是宝玉。宝玉写了几首大观园生活即事诗,其中的"自是小鬟娇懒惯,拥衾不耐笑言频",明显有晴雯的影子,晴雯最娇懒,晴雯爱笑爱闹。

她不知道,她的美丽,她的伶俐,她的骄傲与锋芒,她的与众不同,因为得到优越环境的纵容,变得更加引人注目和招人忌恨了。

· 197 ·

第二十六回，宝玉病好了，贾母对下人按等分赏，丫鬟佳蕙和小红都不在其中，佳蕙还替小红打抱不平："像你怎么也不算在里头？我心里就不服。袭人那怕他得十分儿，也不恼他，原该的。说良心话，谁还敢比他呢？别说他素日殷勤小心，便是不殷勤小心，也拼不得。可气晴雯、绮霰他们这几个，都算在上等里去，仗着老子娘的脸面，众人倒捧着他去。你说可气不可气？"这里无缘无故贬低了晴雯。其实晴雯原本就是和袭人一样，是贾母拨给宝玉的大丫鬟，这个无父无母无退路的女孩子，早就把怡红院当成自己的家（不像别的丫鬟是把这里当成职场），在宝玉的事情上从不含糊，宝玉生病，她也是日夜辛劳精心照顾的，怎么在别人眼中，她算在上等里头，居然要被质疑？何况，她父母双亡，哪里有老子、娘可以依仗？可见，她平时有多骄傲，从来不肯示弱、卖惨。也可见她锋芒太露，人缘不好。作为"后备干部"，"群众基础"差，这可不是好兆头。

这还不要紧，就在这一回，晴雯又继续在得罪人的道路上大步前行。怡红院还有一个大丫鬟叫碧痕，这天晚上晴雯和碧痕拌了嘴，然后宝钗来找宝玉喝茶聊天，大概正轮到晴雯值门户的班，于是晴雯更不痛快了——

> 那晴雯正把气移在宝钗身上，正在院内抱怨说："有事没事跑了来坐着，叫我们三更半夜的不得睡觉！"忽听又有人叫门，晴雯越发动了气，也并不问是谁，便说道："都睡下了，明儿再来罢！"林黛玉素知丫头们的情性，他们彼此顽耍惯了，恐怕院

内的丫头没听真是他的声音，只当是别的丫头们来了，所以不开门，因而又高声说道："是我，还不开么？"晴雯偏生还没听出来，便使性子说道："凭你是谁，二爷吩咐的，一概不许放人进来呢！"林黛玉听了，不觉气怔在门外，……

和碧痕吵架算什么，她对袭人、麝月都没有客气过；得罪了身边的同类算什么，她连宝钗也不认真放在眼里，伺候一个门户居然就抱怨，而且是在院子里抱怨，估计不止一个丫鬟和老妈子听到。有人听到算什么，门外来的是谁都不知道，她就敢得罪。

这个时候的晴雯，忘记了自己的本分，实在是大忌。她从来是把怡红院当家的，觉得自己是和这里的主人平起平坐的，因此情绪上来了，就会七情上面公开流露。可她忘了，心里怎么想就怎么说，这一点，贾府正牌小姐们都做不到的——不敢如此、不便如此、不曾梦想过如此。

心浮气躁的晴雯拒绝开门，黛玉起初做出了正确的判断，认为是丫鬟们没有听出是谁，所以又高声说道："是我，还不开么？"这在黛玉，已经是很善解人意和大度忍让了，偏偏晴雯使性子，拒绝得更狠，而且假借了宝玉的名义。

且不说黛玉后来的一场伤心、宝玉的一场郁闷，都是晴雯惹的祸，单说不给人开门这个回合里晴雯犯了多少错误：第一，当班时轻忽职守，情绪冲昏头脑，缺乏责任心，属于失职。第二，对客人不问不看，就拒之门外，完全不讲礼数，且对可能引起的后果毫无警觉，作为大丫鬟实在不应该。第三，滥用宝玉的名义，往大里说是僭越、不敬，往小里说也是陷宝玉于不义，有负平时两个人的交情。这一回，她明里暗里，把主人的姐姐妹妹中两个最重要、最尊贵的姑娘，都给得罪了。晴雯这次没有被追究，但后来宝玉踢袭人的那一脚里面，包含了对丫鬟们经常懒散、应门怠惰的不满。

黛玉吃了闭门羹，却听见里面一阵笑语声，竟是宝玉、宝钗二人，"林黛玉心中益发动了气，左思右想，忽然想起了早起的事来：'必竟是宝玉恼我告他的原故。但只我何尝告你去了，你也不打听打听，就恼我到这步田地。你今儿不叫我进来，难道明儿就不见面了？'越想越伤感，也不顾苍苔露冷，花径风寒，独立墙角边花阴之下，悲悲戚戚呜咽起来。"

此处脂批是："可怜杀！可疼杀！余亦泪下。"确实如此。能对黛玉造成这样的伤害，丫鬟里面，大概只有晴雯了吧。晴雯脾气大、口无遮拦、任性使气，往往伤人而不自知。

第二十七回，芒种节，花神退位，大观园里的人都在给花神饯行，"那些女孩子们，或用花瓣柳枝编成轿马的，或用绫锦纱罗叠成干旄旌幢的，都用彩线系了。每一棵树上，每一枝花上，都系了这些物事。满园里绣带飘飖，花枝招展，更兼这些人打扮得桃羞杏让，燕妒莺惭，一时也道不尽。"美好的暮春，轻松的氛围，按理说是愉快的，可是晴雯姑娘得罪人，是节假日无休的。

就在这一天，怡红院中平时都没机会出头的小丫鬟小红，终于抓住偶然的机会，替凤姐跑了一趟腿，正在心跳加速的时候，回来交差的路上遇到了晴雯等一大群怡红院的丫鬟。

晴雯一见了红玉，便说道："你只是疯罢！院子里花儿也不浇，雀儿也不喂，茶炉子也不烧，就在外头逛。"红玉道："昨儿二爷说了，今儿不用浇花，过一日浇一回罢。我喂雀儿的时候，姐姐还睡觉呢。"碧痕道："茶炉子呢？"红玉道："今儿不该我烧的班儿，有茶没茶别问我。"绮霰道："你听听他的嘴！你们别说了，让他逛去罢。"红玉道："你们再问问我逛了没有。二奶奶使唤我说话取东西的。"说着将荷包举给他们看，方没言语了，大家分路走开。晴雯冷笑道："怪道呢！原来爬上高枝儿去了，把我们不放在眼里。不知说了一句话半句话，名儿姓儿知道了不曾呢，就把他兴的这样！这一遭半遭儿的算不得什么，过了后儿还得听呵！有本事从今儿出了这园子，长长远远的在高枝儿上才算得。"一面说着去了。

这里红玉听说，不便分证，只得忍着气来找凤姐儿。

本来小红在怡红院没有出头的机会，大丫鬟们也坚决杜绝她被宝玉重用的可能，她也死了这条心了，既然如此就随她去呗，可这些大丫鬟心态不好，还是要见到她就挑毛病，真是何必何苦，结果自找没趣。没趣了也就罢了，本来各自走开，也可以就此抹过的，可是晴雯不肯，又冷笑着说了那通话。这番话小红是听得清清楚楚的，这事就不能善罢干休了。

晴雯这次奚落人，表面上有三个结果：第一，揽事上身且自讨没趣。第二，彻底得罪了小红。第三，坚定了小红离开怡红院的决心。偏偏就是这一次，小红得到凤姐赏识，不但问了她的名字，而且把她要到自己身边，小红就此出头了。晴雯认为不可能发生的事情，偏偏发生了，事实打了晴雯的脸。这是她心胸不广、任性使气的

· 201 ·

结果。上面三个结果，为什么说是表面上？因为内里有一个大结果，才是可怕。

就在这一回，曹雪芹特地借凤姐和李纨的对话，告诉了小红的出身：她是林之孝的女儿。小红原是荣国府世代的旧仆，林之孝夫妇不是一般奴仆，而是管家，林之孝家的对贾府内院有管理权，平时大家尊称林大娘。但这对夫妇比较低调，分人进大观园的时候，小红被分在了怡红院，注意，并不是林之孝夫妇让她去当宝玉的丫鬟，是她先分到怡红院，后来宝玉选择住了怡红院，小红才"属地"成了他的丫头。

一说出小红的父母来，明眼人就知道晴雯惹上大麻烦了。小红是林之孝夫妻的女儿。宝玉生日宴的那个晚上，林之孝家的带人在大观园里查上夜的，她还在怡红院里给宝玉讲了一通规矩，这是一般的奴仆吗？而晴雯的背景呢？没有父母，也没有一个像样的亲戚。而晴雯在林之孝家的走后，根本没有想："天啊，小红是她的女儿……"，而是急忙命关了院门，进来笑着说："这位奶奶那里吃了一杯来了，唠三叨四的，又排场了我们一顿去了。"她对身边的人际关系和身处的现实浑然不觉。

现实是，怡红院的"小透明"小红比当红偶像派明星丫鬟晴雯有根基，而且晴雯在明，林之孝夫妇和小红在暗。

所以，"林之孝之女"五个字一出来，脂批都急了："管家之女，而晴卿辈挤之，招祸之媒也。"脂砚斋说晴雯得罪了管家的女儿，肯定会招祸的。可是晴雯不知道，她不懂（天真烂漫的背面），也不想这些（"使力不使心"的负面），估计就算有人事先提醒也没用。

对不爱琢磨人情世故的人，这些事是不容易讲明白的，何况心高气傲的人，对自己看不上的人，往往会忍不住。

晴雯的爆炭脾气，有很多原因，既因为她"心比天高"和"身为下贱"的双向撕扯，也因为她从小遇到的就是贾母和宝玉这样的上司，让她拥有了不恰当的安全感，但有一个重要原因还在于：她没有大局观，从不考量有没有必要做，是不是由我来做，是不是此刻该做，也不考虑如何安身立命，如何进退，如何自保。

很多时候，所谓的心直口快，所谓的无心之失，所谓的不会说话不会做人，其实都不是表达层面、技术层面的问题，而是认知层面的问题。

因为自幼没有父母，又不可能有机会受教育，故而没文化，又在贾府长大的过程中也没有人启蒙、教导，所以，晴雯的认知是有缺陷的。

认知有缺陷，所以一路犯错误而不自知。没有大局观，见事不明，难免自误；偏偏还重情义，有时就好心办坏事。

第七十三回，赵姨娘房内的丫鬟小鹊，夜里到怡红院报信，说赵姨娘在贾政面前"揭发"宝玉，贾政可能要查问宝玉功课，引发了怡红院的恐慌。这个小鹊，看来是人在赵营心在怡红院，但是贾政何曾不知道宝玉是什么人，真的未必会因为赵姨娘的几句话就第二天盘查宝玉，小鹊报信，害得怡红院内人心惶惶。这一回里，这是好心办坏事的第一个。宝玉挑灯夜读，"如今若温习这个，又恐明日盘诘那个；若温习那个，又恐盘驳这个。况一夜的工夫，亦不能全然温习，因此越添了焦燥。自己读书不致紧要，却带累着一房的丫鬟们皆不能睡。袭人麝月晴雯等几个大的是不用说,在旁剪烛斟茶,那些小的,都困眼朦胧,前仰后合起来。"这种时候,晴雯的赤诚仗义和"野嘴烂舌"一并发作,她骂道:"什么蹄子们,一个个黑日白夜挺尸挺不够,偶然一次睡迟了些,就装出这个腔调儿来了。再这样,我拿针戳给两下子!"

然后芳官从外面进来,说看见一个人从墙上跳下来了(可能是风摇树影带来的错觉),晴雯灵机一动,叫宝玉趁机装病,就说吓着了。正中宝玉心怀,于是故意张扬得人人皆知。可叹晴雯千伶百俐,却是好心办坏事的第二人。就是这个用作借口的子虚乌有的安全事故,导致园子里灯笼火把闹了一夜(绣春囊可能就是此时从谁身上掉出来的),五更天管家男女奉命拷问上夜男女,闹得贾母也知道有人夜赌,罕见地动怒,下令严查,处理了一批奴仆。这样地动山摇,还不曾伤怡红院的筋骨,事情也还在王夫人、凤姐的掌控范围内。可是,就在邢夫人给贾母请安、到王夫人处小坐之后,她遇到了手拿绣春囊傻笑的"痴丫头",这一下,两房矛盾总爆发,导致了抄检大观园。

所以说,晴雯一心想帮宝玉过关,结果好心办坏事。其实,她不该试图"越权"帮宝玉,应该让宝玉自己面对。宝玉的忙不是她可以帮的,因为宝玉的世界她根本看不清。贾政查问或不查问,宝玉总是宝玉,父亲总是父亲;宝玉若连父亲查问功课都不能应付,那他自然能承受父亲的责骂;若他抵挡不住,自然有王夫人和贾母出来保护。

事关宝玉,晴雯太"忘我","病补雀金裘"那一回是,这回叫他装病也是。但这一回，她无意中推倒了多米诺骨牌，也导致了她自己的结局提前到来。

抄检大观园的压力传递过程是：邢夫人→王夫人→凤姐，本来这样还不至于几乎将大观园连根掀翻，但是这里面有一个关键人物出现了：王善保家的。

王善保家的是邢夫人的陪房，邢夫人就是让她来给王夫人送绣春囊的，这个恶奴过一会儿又来王夫人这里打听此事，于是王夫人让她和凤姐一起率队进大观园查抄。王夫人原本想用周瑞家的等自己人，"暗地访拿"，王善保家的加入，代表大房是"主控方"，这是在对管家的二房发难，加上王夫人的错误应对，导致事态升级，不但暗中查访成了半公开查抄，而且王善保家的成了主导者之一，周瑞家的等人都靠后，连凤姐也为了避祸都不得不对她客气。于是事情朝着不可控的方向飞速发展。王夫人的愚蠢昏庸和毫无章法，导致了凤姐的心灰意冷，周瑞家的等人三缄其口，王善保家的大肆发挥——她的第一宗罪就是告了晴雯的刁状。在王夫人盛怒之际，意念之火所燎之处，可谓寸草不留片花不存，想到谁谁倒霉，何况王善保家的指名道姓告状呢。

书里明确说了恩怨的起源："这王善保家的正因素日进园去那些丫鬟们不大趋奉他，他心里大不自在，要寻他们的故事又寻不着，恰好生出这事来，以为得了把柄。又听王夫人委托，正撞在心坎上……"这些得罪她的丫鬟里，不用说，晴雯肯定在其列。晴雯最出挑，最刺眼，而且晴雯和宝玉一个脾性，宝玉哪一个眼睛看得上王善保家的这样的鱼眼珠子？晴雯自然也如此。连邢夫人都对宝玉殷殷勤勤,这王善保家的自然不能对宝玉怎么样,但她可以告晴雯的状,通过整晴雯来给自己出气,给怡红院添堵。

其实老婆子们和大丫鬟的矛盾由来已久,第五十九回就借春燕的娘说透了:"那婆子深妒袭人、晴雯一干人,亦知凡房中大些的丫鬟都比他们有些体统权势,凡见了这一干人,心中又畏又让……"春燕娘这些老婆子,心里"深妒",但被"畏"压着,还不敢翻到明面儿上,但王善保家的是邢夫人的陪房,更有体面,加上这一回抓到了绣春囊这个把柄,气急败坏的王夫人又表现出了对她的倚重和信任,就得到机会,要好好宣泄对大丫鬟们的既妒且恨了。

王善保家的口中,晴雯的罪状是:"那丫头仗着他生的模样儿比别人标致些。又生了一张巧嘴,天天打扮得像个西施的样子,在人跟前能说惯道,掐尖要强。一句话不投机,他就立起两个骚眼睛来骂人,妖妖趫趫,大不成个体统。"其实就是一句"我看不惯",本没有什么实在把柄。不但丫鬟同伴们妒忌她,管家奶奶们也看她不舒服,"风流灵巧惹人怨",这是晴雯的命。王善保的这番描绘,脂批说:"活画晴雯出来。可知已前知晴雯必应遭妒者,可怜可伤,竟死矣。"正如判词里所说——"寿夭多因毁谤生",晴雯无辜,但有人毁谤,使她蒙冤夭折。

在这里,曹雪芹再次显示出了对人世的深刻洞察和对生活的精准还原。他写了管家奶奶、婆子们对大丫鬟的忌恨,也写了晴雯得罪小红,但没有让林之孝家的来报女儿受晴雯奚落的一箭之仇,而是让王善宝家的充当打手和丑类。一来邢夫人和王善保家的有充分的动机,应该让她们得到表演机会。同时王善保家的是大房心腹,由她来共同执行,抄检行动等于是全程在邢夫人的监督之下,对王夫人和凤姐的压力明显不同,后面的情节自然风云诡谲。二来林之孝夫妻精于世故,行事低调,虽然知道晴雯对女儿不好,但未见公开挟私报复——这才是深宅大府的安身处事之道。(即使是林之孝曾经对贾琏建议对丫鬟裁员,也主要出于减少开支的正道,很难说有针对晴雯的恶意。)如果是林之孝家的带队,很可能碍于贾母和宝玉的面子,不会公然为难怡红院的人——虽然她内心肯定也不喜欢晴雯,虽然她私下未必没有对王夫人告晴雯的状。

有的人在可能的情况下会选择息事宁人、明哲保身,而有的人则喜欢火上浇油、兴风作浪。王善保家的这个恶奴,在潇湘馆甚至都想对付紫鹃,因为在她房中抄出一些宝玉的随身小东西,要不是凤姐化解了危机,连紫鹃都可能脱不了干系。

王善保家的给所有人上了一课:恶人一旦受到纵容,一定会坏得超出想象、坏得无止境。所以,为了给这样的恶人一个响亮的耳光,我永远都喜欢和佩服探春,觉得她实在配当大观园的主人。

王善保家的查到晴雯箱子的时候,"只见晴雯挽着头发闯进来,豁啷一声将箱子掀开,两手捉着底子朝天,往地下尽情一倒,将所有之物尽都倒出",小时候觉得很痛快,长大了又叹她性子烈,已经在岌岌可危情况下还不知自保。到了现在,又觉得横竖是一样结局,出口气也好。

面对命运,人能改变什么?难道晴雯对王善保家的低眉顺眼会有用吗?一点都没用。在王善保家的说出她的名字的时候,晴雯的命运已经不可逆转了。

王夫人回忆起曾经看见一个漂亮丫头在骂小丫头,大丫头骂小丫头,这不奇怪,奇怪的是,她为什么就这么厌恶?就算没有回避主子,有点失礼,这也不是多大的过错,当时贾母也在的,不就没有在意吗?这种小事,应该视而不见,留给年轻主子们或者管家奶奶们去处理,这才是大家贵妇的风度。王夫人这样大惊小怪耿耿于怀,肯定是有深层心理的。

王夫人对漂亮而没有分寸的女子过敏。很可能与贾政纳赵姨娘为妾有关。他们年轻的时候,赵姨娘大概是年轻貌美的丫鬟上位的(从贾母的眼光以及对赵姨娘的态度看,实在不像是贾母选的),她教养差,心思粗鄙,行事乖张,但是似乎却颇合贾政的意(可能貌美且比较活泼生动吧),生了一儿一女,所以世家小姐出身的王夫人应该是吃了一些苦头、忍了一些暗气的,现在看到年轻貌美的丫鬟就过敏,就有延后的警觉和惊跳反应。晴雯若是姑娘们身边的丫鬟,也就罢了,偏偏还是宝玉身边的,那怎么得了?上一代的故事在下一代身上重演的可能性,王夫人必须亲手杜绝。对这样一个王夫人而言,宝玉身边现在有一个全府最漂亮的丫鬟,而且这个丫鬟是"轻狂"的,那就完全可以断定为妖精,当然就深恶痛绝,必须除之而后快了。哪管什么事实如何?哪管这个丫鬟冤不冤枉?

王夫人可能自己都没有意识到,她其实是在为自己出一口恶气,也在为心爱的外甥女宝钗的婚姻生活预先除去心腹隐患。

当然,怕宝玉被狐狸精迷惑,影响了前程和名声,也是真的。

前面金钏儿已经是用生命证明了：只要涉及宝玉，王夫人就像一头发疯的母兽一般，毫无理智可言。这一回，她旧病复发，发得更厉害，以至于忘记了王善保家的是"敌人"，忘记了应该依靠凤姐和周瑞家的这些自己人，更甚至，她居然忘记了要对婆婆表现出平素的恭敬和孝顺。

她当然更想不到和宝玉事先适当通个气。这样的母亲真是可怕。她的这种自以为是，突然抽疯，不由分说，雷嗔电怒，放在今天，哪一个青春期的儿子受得了？大哭大闹，离家出走，都算是客气的了。

晴雯的悲剧也告诉我们，从嘴里说出来的话是有魔力的，说话还需留神。因为晴雯的"野嘴烂舌"，除了对别人，很多时候也对自己。她经常一张口就把自己置于没有退路的墙角，或者说着说着就咒起自己来。

不小心跌坏了宝玉的扇子，正碰上宝玉心情不好，口角了起来，晴雯很快就说出："要嫌我们，就打发我们，再挑好的使。"这样的话表面上是耍小性子的话，其实一下子把自己逼到墙角。宝玉气得浑身乱战，说："你不用忙，将来有散的日子！"注意，宝玉虽然生气了，但是说的是"将来"，虚晃一枪，心里根本没有"散"的念头。然后袭人来劝了，这时候的袭人因为被宝玉误踢了一脚，夜间吐血，担心影响自己未来的寿命和生育，心情不好，所以说话带出了平时没有的轻微的抱怨——"可是我说的，'一时我不到，就有事故儿'。"晴雯反唇相讥，非常厉害，近乎刻薄，

· 209 ·

但是说到最后,依然是落到自己身上的:"因为你服侍的好,昨日才挨窝心脚;我们不会服侍的,到明儿还不知是个什么罪呢。"晴雯做梦也想不到,有一天她真的会以莫须有的罪名被撵出去。这话对袭人、宝玉都非常戳心,然后争吵升级,导致宝玉说了一番晴雯和读者都很意外的话——

>宝玉向晴雯道:"你也不用生气,我也猜着你的心事了。我回太太去,你也大了,打发你出去好不好?"晴雯听了这话,不觉又伤起心来,含泪说道:"为什么我出去?要嫌我,变着法儿打发我出去,也不能够。"宝玉道:"我何曾经过这个吵闹?一定是你要出去了。不如回太太,打发你去罢。"说着,站起来就要走。袭人忙回身拦住,笑道:"往那里去?"宝玉道:"回太太去。"袭人笑道:"好没意思!真个的去回,你也不怕臊了?便是他认真的要去,也等把这气下去了,等无事中说话儿回了太太也不迟。这会子急急的当作一件正经事去回,岂不叫太太犯疑?"宝玉道:"太太必不犯疑,我只明说是他闹着要去的。"晴雯哭道:"我多早晚闹着要去了?饶生了气,还拿话压派我。只管去回,我一头碰死了也不出这门儿。"(第三十一回)

晴雯一路口无遮拦,犯了一连串忌讳不说,把火烧得很猛,自己却深陷火场中央,最后话头又是落到对自己的诅咒上。这一场吵,晴雯从无故挑起"打发我们"到"明儿不知什么罪"直到"一头碰死",真是一路诅咒自己,还越说越不祥。

她感冒了,本来按规矩应该回家养病的,但宝玉向李纨求情,就让晴雯在园子里养病,悄悄请一个大夫来看病,李纨也同意了,但加了一句：如果吃一两剂药还不好，还是出去的好，免得传染了姑娘们。晴雯一听就气得喊道："我哪里就害瘟病了？只怕过了人！我离了这里，看你们一辈子都别头疼脑热的。"说着，便真要起来。宝玉忙按住她，笑道："别生气。这原是他的责任，唯恐太太知道了说他不是，白说一句。"宝玉的理解是对的，而晴雯对外来的信息，总是重点关注对自己不利的部分，她既不看宝玉对自己的顾念怜惜，也不看李纨实际上的通融，马上就很生气，然后张嘴就是"瘟病"，闭口就是"离了这里"，都是咒自己的话。（第五十一回）

她按捺不住，做了恶人，撵走了偷东西的小丫鬟坠儿，坠儿之母挑她毛病，说她对宝玉直呼其名，麝月的辩解洋洋洒洒、无懈可击："便是叫名字，从小儿直到如今，都是老太太吩咐过的，你们也知道的，恐怕难养活，巴巴的写了他的小名儿，各处贴着叫万人叫去，为的是好养活。连挑水挑粪花子都叫得，何况我们！连昨儿林大娘叫了一声'爷'，老太太还说他呢，此是一件。二则，我们这些人常回老太太的话去，可不叫着名字回话，难道也称'爷'？那一日不把宝玉两个字念二百遍，偏嫂子又来挑这个了！过一日嫂子闲了，在老太太、太太跟前，听听我们当着面儿叫他就知道了。嫂子原也不得在老太太、太太跟前当些体统差事，成年家只在三门外头混，怪不得不知我们里头的规矩。这里不是嫂子久站的，再一会，不用我们说话，就有人来问你了。有什么分证话，且带了他去，你回了林大娘，叫他来找二爷说话。家里上千的人，你也跑来，我也跑来，我们认人问姓，还认不清呢！"

而晴雯只会急红了脸，说："我叫了他的名字了，你在老太

太跟前告我去！说我撒野，也撵出我去！"又是引火烧身，又是自己把粉颈放在别人的刀锋下。（第五十二回）

最后，果然是有人向主人告她，果然是说她撒野，还不止这条罪名。她提"瘟病"，果然最后王夫人就造谣她得了"女儿痨"。更可怕的是，这些人并不是向见事清楚、慧眼识人的贾母告状，偏偏是向平时冷漠刻板、遇事大发雷霆的王夫人告状。于是晴雯果真被撵了出去。

一个女孩子，俊俏，灵巧，花骨朵一样的年纪，但凡有一个血亲在，都不会坐视她这样经常红口白牙地诅咒自己的。

或曰：黛玉也经常死啊活的。那是恋爱中的女孩子使性子，每一回黛玉说"死"，都换来宝玉的表白和承诺，甚至是海誓山盟。可是晴雯呢？她怎么能和黛玉比？她说"打发了我"，宝玉一时气糊涂了，便真的要打发；她说"你们去告我呀！"这些婆子媳妇本来就很想告的，在等时机而已，哪里用得着她发邀请函？

晴雯这样说话，对自己的身份、处境和人性，都缺乏起码认识，甚至感觉她根本没有过脑，实在令人扼腕。所以说晴雯的认知有问题。

这些年，很多人说晴雯错在把职场当成了家，对职业生涯没有规划，导致自己的失败。这话因为说出了一部分事实，因此颇有迷惑性。事实上，所谓的职场与家的概念，对晴雯太奢侈了。她根本没有家，也不记得家乡父母。她十岁上被赖大家的买来，因为常跟着进来，贾母看她长得标致伶俐，十分喜欢，赖嬷嬷就孝敬给贾母使唤，后来贾母把她拨给了宝玉房里。赖嬷嬷对她的印象：

"见晴雯虽到贾母跟前,千伶百俐,嘴尖性大,却倒还不忘旧"。贾母欣赏她宠爱她,赖嬷嬷对她印象也还不错,所以,晴雯不知道自己有必要收敛。另外,这两个人对她的欣赏,也证明王夫人对晴雯的态度,确实是非常"过敏"的。赖嬷嬷、贾母、宝玉决定了她的被赏识、被宽纵、把贾府当成自己家,王夫人、袭人等、老婆子们决定了她的被厌恶、被冤枉、被妒忌、被扼杀。规划云云,那不是一个十几岁女孩子可以轻易做到的。虽说那个时候人多早熟,但即使十几岁折合成今天的二十几岁,如何?现在的孩子,恐怕二十几岁也未必规划明白吧。再说,规划这种事情要一个人能自主才谈得上,而且往往需要高人点拨、贵人相助。晴雯哪里能自主?再看她遇到的都是什么人呢?上层想一出是一出:贾母看她标致伶俐,有意安排她将来给宝玉做妾,把她给宝玉当丫鬟,晴雯自重身份,和宝玉一直保持着距离,清清白白,这本来是正确的和洁净的,谁知王夫人断案不需要事实,突然说她勾引宝玉,把她赶出去了,这不分明是上层自相矛盾,晴雯无辜被断送吗?难道晴雯会早早预知,规划着提前离开怡红院?即使是这样,她是能嫁个如意郎君呢,还是"提篮小卖拾煤渣"?说什么规划不规划的,有什么用?长得好看,一宗罪。有个性,脾气大,二宗罪。业务能力强,但在上级面前不乖巧不讨好,三宗罪。不注意团结,四宗罪。

贾母的欣赏,把她送到了王夫人的射程之中;环境的优越,让她毫无预警,恣意张扬个性;宝玉的相知和厚待,又给她的美加了画框,给她的灵动飞扬打了聚光灯。于是,人间仙境大观园之中,有美一人,美得惊心动魄,活得漫不经心。她的个性恣意张扬,她的自由如汹涌的水流,完全漫出了"丫鬟""下人"的沟渠。木秀于林风必摧之,何况她不是一个小姐,只是一个丫鬟?丫鬟,是在很多人的射程之内的。远近高下的各色人等,大家都行动起来,于是谣诼纷起,恶意丛生。

在人人都重"态度分"、打"印象分"的东方,一个人置身这样的险境本来就是百口莫辩,更何况这是一个女子?更何况这是一个豆蔻年华、美貌出众的女子?最关键的,王夫人是多么头脑简单而主观强悍的人,根本没有给她一次分辩的机会。王夫人一看到晴雯,就大惊失色,就怒从心头起,这个可怕的敌人怎么在我眼皮底下,我都没看见?必须赶紧、立即、马上、第一时间消灭。有个成语是相见恨晚,王夫人对晴雯也是,只不过是别解:相见得太晚了,没有及时发现狐狸精,没能早早把狐狸精赶出去。

风流灵巧招人怨,这是晴雯的宿命。

美貌是天生的。至于脾气禀性,既不能改,也没有改的机会。

有什么办法?《红楼梦》第二回就说了,正邪两赋之人,"纵再偶生于薄祚寒门,断不能为走卒健仆,甘遭庸人驱制驾驭,必为奇优名娼"。晴雯也是这样高灵性、"非常情"的正邪两赋之人,这样的人,是天生当不好丫鬟的。

但是,她抓住了千载难逢的机会,在怡红院这个独一无二的乐园里,活出了超越身份的自由自在,留下了超越时代的稀世之美。有美一人,见之不忘。

她就是一个令闺阁生辉的水做的女儿。

贰

03 宝钗总能猜对贾母的心思吗

关于宝钗其人，争议是最大的。赞誉者认为她内外兼修、端庄娴雅、大方懂事，几乎完美；嫌弃者认为她世故虚伪、满腹心机、道德标榜、性情冷漠。

这几年，有两句话让我印象深刻。一句是刘晓蕾嘲笑宝钗的："宝钗不是在串门，就是在串门的路上。"另一句是："宝钗出现在贾府的时候，已经是训练有素的大家闺秀，而且名副其实是闺秀中的翘楚。"（刘黎琼、黄云皓《移步红楼》）

这两种看法有交集的地方，那就是宝钗的待人处世——宝钗是个公关高手、社交达人。

黛玉出场是从众人、凤姐、宝玉的眼中依次看出她的外貌、

体质和气质,与此不同的是,宝钗一亮相就似乎赢得了所有人,"随和""得人心",迎面一个360度无死角的满堂彩:

> 不想如今忽然来了一个薛宝钗,年纪虽大不多,然品格端方,容貌丰美,人多谓黛玉所不及。而且宝钗行为豁达,随分从时,不比黛玉孤高自许,目无下尘,故比黛玉大得下人之心。便是那些小丫头子们,亦多喜与宝钗去顽。(第五回)

这里面当然有对宝钗的肯定。毕竟她比宝黛大两三岁,十几岁的人,只要差一岁,在自我控制和懂事方面都差很多,何况两三岁。而且宝钗多年严守闺秀规范的修炼和功力在那儿。不过,我也总觉得这里面有点春秋笔法:"人多谓"宝钗比黛玉强,这些"人"是哪些人呢?不可能是贾政、王夫人夫妻(贾政不管事,王夫人因为钗黛有内外亲之别不好明说),也不可能是宝玉的姐妹们,贾母也不会这样说(她从不无事生非,定不会宝钗一来就制造人际对立,也不会单独拿黛玉出来比较),那么是谁呢?根据后面的话,是下人——主要是管家婆子们,还有丫鬟们。老婆子们,这些宝玉口中的鱼眼珠子,黛玉哪里是搞不定她们?她是不屑。黛玉不屑还只是保持距离,探春才厉害呢:平时严守主仆界线,必要时请老婆子吃耳光。就是这些老婆子,还有小丫鬟,宝钗一上来就把她们都收伏了。

主人里面,不用说王夫人是宝钗最坚定的靠山;奇异的是,凤姐虽然和宝钗是双重亲戚,但和她一向没话可聊,并不特别与她亲近，可能觉得宝钗有点装，太精怪，也有点无趣；宝钗对凤姐评价似乎也不怎么高，可能觉得她粗鄙、张扬了，有失贵族体统，加上嫌弃凤姐没文化。所以凤姐和宝钗属于比较无感的一对表姐妹。

那么，贾母对宝钗怎么看呢？

《红楼梦》第三十五回有个情节很著名，就是贾母当众赞美薛宝钗："提起姊妹，不是我当着姨太太的面奉承，千真万真，从我们家四个女孩儿算起，全不如宝丫头。"很多人当真了。其实这就是人之常情加老贵族的修养，一是待客之道，例牌的抬举别人，说自己家的都不如——至今不还是这样？不然哪有"别人家的孩子"这样的当代典故，还流行多年。二是给儿媳妇王夫人面子——薛姨妈是她妹妹，夸宝钗，是代表贾府对薛姨妈一家的热情，彰显王夫人在贾府的地位。三是对宝钗前面夸贾母的投桃报李。

所谓四个女孩儿，是哪四个？迎春、探春、惜春，还有一个是黛玉。黛玉是自己人，宝钗是客人，当着人家母女的面，当然是自谦和抬举对方了。正因为是明显的场面话，王夫人才赶快出来担保："老太太时常背地里和我说宝丫头好，这倒不是假话。"连笨人王夫人都知道，背地里说的才是真的，那么现在贾母当着薛姨妈和宝钗本人面说的，怎么能当真呢。

贾母有没有一层更深的心思？倒像是有，是不让宝玉的婚配人选太早明确，不让"木石姻缘"太早浮出水面。宝玉原本想引着祖母夸黛玉，贾母怎会不知，偏偏丢开这个话头，把黛玉放进"四个丫头"里面，统统贬下去，独夸宝钗。皆因宝玉的图谋浅，贾母的心思深，宝玉的心思小，贾母盘算大。贾母属意木石姻缘，但不愿意让这个打算太早公开，因为两个人年龄都还小，她希望宝玉能心无杂念成长起来，希望黛玉能在少女发育期把身体调养好，希望宝黛以兄妹关系继续开心厮混，同时在自己身边一起热闹几年……如果说老祖宗选中宝钗了，那么怎么解释她后来对宝琴的强烈兴趣呢？她对宝琴的兴趣，把薛姨妈也给弄糊涂了，以为是要给宝玉说亲，只好吞吞吐吐地说宝琴已经许了人家。贾母对宝琴的好，连一向稳得住的宝钗也不淡定了。其实，贾母只是在把水搅浑，水至清则无鱼，主意已定的贾母恰恰不愿意水太清。有这一层心思，宝玉想让她夸黛玉，她怎么能让宝玉的小阳谋得逞呢？她夸宝钗，把水搅浑。后来对宝琴格外垂青，也不过是故技重施罢了。听说宝琴已经有了人家，王熙凤还故意假装遗憾，恰恰很可能是她看透了贾母的心思，在巧妙地配合她演戏罢了——王熙凤私下和平儿盘算家里将来的大开销时，也是认为宝玉和黛玉会一娶一嫁，主导者贾母会自己拿私房钱出来的。

如果不被后四十回所误，不跟着高鹗走进贾母力主金玉良缘的死胡同，而设定贾母内心是选定黛玉的，但是认为时机未到、不愿太早公开，因此需要隔三差五把水搅浑一下，那么对宝钗、宝琴先后满口盛赞，对黛玉口头上只有抱怨，而且是和宝玉放一起抱怨——"两个玉儿可恶""不是冤家不聚头"等等，就全部讲得通了。

《红楼梦》第三十八回，大观园里史湘云做东的螃蟹宴，贾母高高兴兴来了，到了河当中的亭子藕香榭，凤姐这样说藕香榭——

"那山坡下两棵桂花开的又好,河里的水又碧清",坐在这里赏桂看水,"眼也清亮",贾母很赞同这个理解,两位生活家在这些地方是一致的。进入藕香榭后,看见竹案、茶具齐备,贾母很满意:"这茶想的到,且是地方,东西都干净!"对宝钗心服口服的湘云笑道:"这是宝姐姐帮着我预备的。"贾母道:"我说这个孩子细致,凡事想的妥当。"

这里又夸宝钗。湘云那样说,贾母当然这样说。一来对这个场地和安排确实满意,高兴劲儿还在;二来依旧是给足亲戚面子。其实直肠子湘云这时候归功于宝钗并不是很得体,多少让王夫人和凤姐有点未尽主人之谊的嫌疑。主人贾母让客人湘云请客,是与湘云亲近,也是给她面子,但湘云如果有困难,应该找贾府的主人而不是宝钗。毕竟宝钗也是客人,让客人帮助客人,有那么一点陷贾府主人于"不义"的味道;同时也多少有点夺了凤姐这位管家少奶奶的风头,湘云请客,虽然宝钗赞助了螃蟹,凤姐就算事先没有下令贴补其他菜肴点心,但这里是大观园内,薛家的仆人、仆妇未必进得来,场地布置、器具准备和烹饪、传菜、席间伺候的全套人手,多半还是凤姐费心调度。湘云太直肠子了,想到什么说什么,这是她性格的好处,但也自有她的简单之处。

宝钗对贾府最高权位者贾母恭敬谦顺,自然是得高分的。她对贾母所用的眼力和心思,一般都认为很有效——有效得贾母都让她当孙媳妇了呀。因为看不到曹雪芹亲笔的后四十回,所以很难断言贾母的最终选择,或者她有没有机会选择。从脂批透露的情节来看,宝钗是嫁给宝玉了的。但那个时候,家族是否已经发生了大变故,

219

黛玉是否已经泪尽而亡，贾母是否来得及对宝玉婚事投出一票，都很难说，所以根据别人写的结局来推算贾母前面的心思，即使不算是倒果为因，也是缺乏逻辑中间链条的。

认定贾母选定了宝钗是宝二奶奶的最佳人选，没有看错或者看轻宝钗，但很可能看低了贾母——犯了和宝钗一样的错误。

第二十二回，"贾母因问宝钗爱听何戏，爱吃何物等语。宝钗深知贾母年老人，喜热闹戏文，爱吃甜烂之食，便总依贾母往日素喜者说了出来。贾母更加欢悦。"让她点戏，她就点了一折《西游记》，"贾母自是欢喜。"

宝钗是出于对一般富贵老年人的理解来投其所好的，但她不知道贾母不是一般的富贵老妇人。她的这番揣摩，其实并没有猜中多少，最多是半中半不中，而她自己太自信了，一开头还觉得是老年人大概如何，一秒钟后已经料定自己所想的就是贾母真正喜欢的了。宝钗世故圆通，一招一式都按章程来，一向也是长期应试的模范生，所以也很自信。一个聪明孩子如此尽心，作为长辈，贾母当然会成全她。贾母听了"更加喜悦"，是领她的情，对她的尊敬长辈、客随主便表示欣赏，并不是因为她说得对。

"喜热闹戏文，爱吃甜烂之食"，贾母的口味果真如此？

先看看"戏文"所代表的视听娱乐方面的口味。

第四十回，贾母带众人游大观园，安排梨香院的女戏们演奏时，贾母的方案是"就铺排在藕香榭的水亭子上，借着水音更好听"，到了下一回，这些女孩子演奏起来，"只听得箫管悠扬，笙笛并发。正值风清气爽之时，那乐声穿林度水而来，自然使人心旷神怡。宝玉先禁不住,拿起壶来斟了一杯,一口饮尽。"然后大家都干了一杯。

不久,凤姐生日,贾母等人看戏,当日演的是《荆钗记》,王十朋和钱玉莲悲欢离合的故事,"贾母薛姨妈等都看的心酸落泪,也有叹的,也有骂的。"(第四十三回)贾母是真的感动了,而《荆钗记》并不是热闹戏文。

正月十五晚上,贾母带领荣宁二府各子侄孙男孙媳家宴,定一班小戏,所演的剧目其中有一出《西楼·楼会》,而且就是在这一出演完的时候,演员文豹插科打诨,引得贾母笑了,贾母说了一个"赏"字,"早有三个媳妇已经手下预备下小簸箩,听见一个'赏'字,走上去向桌上的散堆钱内,每人便撮了一簸箩,走出来向戏台说:'老祖宗、姨太太、亲家太太赏文豹买果子吃的!'说着,向台上便一撒,只听豁啷啷满台的钱响。""贾母大悦。"贾母喜欢文豹切景切题的现场逗,所以就来了个"满台钱响",将气氛推向高潮,但那出戏,注意,是明末清初袁于令所作《西楼记》中的一出,说的是于叔夜和妓女穆素徽悲欢离合的故事,也很难归于热闹戏。

但毕竟是过年,接下来就有热闹戏了,是《八义》中的《观灯》八出,就是《赵氏孤儿》明代改编版,剧中八个义士为赵盾一家出力效命,故称"八义"。这个戏热闹,讨厌热闹戏的宝玉马上就站起来往外走。过了一会儿,说要重新开戏,贾母明确表示:拒绝再度"吵起来",决定让戏班子的孩子们且歇歇,"把咱们的女孩子们叫了来,就在这台上唱两出给他们瞧瞧。"这是要打擂台啊。文官等人来了,垂手站着,贾母这时候才吐槽:"刚才八出《八义》闹得我头疼,咱们清淡些好。"然后她非常内行地点了戏,而且别开生面地提出要求:一是叫芳官唱一出《寻梦》,只用胡琴与管箫,笙笛等配器一概不用。第二是叫葵官唱一出《惠明下书》,也不用抹脸。"只用这两出叫他们听个疏异罢了。"薛姨妈是听戏听老的,听了说——

薛姨妈笑道:"实在戏也看过几百班,从没见用箫管的。"贾母道:"先有,只是像方才《西楼·楚江情》一支,多有小生吹箫和的。这和大套的实在少,这也在人讲究罢了,这算什么出奇。"又指着湘云道:"我像他这么大的时候儿,他爷爷有一班小戏,偏有一个弹琴的,凑了《西厢记》的《听琴》,《玉簪记》的《琴挑》,《续琵琶》的《胡笳十八拍》,竟成了真的了,比这个更如何?"众人都道:"那更难得了。"贾母于是叫过媳妇们来,吩咐文官等叫他们吹弹一套《灯月圆》。媳妇们领命而去。

热闹戏如何?贾母说:"闹得我头疼。"她自己点的戏,一出浪漫,一出清淡,口味很文艺,连配器也不许热闹,要简约淡雅,要别出心裁。宝钗从大方向上就猜错了。她把贾母想得太简单了,也太通俗了,没有灵魂的热闹戏,那是大富婆或者暴发户的口味。而贾母是"老钱风",高标准,个性化,主打抒情文艺与人生起伏路线,也喜欢来点插科打诨取乐,根据时序节令、赴宴人员和她的心情而定。相比之下,凤姐在宝钗生日时的表现就观察细致一些,她知道贾母"更喜谑笑科诨,便点了一出《刘二当衣》,贾母果真更又喜欢。"贾母喜欢热闹戏的表象下面,其实是她喜欢看逗乐的,如果不让人开怀大笑,一味热闹,她就不喜欢了。贾母要求很不通俗,她不但不喜欢热闹戏,而且有时还会受不了,不但喜欢清淡细腻的戏文,还要演得新颖别致。贾母在戏曲方面的眼界和鉴赏水平之高,与众贵妇人相比,高出一个境界。而她的回忆也正点出了:这等不俗的眼界和水平是由来有自的。

第七十六回,全家中秋赏月——

> 贾母因见月至中天,比先越发精彩可爱,因说:"如此好月,不可不闻笛。"因命人将十番上女孩子传来。贾母道:"音乐多了,反失雅致,只用吹笛的远远的吹起来就够了。"

雅致。看到了吗?这才是贾母的口味。她不但不爱热闹,她要的是雅致。她后面还要求吹笛人选曲谱慢的,"再细细的吹一套来"。她要特别舒缓的,而且要演奏者在技法上细腻而深入地呈现出韵味来。

当时宝钗不在,如果她在,不知道会不会感到一些尴尬?现在再回头,看看宝钗只因为贾母上了年纪就进行"有罪推定",认定她一定平庸一定通俗,简直好笑。现在有些人认为女性只要到了五六十岁就除了带孙子和跳广场舞外,别无事做,这和宝钗一样心思简陋、自以为是了。

视听方面宝钗基本上猜错了,那么饮食口味上是否猜对了?

宝钗认为老年人都爱吃甜烂之食,在为湘云策划做东时又说贾母爱吃螃蟹(第三十七回)。事实上呢?

第十一回，贾母送枣泥山药糕给病重的秦可卿，秦可卿表示能吃得下，而且吃了能消化。枣泥山药糕固然是妥妥的甜点心，但这里可能是贾母确实爱吃这个，也可理解为贾母对食疗的精通和对病人的体贴——山药补脾胃、枣泥益气血，确实适合秦可卿，所以还真不好据此推断贾母的口味。

第四十一回，大观园中游玩，丫鬟们送来两盒点心，"揭开看时，每个盒内两样：这盒内一样是藕粉桂花糖糕，一样是松瓤鹅油卷。那盒内一样是只有一寸来大的小饺儿。贾母因问什么馅儿，婆子们忙回是螃蟹的。贾母听了，皱眉说：'这油腻腻的，谁吃这个。'那一样是奶油炸的各色小面果子，也不喜欢。"——这一回，甜食也好（藕粉桂花糖糕），螃蟹也罢（小饺子的馅），贾母都不喜欢。

第四十三回，贾母感冒初愈，凤姐送来了野鸡崽子汤，贾母吃了觉得很喜欢，还要凤姐"若是还有生的，再炸上两块，咸浸浸的，吃粥有味儿。"贾母想吃的是"咸浸浸的"炸野鸡块，和"甜烂之食"相去甚远。除了并不嗜甜之外，所谓"烂"，是宝钗认为老人的牙肯定不行了，可事实上贾母牙齿好得很，能啃得动炸的野鸡呢。

第五十回，众人赏雪，贾母也瞒着王夫人和凤姐自己来了，问盘子里是什么，众人回答是糟鹌鹑，贾母当即表示接受，叫人"撕一点子腿儿来。"后来凤姐来找贾母，即兴来了一段单口相声：

> 凤姐儿笑道："我那里是孝敬的心找了来？我因为到了老祖宗那里，鸦没雀静的，问小丫头子们，他又不肯说，叫我找到园里来。我正疑惑，忽然来了两三个姑子，我心里才明白，我想姑

子必是来送年疏，或要年例香例银子，老祖宗年下的事也多，一定是躲债来了。我赶忙问了那姑子，果然不错。我连忙把年例给了他们去了。如今来回老祖宗，债主已去，不用躲着了。已预备下希嫩的野鸡，请用晚饭去，再迟一回就老了。"他一行说，众人一行笑。

在这里，野鸡再次出现，显然，贾母爱吃野鸡，凤姐非常知道投其所好。

第五十四回，元宵夜热闹到四更，贾母觉得有些饿了，凤姐忙回说有预备的鸭子肉粥，贾母说想吃些清淡的，凤姐儿说也有枣儿熬的粳米粥，贾母笑道："不是油腻腻的就是甜的。"凤姐又说还有杏仁茶，只怕也甜，贾母就将就着选了杏仁茶。在有点饿的时候还是会拒绝油腻的，也嫌弃甜的，实在看不出她偏好甜食的证据。

第七十五回，各房孝敬贾母菜肴，王夫人说只准备了一样椒油莼虀酱，这个是切成碎末的莼菜，是腌的小菜，贾母说："这样正好，正想这个吃。"贾赦送来的是鸡髓笋，贾母也尝了一点，然后叫人把这碗笋和一盘风腌果子狸送给黛玉宝玉吃去，另外一碗肉送给贾兰去吃。贾母的口味真的偏咸香，没有显示出爱吃甜食；她注重食材口感，而且她牙齿很好，估计不会偏爱炖得很烂的食物。

所以宝钗猜的"喜甜烂之食"，事实上起码错了一大半。

从视听享受到饮食的偏好，其实宝钗猜得都不准确，但是为什么贾母听了总是笑容满面，一副"你说出了我的心里话"的欢喜表情呢？大家都以为是宝钗猜对了，贾母正中下怀，其实是贾母的可亲之处和高明之处。

贾母知道宝钗是个闺秀标准件，深知问她喜欢什么，她都未必会说心里话，之所以仍然要问，是给她脸面和待遇，制造"宝丫头要过生日了"的欢乐气氛。一听她回答的完全不像十五岁少女的口味，便知道她是在投自己所好，这里面当然有客随主便的谦恭随和——这是宝钗的成熟和懂事，更是一心想讨自己欢喜，这是宝钗的守礼和世故。宝钗的心思贾母一清二楚，既然如此，贾母就顺水推舟作出被取悦了，而且被取悦得很到位的样子。这也是一个社交九段的手腕和慈爱长辈的风度。

你以为把她哄高兴了，其实是她把你哄高兴了。姜是老的辣。

想想也是，宝钗是社交新星，可是若论人情练达，贾母是她的大前辈高手。

那么贾母到底喜欢宝钗吗？

看怎么说。贾母这样的老贵族，哪里有简单的心思。很多时候，她对人的感情肯定都不止一层。比如说对宝钗，喜欢的地方不用说了：长得好看，稳重矜持，涵养好，懂礼数，能收敛，有分寸，不会带来任何不痛快，能时时注意别人的心理需求……

但这些喜欢不等于愿意让她当孙媳妇，以荣国府未来当家奶奶的身份一直在自己身边待下去。一方面，宝钗是王夫人的外甥女，贾政、贾琏已经连续两代都娶了王家的女子，宝钗虽然是薛家千金，但其父已亡，凡事听母亲薛姨妈的，薛姨妈倚重娘家，舅舅王子腾的权重很大，宝钗几乎可以算半个王家人。贾府里已经有王夫人、凤姐两代管家奶奶都出自王家，若是让宝玉娶宝钗，王家在贾府的权重就实在太大了。老祖宗再享清福不管事，家庭内部的平衡肯定还是要掌控的。家族对外关系，联姻是最重要的内容，以贵族世家的智慧，一般也不会把鸡蛋放在一个篮子里。宝钗虽然出身富贵的薛家，但是父亲死了，薛蟠不成才，已经比贾家更早走下坡路，除了还有钱，已经是对贾家不能提供什么助力了。若说王子腾还很有权势，则有王夫人和王熙凤已经足够，正不必再用最宝贵的宝二奶奶的名额，再进来一个表面姓薛、内里姓王的人。所以，和王家的紧密关系，可能反而成了宝钗竞选宝二奶奶的一个不利因素。从高门大姓的联姻策略考虑，湘云的"史"反而有优势。

何况薛蟠之前惹了人命官司，贾府虽然帮忙平息了，看上去解决难度也不大，但是终究可以看出薛蟠是一个惹是生非的主儿，贾母知道贾家已经今非昔比，今后如果薛蟠作为宝玉的大舅子再惹出事端，是很有可能牵连宝玉甚至整个贾府的。这一点，贾母不会不在宝钗头上狠狠扣分。

相比之下，黛玉虽然是孤女，背景、财富、人脉全无，明面上毫无背景优势，但是让宝玉娶她，也最单纯省心，黛玉不过是换个身份承欢膝下，虽然林家不可能对贾家有任何助力，反过来看也没有外面的各路亲戚牵扯，没有任何麻烦和隐患。黛玉本人是贾母自己一手养大的，知根知底，出身高贵，品格清贵，才貌双全。况且黛玉自有她的好处，她聪明明理，生性好洁，就是一个清清静静与世无争的大小姐，既没有争权夺利的兴趣，也不爱管闲事操闲心。至于说她不爱社交、不好热闹,那又何妨?只要荣国府的匾额还在一天,只要贾母兴致好一天,还怕不热闹吗?

第二,贾母喜欢长得好看、伶俐活泼、灵动有趣、松弛真实、日常生活中有情趣的人。或活色生香如凤姐,或光风霁月如湘云,或灵秀脱俗如黛玉,或风流灵巧如晴雯,都是她欣赏、喜爱和真心疼惜的。对王夫人、尤氏、袭人这一路,她会知人善用,但从来不是她喜欢的类型。邢夫人、赵姨娘,是她讨厌的类型。宝钗是特殊的一个,大家闺秀的整套功课她完成得无懈可击,贾母因此也一再点赞,但是宝钗的冷漠和寡淡,和贾母的凡事都有兴趣相比,简直不知道谁更像一个孀居多年的老年妇人。

宝钗对各种聚会经常是无可无不可或者提不起兴致,刘姥姥客串滑稽戏,所有人笑得不行,只有她没有笑,对,只有她一个人不曾笑出来;而贾母逢节必过,全天候会发起家宴,赏花、赏月、赏雪、听笛、讲笑话、放焰火、用大杯子喝酒,和凤姐像说相声一样地抬杠逗乐,还随时会掺和孙子孙女们的各种聚会。

宝钗平时对人只是以礼相待,平和大方,但基本上是等距离外交;而贾母平时经常对人笑口常开,但明显有亲疏远近,另外看见美丽的女孩子就各种宠溺。

宝钗浑身上下没有名贵饰物,头上没有花儿朵儿;贾母是自己要头上簪上大红的菊花,还要让身边的客人刘姥姥也戴上花儿的人。

宝钗或者是理智得近乎无情,或者是看淡聚散离合、深谙禅理,连金钏儿自尽、尤三姐自刎、柳湘莲出家,都不能让她流一滴眼泪发一声悲叹,她只做出自己认为正确的应对;贾母心肠柔软,对各种不幸有同理心,也能一定程度地体谅穷人、地位卑贱者的难处,看戏听笛子都会伤感掉眼泪……正因为感性,贾母也很有创意,她连看戏时的赏钱都让人事先将吊钱剪开红绳,到时候往台上倒,听一个满台钱响。这是把取乐当正事在做,也让自己和所有人都开心了。

宝钗住的房间如同"雪洞一般,一色玩器全无",帐幔衾褥也十分朴素,到了令贾母震惊和不安的地步。贾母自己呢,平时动不动送名贵的衣服、料子和摆设给孙子、孙女们,家宴时更无比经心无比讲究,甚至拿出了绝版的艺术收藏品,是真正的奢华、精致,却也举重若轻:

这边贾母花厅之上共摆了十来席。每一席傍边设一几。几上设炉瓶三事,焚着御赐百合宫香。又有八寸来长四五寸宽二三寸高的点着山石布满青苔的小盆景,俱是新鲜花卉。又有小洋漆茶盘,内放着旧窑茶杯并十锦小茶吊,里面泡着上等名茶。一色皆是紫檀透雕,嵌着大红纱透绣花卉并草字诗词的璎珞。

原来绣这璎珞的也是个姑苏女子,名唤慧娘。因他亦是书香宦门之家,他原精于书画,不过偶然绣一两件针线作耍,并非市卖之物。凡这屏上所绣之花卉,皆仿的是唐宋元明各名家的折枝花卉,故其格式配色皆从雅,本来非一味浓艳匠工可比。每一枝花侧皆用古人题此花之旧句,或诗词歌赋不一,皆用黑绒绣出草字来,且字迹勾踢、转折、轻重、连断皆与笔草无异,亦不比市绣字迹板强可恨。他不仗此技获利,所以天下虽知,得者甚少。凡世宦富贵之家,无此物者甚多。当今便称为"慧绣"。竟有世俗射利者,近日仿其针迹,愚人获利。偏这慧娘命夭,十八岁便死了,如今竟不能再得一件的了。凡所有之家,纵有一两件,皆珍藏不用。更有那一干翰林文魔先生们,因深惜慧绣之佳,便说这"绣"字不能尽其妙,这样针迹说一"绣"字反似乎唐突了,便大家商议了,将"绣"字隐去,换了一个"纹"字,所以如今都称为"慧纹"。

若有一件真慧纹之物,价则无限。贾府之荣,也只有两三件。上年将那两件已进了上;目下只剩这一副璎珞,一共十六扇,贾母爱如珍宝,不入请客各色陈设之内,只留在自己这边,高兴摆酒时赏顽。又有各色旧窑小瓶中都点缀着"岁寒三友""玉堂富贵"等新鲜花草。(第五十三回)

牟宗三说:"贵族在道德、智慧各方面都有它所以为贵的地方"。"各方面"当然包括审美和趣味。

贾母经历得多,心态开放,所以大局观好,她不同于寻常诰命贵妇,有见识,不固执,不强求,家族在走下坡路,朝不保夕,她心底有悲凉和无奈,但也看得开,不怨天尤人,不一惊一乍,而是及时把握每一天,以雍容的风度和高昂的兴致对待每一个当下,带动全家人享受现有的乐趣和幸福。

她身上还有一种带着英气的随性自在、洒脱不羁,这一点,自幼充男儿教养的王熙凤应该有几分像她,也因此王熙凤用损话表示亲昵、随时开玩笑的各种话锋只有她能真正欣赏,她自己也用各种亲热的"贬""骂"来配戏,无数次让大家开怀大笑的同时,也表达了对凤姐的真正欣赏。对宝黛的终极偏爱她也是用这种方式表达的。像宝钗"凤丫头再怎么巧,也巧不过老太太"这种话,贾母恐怕多少会觉得有点刻意求工。不过她和凤姐那么再三示范，宝钗也没看明白没学会，贾母也就放弃教她了。毕竟她们这种派头，本就不是人人学得会的。

宝钗始终是端着的，始终是操心的，是不断揣摩他人、不断调整姿势、不断思量进退的，这本来是一种守势，但因为要求滴水不漏，所以表面上淡淡的，其实是会累出虚火的，所以她需要吃冷香丸；宝钗这样求完美，她自己累别人也累。而贾母老了，希望松弛地享受儿孙绕膝的日子，还能快乐多久不是她说了算，但是直到快乐之路的尽头，她一定要确保自己是自在的。君不见她在视线中心的榻上的姿势吗？她不端坐，她经常是"歪"在榻上的，她很随意。"珍重芳姿"、严守分寸的宝钗，在贾母行乐图中其实并不是特别和谐的一个，也不能为这幅美丽图景增色，正如她从来没有穿过特别好看而别致出彩的衣服，她也从来不能让贾母开怀大笑一次。

抄检大观园之后，宝钗的反应是第一时间切割，毫不犹豫以陪母亲的名义搬出去，避嫌疑，躲是非；而贾母呢？在听到甄家获罪、被抄没家产，影响了心情的情况下，仍然说："咱们别管人家的事，且商量咱们八月十五日赏月是正经。"王夫人说园子里空，怕夜晚风冷，贾母笑道："多穿两件衣服何妨，那里正是赏月的地方，岂可倒不去的。"脂评说得对："贾母已看破狐悲兔死，故不改色，聊为自遣耳。"确实，这不是老人家糊涂或者鸵鸟心态，也不仅仅是"及时行乐"，而是见多识广的沉得住气，是一种良好大局观的无声示范（惊慌失措于事无补，只会引起不良连锁反应，淡定如常才有利于安然度过危机），甚至是一种近乎勇毅的人生态度：哪怕头顶阴云逼近，也要抓紧每一个当下，把每一个今天过好。中秋节当天，宝钗不顾贾母和王夫人的感受，在明知凤姐生病无法出席的情况下，不来参加贾府的团圆宴，令贾母倍感冷清——睿智圆通如贾母，反而替宝钗母女找了借口，说是因为贾政在，不方便请他们母女来，其实凸碧山庄的席间本来就有大围屏，女眷和姑娘们坐在屏风里，根本没有问题。这时候，贾母一定会感到宝丫头平时懂事周到之外的另一面——终究不是自己人，亲近是有限的，而且这个姑娘看着周全，其实性情冷淡，遇事只知自保，是不讲什么情分、不沾一点侠义的。贾母即使不寒心，但对这样的宝钗也肯定是暗暗失望的。

大家都被后四十回给骗了，明知这四十回不是曹雪芹写的，但看着看着，就忘了，就稀里糊涂地相信这个大局观好、知情识趣、可亲可爱的老祖母，居然会趁着宝玉病得痴痴傻傻就硬把宝钗塞给他，还同意王熙凤那么失身份、不体面而低级的掉包计，更可怕的是，她居然说出"若是他（黛玉）心里有别的想头，成了什么人了呢！我可是白疼他了"这样绝情的话。如果会说这样绝情的话，就不是曹雪芹心里和笔下的贾母了。在曹雪芹的笔下，其实贾母才是宝玉和那些水做的女儿们的保护神。

贾母一心一意选定宝钗，不惜让黛玉绝望而死，让宝玉经受人生重大打击，这都是后四十回的手笔，不知道是出自高鹗，还是某一个被归于"无名氏"的敬业书商，总之与曹雪芹无关。如果拿后面这样大失水准的情节来反证前面的人物是怎么想的，那曹雪芹真的九泉之下都要跺脚。

宝钗不是贾母真心喜欢的类型，那么贾母肯定不会选宝钗了吗？也不一定。我只是想说，贾母心里选定的人是黛玉，她不像很多人所理解的那么喜欢宝钗，但也并非没有可能选宝钗。

贵族都是权衡利弊的高手，贾母这样的老贵族遇大事理性起来也会很彻底。

有一种可能，元春经过复杂的考虑，或者王夫人决意非宝钗不可，在亲生女儿元春面前争得了支持，于是通过娘娘懿旨最后选定了宝钗，那么对贾母、贾政来说就是不可抗力了，贾母只能放弃木石姻缘，只能含泪牺牲黛玉了。另一种可能，黛玉在宝玉议亲前就泪尽而亡——她来到人世间，本就是来还泪的，并不是来竞选宝二奶奶的——家族江河日下，为了走好下坡路，贾母很可能也会从风险和成本最小化出发，就选了宝钗。不论哪一种情况，贾母心里都会有不情愿不痛快，因为并不是宝钗不好，但宝钗不是自己喜欢的类型，也不是宝玉最心爱的，是不能娶或失去天造地设的黛玉后的不得已而求其次，也是家族衰败到一定程度才不得不做出的选择，是低眉垂眼安分守常，低调以求稳妥、中庸以求平安的思维。而她本来是希望自己能舒心下去，宝玉能任性下去的。

当然以她过人的智慧和把控场面的功力，她一定会把这个弯转得很自然、浑然无迹，对宝二奶奶显得各种满意，大家也都会说："老太太一向最疼宝姑娘，天下哪里找得到比这更称心的孙媳妇？"贾母也会笑着点头，重复几句对宝钗的称赞。这些话，她都说过很多次了，但没人知道，她当初夸的时候，并不是现在这个意思。

但事到如今,不是这个意思,也是这个意思了。人世间,哪有真的完美呢?看戏听曲的时候借题发挥哭一哭,就往开里想,日子还是要好好过的。若真到了这一步,慈爱的老祖母希望聪明灵秀的宝玉也能这样想。

林黛玉为什么不喜欢李商隐

贰

04

几年前,在北京的一次读书活动中,我被问到一个问题:"林黛玉为什么不喜欢李商隐?"我当时简单回答了几句,说到"天然"和"淡"的标准。回来心里放不下,决定从容写出来,把自己的想法说全说透。

《红楼梦》第四十回《史太君两宴大观园 金鸳鸯三宣牙牌令》,贾母带着众人逛园子,到了苻叶渚,大家上了棠木舫沿河而行,因为已经是赏菊吃蟹的季节,水中自然没有荷花,只剩一些残叶枯蓬。因为这些枯荷叶,李商隐意外地出现在乘船人的谈话中。

宝玉道:"这些破荷叶可恨,怎么还不叫人来拔去。"宝钗笑道:

"今年这几日，何曾饶这园子闲了，天天逛，那里还有叫人收拾的工夫。"林黛玉道："我最不喜欢李义山的诗，只喜他这一句：'留得残荷听雨声'。偏你们又不留得残荷了。"宝玉道："果然好句，以后咱们就别叫人拔去了。"

宝玉是喜聚不喜散的，对衰老、失去、离散、死亡都很敏感而孩子气地排斥，当然只会喜欢明艳的荷花、可爱的莲蓬，而不愿面对这样残败衰飒的枯荷；宝钗的反应是婉转地打圆场，也说出了部分实情，总之是入世而圆通的立场，而不关涉审美；只有诗人林黛玉是立即从审美的角度来看这些枯叶的，她想起了这句李商隐的诗，是《宿骆氏亭寄怀崔雍崔衮》中的一句，这说明她本已由眼前相似的景色联想到李商隐"竹坞无尘水槛清"的诗境，而且认同枯荷有它们的诗性之美——"留得残荷听雨声"，这是一幅全息的秋意图，有视觉，有听觉，有温度，有湿度。秋雨打在上面，发出错落有致的声响，本身就别有一番意境，又可以陪伴孤单者的孤寂和宽解长夜不眠人的心事。林黛玉是经常失眠的，因此也经常听到竹叶上的雨声，因此觉得李商隐的这句诗好。林黛玉为枯荷辩护，完全不是从现实出发的，而是一个审美高于实用、"我为我的心"的人生过程论者的本能。宝玉马上改变态度，他在黛玉面前毫无原则可言，这是写他们一贯的感情，而不是当时审美的转变。

但是这几句话里也生出一段公案，那就是林黛玉居然不喜欢李商隐，而且是"最不喜欢李义山的诗"。不是喜欢而程度一般，也不是无感，而是明确无误的不喜欢。

当然可以作出如下猜测：这也许是因为李商隐的诗往往被看作和"艳情"有关，闺中女儿黛玉碍于身份不方便表露对其诗的喜欢？或者，黛玉在宝玉面前"使小性子"，或者为了压倒先表态的宝钗，而故意"语不惊人死不休"，其实目的只是一种夸张的欲扬先抑，恰恰意在强调李商隐的这一句诗的不同凡响？

这当然也不是完全没有可能。那么，林黛玉到底喜欢李商隐吗？

第四十八回，黛玉教香菱写诗，第一课开的书单里，有王维、杜甫、李白，这都非常有道理，既合乎唐诗的道理，也合乎林黛玉的道理（红楼第一诗人的人设），可是林姑娘说完这三位巅峰级大诗人，就不往下讲了，丢开了中唐、晚唐的那么多花团锦簇的诗人，一下子回到了魏晋南北朝，她让香菱去读陶渊明——这个也有道理，可是接下来就让人云里雾里了：应场、谢灵运、阮籍、庾信、鲍照。这书单，适合初学诗的少女香菱吗？林老师，你不是在逗我们吧？有对付谢灵运的繁富讲究的工夫，不如去啃李商隐呢！若真觉得香菱适合平易好懂的而避开李商隐，那么大唐不是有"老妪能解"的白居易吗？不然还有刘禹锡呀。如果说乖乖女香菱只适合平和大方、温柔恬淡的，有韦应物。

后来湘云来了，就自然而然地说到了其他唐朝诗人，李商隐还拥有了重要席位——宝钗笑着转述湘云对香菱高谈阔论"杜工部之沉郁，韦苏州之淡雅，温八叉之绮靡，李义山之隐僻"。宝钗随口转述，说明她对这些也是烂熟于心、倒背如流的。宝钗湘云都熟知的，黛玉没有不知的道理。可见，林姑娘前面拉来这么多"积古"的诗人来混,无非是不肯在唐朝多说出一位诗人罢了。唐朝最杰出的诗人,她说了三位,偏偏不说第四位,王维、杜甫、李白,无可争议,但第四位,无论如何应该是李商隐。

可见,不是突然忘记了中唐和晚唐,也不是因为李商隐晦涩难懂,曹雪芹笔下的真相只有一个:林黛玉真不喜欢李商隐。

黛玉明确地嫌弃过两个诗人,一个就是李商隐,另一个是陆游,她说陆游:"断不可学这样的诗。你们因不知诗,所以见了这浅近的就爱,一入了这个格局,再学不出来的。"她嫌弃陆游的理由是:浅近,格局小。言外之意,觉得有点俗。但是为什么不喜欢李商隐,没有给出理由来。

说到这里,应该把主语换一下了,曹雪芹不喜欢李商隐。作为《红楼梦》里曹雪芹最钟爱的人物,兼大观园里艺术鉴赏力最佳和诗歌造诣最深的,黛玉的这个看法,肯定代表曹雪芹,这一点毋庸置疑。

还有一个旁证,第二回曹雪芹借贾雨村之口说有一类人是集灵气和邪气于一生的:"其聪俊灵秀之气,则在千万人之上;其乖僻邪谬不近人情之态,又在千万人之下。若生于公侯富贵之家,则为情痴情种。若生于诗书清贫之族,则为逸士高人。纵然生于薄祚寒门,甚至为奇优,为名娼,亦断不至为走卒健仆,甘遭庸夫驱制。"他历数历代这样的人:许由、陶潜、阮籍、嵇康、刘伶、王谢二族、顾虎头、陈后主、唐明皇、宋徽宗、刘庭芝、温飞卿、米南宫、石曼卿、柳耆卿、秦少游,近日倪云林、唐伯虎、祝枝山,再如李龟年、黄幡绰、敬新磨、卓文君、红拂、薛涛、崔莺、朝云。

仍然没有非常符合"灵邪同秉""异样"标准的李商隐。

曹雪芹确实不喜欢李商隐。曹雪芹为什么不喜欢李商隐？

一切只能推想和猜测。

第一，因为曹雪芹信奉"天然"的标准。第十七回"大观园试才题匾额"时，父子对后来命名为"稻香村"的地方看法不同，宝玉顽强与父亲争辩，所用标准就是"天然"二字。他认为这里是人力穿凿，无自然之理和自然之气，不能算是"天然图画"，"虽百般精而终不相宜"。这里谈论的虽是建筑和园林，却和诗歌鉴赏不无艺术上的相通处。若以"天然"的标准来判，比起修辞繁丽、密密用典、镂心雕肾的李商隐，确实宜乎王维、陶渊明卓然胜出，杜甫、李白也优势明显。王维和陶渊明像和田籽料，杜甫李白像上好的羊脂玉牌，质地很好，而且表面都是光滑的；而李商隐，则是一个象牙球，有很多层，精工细刻，而且层层镂空，互相掩映，看上去更加繁复了。喜欢李商隐的人，觉得他极其精致，极其超妙，但无论如何也很难说是"天然"的。而曹雪芹恰恰看重"天然"二字。

第三十八回，黛玉菊花诗夺魁之后，自谦道："我那首也不好，到底伤于纤巧些。"话是自谦的话，标准却是真的。在曹雪芹看来，李商隐很可能是"纤巧"了。

第二，曹雪芹认为立意比修辞重要。黛玉对香菱说："词句究竟还是末事，第一立意要紧。若意趣真了，连词句不用修饰，自是好的，这叫作'不以词害意'。"则是重视内容而不重辞采。而李商隐却高度重视"词句修饰"，绝丽、精工而圆润，难逃雕琢和绮靡的批评。

第三,曹雪芹认为"诗贵淡"。黛玉指出陶渊明"暧暧远人村,依依墟里烟"比王维的"大漠孤烟直,长河落日圆"更好,因为"淡而现成"。"现成"应该是"天然而浑成"的意思,至于淡,则是"平淡""淡远"之意。被举为范例的陶渊明,正是"外枯而中膏,似淡而实美"(苏轼语),"所不可及者,冲淡深粹,出于自然"(杨时语),具备"萧散冲淡之趣"(朱熹语)。曹雪芹一再推崇陶渊明,显然是接受这种"一语天然万古新,繁华落尽见真淳"的诗歌理想,认为"诗贵淡",而李商隐从感情到修辞都是浓烈的,他的整个艺术风格简直是"浓得化不开",这样的李商隐,自然无法得雪芹的青眼了。

第四,时代标准的影响。因为不知道曹雪芹准确的写作时间,所以很难认定清代的哪些理论给了他影响。而明人论古诗,多重"高远""雄浑""苍古""温厚和平",而不取"萎弱""纤丽",又有"浑厚为上,淡雅次之,秾艳又次之"之说。这些都是非常可能影响到曹雪芹的艺术审美观念。而李商隐一直被诟病的,除了"隐僻",不就是所谓的"骨弱""纤丽"或者"秾艳"吗?至于清人论诗,常用"平淡"等概念,又以"元气浑成为上",即使曹雪芹受到同时代的这些观念影响超过受明人的,那么用这些标准衡量,李商隐的长处也是很难获得掌声的,相反他的软肋倒暴露得清清楚楚——苦命的李商隐到了明清还是继续吃大亏,少不得继续"白门寥落意多违"。

第五,从做人的角度来说,曹雪芹应该也不会太欣赏李商隐。因为在现实人生和日常范畴里,曹雪芹最重视的标准就是要做"明白人",不要成为"尴尬人"。而李商隐却不是一个明白人:他先是得到"牛党"令狐楚的欣赏和提携,后来却娶"李党"王茂元之女为妻,被"牛党"视为"背恩""无行",从此陷入"牛李党争"漩涡,一生坎坷而郁闷。李商隐为何娶王氏女为妻,后人已经不知其缘由,不过在当时,应该不是因为两人自由邂逅产生爱情,况且李商隐也并非没有志向、能为了儿女之情断送事业抱负的人,那么还是李商隐自己明确做出的选择,他的这个选择可谓一百八十度急转弯,和之前的人际关系形成剧烈冲突,断送了他施展"欲回天地"的抱负之可能,从此在"牛李党争"的缝隙里备受屈辱苦楚。如果他是没有想清楚就这样选择,那么实在轻率;如果他是想清楚了还这样选择,又没有任何缓冲的办法,也显得缺乏理由而非常奇突。说到底,李商隐就是一个诗人,人生关键的一两步,他未必想得很清楚,反而走得有点随意,然后为此一直付出代价。退一万步说,如果他和妻子王氏在婚前曾经相遇,并且产生感情,那么他作为牛党的门生,要娶一个敌对方的官员的女儿,应该就知道意味着什么,可是他又没有放弃仕途上原来的心思,一直寻找机会,这就烦恼大了。他自己挖的坑实在太深了,他轻易往里一跳,然后不停地向外爬,但一辈子都没能爬出来。

在曹雪芹看来,李商隐的所作所为,肯定不能归于"明白人"。

李商隐和曹雪芹的价值观的差异也很大。说实在的,李商隐这样的诗人,可能只适合远离政治,做一个"没有前途"的诗人墨客,苟全性命于俗世,带着妻儿,太平时过安稳日子,波乱时找个地方隐居起来,可是他偏偏陷在封建时代绝大多数读书人追求前程的"彀中",始终如此执着于功名前程。

而曹雪芹的价值观是新而奇的。

> 在男人的世界里,功名事业是最高的价值。但生为男子,贾宝玉却对男人的世界避之唯恐不及。贾宝玉视功名富贵、仕途经济如粪土。在中国,古往今来,最没有事业心的人,大概非贾宝玉莫属了。通常,人即使没有追求事业之心,但总也还对拥有事业的人怀有一份羡慕,对功成名就怀有一份向往。而贾宝玉非但自己不追求事业,而且还对追求事业的他人表示极大的厌恶,视追求事业为愚蠢荒唐之举,甚至视劝其追求事业者为仇雠。对世人视为神圣的事业本身,贾宝玉也认为是虚妄的,是莫须有的。……对"凡读书上进的人","就起个外号儿,叫人家'禄蠹'"。"禄蠹"二字,可谓刻薄,但也活画出追求功名事业者的愚蠢和可怜可笑,也显示出贾宝玉对这种人的憎恶厌弃。
>
> ——王彬彬《"姑娘请别的屋里坐坐吧"——关于所谓"事业"的"胡思乱想"之二》

所以,价值观上,曹雪芹也很可能认为李商隐未能免俗,既不是个"明白人",也不是个"风流潇洒"的人,更不会欣赏他了。

胡适提倡"大胆假设,小心求证",以上都是我的大胆假设却无法求证的猜测。

曹雪芹不喜欢李商隐,不会是无缘无故的。热爱李商隐,又热爱《红楼梦》的人,"到底意难平"也无可奈何。毕竟事关审美口味,事关价值观,就像事关感情,是没有统一标准也无法强求的。

但,不喜欢李商隐的是曹雪芹,凭直觉,林黛玉会喜欢李商隐。

细细推想，林黛玉恰恰是应该非常喜欢李商隐的。再往深处想一层，发现这里暴露了曹雪芹作为小说家的一个失误。那就是，在说李商隐的时候，他不小心让黛玉说出了雪芹自己的观点，而和他笔下的"这一个"林黛玉有轻微的违和。

从身世到性情，从才华到遭遇，"这一个"林黛玉都和李商隐颇有相近之处。李义山的唯美超妙和深情绵邈的艺术风格，正应该是黛玉这样的富艺术气质的年轻女子所钟爱的——"红楼隔雨相望冷，珠箔飘灯独自归"，"巧啭岂能无本意，良辰未必有佳期"，无法想象他的这些诗，让黛玉在月夕雨夜读了，会不读成自己的心里话，会不触动情肠而珠泪潸然？他由于命运多舛、怀才不遇而带来的抑塞不平之气，也应该和心高气傲却身世飘零的黛玉息息相通。

还有另外两点让林黛玉几乎不可能不喜欢李商隐，一是，李商隐是多情而痴情的人，和黛玉完全一路，是爱情至上主义者，在他眼中，爱情是人生极重要的部分，爱情的得失，几乎和个人的沉浮、王朝的兴衰同等重要。这一点，和其他大诗人很不一样：像杜甫，基本上只写婚姻不写爱情，像李白，对爱情根本无所谓的样子。这一点，为情而生的少女黛玉，怎么会无动于衷？她听《牡丹亭》的时候，可是"心动神摇""如痴如醉""心痛神痴，眼中落泪"的。二是，李商隐的女性观是同时代中极难得的，他对待女性很尊重，那种对女性美完全平等的欣赏、那种对女性悲苦设身处地的体察，即使今天的女性读了也为之深深感动，何况才华与个性都特立不群但根本无法自由选择的才女林黛玉？

曹雪芹不喜欢李商隐可以，但写他的人物林黛玉不喜欢李商隐，却是他的一处小败笔。因为林黛玉其人分明应该喜欢李商隐，但是曹雪芹有意无意地不让她喜欢。在这里，一心体贴女孩子的曹雪芹，既忘了人物的特点，又忘了男女的差别。

不过，曹雪芹肯定是熟悉李商隐诗的。说曹雪芹不爱李商隐，你就当真以为整部《红楼梦》只出现了李商隐的一句"留得枯荷听雨声"？非也。还有一处不引人注目的，是在"贾宝玉路谒北静王"的时候，从北静王口中说出的夸奖宝玉的那一句"雏凤清于老凤声"——这正是李商隐诗，是他那首标题奇长的《韩冬郎即席为诗相送，一座尽惊。他日余方追吟"连宵侍坐徘徊久"之句，有老成之风，因成二绝寄酬，兼呈畏之员外》中的一句。全诗如下：

其一
十岁裁诗走马成，冷灰残烛动离情。
桐花万里丹山路，雏凤清于老凤声。
其二
剑栈风樯各苦辛，别时冰雪到时春。
为凭何逊休联句，瘦尽东阳姓沈人。

第十五回，贾氏家族的荣华显赫和死亡衰败正如万里桐花一般，"纷纷开且落"，在这样的背景下，宝玉路谒"每思相会，无由得会"的北静王——

宝玉举目见北静郡王水溶，头上戴着洁白簪缨银翅王帽，穿着江牙海水五爪龙白蟒袍,系着碧玉红鞓带,面如美玉,目似明星,真好秀丽人物!宝玉忙抢上来参见。水溶连忙从轿内伸出手来挽住。见宝玉戴着束发银冠,勒着双龙出海抹额,穿着白蟒箭袖,围着攒珠银带,面若春花,目如点漆。水溶笑道:"名不虚传,果然如宝似玉。"因问:"衔的那宝贝在那里?"宝玉见问,连忙从衣内取了,递与过去。水溶细细看了,又念了那上头的字,因问:"果灵验否?"贾政忙道:"虽如此说,只是未曾试过。"水溶一面极口称奇道异,一面理好彩绦,亲自与宝玉带上。又携手问宝玉几岁,读何书。宝玉一一答应。

水溶见他语言清楚,谈吐有致,一面又向贾政笑道:"令郎真乃龙驹凤雏,非小王在世翁前唐突,将来'雏凤清于老凤声',未可量也。"

这位世袭罔替、才貌双全、"不以国体官俗所缚"的风雅贤王,一开口就是西昆体,真是令人惊喜。宝玉一向久闻其"风流潇洒"的美名,见面之后不但没有失望,而且喜出望外。脂批说:"妙极!开口便是西昆体,宝玉闻之宁不刮目哉!"正因为北静王是一个开口便是义山诗的王爷,所以宝玉才会把他送的见面礼——一串鹡鸰香念珠转送给黛玉。

第十五回,贾宝玉和北静王,这两个《红楼梦》中最尊贵也最脱俗的男子相遇了,这光华流转而昙花一现的一幕,李商隐在一旁静静看着,白袷胜雪,神情不知是嗔是喜。

· 245 ·

爱情的雷电与煞风景

贰

05

人与人沟通历来是难的。语言是表达的工具——不说话不行，语言又经常是误会、伤害和争端的起源——说错话也不行。

《红楼梦》里有些关系是相对隔膜、全程无有效沟通的。比如凤姐和宝钗，宝钗本来是王熙凤娘家的亲戚，在贾府相逢，又同在核心小圈里，但两个人几乎没有单独说过话。比如凤姐和赵姨娘，凤姐看不起赵姨娘母子，赵姨娘对她又怕又恨，基本上凤姐一到赵姨娘就噤若寒蝉，两个人也没有好好说过一句话。比如薛蟠和大观园里的姑娘们，因为宝钗和薛蟠是亲兄妹，宝钗在大观园里如鱼得水，有时候使人疏忽了，薛蟠是没有机会进大观园的——大观园是皇家禁地，宝玉这个唯一的男性是元妃特许才住进去的，而且尚未成年，其他男性亲属都不能随意进出大观园；薛蟠应该也没有参加过任何一次贾府的家宴，有姑娘们在，薛姨妈和宝钗没问题，但他这个外姓的男性亲戚，是不方便出现的。

基于"人之常情"，大部分关系都需要沟通，当然要说话。话和话不一样。有些对话，是影响情节走向的，比如袭人向王夫人汇报自己的担忧，建议把宝玉弄出大观园。但有些不影响情节走向、看似闲笔的对话，也很有意思，甚至更有意思。

比如，第三十二回《诉肺腑心迷活宝玉　含耻辱情烈死金钏》中，宝玉在怡红院外遇见黛玉。恋人之间常因一句话跌入地狱，一句话又升入天堂，他们几句话之间已经在地狱和天堂走了一个来回，然后回到人间相对无言。幸亏宝玉是理想的恋人，他敢于主动打破僵局，并且在几乎不可能的情况下找到稳妥和到位的表达。

　　宝玉瞅了半天，方说道"你放心"三个字。林黛玉听了，怔了半天，方说道："我有什么不放心的？我不明白这话。你倒说说怎么放心不放心？"宝玉叹了一口气，问道："你果不明白这话？难道我素日在你身上的心都用错了？连你的意思若体贴不着，就难怪你天天为我生气了。"林黛玉道："果然我不明白放心不放心的话。"宝玉点头叹道："好妹妹，你别哄我。果然不明白这话，不但我素日之意白用了，且连你素日待我之意也都辜负了。你皆因总是不放心的原故，才弄了一身病。但凡宽慰些，这病也不得一日重似一日。"

"你放心"，三个字，不得了。包含了最透彻的了解、最深切的相知、最温存的疼惜、最彻底的承诺，以及最谨慎的分寸感，而且超浓缩。一语定乾坤之力。在绝不可能说"我爱你""我娶你"

的情况下，还有哪一句话能实现以上诸项？黛玉听了这三个字，内心震撼而有点近乡情怯、喜极翻疑，所以要宝玉进一步解释清楚，保证自己的理解没有出现偏差。于是宝玉明确了自己所说的就是她理解的那个意思。重情的人遇到这样的知心和贴心，往往会感动得不知所言，何况是黛玉这样天底下第一颖悟和敏感，也第一为颖悟和敏感所苦的人呢？必然是，也只能是，说不出一个字来。

好小说永远是贴着人物写的，伟大的小说更能丝丝入扣。果然曹公写道——

> 林黛玉听了这话，如轰雷掣电，细细思之，竟比自己肺腑中掏出来的还觉恳切，竟有万句言语，满心要说，只是半个字也不能吐，却怔怔的望着他。此时宝玉心中也有万句言语，不知从那一句上说起，却也怔怔的望着黛玉。（第三十二回）

这一段，对爱情的描写，真是勾魂摄魄。比他们共读西厢那一节更好。其实爱情本身看不见，就像雷和电流，但是被"轰雷掣电"的人是可以看见的。小说家写活了被爱情的雷电击中的表现，于是我们看见了雷和电。

又比如，第十五回《王凤姐弄权铁槛寺　秦鲸卿得趣馒头庵》，为秦可卿送殡，宝玉和同辈的男子都骑上了马，凤姐儿怕宝玉有闪失，就想让他和自己一起坐车，因此便命小厮去叫宝玉，宝玉这时候显然不太愿意被啰嗦，可还是给了这位表姐兼堂嫂兼管家奶奶的面子，"宝玉只得来到他车前"，是"只得"过来的。这样对凤姐不太有利，下面凤姐要说的话，他能听进去吗？若是他不听从、拒绝上车，或者勉强上车但一路不高兴，凤姐的目的都不算实现。因为凤姐第一是要保证他安全——万无一失级别的，这是她对贾母和家族的责任；第二也要保证他高兴，宝玉高兴了，贾母和王夫人才能高兴。但是宝玉并不是时时都好说话的，尤其是坐车不骑马这样未必很有必要的要求。但好个凤姐，她只说了一句话。

凤姐笑道："好兄弟，你是个尊贵人，女孩儿一样的人品，别学他们猴在马上。下来，咱们姐儿两个坐车，岂不好？"宝玉听说，忙下了马，爬入凤姐车上。二人说笑前来。

在中国几千年的文明史上，大概只有《红楼梦》里会出现这样的话了，一个女性，夸一个少年男子"女孩儿一样的人品"，把男子骑马这样英武潇洒之举说成"猴在马上"，把自己和宝玉说成"姐儿两个"。如此瞄准对象的"精准投放"，果然正中下怀——在认可水做的女孩子、嫌弃须眉浊物这一点上，宝玉是坚定无比、毫不含糊的，凤姐这样说，就是他的知音，面对知音，宝玉不存在服不服从的问题，自然心悦诚服，马上弃马登车。而且坐在车上两个人还有说有笑。这是写凤姐，也是写宝玉。虽然凤姐是职责所在，这样说目的性明确，但如此"智商情商双在线"的话，她张口就来，说得那么自然灵动，浑然无迹，问题立即烟消云散，还落得个皆大欢喜，这是何等的聪慧和灵透。好个凤姐！

宝玉不在常情之中，但凤姐的知人之明、知情识趣，也不在常人之列。

可惜很多时候，是相反的情况，一句话就刺耳、刺心，大煞风景。

第四十五回《金兰契互剖金兰语 风雨夕闷制风雨词》,宝钗来看又犯了咳疾的黛玉,两个人从健康谈到了家庭成员和各自处境,非常私密非常知心;黛玉甚至难得地自我批评,诚恳地表示了对宝钗的感激和信赖;宝钗也对黛玉说"你放心",这句话和宝玉的一样,但是与宝玉的没有解释(他不用说也没法说)不同,宝姑娘对"放心"的具体内容是有解释的:"我在这里一日,我与你消遣一日。你有什么委屈烦难,只管告诉我,我能解的,自然替你解一日。"曹雪芹将这黛、钗两个心理老对头的这一席话称之为"互剖金兰语","剖"者,掏心掏肺、坦诚无遗的意思。然后,宝钗说要给黛玉送燕窝来,因为两个人关系不同了,骄傲而敏感的黛玉也同意了并且当面领情——

黛玉忙笑道:"东西事小,难得你多情如此。"宝钗道:"这有什么放在口里的。只愁我人人跟前失于应候罢了。只怕你烦了,我且去了。"

"只愁我人人跟前失于应候罢了",这是《红楼梦》里特别煞风景的一句话。两个贵族小姐,确实都没有把物质放在第一位,看重的都是精神层面,但黛玉认定了宝钗对自己"多情",而且说的是"你",不是"薛姨妈和你",就是说她认定是宝钗对自己特别好。她强调的是个体。而宝钗呢,淡淡地说了一句大实话,她追求的是在"人人"面前都周全,人情世故、礼数往来、亲疏高下,这些都做好做妥帖,都不要"失于应候"。她一下子把黛玉这颗珍珠扔进了混杂着大量鱼眼珠子的"人人"的大筐里了。而且,这句话的"间离"效果非常惊人，把前面的"我也和你一样"等知心温存的话和悄悄送燕窝的体贴细致所营造的氛围一下子撕开了一个口子，让人看到外面的世俗算计离潇湘馆确实不远。

喜欢宝钗的人，说她理智清明、淡泊平和、清静无为、有大智慧；讨厌宝钗的人，认为她表里不一、虚伪冷漠、功利心强、热衷于经营人际关系。我觉得，宝钗肯定不是个清静无为的人，为人处世也有一定的修饰性，但大多数时候，她就是她自己，她有她的好处，也有她的复杂处。比如她这番话，能说明她虚伪吗？她对黛玉好，很难说全是假的，也很难说她有明确功利目的，这更多的是她作为大家闺秀的一个修养，一种自我要求。黛玉眼中、心中，只有她看得上的人，宝钗眼中、心中，时时有"人人"。所以她对黛玉的好，确实不是黛玉所理解、所付出的那种彼此选中、无话不说、莫逆于心的好。但是感念宝钗的黛玉是不是受骗了呢？也不能这样说。因为，宝钗对她说的话是好话，送的燕窝是上等燕窝。还因为，宝钗虽然立志要在人人面前都应候周全，但还是分人之高下，也有亲疏远近的。比如，第六十七回《见土仪颦卿思故里　闻密事凤姐讯家童》，薛蟠从江南回来，带来许多文房和玩物，宝钗一份一份打点清楚，从贾母、王夫人、众姐妹直到贾环都送了，"只有黛玉的比别人不同，且又加厚一倍"。这里面的心理不简单。有对黛玉高看一眼，有对她出身、处境和性格的了解，有对"互剖金兰语"后大大拉近的关系的确认，很可能也有人际方面追求完美的宝钗一定要让精细挑剔的黛玉无话可说的潜在考量。宝钗的大方周全里面，理智的成分多，感情的成分少，所以她居然没有忘记和她姨妈王夫人不相和睦的赵姨娘和贾环。但是对这对母子,她虽然也送了一份,显然是礼节性的,是赵姨娘随手就可以拿去给王夫人看的,所以不多;而给黛玉的,宝玉一看就开玩笑说"那里这些东西,不是妹妹要开杂货铺啊?"可见,宝钗心目中,黛玉的重要性远非其他人可比的,这里面,除了她面对这个关系微妙又聪明过人的"竞争对手"必须"以德服人",人际关系上必须完美以赢得贾府上下的认可和赞美,还是有对黛玉身份、人品、气质、品位的认可的。这一点,黛玉和宝玉都感觉到了,也没有感觉错。

作为人生过程论者,黛玉对宝钗的信任和亲近,是千足金的。作为人生目的论者,宝钗对黛玉的好,"杂质"稍多,不是千足金。当然,不是千足金的金子依然是金子,包含了一些功利"杂质"的好也依然是好,凉薄人世中也值得珍惜。

可是,无论怎么说,面对那么一尘不染、浑身诗意、身心纤弱、其实秉性单纯又对人赤诚的黛玉,当她克服了自己的骄傲、狭隘、不服和猜忌,打开心门,说了那些心里话——有的连对宝玉都不会说的,宝钗居然当面公然把她扔进"人人"之中,挑明对她的友善和照顾,并不是因为黛玉是这样的黛玉,而只是宝钗对自己的要求,是她作为宝姑娘的必备修养的一部分,将几分钟前的美好幻境随手打破,还是非常煞风景的。

可以并列煞风景冠军的另一句话,在七十九回,《薛文起悔娶河东狮 贾迎春误嫁中山狼》。宝玉和香菱议论薛蟠娶妻的事情,天真的香菱完全进入了美好想象之中——

你哥哥一进门,就咕咕唧唧求我们奶奶去求亲。我们奶奶原是见过这姑娘的,且又门当户对,也依了。和这里姨太太凤姑娘商议了,打发人去一说就成了。只是娶的日子太急,所以我们忙乱的很。我也巴不得早些过来,又添了一个作诗的人了。

接下来的对话,连续直转,非常陡峭——

宝玉冷笑道:"虽如此说,但只我听这话不知怎么倒替你耽心虑后呢。"香菱听了,不觉红了脸,正色道:"这是什么话!素日咱们都是厮抬厮敬的,今日忽然提起这些事来,是什么意思!怪不得人人都说你是个亲近不得的人。"一面说,一面转身走了。

"怪不得人人都说你是个亲近不得的人"!这句话来得突兀,打击力很大,所以宝玉一下子蒙住了,"怅然如有所失,呆呆地站了半天,思前想后,不觉滴下泪来"。而且对香菱命运的担忧唤起了他的创伤记忆,当天晚上"一夜不曾安稳,睡梦之中犹唤晴雯,或魇魔惊怖,种种不宁",直至发烧,卧床不起。

宝玉对香菱平等而友善,这不用说,他对香菱的担心也很有道理,香菱后来的遭遇也证明了宝玉的预见性。香菱觉得宝玉一向对她"厮抬厮敬",基本不差,但是宝玉对她的看重,其实超出她自己的想象。第四十八回,香菱废寝忘食苦学作诗,这是香菱一生中唯一的高光时刻,诗性光辉照进她的灰暗人生。黛玉是最热心教她的人,而宝玉是对此最高兴的人,他笑着说:"这正是'人杰地灵',老天生人再不虚赋情性的。我们成日叹说他这么个人竟俗了,谁知到底有今日,可见天地至公。"因为香菱这个美丽的少女,终于性灵苏醒,打开了风雅之门,宝玉非常欣喜,而且相信她就此"不俗"了,从此是"自己人"了。但其实未必。除了文化程度,人生阅历也会限制了人的理解力。一个人的生涯里,如果从来没有遇到过真正的爱和关注,没有遇到过无功利的欣赏和疼惜,那么当她遇到这些,是不容易明白的。香菱遇到"非常情"的宝玉,是不理解的。宝玉以为她学写诗,慕风雅,就会懂得这些,和自己有默契,其实是高看香菱了——宝二爷经常一厢情愿。

香菱始终不是欣赏宝玉的人。第六十二回,她不小心弄脏了裙子,一向特别喜欢无私帮助女孩子的宝玉正好遇到,想出了一个好办法:让袭人把自己一条同样的裙子送来给她换上,然后把香菱脏了的裙子交给袭人收拾,以免香菱回家被薛姨妈数落。香菱换完裙子,对袭人千恩万谢(其实袭人只是奉命行事,这已经透着理解上的偏差)之后,看见宝玉在一旁葬花(前面香菱等人斗草留下的),香菱的反应非常耐人寻味——

香菱拉他的手,笑道:"这又叫做什么?怪道人人说你惯会鬼鬼祟祟使人肉麻的事。你瞧瞧,你这手弄得泥乌苔滑的,还不快洗去。"

她对刚刚帮助了她的宝玉,评价可不高。这时候的香菱,多么像另一个袭人啊。而且,她平时所处的阶层不是宝玉和姑娘们的层次,听到的都是管家老婆子、丫环们的聊天,说实在的,她是整天被迫混在宝玉所厌弃的鱼眼珠子堆里的,加上特殊身世导致的自我意识弱化,她是很容易受环境影响的那种人。生活里,我们不也经常遇到这样的人吗?当他们要表达观点,不会说"我认为",总是说"听他们说……""人家都说……"。在这里,香菱似乎看了,但没有用自己的眼睛看，她认为自己所看到的，正好印证了"人人"对宝玉的看法。香菱真是理解力有限，而且不识人——她的生涯也让她对别人缺乏真正的兴趣。如果她只是感到惊讶、费解，然后回去以后慢慢去"参"——像她学写诗一样，她早晚会明白，宝玉为她解困，和蹲在地上葬花，其实是出于同一种心理：对美而脆弱的生命的尊重和怜惜。这是超越实用和日常的"心语"，可惜香菱听不见，她直接就按照日常世界的引导飞快地给出了答案：宝玉"惯会鬼鬼祟祟使人肉麻"。在这里，曹雪芹写了非常有意味的一幕对比，一个少年男子，非常惟美，内心丰富而细致，一个年轻女子，却非常现实，逻辑简单而粗暴。

这样的两个人，表面的和睦是不会长久的。

所以当宝玉听说薛蟠要娶夏金桂，替她未来的处境担心的时候，香菱很不高兴，认为宝玉"有意唐突"她，还抢白了宝玉。香菱为什么不高兴？第一，因为她抱持着正统观念，而且以此为标榜。她是薛蟠的妾，薛蟠自然应该娶正妻的，而她作为妾自然应该敬重和服从这个正妻的，绝不会争风吃醋，更不会妒忌。她以为自己一向安分守己，心思正大光明，任何质疑都构成了对她的某种污辱。第二，香菱过于单纯，对人性的暗面毫无警觉，反而对未来有不切实际的光明幻想，她以为自己没有"非分之念"，殷勤小心地服侍，谁都不会对她不好，她的日子只会变得轻松起来；她以为薛蟠娶了自己想娶的人，会比现在"安宁些"，而夏金桂"是个有才有貌的佳人，自然是典雅和平的"。"自然是"三个字真是可叹。心地良善是好事，加上头脑简单就未必是了，再遇上身处"人为刀俎我为鱼肉"的境地,就是悲剧了。第三,香菱对决定她命运的人:薛蟠、薛姨妈、宝钗,都怀着根据不足的绝对信任,认为他们自然会维持一个公正平和的秩序,会给"奉公守法"的自己一个安居之所。尤三姐说尤二姐"心痴意软","那不是蠢,只是懦弱,无力者的幻觉里总有许多好人(闫红语)",这两句评价移来说香菱,似乎也无不妥。

因为这样的观念和心思,所以宝玉的这番担心,构成了对香菱人品和"德行"的不信任、对薛蟠眼光的不信任、对薛家两代主人能力和公正性的不信任,所以在香菱听起来非常刺耳,感到受了冒犯,就不奇怪了。

香菱的处境和宝玉没有关系,但宝玉关心她。宝玉所言,丝毫没有对香菱的不尊重,而是基于对薛蟠其人的了解和对世情、人性的洞察。不仅如此,宝玉所虑,出发点是感情——某种兼有同情、友情、亲情的感情,所说的内容富有现实感和预见性——对宝玉来说非常罕见,因此对香菱非常有价值。

可惜两个人完全不在一个层面上,导致香菱大怒翻脸,宝玉被抢白而病倒。这不能都归咎于宝玉娇贵,香菱这句话实在太狠了。而人在付出超越功利的真感情、纯关心的时候,受到来自对方的否定和打击,这种伤害之大,心理痛苦之剧,往往超出局外人的想象。

香菱命苦,但她也确实受制于环境和身份,这一点尤其可叹。本来应该和她同样命苦的平儿,就不一样。平儿聪慧、温良、能干,有头脑、有胆量且敢表达,可贵的是她处事有自己的立场,又得体、有分寸。最难得的是,她能识人的高下,能看出人和人的不同,这一点是超越了她的身份和文化局限的。其实平儿见过听过经历过的黑暗、痛苦和尴尬也不少，但是她的气场大，自我发育完好，有自己的见识和心胸，所以在辛苦卑微中活出了自己。第四十四回，凤姐酒醉后撞见贾琏私会鲍二老婆，一气之下打了平儿，平儿哭得哽咽难止，贾母平息了事态之后，宝玉让平儿到怡红院里休整，并建议她换上干净衣服，重新梳头。薛蟠是宝玉的表哥，香菱是薛蟠的妾；贾琏是宝玉的堂哥，平儿是贾琏的妾；在宝玉面前，香菱和平儿的身份是相似的，两个人也同样是在突如其来的狼狈困境中，偶然和宝玉有短暂交集，然后同样得到宝玉的细心照顾——对平儿，宝玉是先代贾琏凤姐赔了不是，然后吩咐小丫头舀洗脸水、烧熨斗来，平儿是怎么想的呢？

> 平儿素习只闻人说宝玉专能和女孩子接交；……今见他这般，心中也暗暗战歎：果然话不虚传，色色想的周到。

注意，平儿平素也听人家议论宝玉，但和香菱复述的不太一样。一种可能是：平儿跟着凤姐，平时也经常见到姑娘们，所以影响她的人层次高于香菱。另一种可能是：平儿听到的和香菱听到的话差不多，但她听了之后，印象里留下的是"专能和女孩子接交"这样一句中性的话，没有贬损和讥嘲的意思，至于宝玉究竟如何，平儿没有主观地下结论。她不人云亦云，对不了解的人，不听风就是雨，不盲目下判断和抱成见。她要自己看。等有机会和宝玉接触了，她用自己的眼睛观察，然后有了自己的判断。平儿对宝玉的评价，显然是比较公允的。

另外，平儿善于听取别人的忠告——这一点和香菱差别很大。

她其实伤心刚平、委屈未消，但觉得宝玉劝她重新化妆有理，然后不因为宝玉是男性就认定他对化妆是外行，而是"依言妆饰"。她按照宝玉说的产品说明和使用步骤，用怡红院特制的粉和胭脂化了妆，心情也愉快了起来——这里没有明写，但对化妆效果的满意暗示了这一点。最后，她连鬓上簪的花，都是怡红院特产——宝玉用竹剪刀从盆内现剪下来的一枝并蒂秋蕙。这里宝玉几乎进入了艺术创作的境界。而平儿对宝玉的言听计从，既是她顾大局、识大体的表现，也说明她能理解别人的善意、对别人的友善完全领情。宝玉不寻常，可爱，而平儿不狭隘不呆板不紧张，也不寻常，也可爱。这样的两个人，给彼此留下的就是美好的、温暖的、明亮的心灵收获。所以等她离去之后，宝玉"心内怡然自得"。

就这样？当然不是。明白人都不会随便淡忘人家的恩惠的，尤其是来自宝玉这样不同寻常的人。平儿内心高贵，但毕竟身份在那里，面对宝玉，平儿能怎么报答呢？她既不能给贵公子宝二爷银子（她只能给刘姥姥），也不能给宝二爷做鞋做袜（这是宝玉的丫鬟和姐妹做的），她甚至都没有机会给宝二爷倒一杯茶（这是宝玉屋里的大丫鬟们做的），所以，平儿报答宝玉，其实是个难题。但伟大的小说家曹雪芹知道怎么办。于是我们看到了，平儿以她自己的方式非常知心、非常得体地报答了宝玉。

第五十二回，平儿到怡红院来找麝月，二人单独说话，宝玉在窗外偷听，听见平儿悄悄告诉麝月，自己下雪天烤鹿肉时丢了的镯子找到了，是宝玉的小丫鬟坠儿偷的，平儿在凤姐面前瞒了下来，也要麝月对宝玉和晴雯等人都保密，因为她知道宝玉是偏在丫鬟身上留心用意、争胜要强的,所以不想伤他的面子。另外,也为了老太太、太太不生气,也好给袭人和晴雯麝月留面子。"宝玉听了,又喜又气又叹。喜的是平儿竟能体贴自己……"。

读到这一处,心里总是有冰雪融化的感觉。宝玉待人好,总是与功利无关、与利益无涉的,因此经常惹人误解,但来往不多的平儿却能理解这种好,还以这种无功利、不声张的体贴来报答。她瞒下了这件事,第一个想到的是宝玉的感受和颜面,然后才是其他人。而且,她并不需要让宝玉知道。她这样做,只是因为她想这样做。这时候的平儿,比香菱有光彩多了。总觉得这样的人,在最后谁都顾不上谁的时候,她也应该能给自己争取来一线生机,甚至,赢得一个有希望的未来。

曹雪芹是欣赏平儿的,有多欣赏?这一回的回目就叫《俏平儿情掩虾须镯 勇晴雯病补雀金裘》。"情"并不是儿女私情,而是人和人之间的情谊,不,情义。在这里,"情"更适合和"义"连在一起。将一件尴尬事处理得这样无声无息,这样与人为善,如此温暖如此妥帖地报答了善待过她的人,作者明确赞美她:俏平儿。同样的封号,还有勇晴雯、慧紫鹃、贤袭人、敏探春、时宝钗、憨湘云,以及——呆香菱。论美貌,晴雯和香菱应该都是胜过平儿的,但是论知情识趣、心里明白、识大体而有分寸,平儿远远胜过晴雯和香菱。曹雪芹认为:好性情和高情商的好看才是真正的美,因此"俏平儿"这个封号,在回目里光彩照人地出现了两次,第二十一回一次,第五十二回一次。

曹雪芹早就洞悉了一个真相:煞风景的话总会说出口,而知心体贴却常常是无声的。

贰

她们都不爱贾宝玉

06

作为类型的"贾宝玉",包含的意思很多,但一定有"多情地喜欢很多女性、也被很多女性所喜欢"这一层,也有在家族里"三千宠爱在一身"这一层吧。

若说《红楼梦》里,也有女子不喜欢宝玉,你会想起谁呢?

一定有人会想起龄官。第三十回,宝玉遇见龄官在蔷薇花下用簪子在地上划"蔷"字,写了一个又一个,写了几千个,她早已经痴了,宝玉不觉也看痴了,所以这半回叫作"龄官划蔷痴及局外"。这时候宝玉还不知道这个女孩子是谁,在做什么,更不知道"蔷"的含义。但是他很快就"识分定情悟梨香院"。他并没有去打听那个女孩子是谁,而是上天安排让这个女孩给他上一课。这一天,他"因各处游的烦腻,便想起《牡丹亭》曲来。自己看了两遍,犹不惬怀,因闻得梨香院的十二个女孩子中有小旦龄官最是唱得好,因着意出角门来找时……",谁知龄官不但对他十分冷淡,而且以"嗓子哑了"为由拒绝他赔笑央求的点唱,随后,他认出眼前的龄官就是那天在蔷薇花下痴痴划"蔷"的女孩子,宝玉"从来未经过这番被人厌弃",偏偏接着贾蔷一来,两个人就把宝玉当成透明的,当着他的面把儿女私情的症候暴露无疑,"宝玉见了这般景况,不觉痴了,这才领会了划'蔷'深意"。这一课上完,宝玉受到了教育:

> 那宝玉一心裁夺盘算,痴痴的回至怡红院中,正值林黛玉和袭人坐着说话儿呢。宝玉一进来,就和袭人长叹,说道:"我昨晚上的话竟说错了,怪道老爷说我是'管窥蠡测'。昨夜说你们的眼泪单葬我,这就错了。我竟不能全得了。从此后只是各人各得眼泪罢了。"……宝玉……自此深悟人生情缘,各有分定,……

"各人各得眼泪"是《红楼梦》里极深刻的一句话,因为这是人生最确凿的真相之一。而给宝玉如此强烈刺激和清明启迪的,是一个身份低微的小人物,他们家买来的小戏子——龄官。为什么龄官能给宝玉上"人生情缘,各有分定"这么珍贵的一课?或者说为什么是她而不是别人,能够成为宝玉的老师?因为她丝毫不爱宝玉,也不喜欢宝玉,对宝玉高傲地保持距离,甚至还有点厌烦。而对贾蔷,她立即袒露内心,包括内心的委屈和痛苦。龄官在贾蔷面前的表现，有点类似黛玉在宝玉面前，完全不讲道理，甚至是一副不打算讲理的样子，是有恃无恐、恃爱而骄，但其实也将自己对对方的在意和内心的脆弱暴露无遗，是恋爱中女子典型的样子。爱情这东西，就是专门和理性、道理作对的。当一个女子在一个男子面前始终讲道理、守礼数、有分寸，她肯定不爱他。

在龄官面前，无论宝玉的身份，还是宝玉的地位（他们其实是松散的主仆关系），抑或是宝玉的个人魅力，一概失去效用。所以，不爱宝玉的女性，龄官肯定是一个。

其他的，可能有人会想到鸳鸯，应该也算一个。有人猜测鸳鸯可能暗暗喜欢贾琏，这个还真不好说，但她应该是不爱宝玉的。

不过，要说不爱宝玉的人，我会第一个想到他的母亲王夫人。

第三十三回，宝玉挨打，贾政父子、贾政和王夫人、贾母和贾政母子剧烈冲突，情节如疾风暴雨，以至于里面王夫人有几句话，初读往往不那么引人注意。

王夫人看到宝玉被打得很惨，忍不住失声大哭，"苦命的儿啊！"一说"苦命儿"，突然想起了另一个苦命儿，就是她早夭的长子贾珠，于是她叫着贾珠的名字，哭道："若有你活着，便死一百个我也不管了。"有人认为此处"慈母如画"，我却大吃一惊，觉得这个母亲怎么冷血到这个地步？她不担心宝玉已经被打得半死，听了这句话，一口气上不来就直接死了吗？

这是急痛攻心一时失言吗？不是。后来贾母来救下了宝玉，抬到自己房中，王夫人怎么样呢？只见她——

263

"儿"一声,"肉"一声,"你替珠儿早死了,留着珠儿,免你父亲生气,我也不白操这半世的心了。这会子你倘或有个好歹,丢下我,叫我靠那一个!"

即使是气话,也非常奇怪,与诅咒也就一步之遥了。这种话出自母亲之口,实在够无情的。宝玉当时想必已经半昏迷了,没有听见母亲这样的话,所以后来没有伤心,甚至没有一句埋怨和悲叹。

千真万确,王夫人是爱儿子的。但是她爱的是儿子,而不是宝玉。她的人生不可缺少的,是一个可以让她在大家族里地位稳固、母以子贵、一辈子依靠的儿子,这个儿子是不是宝玉"这一个",她并不在意。甚至,她生命中必不可少的儿子偏偏是宝玉"这一个",她还很不满意,成了她烦恼的主要根源。她在乎、紧张宝玉,主要是因为她只剩这一个儿子了,贾珠已经死了,而她已经快五十岁了,早就不可能再生另一个儿子了。王夫人的母爱,本来自私的占比就非常大,这时候又气又急,一时昏乱就说了出来,这种"呐喊",自我暴露得很彻底。

可以比较一下贾母,她是尽人皆知偏疼宝玉的,但她的疼爱里面,自私的占比就比王夫人小多了。即使贾珠早夭,宝玉仍不是她唯一的孙子,贾母是有的选的,这一点和王夫人的"没得选"不一样。贾母明显偏爱宝玉,其中有他长得像老太太的国公爷丈夫的原因,但不是主要的。第五十六回贾母在江南甄家的客人面前明确说了疼爱宝玉的理由:"生的得人意"(肯定其外貌),"见人礼数竟比大人行出来的不错,使人见了可爱可怜"——在家淘气任性，但在外人面前还是有教养懂礼数守规矩（肯定其素质），另外，贾母也夸过宝玉有孝心（肯定其为人），她也认为宝玉聪慧灵透、知情识趣——这个没明说，但贾母不喜欢木头木脑的人，喜欢宝玉的性格，则是无疑的。这样看似平常的"老祖母的溺爱"里面，其实包含了对"这一个"宝玉其人的认可和欣赏，比例还不小。贾母做人有格局，眼光不俗，常常重视具体的人多过人的身份，比如她不怎么重视孙子贾琏，却很欣赏贾琏的妻子、她的孙媳妇凤姐。

宝玉挨打，王夫人急痛攻心当然是真的，她唯一的儿子不但被打个半死，而且这样的一个儿子眼看不成器，无法让她安心地依靠着体面地老去，这种痛苦和忧虑是强烈的。无情的人只是对别人无情，他们还是爱自己的，因此也会痛苦，尤其当他们算计落空或者眼看要落空的时候。

王夫人哭喊贾珠，李纨禁不住也放声哭了。李纨是应该哭的，若不是怕最后一个儿子也失去，痛感已经失去了另一个"备份"，婆婆平时并没有那么思念亲生儿子贾珠，在贾府里，李纨的待遇虽然很好，但长子贾珠并没有经常被提起被追忆，倒似乎被淡忘了。其实，对于逝者，亲人朋友经常的追忆是最好的供奉，被淡忘就是真的死了。

王夫人不懂宝玉，也不想懂。即使真的懂了，她也不会欣赏这样一个人。所以，她不爱宝玉。只不过读者经常会被她"爱儿子"的表象哄骗过去。她是被命运安排和这样一个灵气与邪气赋于一身的儿子相遇，对于一个只想在常规的道路上安稳前行的人而言，并不是一个好的安排。

265

亲情看似与生俱来、无条件，爱的能量级也似乎最大（很多为人父母者，不顾事实，认为自己的孩子是全天下最好看、最聪明、最可爱的），其实并非如此。在王夫人和宝玉这种模式中，那被宠爱的孩子早晚会明白（至少隐隐约约感觉到）：这份感情，是冲着独子、独女这个身份而来的，和自己这个人关系不一定很大。原本亲情里面就包含了功利性和非功利性的两部分，前者往往比外人的功利性更伤人，后者又令人无法获得对自己独有价值的肯定（儿女也知道父母之爱的盲目）。所以，非理性的亲情之爱是不能真正肯定被爱者的，功利性太强的亲情又往往有明显或潜在的利用，这是否定被爱者价值的，会给被爱者的内心造成一个欠缺。这个欠缺需要真正的爱情来补足。人之所以会有动力脱离原生家庭，去和一个陌生人建立亲密关系，其中有一个很大的原因就是：爱情给人的肯定，是亲情给不了的。

黛玉对宝玉的爱，和王夫人正相反，黛玉爱的是宝玉这个人，不是荣国府贵公子。她爱宝玉，与宝玉是不是荣国府最受宠爱的官四代、是不是皇妃的弟弟无关，她就是爱"这一个"宝玉。而且，除了要求他专一爱她，她对他一无要求，她不想改变他，她支持他做所有真心想做的事，她爱他本来的样子。

另一个不爱宝玉的女人，就在他身边，而且和他关系非常亲密。袭人。这个名字一出，有些人会不同意，因为觉得她是爱宝玉的。

袭人在《红楼梦》里的重要性常常被低估。仔细想一想，《红楼梦》里明显脱胎于《风月宝鉴》的那部分，都在主要人物搬进大观园之前结束了：癞蛤蟆想吃天鹅肉的贾瑞，被凤姐收拾得卧病在床，然后"正照风月鉴"而死。秦可卿不明不白地病了，又突然死了，死后其公公贾珍的悲痛和其丈夫贾蓉的无所谓都超出常理，这个成了疑案，但总之，年轻貌美的秦可卿很突然就去世了。秦可卿的弟弟秦钟因为和小尼姑智能儿的恋爱，生理和精神双重失调，也一病而亡。贾瑞、秦可卿、秦钟，这三个人，在很短的时间里，相继夭亡，而且都死于大观园时代之前，他们都没有踏进大观园一步。这三个人都是好年华，而且秦可卿、秦钟姐弟都容貌出众，但他们都是欲望的化身，曹公不许他们进大观园。尤其秦可卿不是普通人，她是金陵十二钗正册上的人物，但也许是太过沉溺于"孽海情天"了，所以也失去了出入大观园的资格。大观园是美与爱与自由的乐园，它芬芳洁净，是精神性（灵）远远高于物质性（肉）的所在，所以，世俗的身体的欲望被挡在大观园的门外。

但大观园里除了清白洁净的女孩儿们，还有一个男子——宝玉。宝玉身边有许多服侍他的丫鬟，这些人中明确和他有云雨之事的，只有一个人。谁？是袭人。袭人什么时候和宝玉发生肉体关系的呢？第六回。大观园什么时候建成的呢？第十七回。宝玉黛玉宝钗等人何时搬进大观园的呢？第二十三回。袭人是宝玉身边"欲望"的化身，而且这个欲望化身，早就非常确凿地存在，而且好好地活到了大观园时代，进了大观园，而且在本来刻意摒弃情欲的大观园里春风得意，还活出了人生巅峰。

许多人对袭人之于宝玉的意义，理解得太简单、太物理了，认为她就是一个尽心尽责，对主人百依百顺，提供二十四小时全方位服务的大丫头兼身份没有挑明的妾。其实，袭人虽然是奴婢，而且不貌美，为人并不有趣灵透，也和风雅不沾边，但宝玉对她是有感情的。这对一些女读者可能构成某种伤害——那样的宝玉，居然对这样的袭人有感情。

虽然不是爱情，但宝玉对袭人，确实既依恋又依赖。而袭人呢，无微不至的照顾和低眉顺眼的谦卑都不成问题，内心也并不爱宝玉。这和她梦寐以求要成为宝玉的姨娘，并没有任何矛盾。

袭人第一次亮相，曹公这样写道：

> 原来这袭人亦是贾母之婢，本名珍珠。贾母因溺爱宝玉，生恐宝玉之婢无竭力尽忠之人，素喜袭人心地纯良，克尽职任，遂与了宝玉。宝玉因知他本姓花，又曾见旧人诗句上有"花气袭人"之句，遂回明贾母，更名袭人。这袭人亦有些痴处：伏侍贾母时，心中眼中只有一个贾母；如今服侍宝玉，心中眼中又只有一个宝玉。只因宝玉性情乖僻，每每规谏宝玉，心中着实忧郁。（第三回）

袭人的"痴处"实在是一个理想的下人的莫大优点，但是这一点往往让人忽略了她不爱宝玉的事实，在她眼里，宝玉"性情乖僻"——三观有问题，性格不好，甚至有心理疾病，需要她"每每规谏"，而且看来效果不佳，因此她"心中着实忧郁"。这里面透露出来好几层信息，既有将自己的终身与宝玉相联系的意识，又有对宝玉进行规劝和约束的选择（晴雯就没有选这条路），还有对宝玉进行坚韧不拔的调教、从而实现自己人生理想的心思。

这几年看到很多人在说袭人是最称职的大丫鬟，甚至认为她是富有职业道德的职业白领、职场楷模，正如晴雯是分不清职场和家庭的失败典型那样。其实,作为一个下人,袭人一上来就是自我定位与自身位置不符的,她的那几层心思,哪一层不是僭越?管教宝玉,难道宝玉在家没有父母,没有其他长辈,没有皇妃姐姐,没有兄弟姐妹,在外没有老师,没有朋友吗?怎么轮得到他身边的大丫鬟来调教呢?这种僭越,表明袭人选中了宝玉来进行人生最大的押宝。这种押宝,与她对宝玉是否欣赏是否尊敬是否爱慕,都不相关。

"情切切良宵花解语",根本是袭人耍心眼,整整半回,完全是一个大丫鬟企图控制主人的心机攻略。明明在自己家说"权当我死了,再不必起赎我的念头!"和"哭闹了一阵",断了母亲和哥哥赎自己的念头,回到怡红院却骗宝玉说自己要回去了,好对他提要求。

> 袭人自幼见宝玉性格异常,其淘气憨顽自是出于众小儿之外,更有几件千奇百怪口不能言的毛病儿。近来仗着祖母溺爱,父母亦不能十分严紧拘管,更觉放荡弛纵,任性恣情,最不喜务正。每欲劝时,料不能听,今日可巧有赎身之论,故先用骗词,以探其情,以压其气,然后好下箴规。(第十九回)

看看对宝玉的这评价,是好评价吗?再看看这心眼,不可谓不冷静不狠辣,不是朝夕相处的人,还想不出来呢。

宝玉如何反应?宝玉忙笑道:"你说,那几件?我都依你。好姐姐,好亲姐姐,别说两三件,就是两三百件,我也依。"宝玉不能想象失去这位又依赖又依恋的人。对袭人是不是爱自己,宝玉大概率认定是爱的，也可能没有想清楚过。于是袭人大大规劝了一番，宝玉满口答应"都改，都改"。大概这样的心理战实在太劳神了，第二天袭人就病了，医生说是偶感风寒，其实应该是劳神太过，再加上对自己家人和宝玉两头作战之后，放松下来的疲倦吧。

"情切切良宵花解语"这一节，初读便觉恶心，后来觉得可厌，再读渐渐觉得可怕。温柔细致其表，步步算计其里，一本正经的功架端得很好，满口大道理，"嘴上全是主义，心里全是生意"，其实全是控制人的企图，这样的人全天候贴身照顾，难道不是全天候贴身控制吗？真可怕。

对终身事业，袭人真是执著。才过了几天，便又"贤袭人娇嗔箴宝玉"，因为宝玉一早就到黛玉和湘云那里去，并且在那里梳洗好了才回来，袭人很不高兴，还对到怡红院的宝钗说："姊妹们和气，也有个分寸礼节，也没个黑家白日闹的！凭人怎么劝，都是耳旁风。"对外人抱怨主人，而且上纲上线，还隐隐牵扯到两个姑娘，这就是贾母所信任的"竭力尽忠"吗？这真的是模范下人应有的态度吗？这里面真的没有占有欲和控制欲吗？

有时候，袭人颇像一个为应试教育而鸡娃的小妈妈，以"为你好"为理由，一直操心，一直引导，一直管束，一直鞭策，一直期待。

但袭人当然不是母亲。母亲对孩子再失望也不会舍弃或无法舍弃，母子之间是命运的永恒联结，而袭人在宝玉身上做的，是一场类似于赌博的人生选择。她非常清楚自己要什么，以及如何获取。既然是选择，那她就可以选择留在宝玉身边，也可以选择断然离开。

宝玉挨打之后，袭人孤注一掷地决定投靠王夫人（请注意，她本来是贾母的人，就连她和宝玉偷试云雨情的理由都是贾母曾将她给了宝玉），她去王夫人那里，可谓找准角度一击而中，得到了王夫人"我就把他交给你了""我自然不辜负你"的口头承诺，随后还得到从王夫人分例上匀出的每月二两银子一吊钱和与赵姨娘、周姨娘平齐的姨娘待遇。袭人的这番升职，女眷中人人皆知，凤姐、薛姨妈当场就表示赞同，宝钗特地到怡红院向袭人报喜，黛玉和湘云也一起来向袭人道喜，宝玉反倒是到了这天夜深人静，才由袭人悄悄告诉他的。

  宝玉喜不自禁，又向他笑道："我可看你回家去不去了！那一回往家里走了一趟，回来就说你哥哥要赎你，又说在这里没着落，终久算什么，说了那么些无情无义的生分话唬我。从今以后，我可看谁来敢叫你去。"袭人听了，便冷笑道："你倒别这么说。从此以后我是太太的人了，我要走连你也不必告诉，只回了太太就走。"宝玉笑道："就便算我不好，你回了太太竟去了，叫别人听见说我不好，你去了你也没意思。"袭人笑道："有什么没意思，难道作了强盗贼，我也跟着罢。再不然，还有一个死呢。人活百岁，横竖要死，这一口气不在，听不见看不见就罢了。"（第三十六回）

  难道你做了强盗、贼，我还要跟着吗？袭人这样反问。袭人的答案是：当然不，而且应该不。男人做了强盗做了贼，这假设仍然占据着价值观高地，如果这样问袭人：假如府里败落，宝玉又不能科举成功，成了穷人、成了乞丐，你还跟着吗？不知道她会如何作答。无论她嘴上如何作答，心里的答案肯定与众人眼中的她"服侍谁心里就只有谁"的"痴"、平时顾全大局、默默付出的"贤"颇有距离。

第一百二十回写袭人离开贾府、嫁了蒋玉菡，"从此又是一番天地"。这个应该是符合曹公原意的。外面的情势在变，而袭人内在的人生逻辑没有变过：抓住一切机会去获取更高更稳定的地位，出人头地，争荣夸耀。她是这样的人，现实之中现实的人，这样的人不值得赞美，但不难理解，也很难去苛责。非日常的、自由的、诗性的、审美的世界在遥远的对岸，袭人属于此岸。这样一点不优美，但这不是她的错。曹公对袭人是真的体谅，所以在"千红一哭""万艳同悲"之际，依然给了她一个不错的归宿。

在《红楼梦》中，袭人始终是一个欲望化身，起初是情欲，后来更多的是世俗欲望——阶层突破、荣华富贵。目标明确，动力强劲，头脑清楚，善于审时度势，豁得出去，耐得住等待，这样"现实主义"的人在现实世界中最可能成功，所以袭人在大观园如鱼得水，在贾家败落之后，还能笑到最后。

只是，如果说袭人爱宝玉，肯定有误解。不是对袭人，就是对爱情。

那些喜欢袭人、认为袭人是完美妻子的男士，我起初对此非常不理解，甚至有些成见，后来似乎理解了——对他们来说，女性的爱就是柔顺恭谨、体贴入微加仰望自己，长得不美、没文化、也无趣，等于安全，不复杂，不烦人，不费力。如果有人对他们力证这不是爱，我猜他们会说：我感觉好就行，爱不爱的，不重要。对这样的男士而言，自己放手之后，对方立即转向他人，不但没问题，也许还更好。所以钗黛之争还没争明白，袭人已经暗暗夺走了不少赞成票。

这就说到了宝钗，宝钗爱宝玉吗？这也是一个公案。宝钗这个人不容易说清楚，她爱不爱宝玉，是一个闺秀的内心隐秘，更不容易说清楚。

若说她不喜欢宝玉，那她为什么对暗示金玉良缘的"沉甸甸的"金锁那么重视、"天天戴着"？为什么对元春赏的、和宝玉一样的红麝串子马上戴在腕上？她为什么总往怡红院去？为什么宝玉挨打她会失态？为什么端方矜持的宝姑娘会在宝玉睡着的时候一不留心就坐在他身旁为他绣起了兜肚？……

她对宝玉，大概有<u>丝丝缕缕</u>的喜欢吧。一方面是豆蔻年华青春情愫的自然萌动——即使吃冷香丸也不能完全压制，宝姑娘毕竟也是人；另一方面是她遇到了一个难得至珍稀地步的机缘：和一个年貌相当的异性长时间的相处和相对自由的来往。这样的男子，对她来说，应该并没有第二个。而且，她和他还共处于一个养尊处优、远离尘嚣、诗情画意的环境里，这样的环境，实在是适合少男少女想点心事的。

但，喜欢不是爱。看看两人三观的差异，性格的差异，就知道了。宝玉接受不了宝钗的主流和正经，宝钗更接受不了宝玉的非主流和不正经。爱情发生必不可少的欣赏、敬意，爱的过程中的相投、默契，对他们都是很难发生的事情。

宝钗理性，经历的事情也多，在很多方面都比宝玉成熟。如果说袭人有点像宝玉的小保姆，宝钗的无所不知和进退有度则更像他的家庭教师——虽然高贵冷艳，常常激发起他对异性的兴趣，但却是他的家庭教师。记得在哪里读过一句话：宝钗根本看不上宝玉。想一想，应该是。宝钗有如此资质，多半会觉得宝玉太不争气。看她对宝玉的苦口婆心，这位家庭教师要不是自己没有机会，早就冲出去自己参加科考，蟾宫折桂，光宗耀祖，世事洞明，人情练达，一切做得行云流水功德圆满。她也隐隐明白宝玉劝不醒，所以她劝宝玉，说不定只有几分是不忍其荒废，另有几分是闲着也闲着，随便聊聊天而已。但宝姑娘聊天也必须在规矩方圆之内，偏宝玉对这些特别过敏，所以就显得宝钗也经常在劝宝玉约束宝玉。其实可能就是聊天罢了。若把这些当成未来二奶奶的算计，则未免把宝钗想得太锋利太局促也太实用了。宝钗不至于那么土。

宝姑娘的痛苦，应该并不在宝玉不爱她，而在于她没得选——她的终身大事，不由她自己决定，她有头脑有眼光也没有机会去鉴别和选择；如果要找一个人寄托一下隐秘的青春情愫，除了宝玉根本没有第二个人选。

不说容貌与家庭出身，宝钗是这样一种人，她是一整套规范的优等生：她平和娴雅、随和周全的作派，滴水不漏，毫不费力，可以打满分；她的文化修养、世俗经营和生存头脑，也是所有人里的冠军；她对人性的洞察、她处理事情的张弛有度和对人的绵里藏针，一旦作为当家少奶奶，也会身手不凡井井有条，而且她肯定不会像凤姐那样因为待下人苛刻而落人话柄、遭人诟病。这样的一个宝姑娘，在一定层次之上，可嫁的范围之内，她无论嫁给谁都会是一个好妻子。倒是黛玉，除了嫁给宝玉，嫁给谁都是一场灾难。黛玉成为好妻子的可能，只有一个，就是嫁给宝玉。她不可能嫁给宝玉以外的任何一个人而不给自己和对方带来灾难。而宝钗，有其他很多可能性，对她来说，有的应该比嫁给宝玉好。同样是不爱，但她说不定能找到一个让她心悦诚服或至少尊敬得起来的丈夫，这一点对其实也心高气傲的宝姑娘应该是重要的吧。

但无论如何，宝钗最后应该是成了宝玉的妻子。在他们成婚之后，袭人的姨娘身份也应该会"过了明路"。所以在曹公原来的后四十回或者他的构想中，宝玉应该是有过一段世俗的"幸福时光"的：宝钗为妻，袭人为妾。多么圆满的幸福，多么可笑的圆满。

宝玉不是世俗中人，这样的时光留他不住，所以他还是悬崖撒手了。

这时候，大观园已经荒废，满眼的繁花已经谢了，连叶子也飘零尽净，大雪已经在路上。这位见证了繁华、温柔、痴情和幻灭的人，终于向空无走去。他一举步，大雪就飘下来了。世界渐渐成了一片空无，而他走着，走着，和空无浑为一体。爱过，没爱过，一片白茫茫中，了无痕迹。

生生世世不愿见此人

贰

07

袭人真是个人物。她表面上是谦恭温顺的大丫鬟，有时候还是任劳任怨的受气包，但其实她是怡红院里不显山不露水的狠人、心机王。丫鬟里的恶人秋桐、宝蟾和她相比，真是无脑泼妇、跳梁小丑，袭人如果有闲心想到她们，肯定笑掉大牙。

很多人对袭人有误解。

误解一，袭人心地纯良，贤惠温顺，勤勉谦恭，低调踏实。不但对宝玉忠心耿耿体贴入微，对身边所有人也都与人为善。

误解二，袭人老实本分，恪尽职守，兢兢业业，大公无私，时时处处息事宁人，不但是称职的首席大丫鬟，而且是怡红院的安定因素。

误解三，袭人识大体，明大义，头脑清楚，遵守职场生存法则，情绪稳定，职业化程度高，是个好员工。（相反，晴雯是把职场当成了家，一手好牌打得稀烂。）

误解四，袭人的提升是她自己长期踏实努力的结果，绝不是告密、出卖换取的。（正如晴雯的悲剧是她自己"作"出来的，咎由自取，怪不得别人。这样说的人就差给王夫人送锦旗了，上书：神目如电，查察奸佞，知人善任，德威并行。）

若是问我对袭人怎么看？一时竟也不知从何说起。袭人何等人也？她的破绽并不容易找。

还是从破绽百出、名声不好的赵姨娘那里下手，由王熙凤骂赵姨娘说起吧。

第二十回"王熙凤正言弹妒意"特别好看。当时赵姨娘骂贾环，顺便发泄内心长期的郁闷和不满，话说得很粗鄙，老天爷也听不下去了，于是——

> 可巧凤姐在窗外过，都听在耳内，便隔窗说道："大正月又怎么了？环兄弟小孩子家，一半点儿错了，你只教导他，说这些淡话作什么！凭他怎么去，还有太太老爷管呢，就大口啐他！他现是主子，不好了，横竖有教导他的人，与你什么相干！环兄弟，出来，跟我顽去。"

这段夹冰带火的话非常厉害，表面上对贾环是有所袒护和抬举，其实是严重敲打赵姨娘：你不是主子，别忘了自己的身份！而贾环同学，你虽然是主子，但如果你听你娘的话，就是听一个姨娘的话，而且是心思不正的姨娘，那你就是"自己不尊重、要往下流走"（后面骂贾环语）。凤姐这是一个巴掌打了两张脸，同时对母子二人一体棒喝。凤姐还打出了太太、老爷的旗号，这是祭出了家族伦理和礼法的大法宝。这样难听的话，赵姨娘听了不敢作声。凤姐一个人她就招架不住，何况背后是太太和老爷、老太太，何况家族伦理和礼法。

这时的凤姐，确实非常厉害，"凤辣子"的火力全开，得理不饶人，有点过头了（所以很快就被赵姨娘暗算），但按照当时的主流观念，她大方向是对的，她所说的道理没错——连曹雪芹都是"站"凤姐的，明确说她这番话是"正言"。因此，不要说赵姨娘平时怕凤姐，即使她不怕凤姐，也无言以对，于是立即噤若寒蝉。做姨娘的人，身份一半是主子，一半是奴才，她们的生存之道，其实是以退为进，自认百分之百的奴才，那么主子高兴了，就会说：也不尽然，你也是半个主子呢。如果不能这样时时处处"低到尘埃里"，至少也要低调稳妥，本分自保，不要激发正牌主子的怒气和旁人的斗志，来撕开温情幕布（虽然半透明但还是有这么一道幕布的），点明尴尬的"奴"的那一半，弄得自己下不了台。

凤姐这段话让我想起袭人。是的，凤姐骂赵姨娘，却让我想起了怡红院中那个"没过了明路"的准姨娘——袭人。

就在凤姐开销赵姨娘的前一回——"情切切良宵花解语"中，"袭人自幼见宝玉性格异常，其淘气憨顽自是出于众小儿之外，更有几件千奇百怪口不能言的毛病儿。近来仗着祖母溺爱，父母亦不能十分严紧拘管，更觉放荡弛纵，任性恣情，最不喜务正。每欲劝时，料不能听,今日可巧有赎身之论,故先用骗词,以探其情,以压其气,然后好下箴规",袭人玩心理战术成功拿下宝玉,然后给他提了一大堆似主流非主流、似贴心非贴心的要求。

"我有一个梦想",就是在这个时候,凤姐正巧从怡红院的窗外过,听见这番话,心头火起,隔窗训斥袭人:"大正月又怎么了?宝兄弟小孩子家,一半点儿错了,你说这些淡话作什么!凭他怎么去,还有太太老爷管他呢,不用你费这些闲心!他现是主子,不好了,横竖有教导他的人,与你一个丫鬟什么相干!宝兄弟,你出来,我带你到老祖宗那里玩去!"

试问,如果凤姐这样说了,袭人该如何回答?话虽难听,但是一把撕开了"情切切""良宵"的粉红纱幔,真相暴露无遗:袭人以大丫鬟的身份,做的是完全逾越本分的事情,而且动机表面是"为你好",其实是为了实现自己的野心,对宝玉大加控制与辖制。

也许有人会问,凤姐对赵姨娘至少还客气了半句"你教导他",对袭人怎么没有这半句呢?这真不是我不尊重袭人,实在是她和赵姨娘虽然同为奴才,但身份和辈分仍大有不同,赵姨娘是正式的姨娘,袭人是大丫鬟;赵姨娘的主人是老爷贾政,而且生了一女一儿;袭人的主人是少爷宝玉。还有,关系也不同,赵姨娘是贾环的亲生母亲,母子关系——就算庶出的孩子要认嫡母,赵姨娘总归是庶母、生母;而宝玉和袭人呢?是主仆。即使是有特殊关系,也是她自己先行一步,最多也只能说是实际上的通房丫鬟,正在努力跋涉在成为姨娘的路上,身份仍然是首席大丫鬟。亲生母亲、正牌姨娘赵姨娘,尚且没有资格教训亲生儿子贾环,大丫鬟袭人就有资格管教、约束荣国府的凤凰、自己的主人宝玉？道理就是这样明摆着的。

再者，明知"老爷太太都不十分拘管他"，她却凭空天降大任于自己，要独立完成这个不可能的任务。这是何等惊人！但是袭人做了，还暂时取得了表面成效，而且没有人质疑，更没有人斥骂，反而一片喝彩：觉得她忠心、贤德、温柔、细致。她以铁壁合围战术打心理战，她欲擒故纵、声东击西，她在会伺候人的表面之下会攻心，她说话嗓门低且柔，她好像完全没有自己，真是显得句句是道理，句句"为你好"……不要说宝玉，就是脂砚斋老先生，也对袭人满口称赞。第二十一回的回目有"贤袭人娇嗔箴宝玉"，对袭人冠以不知褒贬的"贤"字，脂批连忙在"贤"后评曰："当得起"。

袭人真厉害，不声不响，钻了人心的空子。因为人性有个弱点，不论地位如何，要么喜欢被仰视，要么喜欢被照料，如果二者兼得，那就战无不胜。袭人来到宝玉面前，先跪下去，一边仰望着宝玉，像小草仰望太阳；一边无微不至地照顾你，然后似乎时时用心良苦，小心谨慎，又能在夜半无人时温柔娇俏，轻声细语以进"忠言"。

不要说搞定了宝玉，袭人还大面积收服了人心。第二十四回，宝玉缠着鸳鸯要吃她嘴上的胭脂，鸳鸯叫袭人："袭人，你出来瞧瞧。你跟他一辈子，也不劝劝，还是这么着。"

这和黛玉当着宝玉的面叫袭人"好嫂子"一样，虽有戏谑，但都是对袭人为人和"准姨娘"身份的认可。

夏坚勇在《魏晋风度及避祸与贵人及虱子之关系》中这样评价被嵇康公开绝交，但却是真正的朋友的山涛："确实，这样的人在任何时代都会活得滋润些，我们没有理由指责他们，若排除告密和倾陷，'世故'其实并不是贬义词。"说得很对。

但是有一种世故，与山涛这样世故的君子，或者说正派的世故者不一样，叫作袭人式世故。袭人式世故，充满了虚伪和算计，也离不开告密和倾陷，而且很难辨察。

清人涂瀛评价："苏老泉辨王安石奸，全在不近人情。嗟乎，奸而不近人情，此不难辨也，所难辨者近人情耳！袭人者，奸之近人情者也。以近人情者制人，人忘其制。以近人情者谗人，人忘其谗。约计平生，死黛玉、死晴雯，逐芳官、蕙香，间秋纹、麝月，其虐肆矣。"虽然对袭人的一生事业有所夸大，不过对袭人的理解是很有见地的。

涂瀛对袭人的评价用了一个很精准的词：柔奸。

在说宝钗时，坚定的拥黛派涂瀛也能公正肯定宝钗的修养和度量："宝钗静慎安详，从容大雅，望之如春。以凤姐之黠、黛玉之慧、湘云之豪迈、袭人之柔奸，皆在所容。"在这里，他用一个词来概括每个人最重要的特质，凤姐是"黠"、黛玉是"慧"、湘云是"豪迈"、袭人是"柔奸"。

用"柔奸"来说袭人，真是绝妙。

这样的人，实在不容易看清楚。因为她表面上很柔很谦卑——她演得好，内外反差大得惊人，早早拿定了主意，同时能把内心藏得很好。

黛玉进贾府的第一天，袭人就出场了。和王熙凤、宝玉不同，她是夜里出场的。袭人是属于夜晚的。难怪她后来说自己的心"只有灯知道罢了"，还真是，她几乎不和人交心，只和灯交心。她是宝玉身边的大丫鬟，她原来是贾母的一等丫鬟，因为贾母溺爱宝玉，生怕他身边的人（按宝玉的规格只能用二等丫鬟）不够竭力尽忠，而袭人"心地纯良，克尽职任"，就把她给宝玉当丫鬟了，工资还是在贾母那边领，这样别人对宝玉的破格待遇就没有话说。袭人本来叫珍珠，宝玉喜欢玩文字游戏，因为她本姓花，宝玉读过"花气袭人知骤暖"，而给她改名为袭人。

袭人是什么样子的呢？贾母眼中，她是个不言不语、锯了嘴的葫芦，优点是纯良、老实、尽责，没有提到她的外貌、针线，大概就是正常水准；王夫人在最抬举袭人的时候，对贾母也只能这样说："虽说贤妻美妾，然也要性情和顺、举止沉重的更好些。就是袭人模样虽比晴雯略次一等，然放在房里，也算是一二等的了。"其实就是长得一般，也没有什么特长，只是合了王夫人的心意。举止稳重？王夫人真是想多了，所以王夫人始终是个糊涂蛋。对王夫人而言，袭人的好处是对自己忠心、可靠，有大局观，可以帮忙约束宝玉，在王夫人母子的切身利益上被王夫人看作是自己的坚定同盟；袭人自己也知道：自己属于看上去粗粗笨笨的，虽然上司用起来趁手省心，但宝玉绝不是非自己不可，如果自己离开了，自然有好的补充进来，所以她日夜悬心，时刻琢磨着自己的前程，如果将袭人的心路历程写成一本"成功学"的书，书名应该是《一个小人物加文盲的改命大逆袭》。

再看看局外人的看法，贾芸，他第一次见到袭人，也只是觉得她"细挑身材，容长脸面"，身材不错，容貌平平。贾芸是与袭人年龄相仿的年轻人，是异性，又是在宝玉房中，是袭人的主场，他看袭人应该是能看出袭人的最高分的，但连他都觉得乏善可陈。

袭人确实长得不美，也不算灵透，也不伶俐，那么她是个什么样的品性呢？"这袭人亦有些痴处：服侍贾母时，心中眼中只有贾母；如今服侍宝玉，心中眼中又只有一个宝玉。只因宝玉性情乖僻，每每规谏宝玉不听，心中着实忧郁。"这里曹雪芹又玩障眼法，不知道袭人和相信袭人的人，到底谁痴。说到"忠"字，袭人当然是"忠"的，她忠于她自己。但是她就是能给人服侍哪个主子、心里就只有哪个主子的"痴忠"印象，这岂是普通手段、寻常女子？

袭人显得很懂事、很无辜，而且特别负责，能主动担当。不过，她这一主动担当不要紧，宝玉的教引嬷嬷、乳母都形同虚设了。

清代皇子们出生后，就有保母和乳母各八人，断乳以后，增加若干名教他们饮食、言语、行步、礼节的"谙达"——意为精通某一项专门技能的老师，世家大族的子女则有"教引嬷嬷"，其职责与"谙达"相仿。那么，贾府的子弟们有教引嬷嬷吗？有。宝玉身边的李嬷嬷比较有存在感，曹雪芹没有明确写他有教引嬷嬷，但是看黛玉到了以后，贾母给她的安排是：和迎春等姐妹一样，除了自幼的乳母之外，另有四个教引嬷嬷，两个贴身丫鬟，五六个洒扫房屋和往来跑腿的小丫鬟。迎春、探春、惜春、黛玉等人都有，宝玉肯定也有。贾母说宝玉得到纵容的原因之一：他虽然在家淘气、各种"出圈"，但是见了外人礼数周全、举止大方，颇给家长长脸。因何能如此？因为他自幼有教引嬷嬷教育、元春长姐教识字读书，后来又断断续续有家庭教师教导。说宝玉不读书，其实只是说他不愿当应试型选手，讨厌读八股文章，但他从文化、修养、礼数直到仪容、谈吐、风度都是相当出色的。宝玉的这些优点，袭人都不懂，她只管自居式代入宝玉的管家加小母亲，她还很焦虑、很不满意、很没有安全感。明明贾母是让她在生活上照顾好宝玉，但她太"自觉"了，自觉身兼多职，先立下了要当姨娘、将来争荣夸耀的大志，然后一心要管束和改造宝玉。

在忠心、本分的表面之下，袭人一上来就不简单。她身为大丫鬟，实际上的通房丫鬟，但同时兼了管家、教引嬷嬷、长姐、半个母亲了。她可真能自居。这要不是僭越，那什么叫僭越？奇怪的是，主子们还都觉得她老实。因为会服侍人，因为身段够低，因为演得够纯熟。李嬷嬷后来骂袭人，虽然是因为失落而迁怒，不过袭人的"积极进取"就是李嬷嬷被彻底边缘化的原因之一，李嬷嬷讨厌她也不无原因。

喜欢袭人的人，会强调她在酥酪被李嬷嬷吃了之后的息事宁人、通情达理，就真的信了袭人的"贤"。其实她是另有大事情要和宝玉过招，哪里顾得上和李嬷嬷纠缠？她平时对李嬷嬷当然也是不放在眼里，不然李嬷嬷也不会借题发挥，把她骂一顿。就算李嬷嬷心里不痛快，也会找别的丫鬟出气的，找袭人，就是因为袭人带头对她不怎么样。

同一个李嬷嬷，看看凤姐是如何对待的？李嬷嬷在宝玉房里被激怒，凤姐听到嚷嚷，连忙赶过来，拉了李嬷嬷，笑道："好妈妈，别生气。大节下老太太才喜欢了一日，你是个老人家，别人高声，你还要管他们呢，难道你反不知道规矩，在这里嚷起来，叫老太太生气不成？你只说谁不好，我替你打他。我家里烧的滚热的野鸡，快来跟我吃酒去。"一面说，一面拉着走，又叫："丰儿，替你李奶奶拿着拐棍子、擦眼泪的手帕子。"

这是荣国府总经理凤姐处理突发事件的一次"危机公关"，

黛玉等人都夸她干得漂亮。但其实，虽然是表面文章，虽然主要是为了平息风波，但凤姐确实给足了李嬷嬷脸面和台阶，事实上对这么一个退休乳母还是不错的。

再看凤姐对贾琏的奶妈赵嬷嬷是何等亲切抬举——

> 一时贾琏的乳母赵嬷嬷走来，贾琏凤姐忙让他一同吃酒，令其上炕去。赵嬷嬷执意不肯。平儿等早于炕下设下一机，又有一小脚踏，赵嬷嬷在脚踏上坐了。贾琏向桌上拣两盘肴馔与他放在机上自吃。凤姐又道："妈妈很咬不动那个，倒没的砼了他的牙。"因向平儿道："早起我说那一碗火腿炖肘子很烂，正好给妈妈吃，你怎么不取去，赶着叫他们热来？"又道："妈妈，你尝一尝你儿子带来的惠泉酒。"（第十六回）

等到明白赵嬷嬷想要给两个儿子谋个好差事，抱怨贾琏指望不上，要拜托凤姐的时候，凤姐的应对也十分可人：

> 凤姐笑道："妈妈你放心，两个奶哥哥都交给我。你从小儿奶的，你还有什么不知道他那脾气的？拿着皮肉，倒往那不相干的外人身上贴。可是现放着奶哥哥，那一个不比人强？你疼顾照看他们，谁敢说个'不'字儿？没的白便宜了外人。——我这话也说错了，我们看着是'外人'，他却是看着'内人'一样呢。"说的满屋里人都笑了。（第十六回）

若说凤姐是当面送人情，只是嘴甜，那就冤枉了凤姐。不一会儿贾蔷来了，凤姐马上现场办公，推荐了赵嬷嬷的两个儿子，当场把名字都告诉贾蔷，行云流水，一气呵成。确实是真帮忙的。

深层原因有几条，其中有一条，就是凤姐与贾琏是有夫妻情分的,所以自然而然爱屋及乌;而袭人不同,她和宝玉乳母在宝玉身上是有依恋股份和影响力之争夺的。加上她虽然一心选中宝玉做长期饭票,但并不爱宝玉,所以对宝玉的乳母就更没有感情,能帮着宝玉哄她高兴的时候也不肯操半点心去哄哄。

不能想象李嬷嬷在绛芸轩或怡红院有赵嬷嬷这样的待遇。所以出了名的"贤袭人"的谦和礼让,也是看人的,在对待乳母的温度上,还不如一般人认为心狠手辣、贪财弄权的凤姐。但,凤姐就是被认为狠毒,袭人就是被认为温良,世界上的事情,就是这样有趣。

袭人是宝玉初试云雨的对象。与宝玉偷试云雨之事,袭人有"合法性"吗?这一点也是不同看法各执一端。

第六回,宝玉初试云雨情的时候,有两个细节很重要,一是,比宝玉大两岁,已经渐通人事的袭人,给宝玉换中衣的时候,含羞笑问是怎么回事。宝玉就将梦中的事细说给袭人听,说到关键之处,袭人羞涩地掩面伏身而笑。脂批说:"既少通人事,无心者再不复问矣,既问,则无限幽思,皆在于伏身之一笑,所以必当有偷试之一番。"确实如此,连喜欢袭人的脂批都认为,袭人是有心的,她表面上半推半就,其实是暗暗主动的。

二是,"老实本分"的袭人,这样犯规抢跑、这样私相授受,依然能保持她是个老实本分的人设。因为她的理由信手拈来——"袭人素知贾母已将自己与了宝玉的,今便如此,也不为越理"。"素知"这两个字厉害,原来贾母早就有这个意思,袭人一向都是知道的。贾母什么时候说的?或者什么时候暗示的呢?书里没有,但老实人袭人这样有把握,自然是不会错的。这件事情之后,她肯定也是这样对宝玉进行心理建设的。宝玉对朝夕相处、伺候自己很细心的人，本就温柔亲密；作为少年，对第一个与自己发生亲密关系的异性，当然会另眼相看，所以宝玉看袭人"更与别人不同"。本来这是偷吃禁果，但袭人把性质改写成：这是在家长默许之下的"合理"行为。也就是说，在以云雨欢爱笼络了宝玉之后，袭人仍然维持了守规矩、听主子话和受家长信任的好人设，仍然对宝玉有管束和劝谏的职责，袭人在怡红院的地位就真正确立起来了。

袭人说的"素知"贾母把她给了宝玉的，就是贾母打算将来要让她做宝玉的通房丫头乃至妾室的，但事实究竟如何呢？

让贾母自己来说吧。贾母的回答是：我怎么不知道？

第七十八回，王夫人已经把晴雯赶出去了，然后找了机会向贾母先斩后奏，贾母对其他的小女孩被遣散不太在意，唯独对王夫人处置晴雯表现了异议，说："晴雯那丫头我看他甚好，怎么就这样起来。我的意思这些丫头的模样爽利言谈针线多不及他，将来只他还可以给宝玉使唤得。谁知变了。"

贾母对晴雯全面肯定，非常欣赏。而且她已经在宝玉房中当大丫鬟了，贾母还说"将来""给宝玉使唤"，可见是要换一种身份在宝玉身边待下去。而且还说"只他"，也就是贾母选定的只有晴雯，没有晴雯和袭人二人兼容的意思。所以，贾母一向看好的是晴雯，袭人的"素知"就算不是撒谎，也纯粹是道德上的自我赦免，为上位找借口罢了。欲望强烈到一定程度，有理由要做，没有理由创造出来也要做。自欺欺人算什么？

王夫人处置了贾母看重的晴雯，这时候就很拙劣地辩解了一番,说她得了女儿痨,又说她有些调歪,不太稳重。然后大约为了释放心理压力,把先斩后奏的事情一揽子说出来,干脆推出了袭人——"就是袭人模样虽比晴雯略次一等,然放在房里,也算得一二等的了。况且行事大方,心地老实,这几年来,从未逢迎着宝玉淘气。凡宝玉十分胡闹的事,他只有死劝的。因此品择了二年,一点不错了,我就悄悄的把他丫头的月分钱止住,我的月分银子里批出二两银子来给他。不过使他自己知道越发小心学好之意。且不明说者,一则宝玉年纪尚小,老爷知道了又恐说耽误了书;二则宝玉再自为已是跟前的人不敢劝他说他,反倒纵性起来。所以直到今日才回明老太太。"

贾母听了,当然不会当众表现出对儿媳妇这些举措的不满,而是有保留地肯定了一通,但细品之下也褒贬不明。贾母对袭人是什么评价呢?在她印象里,"袭人本来从小儿不言不语,我只说他是没嘴的葫芦。"在王夫人这样力推袭人的情况下,贾母都没有顺水推舟夸上一句,可见袭人不是贾母喜欢的类型,就是觉得她忠心勤谨,送她去给宝玉当小保姆的。贾母觉得王夫人愚蠢,辜负了自己对宝玉的美意,而且看人没有眼光。

后面贾母还说了一番题外话:"我深知宝玉将来也是个不听妻妾劝的。我也解不过来,也从未见过这样的孩子。别的淘气都是应该的,只他这种和丫头们好却是难懂。我为此也耽心,每每的冷眼查看他。只和丫头们闹,必是人大心大,知道男女的事了,所以爱亲近他们。既细细查试,究竟不是为此。岂不奇怪。想必原是个丫头错投了胎不成。"这番话有点奇怪,王夫人擅自赶走了贾母喜欢

· 289 ·

的晴雯，提拔了贾母觉得乏味的袭人，贾母为什么聊起了宝玉？

老太太对王夫人这番操作当然不高兴了，这个没见识没水平的儿媳妇让老太太啼笑皆非了，她这是弦外有音地在敲打王夫人。第一个意思是，你想用袭人来帮你管束宝玉，你想得美，宝玉不会听袭人的。袭人这一味你认为的特效药不可能发挥你所指望的功效。第二个意思，既然重用袭人的主要目的必将落空，你选中袭人就纯粹是眼光有问题。第三个意思，关于晴雯，你不用东拉西扯找借口，不就是你怕她长得好看，和宝玉有私情吗？你想多了。宝玉和晴雯并没有私情，宝玉是另外一种人，我担保他们没问题，你瞎紧张了，但是他们这号人原本也不常见，你的智商和情商有限，所以你冤枉了晴雯、理解不了宝玉，我也不打算怪你。

老太太的水平比王夫人高出不止几个档次，所以这么不痛快的时候，依然有说有笑，还让众人都笑了起来。

王夫人一定以为计划得逞，赶走了狐狸精，把忠诚可靠的袭人扶上了位，还一口气向老太太报告完毕，老太太也基本上认可。其实，贾母心里想的是：你真愚蠢。你这些前言不搭后语的话，是来说给我听的吗？咱们这样的人家，怎么能这样行事？但我总不能当着众人给你没脸，只能点到为止了。晴雯那伶俐丫头，可惜了。宝玉没福气啊。

可以给宝玉安排妾室的还有一个人，就是贾政。他曾说过为宝玉和贾环各看好了一个丫头，过两年会安排。正如第六十五回兴儿所说——"我们家的规矩，凡爷们大了，未娶亲之先，都先放两个人服侍的"，所以，贾母、王夫人、贾政都在考虑这件事。贾政的人选来不及说出，就被窗外意外发出的声响打断了。可能性无非两个，一是自己在府中各处比较满意的大丫鬟。或者就是在宝玉身边的丫鬟里选一个。选晴雯、麝月，还是秋纹、碧痕，都有可能，但不会是袭人，因为她的名字太花哨，贾政一听就不喜欢，而且她相貌平平、资质普通、又有点俗气。让一个不美而平庸、偏偏叫作"花袭人"的丫鬟当宝玉的姨娘，这不是贾政可能的选项。正常情况下，贾政想给宝玉安排一个妾，贾母得知了会说：我早就选中了晴雯，或者他和贾母汇报自己的安排，贾母再提晴雯，贾政绝不会为这等小事违逆贾母，就会同时安排两个姑娘，本来就是机动的名额。

但这母子两个，都料不到宝玉那么早熟，袭人又那么胆大心细有城府，更料不到王夫人那么突然抽疯式管理和诈尸式出手。于是打破了贾母和贾政的所有计划。

袭人表面看上去讲原则、有见识，赢得了王夫人、宝钗和众人的一致认可，仅仅看她和宝玉偷试云雨时的找借口，自我合法化，就知道所谓讲原则，很多时候也都是带表演性的，因此并不可信。

这一点是非常有意思，曹雪芹没有明说，只是在情节之间若有若无地点染一二。警惕袭人的人会品出味道，喜欢袭人的人就根本不多想。人就是如此复杂，生活就是如此复杂，曹雪芹成全我们的见仁见智。

"袭粉"觉得袭人是这样的人：安分守己，忠心耿耿，勤谨柔顺，老实谦和，与人为善，事事周全。第十九回"情切切良宵花解语"时脂批有"亲密浃洽勤谨委婉之袭人"的评价。但其实她极有野心，非常渴望当姨娘，一心想着日后要争荣夸耀——这本不是过错，甚至在她的处境下和当时语境中有其合理性，但是她绝不是许多人理解的柔顺良善之辈。

"情切切良宵花解语",袭人心机深沉,让混世魔王宝玉"在谈判桌前坐了下来",先收拾得宝玉泪痕满面,后哄得宝玉满口答应"都改都改!"这番心思和行动,不知道应该归于"使小性子辖制人",还是归于"装狐媚子哄宝玉"?这还说是事关自己的命运,可能是不得不如此,但是平时呢,她也经常躺在床上,故意不出来迎接,招惹宝玉去找她、推她、和她说话。这就是安分守己、最顾体统的大丫鬟?难怪李嬷嬷要骂,难怪晴雯要讽刺。

在宝玉眼中,袭人"柔媚娇俏",这明显是荷尔蒙干扰看走了眼,因为里面包含了太多性吸引的成分。贾母印象中不声不响的袭人,却在宝玉面前流露出"柔媚娇俏"的一面,这说明什么呢?李嬷嬷和晴雯看袭人,其实是比较清楚的,但是她们掌握不好分寸,话说得难听,效果适得其反,让宝玉和袭人更结成同盟;而且她们都是嘴上凶当面狠,其实没有成算没有攻击力,袭人正相反,平时吃各种亏忍气吞声,关键时刻,说上几句,大观园江山变色。宝玉觉得她们对袭人不善是选软的挤兑,其实不对,袭人绝不是软柿子。

不是软柿子的袭人,却有软肋。第二十五回,宝玉被赵姨娘和马道婆所害,中了邪,一僧一道来救,僧人接过宝玉身上的通灵宝玉,念了几句真言,其中有两句"粉渍脂痕污宝光,绮栊昼夜困鸳鸯。""绮栊昼夜困鸳鸯"人民文学社珍藏版的注解:"是说宝玉在富贵的环境里,整天和姊妹丫鬟们在一起厮混。"似是而非,一方面对宝玉进行了净化、提纯,另一方面唐突了姑娘们。姑娘们怎么能和丫鬟们相提并论？这是十二钗正册和又副册的距离啊。况且，姑娘们和宝玉的相处，都是冰清玉洁的，怎么能说是随便"厮混"在一起？鸳鸯二字，指夫妻关系或男女肌肤之亲，历来没有歧义，因此"绮栊昼夜困鸳鸯"这一句，和姑娘们没有关系，就是怡红院里的隐秘，是宝玉的夜生活，是与青春萌动的欲望有关的，就是指宝玉和几个大丫鬟的性关系。正是这样过于丰沛的性资源，这样频繁发生、耽于肉欲的云雨之欢，导致通灵宝玉本应具有的"除邪祟"功能也不灵验了。

这些丫鬟有几个，是哪几个，书中比较模糊，也不需要弄清楚，但有两点是肯定的：这里面，第一个就是袭人。以及，绝对没有晴雯。

袭人能够带着这样的软肋被最提防狐狸精、最恨有人勾引宝玉的王夫人提拔，真是功力非凡。王夫人到最后，都不知道自己收获了何等的讽刺。

都说袭人痴心，服侍谁就心里只有谁，当然是她的人设，她的自我宣传。袭人虽然有奴性，但却是"有选择性的"奴性，因为实际上她对主人并不忠心。她的第一个主人是贾母，她明知晴雯也是贾母分派给宝玉的，却依然将晴雯当成最大竞争对手各种忌惮，后来还擅自投靠王夫人，这是对贾母不忠不敬。她的第二个主人是宝玉，她一方面把宝玉当成终身依靠（长期饭票），一心要搞定姨娘之位，一方面为了投靠王夫人，在宝玉挨打之后，在王夫人面前进言，说应该把宝玉从大观园里搬出来，因为要加强男女之大防，预防宝玉和哪位姑娘闹出丑闻。王夫人又惊又喜，便和袭人正式成交：王夫人把宝玉交给袭人"留心保全"（让袭人盯紧宝玉），袭人得到半公开的姨娘之位。袭人的这番话,完全背叛了当下的主人宝玉——宝玉是多么想住在大观园,宝玉是多么喜欢和姐姐妹妹们自在相处,宝玉和黛玉是多么洁净空灵的关系。袭人一番话,怡红院、潇湘馆的根基都动摇了。

袭人对王夫人的表白,其实是双重的不忠和不敬:第一层是违背宝玉的利益和心愿,对宝玉是背主不忠,甚至可以归于"以奴告主";第二层是以丫鬟的身份,非议元妃和贾府上层的旨意——让宝玉和姐妹们一起住进大观园,是元妃的安排,元妃的旨意,连贾政都遵从,而袭人何许人?一个丫鬟,居然在议论这个安排不妥,希望王夫人做出调整。这么一说,有没有一点毛骨悚然的感觉?这样的人,居然被认为懂大道理,有心胸,周全,居然被满口脸面、规矩的王夫人赞赏得无以复加。有王夫人这样的女主人,荣国府确实是气数已尽。

还有,袭人居住于怡红院,栖息于大观园,但却出于一己之私,在王夫人面前N次告密,为抄检大观园做了很大的铺垫,导致大观园花柳凋残、人心惶惶。弄死晴雯算什么?黛玉之死,也和她脱不了干系。黛玉从来没有贬低过袭人,在李嬷嬷臭骂袭人的时候,还在宝玉面前替她说话。到怡红院看到宝玉和袭人都情绪不正常,还拍着袭人的肩,笑道:"好嫂子,你告诉我。必定是你们两个拌了嘴了,告诉妹妹,替你们和劝和劝。"这是善意的调侃。袭人忙说自己是丫头,黛玉说:"你说你是丫头,我只拿你当嫂子待。"这个现代年轻人不容易理解的"不排他"细节,其实在当时的婚姻制度下是正常的,在当时,小姐、夫人和妾室之间是楚河汉界,所以黛玉这样说是符合她的身份的——她是宝玉的妹妹，袭人是她哥哥的屋里人。当然宝玉之于黛玉不仅是表哥，更是心上人，但是因为正室夫人和妾室、通房丫头划然两界，她再紧张宝玉，再敏感，再多心，也只会吃宝钗、湘云这些同一界的人的醋，她不会对另一个界的人发生情绪反应。虽然如此，黛玉的态度仍然说明黛玉对袭人的认可，表现了她身上不常见的和善与轻松。但袭人这个努力掌控宝玉的人，深知黛玉在宝玉心目中的地位，知道黛玉对宝玉的影响力，所以她最不希望、最怕宝玉娶黛玉。明乎此，袭人对黛玉的阴狠"报答"就不那么出人意料了。

给了袭人无限欢乐和机会的大观园，她毫无预警地反咬了一口。这是这个人生目的论者对大观园中那批人生过程论者所能做的最大的坏事。

这样一个宝玉，生活在这样的大观园内，和一群姐姐妹妹、青春少女们共同拥有一个伊甸园，这样超低概率的事情，是建立在一系列高门槛条件上的。第一，这里是钟鸣鼎食、诗书簪缨的荣国府。第二，贾政夫妇有一个贵妃女儿元春。第三，荣宁二府有实力修建这样一个用于省亲的别墅加大园子。第四，这个园子非常高水准，而且富有艺术感，是人间仙境级别的。第五，宝玉是贾政夫妻唯一嫡子，贾母宠溺宝玉，加上宝玉身体单弱，所以宝玉从小有特权和姐妹们一起娇养，阖府上下已成习惯。第六，元妃不愿意园子寂寞荒凉，下旨让姐妹们进大观园住。第七，元妃深知宝玉在家的待遇与祖母对他的偏爱，加上自己也特别疼爱幼弟，所以特许宝玉和众姐妹一起住进园子里。第八，住进这个园子的姑娘们，都是品貌不俗、文彩精华、各有优长的少女。

所以，不要说外面的人，就是在荣宁二府之中，这个园子也是高出半截的所在，这个园子里的人在心理重视、物质待遇、人员保障等方面，都是重中之重，一句话，大观园是得到最大优待的园中之园，这里面的姑娘、少爷，连同大丫鬟、管家奶奶、乳母等，都是人上之人。

袭人一生最欢乐的时光，也是在大观园里的。但是，她更看重的是出人头地、争荣夸耀的前程，所以，在善良和机会尚未发生冲突的时候，她就抢先、毫不犹豫地选择了机会。袭人是不精致的利己主义者，面柔心硬，主动作恶，最缺乏女性的柔软心肠。在这一点上，她和晴雯、平儿、紫鹃、鸳鸯等好女儿有很大的区别。

大观园里起诗社，李纨率领姑娘们去找凤姐拉赞助，凤姐说：我要是不给你们钱，不成了大观园的反叛了吗？还想不想在这里吃饭了？"大观园的反叛"，这几个字真是振聋发聩。袭人才是"大观园的反叛"。

袭人有没有对晴雯下手？曹雪芹瞒得我们好苦。这些地方，"曹雪芹从来不肯说一句'老实话'，屡屡在情节边界处有意造成断裂与破损。……他让自己的小说具备了如生活本身一般的复杂性和不确定性。"（江苏凤凰文艺出版社2023年4月版《脂砚斋重评石头记》正文前导读、计文君《生命之书》）

曹雪芹只明写了王善保家的诬告。但是除了王善保家的，就没有别人吗？七十七回写了："原来王夫人自那日着恼之后，王善保家的去趁势告倒了晴雯，本处有人和园中不睦的，也就随机趁便下了些话。王夫人皆记在心中。""随机趁便下了些话"里当然不止一个,但里面没有袭人,你信吗?连被袭人哄得团团转、一向信赖依恋她的宝玉都不信了——

宝玉哭道:"我究竟不知晴雯犯了何等滔天大罪!"袭人道:"太太只嫌他生的太好了,未免轻佻些。在太太是深知这样美人似的人必不安静,所以恨嫌他,像我们这粗粗笨笨的倒好。"宝玉道:"这也罢了。咱们私自顽话怎么也都知道了?又没外人走风的,这可奇怪。"袭人道:"你有甚忌讳的?一时高兴了,你就不管有人无人了。我也曾和你使过眼色,也曾递过暗号,倒被那别人已知道了,你反不觉。"宝玉道:"怎么人人的不是太太都知道,单不说又但不挑出你和麝月、秋纹来?"袭人听了这话,心内一动,低头半日,无可回答,因便笑道:"正是呢。若论我们也有顽笑不留心的孟浪去处,怎么太太竟忘了?想是还有别的事,等完了再发放我们,也未可知。"宝玉笑道:"你是头一个出了名的至善至贤之人,他两个又是你陶冶教育的,那里还有孟浪该罚之处!只是芳官尚小,过于伶俐些,未免倚强压倒了人。若说四儿,是我误了他,还是那年我和你拌嘴的那日起,叫上他来作些细活,未免夺占了地位,讨人嫌,致有今日。只是晴雯也是和你一样,从小儿在老太太屋里过来的,虽然他生得比人强些,也没妨碍着谁,就是他的性情爽利,口角锋芒些,究竟也没有得罪你们。想是他过于生得好了,反被这好所误。"说毕,复又哭起来。

信息很密集,但是指向很明确,不是袭人是谁。毕竟她连宝玉的状都敢告,连宝钗都敢拿出来做幌子,连黛玉都敢说出来做靶子,毕竟她平时连黛玉、湘云的醋都敢吃,斗倒区区一个晴雯,算什么能为？晴雯若不死在王夫人和王善保家的这些人手中，如果晴雯继续留在宝玉身边，早晚也会死于袭人之手的，只不过是时间问题。

其实王夫人训斥怡红院上下的话里也有提示："打量我隔得远，都不知道呢？可知道我身子虽不大来，我的心耳神意，时时都在这里。"虽然王夫人说得自己有如神明，但我们知道，她的"心耳神意"肯定是附在某个人身上的，这个人是绝对效忠于她，而且日夜在宝玉身边，宝玉对她全然信任、全不设防，所以才会被卖个底儿掉，那些平时的小儿女、暧昧小心思的私语，才会被听得清清楚楚，也汇报得清清楚楚。能做到这个地步的，不是袭人，还有第二个人吗？

王夫人处置的人，不止晴雯，还有四儿、芳官，都是宝玉器重的、美貌灵动的丫鬟，对袭人有威胁的，如果说这是诛心，那么王夫人"所责之事皆系平日私语，一字不爽"，难道是她们自己出卖了自己吗？除了像宝玉影子一般的袭人，除了所有人认为平和大度因此全不设防的袭人，别的人有这个可能吗？王夫人的处理确实不高明，都不保护自己的线人了。

袭人自己的态度也露出端倪。王夫人清洗怡红院，突遭变故的宝玉不敢多说，俯首帖耳地一直跟送王夫人，回来的路上就开始想不通："谁这样犯舌？况这里事也无人知，如何就都说着了？"进来看到袭人在那里垂泪。好一个垂泪，这是怡红院首席大丫鬟最合适的表现。可是，不一会儿，当宝玉说到晴雯恐怕命不长久，等不到救她回来了，袭人马上笑了，说宝玉这是在咒晴雯，接着宝玉说海棠花死了半边是预兆，"袭人听了，又笑起来"，然后反驳宝玉。

接着，袭人又笑道："真真的这话越发说上我的气来了。那晴雯是个什么东西，就费这样心思，比出这些正经人来！还有一说，他纵好，也灭不过我的次序去。便是这海棠，也该先来比我，也还轮不到他。想是我要死了。"宝玉听说，忙握他的嘴，劝道："这是何苦！一个未清，你又这样起来。罢了，再别提这事，别弄的去了三个，又饶上一个。"袭人听说，心下暗喜道："若不如此，你也不能了局。"

三"笑"，加上一个"暗喜"，可见袭人在王夫人清理怡红院之后心情多么好。即使在她觉得宝玉对自己有所怀疑之后，她依然忍不住，流露了真实的心情。心腹大患已去，宝玉无可奈何，所以她不必再辛苦出演了。

关于怡红院，告状、揭发、诬陷、出手的人肯定不止一个（明确的像王善保家的不用说，还有一些嫉恨的老妈子，林之孝家的也有可能），但是袭人，肯定是最有分量的首功。因为她是王夫人的卧底，她离宝玉最近；而且她的情报是天长地久、润物无声的，药效缓释；加上她在关键时刻的果断出击特别会抓住上司心理，特别会找角度，所以效果很惊人。不是别人不想这样做，是别人做不到。

宝玉的哭泣让人心酸。宝玉对着袭人为晴雯哭泣更让人难过，宝玉真孤单啊。长得标致、风流灵巧、心直口快的人冤枉啊。长相一般却"忠心""勤勉""贤良""有心胸"的人可怕啊。

脂批在第三十四回袭人向王夫人进言时赞叹道："袭卿爱人以德，竟至如此，字字逼来，不觉令人敬听。看官自省，切不可阔略，戒之。"一个"德"字，一个"敬"字，"字字逼来"，真让人无法忍受，这段话成了脂批里最令我作呕的，没有之一。

亦舒在她的小说里说：告密是一种奇特的行为。出卖了人还自以为主持正义。亦舒还说，告密的主要动机，是出于妒忌，或者为着利益。在袭人身上，我们确实看到了这两种动机：妒忌，利益，还有另一个比较抽象的动机：为了向权力者宣示效忠，彰显自己的价值，以改换门庭、谋求荣宠。这一切，都装进了一个体面的大筐之中：体统，规矩，名声，一片苦心。多么名正言顺，多么堂而皇之。

其实，如果袭人必须在怡红院里和晴雯生死 PK，只能留一个，另一个必须赶出去，那么谁都不会怪她把晴雯像不小心握在手里的火炭一样扔出去，全力以赴、第一时间地自保。不要说一个晴雯，就是十个晴雯，谁又能苛责她呢？但是，袭人根本没有处在必须抉择的处境，根本没有人要她做出"善良"和"生存"的选择。皆因晴雯样样高过了她，袭人决不能容她，也绝不愿意两存。在并非不得已的情况下发起攻击，在有选择的情况下主动作恶，而且赶尽杀绝不留余地，这样的人，居然被认为"贤""温柔和顺""深明大义""勤谨周到"，实在太魔幻了。

这些年，不少人从现代职场法则出发，赞美袭人、贬损晴雯，或许显示了高科技时代看重效率与分工合作的心理认知，也可能显示了某种时代变迁：人们为了生存和成功，正在付出人格和美感的代价。怎么看袭人和晴雯，这和如何看待刘邦与项羽是一样的。从现实出发，刘邦自然是胜利者，而项羽一败涂地；但刘邦没有底线，而项羽有贵族气，始终保持自己的人格。若只以成败论英雄、断是非，实在是文化的悲哀。

有一些男士，坚定地认为袭人是好妻子的人选。这些人要么是因为几千年钢铁直男的惯性、迫切需要被仰视被伺候；要么是自我感觉良好，自动代入衔玉而生的少爷宝玉，觉得袭人会像对待宝玉一样对待自己。那可真是笑话。袭人连宝玉都不爱，她爱的只是自己，她谋的是贾府少爷的姨娘之位。野心勃勃、心机深沉的袭人，她的温柔和顺不但是定点供应，而且绝对收放自如。那些以为袭人温顺乖巧的男士，真是一厢情愿了。

我有个朋友说，境遇平顺的时候，他喜欢黛玉、湘云，有品位，晴雯也很不错，有个性；但如果遭遇坎坷，要被流放荒凉之地，那还是希望袭人陪着，一路上有人知冷知热。我听了差点没有把喝了一半的茶喷出来。你确定你在说的是怡红院里的那个袭人？你确定知道自己在说什么吗？人家袭人，可是明明白白地说了的——"难道做了强盗贼，我也跟着罢。再不然，还有一个死呢。"在她精心服侍的人落难的时候，她可是会划清界限的，人家有原则着呢。她会把无情切割表现得非常讲道理，非常有分寸，这都是一贯的，说不定，连态度也依然是薛姨妈所说的"和气里透着刚强"呢。

但是很多男士不会这么想，他们就是"堪羡优伶有福，可叹公子无缘"，其实是叹自己无缘——现在的女人，为什么那么独立，那么有想法，那么能干，那么有决断呢？她们为什么不像袭人那么温柔可人呢？

一个小小野心家，一份表面的柔顺恭谨，竟然能有如此奇效，颠倒众生，直到今天。这真是与《红楼梦》有关的奇观之一。

我相信，到了今天，袭人依然会比晴雯活得好，她甚至会比平儿活得好。她目的明确，欲望强烈而感情淡漠；注意积累，善于隐忍；头脑冷静，算计精准；遇到两难局面，她是行动派，而且还特别善于心理建设，她永远是对的——不像平儿，平儿的良心是醒着的，她会对尤二姐滴泪承认自己不该把贾琏偷娶尤二姐的消息告诉凤姐。关键时刻，袭人更是出手稳准狠，该改换门庭就改换门庭，该告密就告密，胆子大，主意狠，活儿利索，不会给对手留一丝生机。

《红楼梦》里说探春是玫瑰花，其实晴雯也是玫瑰花，花美、有刺，宁折不弯。玫瑰有刺，但她确实是花。毒蛇浑身都是柔软的，在有的人眼中姿态说不定也称得上柔媚，但它就是毒蛇，它是致命的。

张竹坡评点《金瓶梅》，这样评表面温和大度、实则自私冷血的月娘：生生世世不愿见此人。我看《红楼梦》，欲将此语用在袭人身上。

那些对袭人情有独钟的人，那些相信袭人无辜、欣赏袭人能干的人，不用前来争辩，觉得我冤枉了她，我高挂免战牌。说句心里话，我对袭人，并没有看不起，我哪里敢？我对袭人这样的人物，绝不敢像口无遮拦的晴雯姑娘一样得罪她，只有避之唯恐不及的戒惧。

若是有人执意喜欢她，那么也好，我对你们有度身定制的美好祝愿：祝愿天下所有的袭人，都到你们身边去吧，做你们的妻子、恋人、同事、朋友、邻居……至于我，以及我的同类，我们只想离她远远的，生生世世不必相见。

第叁辑

天机·梦里梦外

"各人各得眼泪"是《红楼梦》里极深刻的一句话，因为这是人生最确凿的真相之一。而给宝玉如此强烈刺激和清明启迪的，是一个身份低微的小人物，他们家买来的小戏子——龄官。为什么龄官能给宝玉上"人生情缘，各有分定"这么珍贵的一课？或者说为什么是她而不是别人，能够成为宝玉的老师？因为她丝毫不爱宝玉，也不喜欢宝玉，对宝玉高傲地保持距离，甚至还有点厌烦。

曹雪芹的乾坤大挪移

叁

01

2023年5月到北京，看奚美娟女士主演的《北京法源寺》，另外，和好友刘晓蕾重游了恭王府。

虽然有人说大观园的原型是恭王府，我们两人都不以为然——我觉得这更像是一种不谙文学虚构之道的"好事者"猜想；但在恭王府的墙上，看到一张"清代宗室十二等级爵位表"，这份爵位表却和《红楼梦》有着关系——虽然隐性，但不可谓不重要。

贾家之所以享"烈火烹油，鲜花着锦"之盛，开创之功全在宁国公贾演和荣国公贾源这两个兄弟身上。然后，《红楼梦》第二回说得明白：宁国公死后，由长子贾代化袭了官，贾代化死后，因长子贾敷早夭，由次子贾敬袭了官。贾敬这个人很奇怪，似乎从来没有年轻过也没有正常过,"一味好道,只爱烧丹炼汞",泡在道观常年不回家,于是又让其子贾珍袭了官。接着,"荣宁二府大揭秘"的主讲人冷子兴说到荣国府,荣国公死后,由其长子贾代善袭爵,贾代善娶金陵世勋史侯家的小姐为妻(即著名的贾母),生了贾赦和贾政。贾代善去世后,长子贾赦袭了官,次子贾政本来要科考的,却被皇上额外赐了官,故事开始的时候他已经升到工部员外郎了。贾政和王夫人生了贾珠、贾元春、贾宝玉,嫡出的是这二子一女。然后冷子兴说到揭秘的重点:荣国府的第四代公子,贾宝玉,他是衔玉而生的。充满传奇色彩和暗示意味的上场方式,使贾宝玉立即吸引了全部的注意力,却也令人放过了前面所说的代代袭官背后的一个大背景,这就是:爵位继承时的逐代降级制度。

这一点,恭王府的"清代宗室十二等级爵位表"里写得清清楚楚:

第一等,爵位:和硕亲王,袭爵规定:代降一等,降袭至镇国公为世职

第二等,爵位:多罗郡王,袭爵规定:代降一等,降袭至辅国公为世职

第三等,爵位:多罗贝勒,袭爵规定:代降一等,降袭至不入八分镇国公为世职

第四等,爵位:固山贝子,袭爵规定:代降一等,降袭至不入八分辅国公为世职

第五等,爵位:奉恩镇国公,袭爵规定:代降一等,降袭至镇国将军为世职

第六等,爵位:奉恩辅国公,袭爵规定:代降一等,降袭至

辅国将军为世职

第七等，爵位：不入八分镇国公，袭爵规定：代降一等，降袭至奉国将军为世职

第八等，爵位：不入八分辅国公，袭爵规定：代降一等，降袭至奉恩将军为世职

第九等，爵位：镇国将军

第十等，爵位：辅国将军

第十一等，爵位：奉国将军

第十二等，爵位：奉恩将军

当然贾家或曹家都不是宗室，那么来看看异姓功臣世爵。异姓世爵等第是：公爵、侯爵、伯爵（上三者超品）、子爵（正一品）、男爵（正二品）、轻车都尉（正三品，以上爵位均分一等、二等、三等三个等级）、骑都尉（正四品）、云骑尉（正五品）、恩骑尉（正七品）。世袭时也是逐代降袭。

再看《红楼梦》中，贾家的爵位是从国公到将军再往下降袭的，更像是参照清代宗室十二等级爵位来的。第二回脂批说："官制半遵古名，亦好。余最喜此等半有半无、半古半今、事之所无、理之必有，极玄极幻、荒唐不经之处。"明明是异姓功臣，却基本上参照宗室爵位序列，"半有半无、半古半今"，这既是突出"朝代已不可考"的虚构性，不惹麻烦，而且更有梦幻感。不过，现实很骨感，清代这两种爵位制度有一个共同特点：世袭时都是要逐代降等的。

比如宁国府，宁国公去世后，贾代化袭了官不假，但必须是降等袭爵，不再是国公，而成了一等神威将军，到了贾代化的孙

子贾珍,已经降等为三品爵威烈将军。

荣国府这边,情况似乎有点特殊,荣国公去世后,宝玉的爷爷贾代善的爵位虽未明写,但仍然是荣国公,为什么皇上如此破例格外施恩,或者说贾代善为何获此尊荣,小说没有写——曹雪芹不想直接告诉我们。导演、作家徐皓峰说得妙:"计算复杂,天恩不定。"(《通灵宝玉与玫瑰花蕾 第一回》,《上海文学》2022年第8期)严格按规定,或者变通,全在天意——雷霆雨露,莫非天恩。计算复杂是必须的,天恩不定就对了,让爵位之家保持紧张感。

荣国府不可能一再破例,于是贾代善的长子贾赦,就从国公的爵位上降下来了,他是一等将军——很清楚的降等袭爵。然后贾赦的长子贾琏,念不进书,有点放弃的样子,捐了个同知,这个同知可大可小,从后文种种线索分析,大概率是六品。当然他理论上还有一个机会:就是等其父贾赦死了,可以袭一个和隔壁哥哥贾珍大致相当的爵——三品。但事实上,到时候要看天恩和形势,不好说。

说到这里,有人会不满地喊:等等,宝玉呢?怎么能忘记宝玉呢!恭喜你,答对了!还有一个关于世袭的前提,曹雪芹也没有说,他觉得不用说,那就是:只能是一个儿子世袭。正常情况下就是长子,嫡长子。如果嫡长子夭亡,由嫡次子代之。儿子再多,世袭的只能一个,有的是没资格世袭的儿子呢。有人继续替宝玉着急:他哥哥不是早夭?只剩他一个嫡子。可惜他父亲贾政就是次子,他父亲没有资格袭爵,世袭的官帽戴到了宝玉的伯父贾赦的头上。贾政虽说被赐了官,但他这个官,不论做到多大,都不能传给儿子的。贾宝玉无爵无职可袭。所以,论世袭,从头至尾没有贾宝玉什么事，他是整部小说的主人公也没有用。

《红楼梦》中的爵位世袭，大致参考了清朝的宗室爵位制度，但必须逐代降袭这一点，在书中没有明说。在开宗明义的第二回，在冷子兴似乎知根知底的娓娓道来中，模糊了这个巨大的背景，就是：代际承袭是逐代降级的，荣宁二府的地位和尊荣是有制度保障不假，但却也是有制度制约的，因此并不是永久的。明乎此，再看"一代不如一代"这句话，似乎味道就大不一样了：大概率，这是荣宁二府的宿命。"君子之泽，五世而斩"，说的品行高尚、能力出众的人，他所创建的祖业留给后代的福泽，最多延续五代，就会消耗至断绝。注意，"五世而斩"，并不是说一定会到第五代，而是说最多五代。因为在古代，哪怕是天子之家，第二代除非是嫡长子或者那个最终继承了皇位的儿子，其他的就都降为诸侯。第三代再降，成了卿大夫，第四代降为士，第五代就降到了平民。还有这样的说法："道德传家，十代以上；耕读传家，次之；诗书传家，又次之；富贵传家，不过三代。"这与现在的"富不过三代"是相近的意思。所以，一个家族的崛起和上升是偶然的，缓慢回落或快速下滑却是必然的。

所以，冷子兴口中所谓："更有一件大事：谁知这样的钟鸣鼎食之家，翰墨诗书之族，如今的儿孙，竟一代不如一代了！"其实并不能完全归罪于儿孙安于享乐、不争气，这原包含在制度设立的构想之中，从更长久的时间范围看，也是人类社会贫富贵贱反复趋于"平均化"的过程，可以说是"天道"在起作用，有周期，有规律。

原来如此。"一代不如一代"，竟有理所当然的一面。

那么大家族的子孙就不能有所作为了吗？当然不是。他们应该努力中兴（其实就是保住原有阶层），或者减缓下滑速度，让家族平稳走好下坡路，避免断崖式下跌和彻底溃败破产。途径呢？科考应该是阳关大道。

不过，贾家的情况比较奇怪，科考这条路似乎从来没有走通过。那个看上去荒唐的贾敬，他不是没有争气过，相反，他是科考的胜利者，进士出身，但后来却没有看到他在官场飞黄腾达或者按部就班，却离奇古怪、旁逸斜出地进了道观。真的是此人天生愚笨或者不务正业吗？天生愚笨，不务正业，不可能中得了进士。那么，是他遭遇变故心灰意懒吗？是对现实失望和厌倦？或者是经受了太大的外来压力甚至某种威胁，使他彻底放弃此岸的荣华富贵？到底是什么缘故？要多大的事情，能让宁国公袭爵的嫡长孙、外加"丙辰科进士"对仕途经济彻底灰心，对此岸的人生失去了兴趣？曹雪芹没有说。若是因为家庭关系或者个人情感的原因，多少会有些透露。一字也无，应该不是。在讨论李叔同为何成为弘一法师的时候，有人指出弘一法师是宗教型人格。看书中的描写，这位敬老爷的智慧根基和人品格调，应该并没有高到这个地步。总之，由于一个或几个我们不清楚的重大原因，宁国府科考的一代明星，陨落在道观里了。如果说这背后完全没有宦途风波、人情险恶，完全没有来自上层政治的压力，恐怕不太能让人信服。

另一个可能的由科举而高官的人选是贾政，他自幼酷爱读书，为人处世又端端正正，但皇上偏偏把贾家这个显而易见的布局搅了，用一个恩赐的官，让他特别省力就当上了官，但是他也从此面对压低了的升迁天花板,在官场歧视链被挪到了较低端。如此贴心或者另有用意的施恩,贾家只能谢恩。贾家文字辈就这样了。幸亏还有儿子们,这就到了玉字辈,按照主流标准最优秀的贾珠,早早进了学,早早娶妻生子,完全是一副要挽救家族颓势的势头,可惜二十岁左右就一病死了。奇怪,这家人仿佛中了某种诅咒似的,想走科考正道来挽救家族颓势的人,不是被取消资格就是中途消失了。

有才,也要得其时,有这个运,方有这个命。有可能挽救家运的人,一个莫名其妙进了道观(贾敬),一个中途阴差阳错或者被要求体面退赛(贾政),还有一个年轻轻就死了(贾珠)。"生于末世运偏消",这个"偏"字,其实是从感情出发的:希望"才自精明志自高"的人能拯救家族命运,怎奈"偏偏"运气不好没能实现。从客观上说,其实没什么"偏",末世之中,能干的人都不会有好运气的,这才是末世。英雄不和命争,何况这三个人本也不是英雄。很明显,要挽救家族,他们都没有这个机会,那么,这就不是他们自己的问题了,其实,这就得认命了——这个大家族的气数已尽。

于是,《红楼梦》一开篇,如果我们的视线越过僧啊道啊、大石头啊美玉啊,也越过被拐走的英莲和那场大火,就可以看清贾府真正的现实:这个大家族,赫赫扬扬,已经到了第四代(贾珍、贾琏、贾宝玉),他们急需一个由科考而入仕途的人来保住家族的利益和门楣,但是根本没有这样的人选——贾珍只知寻欢作乐,为人荒唐、好色滥淫、虚张声势;贾琏不爱读书,胸无大志,也不是这块料;贾宝玉,天性聪颖却也不爱读书,最喜在内帏厮混,价值观、人生观都很叛逆……下一代,贾蓉内心荒芜性格扭曲,更加没有希望；贾兰还是儿童，却似乎承担了不该有的重负和约束，是一个活得几乎没有天真气息的孩子。

删繁就简，《红楼梦》一开篇，就是一个没有机会科考的父亲贾政，面对一个对科考毫无兴趣的儿子贾宝玉。荣宁二府，能够挺身而出、成为中流砥柱的人，一个都没有。不会有，也不该有。而"君子之泽，五世而斩"，最多是五代。贾宝玉是第四代，贾兰是第五代。计时器进入最后计时阶段，滴滴答答，时间在流逝。各种迹象，各种兆头，此起彼伏，日夜逼迫而来，而希望不曾出现，只有时间在滴滴答答地流逝。贾宝玉在长大，林黛玉在写诗，花开花落，月圆月缺，结局即将来临。

这样的人家，安于"一代不如一代"，坦然、得体地躺平，从保平安的角度而言，未必不是正确的选择。当然，这也需要前提的，否则躺平了照样有马蹄从他们身上踏过去。

贾宝玉确实是不爱读书，确实是出格，他有百般的顽劣千种的不肖，但是曹雪芹爱他。这不是包庇。如果贾宝玉爱读书，如果他像一个贾政的年轻版，或者薛宝钗的男性版，就真的有用吗？曹雪芹知道，没用的。好吧，那就你来任性，我来写吧。写下一个美梦，那些风流人物和美妙之事真实存在于其间的梦。哪怕很短暂，哪怕是梦的尾声。生命本来只是一个幻觉，人生本来就是一场梦，作家不正是仔仔细细说梦的痴人吗？那块入了红尘经历悲欢离合的石头，承担的不就是一个作家的使命吗？

好吧，作家也好，石头也罢，那就说吧。梦中之梦，更加奇异美妙地展开吧。所有的色彩、光彩和香气，所有的欢笑、长叹和眼泪，都更猛烈地来吧。

除了隐藏起来的"逐代降等",故事开头,又有一件奇怪的事情发生,无声无息。

那就是故事重心对家庭结构的偏离和现实中长幼秩序的无视。

宁荣二府,最初的主人自然是宁、荣二国公,宁国公是兄长,荣国公是弟弟。全书故事的重点在哪一边?很明显,在荣国府这边。也就是说,在次子这边。

看第二代,宁国府,贾代化,只说他袭了官,生了二个儿子。对照地看荣国府,贾代善,就多了笔墨,说他娶的妻子是四大家族史家的小姐——贾母是重要人物,所以没出场就必须提一句出身,然后这边也生了两个儿子。

看第三代,宁国府的两个儿子,长子贾敷,到八九岁就死了。"只剩了次子贾敬袭了官",话里透着无奈,可见贾敷更优秀,贾敬本不是最佳人选。长子夭亡,次子尚在,这是宁国府第三代。荣国府呢,长子贾赦,次子贾政。长子倒是没有死,官也由他袭了,但是奇怪的是,荣国府是次子当家的,贾赦却是单独一个小院住着,而且后面我们知道贾母也是和次子住在一起的,她和贾赦这个长子的不亲近不相投是明摆着的。这还不算,连贾赦这位老大的亲生儿子贾琏、儿媳妇王熙凤也不是和贾赦住,而是在贾政这个叔叔家住着,帮忙料理家务。长子遇冷,次子当家,这是荣国府第三代。

再看第四代,宁国府的主人只有贾珍,可能是因为他父亲早早进了道观,没有机会和妻妾生下其他儿子。在这里,曹雪芹终于不再表现对次子的执拗偏爱,而是暗暗将宁国府的覆灭加速了。荣国府,贾政和王夫人生了两个儿子,贾珠和贾宝玉,长子贾珠又早早死了,留下次子贾宝玉。长子夭亡,次子尚在,再次出现。

轻忽或舍弃长子,偏重或偏爱次子,这样执拗的选择发生了连续四代,要说是巧合,恐怕很难解释得过去。也许是身世的缘故,让曹雪芹对排行有特殊的取舍;也许是某种感情的因素在起作用;但也许,这更多的是一种小说写作策略,作者故意如此,以形成一种异于常情的"拗势"。如果没有确切的证据揭开缘由,我比较倾向于是故意形成拗势。为什么要拗呢?这个后面再说。

比起其他的一上来就将长子写死的,作者对贾赦似乎是手下留情了,不但让他活到成年,而且让他袭了官,娶妻生子,一切似乎很正常。但是,怎么可能正常,如果一切正常,就不是《红楼梦》了。长子虽然先被提到,但是弟弟随即在别人口中"登场",他一"登场",就没有哥哥什么事了。曹雪芹这里又玩障眼法,他没有评价贾赦一个字,只是让他还没有真正现身,就一连输了几阵。

贾赦输的第一阵是,别人对他没兴趣。对他的介绍就是一句,他袭了官。这和他是长子几乎是同义重复,他的为人呢?性情呢?一个字都没有。这是一个暗示:其人乏善可陈。这个人没有什么好处,也很无趣。然后说到老二贾政,就很详细,从小爱好如何,祖父和父亲最疼爱,人生路径和事业轨迹,娶了金陵王氏的妻子,生了两个什么样的儿子和一个什么样的女儿……连细节都有了,津津乐道于各种奇事。

贾赦输的第二阵是,娶妻不如弟弟。贾政之妻是四大家族之一的王氏，"东海少了白玉床，龙王来请金陵王"的那个王家。王夫人和薛姨妈的兄长王子腾，一上来就从京营节度使升为九省统制，后来又升为九省都检点，这位王子腾是《红楼梦》里四大家族中最有权势的高官，却是个几乎没真正露面的影子人物。神龙见首不见尾，一点不影响他是个决定人物命运和事情走向的显赫人物。而贾赦的第一任妻子似乎出身不够高贵，因此连个姓氏也没有，根据后文，这位太太死后，贾赦又续弦了邢夫人，可是他的发妻、贾琏之母因何而死、何时死的，都没有交代一个字。毫无地位。

贾赦输的第三阵是，儿女不如弟弟。冷子兴说到贾政的孩子滔滔不绝，又和贾雨村讨论了半天宝玉的行止和性情，然后贾雨村联想到各省见过的"正邪两赋"的人，上天入地聊了半天，冷子兴已经完全忘记了介绍贾赦的子女，直到贾雨村特别问起，才回答说他也有儿子，名叫贾琏。这一段不同版本差别颇大，庚辰本说是"也有二子，长名贾琏"，但后来似乎贾赦次子的身影难以寻觅，一说可能是贾琮，但存在感实在太低了，所以也可能是曹雪芹自己放弃了那个次子，反正我认为贾赦惟一的儿子是贾琏。所以我下面的引文出自我自幼读的程乙本：

> 若问那赦老爷，也有一子，名叫贾琏，今已二十多岁了，亲上做亲，娶的是政老爷夫人王氏内侄女，今已娶了四五年。这位琏爷身上，现捐了个同知，也是不喜正务的；于世路上好机变，言谈去得，所以目今在乃叔政老爷家住，帮着料理家务。谁知自娶了这位奶奶之后，倒上下无一人不称颂他的夫人，琏爷倒退了一舍之地，——模样又极标致，言谈又爽利，心机又极深细，竟是

个男人万不及一的!

看看,贾赦也有儿子,但这个儿子贾琏娶的偏偏是王夫人的内侄女,于是贾琏被这位来自王家的少奶奶抢了风头——王熙凤是王夫人的内侄女,她抢了贾琏的风头,这不是大房再次在二房面前落了下风了吗?更不合常理的是,贾琏和王熙凤还都在叔叔家住着,在这边管着事。也就是说,明明是哥哥贾赦的儿女,可还是落到了弟弟贾政的这一边。为什么?贾政家才是荣国府的重心所在。贾母住在这边呢,老太太偏心小儿子,这是其一。因为哥哥是王子腾,女儿是元妃,王夫人、贾政的权重当然大增,这是其二。王熙凤和王夫人是亲上加亲,她和自己的正牌婆婆,是不亲加不亲:贾琏不是邢夫人所出,原本就不亲,凤姐以王家、贾家、个人三重眼光都看不上邢夫人,于是更不亲。所以她和贾琏投入贾母的怀抱和贾政、王夫人的阵营,是自然而然的。这是其三。

贾赦输的第四阵是,口碑不如弟弟。妹夫林如海为黛玉的家庭教师贾雨村谋前程,介绍两位内兄时,明明说有两位内兄,但是对大内兄就是三句话,官职,名,字,没了。说到二内兄贾政,除了这些就还有一番评价:

如海笑道:"若论舍亲,与尊兄犹系同谱,乃荣公之孙。大内兄现袭一等将军,名赦,字恩侯。二内兄名政,字存周,现任工部员外郎。其为人谦恭厚道,大有祖父遗风,非膏粱轻薄之流,故弟方致书烦托。否则不但有污尊兄之清操,即弟亦不屑为矣。

林如海对两位内兄厚薄明显，而且通过这番赞美，不着痕迹地交代明白了，林如海真正托的人，是贾政。林黛玉投奔的是外祖母不假，但是林如海替贾雨村谋前程，找亲戚即使不先想到贾赦，也应该写信给两位内兄，同时拜托两个人，反正都是一家人，你们两个谁方便谁帮忙，你们看着办。但，林如海不假思索地找了贾政，从头到尾没有贾赦什么事。为什么？没有说。就是黛玉的父亲在托荣国府帮忙的时候，直接放弃了贾赦，选择了贾政。一切理所应当，仿佛人人皆知，本应如此。

这两兄弟，祖父、父亲、母亲都更偏疼贾政，贾元春、王子腾两大保护伞都在贾政这边，贾赦的儿子、儿媳也和贾政夫妇更亲近，连亲戚们也都知道，要拜托事情必须找贾政。总之，整个家庭的重心也在贾政这边。说来也有趣，贾赦这位承袭了爵位的长子，不用特地离开家，更不用进什么道观，他就在家住着，他的存在感就这么低。什么缘故？有一些后面会说出来，还有一些，作者没说，可以慢慢琢磨。

贾赦还没正式亮相，就一连输了几阵。作者倒不是为了羞臊贾赦，而是在告诉读者：重点全在贾政这一支。贾母——贾政夫妇——贾宝玉才是荣国府的中轴线。荣国府就是这样。自然没有人会问："从来如此，便对吗？"所以这一切，不合常理，却仿佛天经地义。

小说的一开头，在很短的时间里就完成了一个乾坤大挪移。先将宁国府放在一旁，专写荣国府，而到了荣国府，重心又从贾赦家那一侧挪到了贾政家的这一侧。

有人会说，这也是没办法，因为家族原型就是如此。这个恐怕未必。因为对于作者来说,不但在安排长幼次序上可以为所欲为,还可以虚构"正确"的长子来担纲故事的重心。作为作者,如果想将现实逻辑承接到小说里,将长子、长孙一脉当作叙述重心,是轻而易举的,可是他偏偏没有这样做。顺理成章是轻省的,可是好小说往往不愿意"顺理成章"。

所以在第二回,曹雪芹不动声色地让贾赦连输了几阵,在长子、次子之间来了个乾坤大挪移,重点就到了贾母——贾政——贾宝玉这一边,然后,第三回开始,和冷子兴聊贾家聊得兴趣十足的贾雨村便得到机会,"依附黛玉而行",到了神京。贾雨村在贾政帮助下轻轻谋了一个金陵应天府,上任去了。黛玉进了贾府,见到了外祖母、王夫人以及金陵十二钗中的五位。然后,她见到了宝玉。第四回,薛姨妈带着薛蟠、宝钗也到了。这些人到了荣国府,都依贾政、王夫人安顿下来。没有人投奔贾赦,贾母和贾政夫妇的安排里,也丝毫没有考虑匀一些亲戚给贾赦那个院子。至此,故事的重心彻底确立。不合常理的家庭结构和感情关系,就这样成了小说中的非常逼真的"现实"。曹雪芹绝不低估读者,他相信,大家会明白这些"不合理"其实是"合情合理"的。

第二回回目之后,原有一大段话——

此回亦非正文。本旨只在冷子兴一人,即俗谓冷中出热,无中生有也。其演说荣府一篇者,盖因族大人多,若从作者笔下一一叙出,尽一二回不能得明,则成何文字?故借用冷子兴一人,略出其文,使阅者心中,已有一荣府隐隐在心,然后用黛玉、宝钗等两三次皴染,则耀然于心中眼中矣。此即画家三染法也。

未写荣府正人,先写外戚,是由远及近,由小至大也。若使先叙出荣府,然后一一叙及外戚,又一一至朋友、至奴仆,其死板拮据之笔,岂作十二钗人手中之物也?今先写外戚者,正是写荣国一府也。故又怕闲文赘累,开笔即写贾夫人已死,是特使黛玉入荣府之速也。

通灵宝玉于士隐梦中一出,今又于子兴口中一出,阅者已洞然矣。然后于黛玉、宝钗二人目中极精极细一描,则是文章锁合处。盖不肯一笔直下,有若放闸之水、燃信之爆,使其精华一泄而无馀也。究竟此玉原应出自钗黛目中,方有照应。今预从子兴口中说出,实虽写而却未写。观其后文,可知此一回则是虚敲傍击之文,笔则是反逆隐曲之笔。

诗云:

一局输赢料不真,香销茶尽尚逡巡。
欲知目下兴衰兆,须问旁观冷眼人。

有人说是脂砚斋等人的评论,像。会不会是曹雪芹起初写的解题性文字后来又自己删去?也可能。这段话且不论是谁写的,这首回前诗不错,有身份,像开场一声笛。

说曹雪芹写荣国府的先隐约勾勒、再两三次皴染,称之为"画家三染法",妙。说由远及近中又有提速,避免累赘,也对。说这回"是虚敲傍击之文","笔则是反逆隐曲之笔",也说得是。不过,曹雪芹"不肯一笔直下",应该不仅仅是避免"精华一泄而无馀",而是,他要在由远及近、由小至大的讲述中,不动声色地完成上面说的乾坤大挪移。完成之后,林黛玉才能进贾府,两个冤家才能聚头。一个内心无法有安全感的少女,进了一座充满拗势、令人不安的府邸。

一棵树，如果将主干慢慢地拗弯，那么这棵树就是处于一个拗着的状态，具有一种拗势，当这个拗势释放，习焉不察的弹性势能转化为巨大的动能，会影响到整棵树上每一个枝权、每一片树叶。何况，还有外界的风雨雷电。

大观园是安顿在这棵树上的一个精致的暖巢。当外面的狂风骤雨袭来，同时它所容身的"拗"的大树本身反弹的巨大力量，这个巢的命运可想而知。大观园中的人的命运也不言而喻。

一开始平静地、不易察觉的"拗"，是在为后面发生的一切之不可挽回做铺垫。

贾赦、贾政的兄弟矛盾，邢夫人和王夫人的妯娌矛盾，贾赦、邢夫人和贾琏、凤姐的父子婆媳矛盾，贾赦、贾母的母子矛盾，是全书家族矛盾的大根源。越剧《红楼梦》是好看的，但因为必须简化掉贾赦这条线，所以就让贾母和王熙凤充当了恶人，成了毁掉木石姻缘的决策者和执行者。其实，且不说贾母和凤姐会不会这样无情和低段位，单说如此戏剧性的转折，太偶然了，在艺术中就不高级。只有按照生活逻辑、性格逻辑都是必然的，不可避免的结局，才是最有力。没有特定的坏人、挑拨的小丑、随机的误会这些偶然性，仍然注定要发生的悲剧，才是真正的悲剧。所以，在写出每个人的欲望和弱点如何为"白茫茫大地真干净"的结局添砖加瓦之前，曹雪芹在谈笑之间，不动声色地，先把贾家这棵参天大树一点一点拗弯了。然后他用柔嫩的枝条、柔细的羽毛柳絮，甚至明媚的花瓣，建起了这棵树上的一个精致而完美的稀世之巢，那就是大观园。

梦里的时间和空间

叁

02

《红楼梦》是小说,不是历史,既不是宫廷秘史,也不是家族史;《红楼梦》是小说,不是个人自传;《红楼梦》是好看的小说,也并不是真正的百科全书。所以,不宜苦苦在历史上找原型和线索,或者执意在书里面爬梳关乎宫廷、社会、阶级的微言大义。如果一定要这么做,那不如为了黛玉和宝钗到底谁更好而挥一场老拳,至少在入戏这一点上,对小说艺术和曹雪芹都不辜负。

这是一部好小说,好的读者会享受读它的过程。为什么喜欢《红楼梦》的人往往会读很多遍?就因为享受。

《红楼梦》里有巨大的神话寓言系统和隐喻、暗示、谐音寓意体系,以至于很多人认定它每一个细节都峡蝶深见、暗藏机关,每一句话都必定声东击西、弦外有音，每一个字都背后还有一个字，"无一字无来历"，结果疑神疑鬼，到处翻找。怎么说呢？这些人也是喜欢《红楼梦》的，只是他们喜欢得太狠了，把好好的《红楼梦》喜欢得快不成小说了。

《红楼梦》是小说，但又实在不是寻常的小说，说它伟大不如说它奇特。这部奇特的杰作，有些地方像百科全书那么精准明晰，但总体而言又是一部像梦一样的小说。许多重要的地方都不明确不清晰，带着梦境特有的恍惚迷离和难以捉摸。都说"与人方便，自己方便"，天才而多情的曹雪芹偏偏不如此。

《红楼梦》里闹不清的事多着呢，连最重要的时间和空间都云山雾罩。

比如人物的年龄。第二回贾雨村提到林黛玉，说得明白，贾雨村当她家庭教师的时候，她年方五岁，过了一年，其母去世，然后黛玉进贾府，那就应该是六岁。而黛玉清清楚楚说宝玉比她大一岁，那么宝黛初见的时候黛玉六岁，宝玉七岁。这样来看第三回的描写，黛玉怎么看都不像六岁的样子，怎么看也有十岁，宝玉怎么看也有十一二岁。

黛玉尚未见到宝玉的时候，对他的想象是"这个宝玉，不知是怎生个惫赖人物、懵懂顽童？"注意这里的一个词，"顽童"。可见她心目中宝玉的年龄是"顽童"，但是一见面，突然就变了，"进来了一位年轻的公子"。"顽童"成了"年轻的公子"。这里有一个明显的时间变速，飞了一下，这一笔，讲不通，却很有意思。可能是曹雪芹处理主人公年龄设定难题留下的痕迹，也可能恰恰是一种不露痕迹的心理刻画，像一瞬间的心理漂移：宝黛在童年向少年过渡的阶段，十一二岁的宝玉已经开始长个子了，外表已经算得上是个年轻公子了；另一方面也写出黛玉的心理感受，宝玉本人一出场就击败了母亲向表妹提前灌输的不堪印象，一见之下，黛玉就发现宝玉是个翩翩少年，斯文潇洒，俊俏灵秀，所以想象中的"顽童"就刷新了，眼前是一个年轻的公子，身材、容貌、举止、气质，很像样了。

如果黛玉进贾府六岁，宝玉七岁，那么到进大观园的跨度就不对了。因为宝钗是紧随着黛玉到来的，如果那一年宝玉才七岁，那么她就是九岁，没多久，她就突然要过十五岁生日，也讲不通。她过完十五岁生日的下一回就写这些人进了大观园。从这几个人相聚到进大观园，中间不可能过了六年。也就是说，这三个人相见的时候，要比现在明说的六岁、七岁、九岁大。

不过，早期的《石头记》曾经有曹雪芹另一个方案：黛玉进贾府的时候是十三岁，如此则宝玉十四岁，情窦初开，一见如故，时间开始，春暖花开，非常合乎青春的逻辑和读者的感觉。但是小说家曹雪芹马上意识到这不行，因为他要让他们两小无猜，"一桌子吃饭，一床上睡觉"（第二十八回宝玉对黛玉如此说），如果是十三四岁，无论如何也得讲男女之大防，正如黛玉进贾府第一天就对王夫人所说的"况我来了，自然只和姊妹同处，兄弟们自是别院另室的，岂有去沾惹之理？"贾母再溺爱，也不会让宝玉和黛玉就隔着一道碧纱橱（隔心处糊以各色纱的隔扇门）住在一起，日夜相对、耳鬓厮磨，后面也断不能让他和姐妹们一起住进大观园——再宠溺宝玉,园子里毕竟有姐妹们在,尤其是薛林两位表姐妹在。这个年龄的话,两个人即使还有机会朝夕相处,那么吵吵闹闹哭哭笑笑也绝不能让长辈用"小孩子不省心"来解释,岂能听之任之?所以,这一对少男少女要缩进两个儿童的躯壳,一个六岁一个七岁,但是所行所言所思,分明不是这个年龄。那么是几岁呢?一个十三一个十四,确实太大了,况且两个人从懵懂到萌动:青春萌动、爱意萌动、性别意识萌动、生命意识萌动,从萌动到摸索、探索、苦恼、猜疑、心心相印、云开雾散、柔情蜜意,过于幸福而生出恐惧悲伤……这是人在年轻的时候最重要的功课,这两个人是抱着一片混沌洁白共同求索、领悟的,这样的证情之旅也是人生求道之旅,确实是应该从即将开窍的童年尾声开始才更充分更自然更圆满。

所以,比较合理的年龄是:黛玉十岁左右进贾府,这时候宝玉十一岁左右,宝钗随后到来,十三岁左右。然后过一年半、两年,一起进了大观园。

看第二十三回,他们住进了大观园,宝玉心满意足,写了几首描写大观园日常生活的即事诗,然后流传出去了,在外面有了一批粉丝,那些人"见是荣国府十二三岁的公子作的,抄录出来各处称颂"。这里宝玉是十二三岁。二十二回说宝钗过的是十五岁生日。这两回的年龄是最清晰也最现实的,可见他们进大观园的这一年,宝钗十五岁,宝玉十二三岁,黛玉十一二岁。"勘破三春景不长",这三春是三个名字里有"春"的女子、惜春的三个姐姐:元春、迎春、探春,也是美好的三个春天。青春乐园大观园大致是三年的好时光，宝玉幸福到了十五六岁。

此外，宝玉和他的大姐元春到底差几岁，书里也是模糊的。第二回"冷说"贾府，说贾政夫妇"头胎生的公子，名唤贾珠，十四岁进学，不到二十岁就娶了妻，生了子，一病死了。第二胎生了一位小姐，生在大年初一，这就奇了。不想次年又生了一位公子，说来更奇：一落胞胎，嘴里便衔下一块五彩晶莹的玉来，上面还有许多字迹，就取名叫作宝玉。你道是新奇异事不是？"

生了元春，次年就生宝玉，那么姐弟两个只差一岁。这个怎么可能？后来明明说元春比宝玉大了很多——

>当日这贾妃未入宫时，自幼亦系贾母教养。后来添了宝玉，贾妃乃长姊，宝玉为幼弟，贾妃之心上念母年将迈，始得此弟，是以怜爱宝玉，于诸弟待之不同。且同随贾母，刻未暂离。那宝玉未入学堂之先，三四岁时，已得贾妃手引口传，教授了几本书、数千字在腹内了。其名分虽系姊弟，其情状有如母子。自入宫后，时时带信出来与父母说："千万好生扶养，不严不能成器，过严恐生不虞，且致父母之忧。"眷念切爱之心，刻未能忘。（第十八回）

元春长姐如母，是宝玉的启蒙老师，这样看去怎么也得比宝玉大个十岁吧？教个两三年，宝玉六七岁，元春十六七，被家族送去候选，选上了，入宫了。那时候宝玉还是小孩子，元春特别疼他，等过了几年姐弟一见面，元春还是习惯性地把他揽于怀内，抚着他的头颈说：比先前长高这么多了！话没说完，泪如雨下。为什么是这句话？因为多年不见，她不在家这几年，宝玉开始蹿个头了，已经是一个少年了。元春后来再也没有回来过，她"大

· 325 ·

梦归"的时候是二十五到二十八岁之间，最多不超过三十岁，然后贾家就败落了，十五六岁的宝玉不得不离开了大观园，大观园也就此萧条荒冷。

"不想次年又生了一位公子"，这个不合理的"次年"诸本皆如此，倒是程乙本写的是："不想隔了十几年，又生了一位公子"。这一个细节，程乙本好像比其他的靠谱一些。

关于宝玉的年龄，程乙本也与众不同，一开篇，"说来又奇：如今长了十来岁，虽然淘气异常，但聪明乖觉，百个不及他一个。说起孩子话来也奇。他说：'女儿是水做的骨肉，男子是泥做的骨肉。我见了女儿便清爽，见了男子便觉浊臭逼人！'"其他诸本都是"如今长了七八岁"，前面说了，宝黛相见的时候，如果黛玉六岁宝玉七岁，是不合理的，宝玉应该十一岁左右。程乙本的"十来岁"虽不中亦不远矣。那么，年龄问题是否应该相信程乙本？

可惜，哪有这么简单。还是程乙本，说故事开始的黛玉"年方五岁"，然后"看看又是一载有余"，贾敏一病而亡，接着黛玉进贾府。也就是说，黛玉进贾府的年龄还是六岁，最多六岁半。而宝玉已经"长了十来岁"，如果是十五岁，他们差九岁，完全不可能；如果是teenager（青少年）里最小的十三岁，他们也差了七岁，也不对，小孩子差一岁就差很多，如果宝黛竟然相差七岁以上，不可能呈现后来那样的两小无猜和同步成长。所以程乙本也不可靠。

主要人物的年龄，竟然是疑案！无数读者很快会发现破绽，但是追查谜底往往半途而废，因为被千树繁花一样的情节和不断绽放的人间情愫吸引过去了，忘记年龄那回事了。顶真的人刚发现破绽的时候有点生气：这么重要的事怎么能不说清楚？看了十几回，就忘了。你提醒他（她），他（她）又生气了：这有什么好纠结的？你感觉不到吗？宝玉、黛玉，就是初恋的年龄啊！你连这个都不懂？！

如此被彻底催眠的话，里面也有真义，那就是：感觉。是的，读小说，感觉很重要。有时候，感觉到的东西，比白纸黑字写出来的更真实。这里的"真实"有四个层面的意思：一是作者想真正传递给读者的话。二是人生、社会、人性的真相。三是文学、哲学和宇宙的（部分）真谛。四，以上皆是，兼而有之。所以，字里行间感觉到的，并不一定比白纸黑字的"字"与"行"告诉你的少。

时间不清晰，是小说家的失误吗？应该不是。是各种传抄过程中的错讹、笔误吗？有可能，但也难说。猜测很合情理，但说服不了感觉。会不会是曹公故意的？也许是。前人也早就做出了这样的理解："故作罅漏，示人以子虚乌有也。（涂瀛语）"

也许，"万种豪华原是幻"（蒙府脂批），本来就是梦里聚散，怎么说得清楚？

第一回就有"又不知过了几世几劫"和"然朝代年纪，地舆邦国却反失落无考"，这些话，透露了作者对时间的不打算细究。

第十七回有一句写得妙——"又不知历几何时"。说的是大观园工程告竣，而时间呢，是"又不知历几何时"的某一天，对绝对时间，曹公是罔顾的。

但有些时候，时间又突然清晰。你看元春省亲，当天她用晚膳、拜佛、请旨、出宫、回宫，都具体到几时几刻。这里面

· 327 ·

有什么刻骨铭心或刻不容发，触动了什么隐秘的心理按钮，让曹雪芹发狠把时间写得如此一丝不苟？或许，他是通过这样的精细，在告诉读者，皇家的规矩有多森严，唯有真的接过驾的人家才能知道。

在时间问题上，曹雪芹会让我想起那个笑话：有人挑战心算专家，出题目说，有一辆公共汽车，载了三十七个人出发，第一站下了五个人，上来了十四个人，又一站，下去了二十一个人，上来了七个人，又一站，下去了十三个人，上来了九个人，又一站……如此滔滔不绝说了半天，终于说完了，心算专家近乎轻蔑地说：你要我告诉你最后车上多少人吗？提问题的人说：不，我想问你，车一共停了多少站？有时候，我会觉得我们都是那个可怜的心算专家，辛辛苦苦算了个寂寞，还无缘无故变得可笑。

传下来的八十回，时间始终是不清晰的，甚至是不匀速不连贯的。说作者想躲开政治高压线，好像不用弄成这样。这样奇特的时间流，不如说透露了曹雪芹重新规定时间的创世雄心。曹雪芹比相对论走得更远，《红楼梦》其实是这么一回事："凯撒的归凯撒，上帝的归上帝。"物理时间是物质世界的规律，遵循宇宙法则，但作者心理的时间，是属于"情天恨海"的——情感主宰的内宇宙。所以，外面世界的时间，按照外面的规律分分秒秒地流动，漫过朝代、年、季、月、日的大小闸门，而内宇宙的心理时间和流逝速度，是曹雪芹说了算的。所以，黛玉一到贾府，从多病稚嫩的女童突然长成了礼仪周全、谈吐有致的大家千金，宝玉一见黛玉，马上从顽童成了清秀风流的年轻公子，这都是使得的。因为曹雪芹说了,"我为我的心"。

不但时间,空间也是虚焦的。

有人说,不虚啊,黛玉是苏州姑娘,随父亲林如海赴任到了扬州;第一回出现的甄士隐也是苏州人……

那都是曹雪芹哄你呢,我来问你:荣宁二府、大观园在哪里呢?在都城。这个都城在哪儿呢?有人说西安,因为书里出现了"长安"二字,这个荒唐,连脂砚斋都出来否认了。那么,苏州?肯定不是,因为不然黛玉进贾府岂不是回家乡,如何在大观园里看到江南土仪感伤"物离乡贵"呢,她离苏州有距离呢。杭州?扬州?这都哪儿跟哪儿啊。不是哪里有个好府邸加个好园子,就是贾府和大观园啊。

"北京啊,绝对是北京!北京卫视播过,就在什刹海一带,多半就是恭王府。再说清代首都在北京,曹家后来也到了北京,曹雪芹在北京写的书。"可是谁告诉你小说家人在哪儿就是写哪儿呢?何况曹公在南京和北京都生活过。

乱纷纷中,又有人朗声道:何须多言,当然是金陵——南京!众人不禁点头,纷纷说:对呀,不是"金陵十二钗"吗?对了,不是"龙王来请金陵王"吗?可不是吗?第二回里贾雨村不也说了吗?"去岁我到金陵地界,因欲游览六朝遗迹,那日进了石头城……"然后这个贾雨村经过并张望了荣宁二府,金陵地界,石头城,这还会有错?秦可卿死后,贾蓉捐官的履历上也写了:江南江宁府江宁县监生贾蓉,这还能有错?

我也这么想，都不需要辨认、辩驳就能确定：金陵，石头城，江宁，当然是南京。在我心里，荣宁二府和大观园都稳稳地放在了南京。满纸的金陵烟云和江南气象，怎么会不是南京？

但是后来发现，居然说是北京的人越来越多了，甚至，眼看分明被考证成北京了——专门谈《红楼梦》建筑和空间的《移步红楼》写得好看，分析人物也有见地，但它劈头就说：当黛玉"扶着婆子的手，小心地穿过垂花门后，无论是否意识到，她已经穿行在这浩瀚都城里最典型的一座四合院里了。"后面的小标题更是"北京四合院"。因为谈建筑和园林的专业优势，作者如此板上钉钉，让我心里轰然一乱，难道从来都是我想错了？

偏偏文学界也不乏赞成票："无论乾隆朝还是二十一世纪的读者，除了想把大观园搬到家乡去的，几乎无人被他绕晕瞒过，都能够直接、确切地推定这就是北京。"（李敬泽《永不完成，雪芹最后的梦》）

我真的有点急了：怎么，如今已经北京派压倒优势，而南京派已然人"少"言轻了吗？赶紧问了几个熟读红楼的朋友，几乎人人第一反应都是：南京。这才心神稍安，回头正视这个分歧。

分歧如此严重不是没有缘故的。连姜文的电影《邪不压正》里，姜文和彭于晏也只是各指着北平的某一处，说"曹雪芹写《红楼梦》就在这儿"，那么胆大妄为的主儿，也不曾说：这就是荣宁二府，这就是大观园。"北京派"也说"这大观园所在之城，雪芹竟连能指、连名字都含糊其辞。他告诉我们此为天子之邦、天下之中，但他回避指认和命名，他从不曾把这里叫做北京。"（李敬泽语）

再定睛看时，作为南京派的我，才看清曹雪芹又何曾确定过是南京？他把我们绕迷糊了，他却完全可以不负责任，因为他一早就说了，一次又一次地说了：那个地方，不在此处，而是彼处。而那个彼处，像一条龙，云雾中闪现，没人能让它静止，看个清楚。

我小时候读的是程乙本，这一段是这样的——

> 雨村道："去岁我到金陵时，因欲游览六朝遗迹，那日进了石头城，从他宅门前经过，街东是宁国府，街西是荣国府，二宅相连，竟将大半条街占了。大门外虽冷落无人，隔着围墙一望，里面厅殿楼阁，也还都峥嵘轩峻；就是后边一带花园里，树木山石，也都还有葱蔚洇润之气：那里像个衰败之家？"

去年在金陵还经过荣宁二府门口，自然荣宁二府和后来的大观园只能在金陵了。

后来看脂本和庚辰本，这一段有几处细微的差别，其中一处非常重要——

> 雨村道："去岁我到金陵地界，因欲游览六朝遗迹，那日进了石头城，从他老宅门前经过。街东是宁国府，街西是荣国府，二宅相连，竟将大半条街占了。大门前虽冷落无人，隔着围墙一望，里面厅殿楼阁，也还都峥嵘轩峻；就是后一带花园子里面，树木山石，也都还有葧蔚洇润之气：那里像个衰败之家？"

所以说程乙本确实不是最好的版本，连过去和现在都弄混了。贾雨村在金陵地界经过的是贾府的"老宅"，在故事开始的时候，已经是一处空房子了。所以说荣宁二府"大门前冷落无人"。这就说得通了。若是当时贾府的人还住着，即使没有主人出门、人来客往,光是看门的、传话的、跑腿的、牵马的、抬轿的、备车的各色仆役,也绝不会冷落无人的。看第六回,刘姥姥第一次到贾府,"来至荣府大门石狮子前,只见簇簇轿马,刘姥姥便不敢过去……然后蹭到角门前。只见几个挺胸叠肚指手画脚的人,坐在大板凳上,说东说西呢。"这才是贾府,"此时此刻"有人住着的贾府门前的光景。

贵族之家与小百姓不同,只要门楣不倒,总是有威势的,总是轿来车往、有一种必备的热闹,即使到忽喇喇似大厦倾的时日,门口也未必冷落,可能会有抄家的人马穿梭不断人声鼎沸。那之后才会安静一段时间,然后也许就冷落破败了,但更可能会换一批主人,重新簇簇轿马,官来官往,再次鲜花着锦,烈火烹油。

而曹雪芹一开始就说了,南京的荣宁二府是空房子了,他们已经搬到都中或者神京了。如此说来,金陵十二钗怎么理解?北京派说了:那是因为她们出生在南京或者家乡是南京,并不是说她们生活在南京。

按这个思路,可以这样理解:贾母是金陵世勋史侯家的小姐不假,但她早在某个时刻跟着丈夫或者儿子整个家族离开了金陵来到了都中(北京),所以当贾政暴打宝玉,贾母气急了,对儿子的终极威胁是:要带着王夫人和宝玉"立刻回南京去!"看,回南京。南京是用来"回"的。那是家族崛起并鼎盛的地方,是家族精神根基所在,贾府全体血统或情感意义上的故乡,心理上的依仗和退路,但——并不是他们现在生活的地方。按照这种字面上的表述,他们似乎已经不在南京很多年了。

甲戌本《凡例》中，脂砚斋说——

> 书中凡写"长安"，在文人笔墨之间，则从古之称；凡愚夫妇儿女子家常口角，则曰"中京"，是不欲着迹于方向也。盖天子之邦，亦当以中为尊，特避其"东""南""西""北"四字样也。

说得不对，听得人越发糊涂。事实上书中第二回说这个地方，分别用了"都中""（在）都"，第三回用了几次"都中""（入）都"，还出现了"神京""（进）京"这样的字眼，并没有"中京"这个说法。况且脂砚斋太看低了曹公，敢于独自开天辟地的曹雪芹哪里会是一个"从古"的人呢？但凡有一丝一毫的"从古"念头，世界上都不会有这样一部《红楼梦》。

张爱玲也为这个问题头疼过——

> 书中京城从来没称"中京"，总是"都""都中""京都"。只有第七十八回贾政讲述林四娘故事："后来报至中都"，也仍旧不是"中京"，……唯一的一次称"长安"，是第五十六回宝玉梦中甄宝玉说："我听见老太太说，长安都中也有个宝玉。

不过张爱玲认为脂砚斋也没说错，是曹雪芹后来改了——

> 第七十八回林四娘故事中有"中都"这名词。辽共有四个都城，内中大定——今热河宁南——称"中京"。金海陵王迁都至燕京，称"中都"。此书"凡例"说：书中都城称长安，"凡愚夫妇儿女子家常口角，则曰中京，是不欲著迹于方向也。盖天子之邦亦当以中为尊，特避其东南西北四字样也。"今本没有"中京"，"中都"

333

也只有此回出现过一次。显然作者因为讳言北京,采用"中京"、"中都"这两个名词,后来才想起来"中京"、"中都"是辽、金的都城,辽金都是东胡,正犯了本朝大忌,弄巧成拙,所以在"凡例"的写作时期后已经废除了,但是第七十八回还有。(《红楼梦魇》)

无论如何,这是一个都城。张爱玲也认为它是北京。

为什么这么些明白人认定它是北京呢?因为曹家后来确实到了北京,曹雪芹后来也生活在北京很多年,而且在北京写的《红楼梦》。还因为确实有一些痕迹可以指向北京。

我还可以为"反方"辩友提供一些论据,比如:林黛玉沿运河北上的时间似乎颇长,更像是到北京;既然写的是清代故事,也只有在北京,元春才能坐着轿子回家省亲——路程和时间上,皇宫和贾府必须在一个城市;而只有元春省亲,才能建起省亲别墅,才会有大观园,这是小说情节合理的前提。京城有京城不可代替的要件。

肯定有人会提醒说,不对啊,历史上曹家在南京接驾四次,皇上可以到南京,南京也可以出现大观园的。可是,如果是皇上住过的大观园,那就是真正的皇家禁地,皇上回京之后也不可能让接驾的臣子家的子弟住进去,那是不可能的。所以,要接的皇妃的驾,而且就是本家出去的皇妃,才有可能由她"施恩"决定:那个园子不要空关着,让妹妹们住进去吧,也不要让我心肝宝贝的弟弟失落,也让他住进去吧。而皇妃,不可能千里迢迢从宫中回到另一个城市的娘家,同城省亲一次,已经是天大的、破格的、前无古人的恩典了。所以,元春的原生家庭必须和皇宫同城才说得过去,所以贾府和大观园,逻辑上,应该在北京。

好,为反方提供炮弹到此为止。我要回到南京派的立场了。

有时显得像"北京",只是曹公故布疑阵。《红楼梦》的故乡只能在江南,只能是南京。为什么书中最重要的女性群体叫金陵十二钗?对了,其实这十二个人不是一个地方的,比如黛玉和妙玉是苏州人,但也能算在其中,很可能,按照警幻仙境薄命司的分类法"各省"和警幻仙子的解释中"贵省"的说法,可知金陵有两个含义,一为金陵城,即南京;一为金陵省,是包括南京、苏州在内的江南的一块地方,黛玉妙玉是金陵省的原籍,外加她们后来都在金陵城中生活,所以也列入金陵十二钗。而四春、王熙凤母女、薛宝钗等人都是原籍金陵城的,所以这里就统称金陵十二钗。

还有一个人需要特别注意,那就是秦可卿,她是父亲秦业从养生堂抱来的弃婴,根本不知道是哪里人,她长大后嫁给贾蓉为妻,如果贾家这时已在北京,则秦可卿和金陵有什么瓜葛?无论如何也挤不进金陵十二钗吧。可见贾家在金陵。

宝玉梦游仙界,看见薄命司里大橱上贴着各省的封条,一心只捡自己家乡的看,也无心看别省的,他心无旁骛单刀直入挑的那个封条上大书七字云:"金陵十二钗正册"。那么贾府不在金陵,又在哪里?宝玉的选择是最清晰不过的明证。或曰:这说的是原籍,并非故事发生的"当下"的居住地,那么金陵十二钗副册、又副册的那二十四个女子呢?她们不可能都是金陵原籍,若非居住在金陵,怎么能进入贴着"金陵"封条的分类里?如果偏要抬杠,说她们是贾家亲戚和家生女儿,都是跟着贾府从金陵到北京的,那么又副册里的袭人呢？明明她家就在大观园所在之城，而且她不是家生子儿，是家里人把她卖进贾家的，也是可以赎回去的，所以，如果宝玉黛玉生活的荣国府和大观园不在金陵而在北京，则袭人和金陵毫无关系，把她放在"金陵"的大橱里，实在说不过去。相反，如果整个故事发生在金陵，则她家本来就在金陵，她作为宝玉的大丫鬟和侍妾，又跟着贾家生活在金陵，那就说得通了。

其实说这些也是"忒胶柱鼓瑟，矫揉造作了"，《红楼梦》通身的气派就是对自己出生地最好的说明。精致细腻的生活细节、精巧别致的园林、婉约温软的审美习惯、深入骨髓的诗画风流、清雅灵秀的人文氛围、进退温文、谈吐含蓄的人际交往，也与北京呈现不同的旨趣，而和江南、金陵呈水乳交融、难分彼此的状态。

整部《红楼梦》就是从江南长出来的。而且只能长在金陵这个六朝古都、钟灵毓秀、文采风流、"菜佣酒保都有六朝烟水气"的地方。

还有一些重要的细节在确凿提示着"金陵"。

比如芭蕉。大观园里到处都种着芭蕉，这种不耐寒的植物原产于亚洲热带，在中国长江以南各省广为种植，陕西、甘肃、河南部分地区有耐寒品种，芭蕉喜欢温暖湿润的气候，最低气温不宜低于4度，北京的园子和院子里是种不活的。

李清照有一阕《添字采桑子》，词曰：

窗前谁种芭蕉树？阴满中庭，阴满中庭，叶叶心心、舒卷有馀情。伤心枕上三更雨，点滴霖霪，点滴霖霪，愁损北人、不惯起来听。

家国愁思和流离之恨,为什么都集中在芭蕉上?因为南方才有芭蕉,夜雨打芭蕉,时时刻刻让她这个"北人"意识到离家乡有多远,北归有多无望。

所以,当有人认为随处可见的芭蕉是暗示《红楼梦》的佛学意义上的"空",我却想:这首先是荣宁二府和大观园在南京而不在北京的铁证。

还有桂花。《红楼梦》里多次提到赏桂、折桂(第三十七回秋纹说宝玉折桂送给祖母和母亲)、食桂(桂花糖蒸新栗粉糕、藕粉桂糖糕等),不但大观园,薛蟠娶的夏金桂居然出自"桂花夏家","凡这长安城里城外桂花局子俱是他家的,连宫里一应陈设盆景亦是他家供奉",可见整个城市桂花种植很普遍。而桂花分布范围最初是中国西南部和广西广东湖南湖北江西安徽河南等地,后来江、浙、沪也普遍种植,有不少赏桂名所佳处,而北京的气候不适宜桂花,所以一直踪迹罕见,据说只有颐和园有两棵桂花盆景。我的一个朋友生活在北京二十多年,她特爱桂花,但说在北京从来没有见过桂花,每次秋天到江南不论是上海、苏州,还是杭州、南京,但凡遇到桂花时节,总欣喜异常,要在桂花树下盘桓很久,舍不得离开。所以很难想象,大观园所在的、桂花盛开的都城会是北京。

不但芭蕉、桂花,大观园里的那么多植物,应该也是在南方才都能看到,很难想象在北京能种出那么品种繁多的一园花草给

・337・

元春欣赏——元妃省亲是在正月十五的元宵之夜,书中固然写了是用通草绸绫纸绢羽毛等做了假的花叶,但是元妃回家的日子和时辰都是皇上定的,因此,贾家在做准备的时候,应该是会奔着风和日丽、满园春色供元妃欣赏去准备的,所以搜集了那么多佳树名花异卉。谁知道皇上的心思真是奇崛,居然让元春和大观园来了个双料的锦衣夜行,元妃省亲竟然是在元宵节的晚上。贾府应该也没有想到,所以"贾府领了此恩旨,亦发昼夜不闲,年也不曾好生过的"。本来是一切准备好了贾政才上奏本的,没想到皇上来这么意外的一个朱批,在冬天、大年节里让元春省亲,园子里树木都无花无叶,所以只能用各种材料做成仿真花叶"粘于枝上",然后还要解决照明问题——石栏上、树上、船上、门上到处都是水晶玻璃各色风灯和各种精致盆景花灯。可叹贾府的上下人等忙得连年都没有好好过、无端地开销又大大增加了,还不敢抱怨一个字,也可怜那些特地各处买来的名贵树木,到头来只当了勉强合格的灯柱子。(元春被安排在冬天的夜里省亲,其实颇为怪诞,而且无端带来一股暗淡而阴冷的气息。明明是天恩浩荡,旷世隆恩,到头来却是这样说不清道不明的古怪。为什么?从来天意高难问。)但大观园内准备愉悦皇妃明眸的、品种众多的植物们,无疑是江南的阵仗。

贾府在饮食上也是一派江南风味。主食方面以大米为主,面食为辅,米有很多种:碧粳米、胭脂米、红稻米、粳米、绿畦香稻粳米、糯米……宝玉在薛姨妈那里吃的是糟的鹅掌鸭信、酸笋鸡皮汤,他给晴雯留的是豆腐皮的包子,他难得一次当众点单,点的是清鲜的小荷叶小莲蓬汤；丫鬟们给贾母送来的点心是藕粉桂糖糕、松穰鹅油卷和螃蟹馅的小饺子；王熙凤夫妇吃的是火腿炖肘子、喝的是惠泉酒；宝钗和探春让小厨房做的是油盐炒枸杞芽；芳官吃的是酒酿鸭子和胭脂鹅脯；袭人给湘云送大观园里的特产，是红菱和鸡头米这样典型的江南风物……口味总体清淡柔和，烹调上有清鲜香嫩和咸香入味两路，都手艺精细，而且注意时令和食材的新鲜度，在色香味和容器、摆盘上有高标准，菜式上还时常会有别出心裁的创造，这些都是典型的江南作派，很难移植到别处，即使是北京。

还有一件事，既是生活习惯也是饮馔文化，那就是茶。"宝鼎茶闲烟尚绿"，《红楼梦》里茶香四溢，提到的茶有枫露茶、六安茶、老君眉、普洱茶、龙井茶、暹罗国进贡的茶……连沏茶的水都有井水、雨水、雪水等几种，讲究得不得了，沏茶手法也有讲究，分明是江南这样茶风兴盛之地才有的风习和品位。这样的习惯和趣味，与北京独重香片（茉莉花茶）的饮茶口味实在大相径庭。众所周知，老北京人的一天是从一杯茉莉花茶开始的，这种习惯和北京距离茶叶产区远、北京水质欠佳、北方偏重牛羊肉的饮食习惯都有关，因此"北京饮茶最重香片，皆南茶之重加茉莉花熏制者。"（清·崇彝《道咸以来朝野杂记》）直到最近几十年才渐渐改变。

还有器具。《红楼梦》中各式茶具、器具散见于各处。比如，妙玉那里有一些古董级别的名贵茶具，但给众人的也是"一色官窑脱胎填白盖碗"，"填白"就是"甜白"，这是一种官窑烧制的、胎质极薄的、用了明代永乐年间开创的甜白釉的白色茶具。比如，探春的秋爽斋中，设着斗大的汝窑花囊，既然是汝窑，那么必是天青、月白、豆青、粉青这些宁静而雅致的颜色。正月十五贾母家宴上用的是"小洋漆茶盘，内放着旧窑茶杯并十锦小茶吊"，旧窑，人文社版本的注释是"仿古窑"，我猜测此处用这个"旧"字是为了突出茶杯的"做旧""自来旧"，也就是一种素净古朴的风格；十锦小茶吊，没写材质，可能是画着吉庆十锦图案的瓷器，也可能是以器型体现"十锦"的紫砂茶具，很可能是筋囊器。总之，书中大多是文人化的雅致器具，与北方宫廷风的重金子珐琅、色彩浓重、纹样繁复的风格大相径庭。若看乾隆时期北京的瓷器，则主打的是粉红软绿、浓艳繁缛的粉彩茶具。《红楼梦》里经常出现的与之截然不同。

还有一些南方的名产方物，虽说云锦是曹家江宁织造府的拿手戏，丝绸和刺绣是江南的名产，但这些都不成问题，因为天下所有好东西都会源源不断运到天子脚下的首善之区，但有些东西保鲜时效短，就成了"大观园在金陵"的证据。比如荔枝，在没有保鲜技术的年代，清代也不曾听说像唐玄宗时代那样闹一出"一骑红尘妃子笑"，所以应该不太容易出现在北京的王公贵族之家中。而第二回写迎春"腮凝新荔，鼻腻鹅脂"，放在经常可以吃到荔枝的地方的一个少女身上，这个比喻才自然妥帖。到第三十七回，当袭人问起一个缠丝白玛瑙碟子的下落时，晴雯说是给探春送荔枝去的，还没送回来呢。这里对荔枝的态度，也不像在北京——北京纵有荔枝也很难得，不会这样家常随意，连送荔枝和吃荔枝的情节都没有正面写一笔；也不像盛产荔枝的岭南、闽南——荔枝遍地都是，不值得当礼物送人；唯有江南，荔枝是从更南方的别处送来的，虽没有北方那么稀罕，但也是比较难得的时令水果，值得用玛瑙碟子装了送人，探春事后也在给宝玉的信中提了一句：谢谢你让丫鬟送来新荔枝和颜真卿书法，哥哥对我这个生病的妹妹真好。对新鲜荔枝的态度，放在那个年代的江南，非常妥帖。

还有螃蟹，贾府的人吃螃蟹、写咏蟹诗，也是非常日常的事情，到了时节就会吃螃蟹和请吃螃蟹，而刘姥姥即便吃不起，也脱口就说出螃蟹的价格行情，这也是江南才有的生涯和氛围。还有以湘云的名义请大家吃的螃蟹，是宝钗家当铺伙计家的田里出产。螃蟹此物有个特点，一旦死了就不能吃，在没有冷链的时代，薛家伙计的家应该是出城不远的郊区，最多是车马在一天之内的乡下。吃螃蟹的风尚，距离螃蟹产区的距离，都实在无法安排在北京，而若说在南京，则非常合理。

但是，不论说在南京，还是北京，都并非天衣无缝，最重要的，即使无懈可击了，依然会有人"到底意难平"。

那么，故事里的"此时此刻"，荣国府和大观园到底在哪里？曹雪芹不肯明说。有人认为自然在北京，他拈花；有人说当然是南京，他微笑。

南京。我投南京一票。如果从小说的专业角度出发，说得周全一点，那么可以说：《红楼梦》发生的地方是曹雪芹虚构的，原型的现实来源可能不止一处，其中大部分来自南京。

但是，也不要在南京的历史中寻找旧址遗迹，园子是这里，房子是那里，——不要被脂砚斋动不动哭一鼻子误导了，忘记了这是虚构艺术。既然是小说，人物和故事都是虚构的了，还追问什么门牌号码？

所以，可以说荣宁二府和大观园出自南京，也可以说：在南京的上空。它们固然以南京为原型，固然有江南的肌理、江南的风韵、江南的烟水气，但它们也很可能从来不曾完全在南京落地，小说家曹雪芹用一口真气把它托了起来，离地三丈，悬在了南京的上空，悬在了超越时代的一个高度。

大观园是一座位于南京上空的大花园。因为写这本书是曹雪芹在追忆，而最美好的回忆都在金陵——这和他几岁离开金陵不太有关系，因为他爱南京，因为他是天才，因为人会在想象中修复和重构往昔。而《红楼梦》又不只是回望，它又充满了极具创世意义的想象和极具现代性的展望。这样辽阔、恢弘、精微、空灵、痴心而变幻莫测、永恒而不停生长的世界，在回忆中建构起来，最初的原因是感情。最大的内驱力也是感情。

直到当代，作家们仍然是这样的。

杨绛在《我们仨》中这样流露写作缘起："现在我们三个失散了。往者不可留，逝者不可追；剩下的这个我，再也找不到他们了。我只能把我们一同生活的岁月，重温一遍，和他们再聚聚。"

葛亮自传体儿童小说《儿郎》的写作动机是："他们一一从我身边走过，见证我生命岁月的变迁。我愿意重走我的成长轨迹，用一双少年的眼睛去观看那些久违的人与事。目光所及，也许亲近纯净，也许黯然忧伤，也许激荡人心，但总有一种真实，一种带着温存底色的真实，是叫人安慰的。"

这些当代作家的写作缘起，与曹雪芹写《红楼梦》的情感出发点都非常相似。曹雪芹一心"风尘怀闺秀"，也是"用一双少年的眼睛去观看那些久违的人与事"，也是"把我们一同生活的岁月，重温一遍，和他们再聚聚"。

"他只是要在书写中重新活一遍"（李敬泽《永不完成，雪芹最后的梦》）。而曹雪芹愿意重新活一遍的地方，或者他来不及按照心愿活一遍的地方，必定是金陵。只能是金陵。金陵旧梦，像是一张气象万千、精美绝伦的施工草图，但是来不及建成，那张图也丢了，这一回，曹雪芹要为自己画一张更完美的图纸，然后一个人把它建造起来，他的理想之园，他的完美之城，他的永恒之梦境。这回曹雪芹自己动手，不是修复家族往昔荣光，而是建造一个独属于他的完美之园，青春乌托邦，爱与美的理想国。

成住坏空，他比谁都明白，他终究是不会让宝玉进士及第中兴家业，他终究要写忽喇喇似大厦倾，所以对家族对祖宗，他还真是个不折不扣的叛逆。但对给了他一切的金陵，他的爱是始终不渝的。对他来说，美、爱、光亮、荣耀、自由、梦，都在南京。但是，他又不能把它落实在南京，那是旧伤不忍触碰，要避开文字狱的森严窥视，还要为尊者、亲者讳。更可能，他在上穷碧落下黄泉的想象翱翔和往昔未来数千年的精神驰骋之中，仍然要遵循小说内部的合理性，所以，他真的不能把它"断"得明白，故此这个地方始终似是而非，云遮雾绕。

说一切发生在北京,确实也不算错,因为确实很容易找到北京的影子。《红楼梦》有影子,有身体,还有魂灵。

你没听见曹雪芹反复吟唱的"水中月镜中花"?北京只是那水,那镜。那月,那花,终究是金陵。但又不全是真实的金陵,而是他旧梦中的金陵,梦中和心中的金陵——包括那时的月,那时的花,那时没有绽放过的所有美好可能。

小说家也是人。对曹雪芹而言,只有南京,能带来这样的感情原动力和丰沛想象力,那是精神故乡才有的力量。

他肯定有故布疑云的意思,但魔术师本人也很纠结,恐怕大家对他的翻手鸽子覆手空空深信不疑,所以他一边玩障眼法,一边又在帘布上留一条缝,让月在云中若隐若现,于是风吹开我们的眼眸,答案落在我们心中——

他让衔玉而生的这一个宝玉叫"贾宝玉",而金陵另有一个宝玉叫"甄宝玉"。这个似乎确实身居某个北方都城的年轻公子是"假"宝玉,而江南、金陵的那个才是"真"宝玉。

这还不够,他还让贾琏的乳母赵嬷嬷明白说出"如今现在江南的甄家,嗳哟哟,好势派!独他家接驾四次"。"真"宝玉的家里,是接驾过四次的。那个"真"宝玉的家,在江南,在金陵。而康熙一生六次南巡,江宁织造府曹家四次接驾。

家族赫赫扬扬六十年的繁华旧梦,本是一棵参天大树,哪里是能够随便连根拔起的?一花一草,一饮一馔,一声笛,一曲箫,都是江南风物江南风光,何况他心心念念要让她们的珍贵与美好流传后世的女儿们,哪一个不是姣花软玉、明慧灵秀的江南女儿?江南好,风景旧曾谙,此情可待成追忆,只是当时已惘然,能不忆江南?

说到底,小说就是小说。大观园是因为元妃省亲才建的,而这本来是非现实的一件事,是不可能的。历史学家指出:清代两百九十六年历史,宫中的妃子们,从来没有一位真能回家省亲的。她们一进宫,就只有盼着家人奉旨进宫来相见。除了生产期间母亲可以陪伴一些时日,平时的这种宫中相会,时间短,规矩大,不能随意乱动,不能说错话,而且往往身边很多双眼睛,那种紧张局促可想而知。这种见面,有人说,其实类似于探监,话虽难听,却也道破了真相。所以,曹雪芹的时代,皇妃出宫省亲,是不可能的事情。之所以要绝对虚构这样一个情节,是因为要让警幻仙境落到人间。而这个理由,必须还与皇家有关,又不能真的写接皇帝驾。(一方面有现实考量:曹家接的是康熙的驾,雍正朝曹家是被收拾过的罪臣,现在是乾隆朝,当然不宜用"祖上也阔过"来找死或惹事;另一方面是小说作为虚构艺术的专业考量:如果是皇帝临幸、宸游过的园子,只能重兵把守,不可能让人入住,那不要说宝玉的姐姐是妃子,就是皇太后,也没有恩准钗黛、三春和宝玉入住的可能,一丝一毫都不会有。小说家的虚构在想象力和现实之间要寻找一个平衡点,说是皇帝来过的园子,这个平衡就失去了。)

有意无意的云山雾罩,犹如梦境般的恍惚迷离,曹雪芹确实让我们不停地做脑力体操,难度还不小。究竟如何看待这种烧脑的"永远待定"?

宝玉梦游警幻仙境时,警幻仙子让一队表演歌舞的仙姬演唱

《红楼梦》十二曲,"宝玉听了此曲,散漫无稽,不见得好处。但其声韵凄惋,竟能销魂醉魄。因此也不察其原委,问其来历,就暂以此释闷而已。"在这里出现了两条重要的脂批,一条是:"此结是读《红楼》之要法。"另一条是:"妙!设言世人亦应如此法,看此《红楼梦》一书,更不必追究其隐寓。"

确实。读《红楼梦》,应该与户籍警、考古专家、侦探都划清界限,不要察其原委,不要问其来历,更不必蛛丝马迹地追究到底,就单纯地轻松地开放五感、敞开心灵,接受浸润、吹拂和照耀,自然会有一种神秘力量,一种散漫无稽的魅力徐徐降临,沁染你、渗透你、震撼你、洞穿你、幻灭你、恍惚你、唤醒你、花香沉醉你、明月当头你、酸酸楚楚你、柔肠百转你、心满意足你、百感交集你、霜风吹彻你、醍醐灌顶你……读完《红楼梦》的你,与读之前的你,不再是同一个人。

大荒山无稽崖在哪里?无稽之处。青埂峰在何处?情根自然种在心里——心间也好,脑电波也罢,是不可见之处。警幻仙境又在何处?梦中仙境,如何追究!既然这些都不追究,那么,何必追问大观园在何处。大观园必定在小说家曹雪芹心里,然后精妙无双地出现在他的笔下。

如果你把宝玉黛玉读进了心里,那么大观园也就时时刻刻在你心里。读《红楼梦》的时候,它在你的面前,你在它的怀抱里;独步长路、穿越风雨的时候,它在你身上,在你背上。不,不是一个小小行囊,而是你身上长着的一对翅膀,小小的,隐形的,翅膀。随时张开,就会带你飞到风雨之上。

后四十回是曹雪芹写的吗?

叁

03

《红楼梦》后四十回是不是曹雪芹写的？多数人认为不是，也有人认为是，各凭感觉，谁也说服不了谁。可能原因在于两方都觉得"显而易见"，其实都主要在凭感觉说事，理性证据不足。

我好几个研读《红楼梦》甚有心得的朋友，都不喜欢后四十回，能不看就不看，遇到因为工作或写作原因必须看的时候，都需要做一番"心理建设"，甚至半开玩笑地自嘲"迫于生计"；而我，经常会下意识地否认我看过后四十回，有一天在朋友圈真心实意地这么说，被往日《腾讯·大家》的编辑发现了，她说："你写过宝玉父子最后告别，谈过林姑娘吃大头菜，你起码看了一百遍吧？"后四十回，不看不看，但事实上看过十几遍大概还是有的，可是我怎么就脱口而出说我没看过呢？一个人，让认识的人拒绝承认认识，则其人可想而知。

后四十回当然不是曹雪芹写的。或者说，后四十回，与前八十回，当然不是一个作者所作。

《红楼梦》一开篇，作者就明确说出了写作理想：摆脱陈旧熟（俗）套，新奇别致，"令世人换新眼目"，不可不留意作者自定的新标准。先来看看前八十回，曹雪芹的标准。

作为小说家，什么最能体现他的文字功力？很多人会说，画面感。或者，人物对话。很多人又会说，人物刻画。有人又说，分明是景物描写。有人会说，分明是那些精准的动作描写。一定还会有人说：那些一人一体的诗词歌赋。

我却认为，是他给人物"写评语"的时候。小说本来就是深刻体现作者思想内涵、情感体系和文学审美的，对人物的评价又是彻底体现作者世界观、人生观和审美标准的，所以，当他评价他的人物的时候，属于天才的思想、情感、才华、审美几重重叠，识见高明，镂心雕肾，生面别开，文字功力达到巅峰，让我们得到语言文字艺术的最高享受。不仅如此，留意曹雪芹给人物写的评语，可以让我们了解曹雪芹思想、趣味的归凭和内心的底牌。

第二回第一次写到未出场的黛玉，用的是四个字："聪明清秀"。

脂评说："看他写黛玉，只用此四字。可笑近来小说中，满纸'天下无二''古今无双'等字。"是的，第一次提到黛玉，没有写外貌写装扮，只用了"聪明清秀"这四个字。如此平常的四个字,却实在是妙。

写甄士隐家的丫鬟这样次之又次的角色,"仪容不俗,眉目清朗",写甄英莲,也直书"生得不俗",而女主角黛玉偏偏一个字都不写容貌。到了第五回,又说黛玉"孤高自许,目无下尘"。越说越抽象,只一股独迈流俗、遗世独立、"我与我周旋"的气息隐隐透出,让人想起魏晋风度、林下之风、神仙气质……难怪曹雪芹让她姓林。十二钗中也只有她配姓林。

曹雪芹笔下,一个"秀"字,是极高的评价,宝玉、黛玉、北静王都拥有。正因为评价极高,表达的时候越收着越高级。

宝玉看北静王,"真好秀丽人物"。说男子,说王爷,偏用"秀丽"二字,多么意外,多么含蓄,落落大方。

第四回第一次写宝钗,用的是八个字:"肌骨莹润,举止娴雅"。从肌肤到容貌到气质修养。中国人写气质,总是用"骨"来说事:"风骨""其俗在骨""烟霞闲骨格",写到了骨,皮囊之外的气质、肉身之上的神韵就看得见了。"肌骨莹润,举止娴雅",八个字写出了"山中高士晶莹雪",多么传神。写通灵宝玉时也是"莹润如酥",所以曹雪芹笔下"莹润"这两个字是绝不随便用的;加上女性美的高处——娴雅,这还了得?在日常的此岸,这就是极致了。为了这几个字,我终不能认为曹雪芹是不欣赏宝钗的。

到了和宝玉黛玉见面之后,又说宝钗"品格端方,容貌丰美",这八个字和前面八个字有区别,标准明显下降,开始"入世",一方面是宝钗进入贾府,有意收敛起"山中高士晶莹雪"的高冷和清净,另一方面,这是从曹府的普通人眼中看出来的,他们最多

349

只能感知到"品格端方,容貌丰美",曹雪芹心目中的"肌骨莹润,举止娴雅"本来就不在他们的认知范围之内。

宝玉心目中此二女的容貌高下如何?宝玉梦游太虚幻境看到警幻之妹可卿时,觉得她"鲜艳妩媚,有似乎宝钗;风流袅娜,则又如黛玉。"所以在宝玉眼中,宝钗是"鲜艳妩媚",黛玉是"风流袅娜"。这位仙女可卿,名叫兼美,分明点出是兼得薛林二人之美。由此可知宝玉心中,仅就容貌而言,这两位姑娘是各有千秋的。同时,曹雪芹暗示我们:宝钗、黛玉这两种极致之美,现实中任何人不可能兼有,要"兼美",那只能在仙境里遇到了。

这里有个细微处值得玩味:宝玉眼中的宝钗,居然是"鲜艳妩媚",这个看法与其他人很不一样,因为所有人都觉得她是个端庄矜持、不苟言笑的冷美人,与鲜艳、妩媚毫不沾边,但是宝玉就是觉得她鲜艳妩媚。可以联想宝玉对袭人的看法——柔媚娇俏,也是和其他人对袭人的"粗粗笨笨"的印象大相径庭的;宝玉对蒋玉菡的看法——妩媚温柔。这三个带有"媚"字的评价,是曹雪芹写宝玉眼中所见,心中所感,明显带着性的吸引,是在写这三个人对宝玉的性魅力。

至于对全书主角贾宝玉的评价,真是一千个人眼中有一千个宝玉。冷子兴说是一种,黛玉之母对黛玉说是一种,王夫人说是一种,外人议论是一种,"后人"铁口直判的《西江月》二首是一种——

无故寻愁觅恨,有时似傻如狂。纵然生得好皮囊,腹内原来草莽。潦倒不通世务,愚顽怕读文章。行为偏僻性乖张,那管世人诽谤!

富贵不知乐业，贫穷难耐凄凉。可怜辜负好韶光，于国于家无望。
天下无能第一，古今不肖无双。寄言纨袴与膏粱：莫效此儿形状。

那么对宝玉真正的评价呢？第五回宁荣二公拜托警幻仙姑开导宝玉时说他"聪明灵慧"，与黛玉的"聪明清秀"大致意旨相同。这可不是寻常事，就因为"聪明灵慧"，宝玉成了宁荣二公心目中唯一可以指望的子孙。

而且这不是祖先的偏爱。警幻仙姑也"知他天分高明，性情颖慧"，这是仙姑的评价，洞察透彻，准确无疑，高于凡间的众说纷纭。

宝玉的容貌气质呢？从待他最严苛的父亲贾政眼中写。第二十三回，"贾政一举目，见宝玉站在跟前，神采飘逸，秀色夺人"。是因为上了年纪看亲生儿子都好吗？并不是，就在同一时空，贾政"看看贾环，人物委琐，举止荒疏"。所以，对宝玉一向以"无知的蠢物"打招呼、以"作业的畜生，还不出去！"道再见的严父，这一天终于去掉心理焦虑滤镜，看清楚了宝玉是什么样子的：神采飘逸，秀色夺人。这八个字，何等分量。彼时宝玉若知，也不至于见了父亲像避猫鼠了。

一开头说黛玉"聪明清秀"，说宝玉"聪明灵慧"，初时宝玉少了的那个"秀"字，终于在这里补上了。宝黛都是既"聪明"且"秀"。除了这两个词，他们还共有一个字——"逸"。宝玉"神采飘逸"，黛玉尚未进大观园，从扬州回来时，就已经"越发出落的超逸了"。宝玉是飘逸，黛玉是超逸。后来还说宝玉（才华）"空灵涓逸"（第七十八回），再次冠以一个至高无上的"逸"字。

· 351 ·

写宝玉"飘逸"是从贾政眼中看出来的,写黛玉"超逸"是从宝玉心中品度出来的。注意,在宝玉眼中,黛玉是至情至性、风流袅娜、谈吐有致、聪慧过人的,一句话,是优美的,可爱的,却更是超逸的。也可以说,在命中注定的至爱宝玉面前,黛玉依然是超逸的,绝不像宝钗、袭人,会阵发性释放"鲜艳妩媚"或"柔媚娇俏"的魅力。精神性的、带着仙气、独一无二的爱,与不能摆脱青春身体欲望的、地面上、日常的吸引之不同,在这里做了一个鲜明对比。只不过曹雪芹照例是不说破的,你若留心了,他便微笑;你若泛泛而过,那也无妨,有一天终究会领悟的。

这还不够,因为一开篇冷子兴就代表普罗大众说宝玉淘气异常,说出来的孩子话也奇怪,所以还需要补一笔宝玉的待人接物和谈吐。

第十五回,宝玉路谒北静王,北静王对他的印象是:"言语清楚,谈吐有致",这八个字是宝玉的礼数进退和对答谈吐。脂批忍不住赞道:"辞对神色,方露出本来面目,迥非在闺阁中之形景"。又说:"八字道尽玉兄,如此方是玉兄正文写照。"这才是宝玉的本来面目。宝玉口角伶俐,礼数周全,落落大方,对答得体,所以他后来被命令陪贾雨村,被贾政骂"全无一点慷慨挥洒谈吐,仍是葳葳蕤蕤""脸上一团思欲愁闷之气",完全是他本来不耐烦见贾雨村,加上为金钏儿夭亡而伤感,没有心情而已。贾政像一个严苛的老师,要求一个十几岁的少年不停地考试,每次都要考高分,不许有一点波动,不近情理。

因为在诗社里,宝玉作诗每每压尾,所以很多人觉得论文才,黛玉第一，宝钗、湘云并列亚军，宝琴、妙玉也颇有诗才，连李纨也经常批评宝玉的诗，似乎宝玉都比不上她们，在大观园中才华平平。其实不然。

第十七回《大观园试才题对额　荣国府归省庆元宵》中，宝玉的审美见解、写作主张都颇高明，而且显示出了超越年龄的博览众书、胸有丘壑。况且他还有捷才，父亲命他作一副七言对联来，"宝玉听说，立于亭上，四顾一望，便机上心来"，他作的对联是："绕堤柳借三篙翠，隔岸花分一脉香。"新雅而工整，于环境非常贴切，又清丽别致。连贾政听了都点头微笑，一众清客都称赞不已。

在这么短的时间内完成这样的命题写作，而且完成得如此漂亮，可见宝玉的才华。即使面对严父，只要是他感兴趣的题目，他都能施展不凡身手。后来写《姽婳词》，再次证明了这一点。

宝玉题潇湘馆的对联更高明："宝鼎茶闲烟尚绿，幽窗棋罢指犹凉。"脂批连连赞叹："'尚'字妙极！不必说竹，然恰恰是竹中精舍。""'犹'字妙！'尚绿'、'犹凉'四字，便如置身于森森万竿之中。"题蘅芜苑的对联是："吟成豆蔻才犹艳，睡足荼蘼梦也香。"更是极好。可见宝玉也很有才华，略一沉吟，便脱口而出，所谓"天分高明"者是也。

当然宝玉与众不同之处，在于他对女孩儿们的理解，以及对女孩儿们的用心。为什么说宝玉绝不是好色之徒，倒反而是女儿的欣赏者、守护者和赞美者，是性情优美、内心柔软、知情识趣、识人高下、善于赏鉴、品高性雅的人？

他对心爱的黛玉就不用说了，时刻牵挂，体贴入微，黛玉一生气他就赔不是，动不动"好妹妹叫了几万声"。若读者没有经历过魂牵梦萦、刻骨铭心的恋情，真的会觉得他爱得过于细腻、过于缠绵，简直琐碎，近乎丧失理智，往往不可理喻，但是，他和她，爱得纯粹、真挚、深刻，爱得心心相印，生死相许，是高纯度的爱情。如果我们淡忘了爱情本来的模样，随时看看宝玉和黛玉如何相处，也许就会记起来。

这里不说他对心上人，单说宝玉对其他女儿的态度，尤其是地位比较低下的女孩子们。对素不相识的龄官，他看见她一边流泪一边用簪子在地上写"蔷"字，马上意识到这个女孩子正在忍受内心煎熬，非常同情，恨不得替她分担一些煎熬。下起雨来，宝玉忘记了自己也站在雨中，第一反应就是"他这个身子如何禁得骤雨一激"，连忙提醒她，被龄官反提醒，才醒悟自己浑身冰凉，连忙一路往怡红院跑，心里还记挂着那女孩子没处避雨。

他对平儿的好，可谓替《红楼梦》读者完了一个心愿。平儿受了贾琏、凤姐的冤枉气，哭了一场，一时需要一个避难所平复心情，宝玉便让平儿到怡红院中，先代替贾琏夫妇向她赔了不是，然后让丫鬟们给她舀洗脸水、换衣服、熨衣服，自己则劝她重新收拾仪容，并取出自己特制的紫茉莉粉和胭脂膏，亲自在旁边当她的美容助理，指导她重新化了妆，还用竹剪刀剪了一枝并蒂秋蕙，给平儿簪在鬓上——兰蕙雅洁脱俗，又开了并蒂，这枝花，包含了宝玉对平儿深深的欣赏和无言的祝福。在他心目中，平儿是个"极聪明、极清俊的上等女孩儿"，一直为没有机会对她尽心而遗憾，这一次，因为一连串的意外,平儿居然来到怡红院梳妆,令宝玉心里怡然自得。按照一个女儿本来应得的待遇去对待这个女儿,对宝玉是日常中最大的乐事。

他对香菱也极好,为她有机会学写诗而高兴,后来遇到她不小心弄脏了宝琴送的裙子,——宝玉跌脚叹道:"若你们家,一日遭踏这一百件也不值什么。只是头一件既系琴姑娘带来的,你和宝姐姐每人才一件,他的尚好,你的先脏了,岂不辜负他的心。二则姨妈老人家嘴碎,饶这么样,我还听见常说你们不知过日子,只会遭踏东西,不知惜福呢。这叫姨妈看见了,又说一个不清。"宝玉带袭人送来一模一样的裙子,让香菱换了下来,让香菱免去了一场麻烦。有机会善待女儿,宝玉又是喜欢非常,他对香菱无限同情:"可惜这么一个人,没父母,连自己本姓都忘了,被人拐出来,偏又卖与了这个霸王。"

他平时与兄弟们也都相处和睦,但是一遇到女儿,就觉得他们俗蠢,配不上这些好女儿。因为平儿,他才说贾琏俗;因为香菱,他才说薛蟠是呆霸王。

就连对彩云,这个和他完全看不上的庶出弟弟贾环有私情的丫鬟,他对她也很好。彩云偷了王夫人那里的玫瑰露给贾环,事发之后,平儿照顾探春的面子,不愿意挑明,宝玉愿意应了此事,保全众人,彩云羞愧之下,承认了,并且表示愿意到凤姐那里承担此事。这时候宝玉的反应是什么?"宝玉忙笑道:'彩云姐姐果然是个正经人。如今也不用你应,我只说是我悄悄的偷,唬你们顽。如今闹出事来,我原该承认。只求姐姐们以后省些事,大家就好了。'"对一个偷东西的丫鬟如此温和，甚至在她承认了之后居然夸她是"正经人"，可见宝玉标准的与众不同。在他看来，彩云敢作敢当，不愿意连累无辜之人，这就是"正经人"。

在宝玉身上，曹雪芹还强调了一个重要的标准：与生俱来的，天生的，属于天性的。第五回，写宝钗来了以后，黛玉心里有些不舒服，"那宝玉亦在孩提之间，况自天性所禀来的一片愚拙偏僻，视姊妹兄弟皆出一体，并无亲疏远近之别。"第九回又写宝玉"天生成惯能作小服低，赔身下气，情性体贴，话语绵缠。"第二十九回又写"原来那宝玉自幼生成有一种下流痴病，况从幼时和黛玉耳鬓厮磨，心情相对；及如今稍明时事，又看了那些邪书僻传，凡远亲近友之家所见的那些闺英闱秀，皆未有稍及林黛玉者，所以早存了一段心事，只不好说出来，故每每或喜或怒，变尽法子暗中试探。"

脂批在第八回（宝钗看通灵宝玉、宝玉识金锁）说："一是先天含来之玉，一是后天造就之金。……"确实，正如宝玉的通灵宝玉是生下来就有的，他的天分与性情也是与生俱来的，不像宝钗，是后天努力修炼、刻意经营的结果。

曹雪芹有几个特别重要的标准。

第一个关键词是：明白人。

从宝玉到宝钗到紫鹃到湘云，口中都说过这个词。根据书里的描写可知，"明白人"的反义词主要是"糊涂人""糊涂虫"，有时是"不会体人情"，有时候是"尴尬人"（"尴尬人难免尴尬事"真是全书最犀利的一个回目），有时是"粗笨可怜的人"。由此可知，

"明白人"就是指这个人头脑清楚，见事公允，通情达理，知好歹，有同理心，甚至是大局观好，想得开，有远见。

另一个关键词是：风流。

第一回故事开始于姑苏，"红尘中一二等富贵风流之地"（黛玉就是苏州人），僧人就说"有一段风流公案正该了结"，有"一干风流冤家"要投胎入世。道人也明白"原来近日风流冤孽又将造劫历世去不成？"这一回里，又连连说出"风流人物""风流孽鬼"。

第三回，黛玉进贾府，众人眼中的她，"年纪虽小，其举止言谈不俗，身体面庞虽怯弱不胜，却有一段自然风流态度……"第五回，又说她"风流袅娜"。第二十五回，又写薛蟠"忽一眼瞥见了林黛玉风流婉转"。第三十七回，诗社写海棠诗，李纨评论黛玉的诗"风流别致"……这就是所谓"林下风流"。黛玉的判词中用"咏絮才"来和谢道韫联系起来，而谢道韫就是被誉为具"林下之风"的人物，曹雪芹还特地安排黛玉姓林，黛玉是《红楼梦》中最有自然风流态度的女子、最具"林下之风"的女子，所以再三写出黛玉身上的"风流"。

第四十回，说北静王"才貌双全，风流潇洒"。

第四十九回，湘云说："你知道什么？'是真名士自风流'，你们都是假清高，最可厌的。我们这会子腥膻大吃大嚼，回来却是锦心绣口。"

第七十八回，说宝玉"每见一题，不拘难易，他便毫无费力之处，就如世上的油嘴滑舌之人，捕风捉影，伶口俐舌，长篇大论，胡扳乱扯，敷演出一篇话来。虽无稽考，却都说得四座春风。

虽有正言厉语之人，亦不得压倒这一种风流去"。

另外，《红楼梦》是以"清""浊"论高下的，所以，对人的评价是分"清""浊"两大系的，在"清"系之中有：水做的女儿　风流　禀性恬淡　神仙一流人品　有宿慧的　意淫　聪明人　聪明灵秀　清明灵秀　温厚和平　聪明文雅　温柔安静　知义多情　极多情的　端雅稳重　聪明俊杰　风雅王孙……

在"浊"系之中的有：须眉浊物　粗蠢　粗陋　俗蠢拙物　糊涂人　尴尬人　不省事　世间俗恶　酒色之徒　膏粱轻薄之流　皮肤滥淫之蠢物　图便宜没行止的人　浮萍心性　禄蠹　浑人　爱势贪财　脏老婆子　嫌隙人……

对人物评价又可以分作者对人物的评价（及标准）以及人物对人物的评价。

一、作者对人物的评价及标准：

秦可卿：形容袅娜　性格风流

凤姐：举止舒徐　言语慷慨　珍贵宽大　平生争强斗智

北静王：形容秀美　情性谦和

宝琴：年轻心热　本性聪慧　读书识字

柳湘莲：素性爽侠　不拘细事

邢岫烟：是个知书达礼的　虽有女儿身分　还不是那种佯羞诈愧一味轻薄造作之辈

刘姥姥：村野人　有些见识　世情上经历过的

邢夫人：禀性愚犟　啬克异常　儿女奴仆　一人不靠　一言不听的

探春：平和恬淡　精细处不让凤姐　只不过言语沉静　性情和顺而已

傻丫头：简捷爽利　心性愚顽　一无知识

晴雯：使力不使心的　聪敏过人的人

周瑞家的：有些体面　心性乖滑

孙绍祖：生得相貌魁伟、体格健壮　弓马娴熟　应酬权变（脂批："画出一个俗物来"）

贾雨村：生得腰圆背厚、面阔口方，更兼剑眉星眼、直鼻权腮（不但写他的俗，也是为他后面的阴险毒辣做反差铺垫的）

夏金桂：外具花柳之姿，内秉风雷之性（和上面两个男性一样，似褒实贬，写其俗恶）

……

此外还有一些不单指一人的标准，比如：青年娇憨女子　千金万金的小姐　轻薄人

二、人物对人物的评价：

贾母看宝钗：稳重和平

贾母看秦钟：形容标致　举止温柔

贾母看凤姐：嘴乖　鬼灵精儿　太伶俐

贾母看王夫人：可怜见的　不大说话　和木头似的，在公婆面前不大显好

秦可卿看凤姐：脂粉队里的英雄

秦可卿说贾家：诗书旧族

凤姐说宝玉：尊贵人　女孩儿一样的人品

贾琏看香菱：生得好齐整模样　越发出挑的标致了

宝钗看小红：眼空心大　刁钻古怪

宝钗说王夫人：慈善人

宝钗说金钏儿：糊涂人

宝钗说黛玉和平儿等：明白人

宝钗说薛蟠：无法无天，人所共知

薛蟠认为自己：心直口快

薛蟠认为宝钗：不是多心说歪话的人

邢夫人说鸳鸯：行事做人　温柔可靠

写王夫人看宝钗：妥当人

宝钗看探春：是个聪敏人

梦中甄家的人说宝玉：生的倒也还干净　嘴儿也倒乖觉

薛姨妈看香菱：温柔安静

薛姨妈看邢岫烟：端雅稳重

薛姨妈看薛蟠：素习举止浮奢

薛姨妈说过的其他标准：古怪　多心的　旧家子人家的女孩儿　搅家精

宝玉说黛玉：多心　有些小性儿　越发超逸　最标致美貌的一位小姐

宝玉提到的标准：浊玉　浊世　女儿　清洁人　世间俗恶

宝玉说妙玉：为人孤僻　不合时宜　超然如闲云野鹤　世人意外之人

岫烟说的两组标准：畸人（畸零之人）——世人（世中扰扰之

人） 槛外人——槛内人

宝琴看大观园女子：都不是轻薄脂粉，又见林黛玉是个出类拔萃的

平儿骂贾瑞：没人伦的混账东西

凤姐骂贾环：歪心邪意 狐媚子霸道 不尊重 往下流走 安着坏心

李纨（评诗词）：有身份 风流别致 含蓄浑厚

茗烟说想象中宝玉祭奠的姑娘：人间有一天上无双 极聪明、极俊雅的姐姐妹妹

刘姥姥讲故事里说的：极标致的一个小姑娘

宝钗看邢岫烟：为人雅重

晴雯说芳官和她的干娘：不省事 太不省事

凤姐骂贾蓉：天雷劈脑子 五鬼分尸的没良心的种子

凤姐骂尤氏：又没才干 又没口齿 只会一味瞎小心图贤良的名儿

司棋说情人：没情意的

司棋祝鸳鸯：福寿双全

赖大家的看晴雯：千伶百俐，嘴尖性大，为人却倒还不忘旧

王夫人看晴雯：狐狸精 有本事的人 有些调歪 不大沉重

宝玉看晴雯：生的比人强些 情性爽利 口角锋芒些

贾政（看了灯谜）觉得元、迎、探、惜和宝钗：皆非永远福寿之辈（这是用否定式代替"福薄寿短"这样直接不吉的字眼。）

惜春自认：清清白白的一个人

尤氏讽刺惜春：你是千金万金的小姐

李嬷嬷骂袭人：忘了本的小娼妇

老婆子们骂晴雯：祸害妖精

王善保家的自己骂自己：老不死的娼妇

兴儿看尤二姐：斯文良善人

……

当然，书中人物常有自谦之语。比如——

宝玉自谦：须眉浊物 我们一流俗人 些微有知识的

宝钗自谦：命小福薄

贾母自谦：老废物

……

全书中也有带黑色幽默的评价。比如：王夫人突然对晴雯出手时说"王夫人原是天真烂漫之人，喜怒出于心臆，不比掩词饰意之人"，分明是心思糊涂，主观专断，蛮横粗陋，草菅了"天真烂漫"的人命，偏偏用这四个字来说王夫人，说明这个名门大小姐出身的、荣国府当家奶奶，就是时时处处这样自居的，无理可喻，也无人敢于指出她的错误，令人哭笑不得。

还比如，写晴雯的表哥多浑虫"器量宽宏"，指的是他不在乎妻子到处红杏出墙，也令人忍俊不禁。

看完前八十回的这些评价和标准，再看后四十回，不但人物气质荒腔走板，而且动作、语言、衣食都不对了，要么完全走样，要么丢了元神失了风采。就算有人说这是因为后来情节、色调变化，那么一个作家内在的标准总是不会变的。可是恰恰这后四十回的作者,他看世界、品人物的标准,与上述前八十回的曹雪芹的标准明显不同。

后四十回,出现了很多新的"标准",比如:年轻的人,性儿急的人,没趣儿的东西,有心计儿的,妥妥当当的孩子,假惺惺的人,又尖利又柔情的话,心肠儿好的,知礼的,为人怪癖,假惺惺,没主意恋火坑的人,有些顽顽皮皮的,稳重,廉静寡欲极爱素淡的……读了直觉笨拙别扭。

除了"明白人""混账东西""没规矩"这几个沿用得基本不差,还有一些是原来出现过的,后四十回将其进行了重新组合,结果变得生硬,或者笔力大失,比如:最清最雅的,伶俐姑娘,轻佻刻薄的人,不是伶牙俐齿的人,柔顺的孩子……

诸如此类,罄竹难书。后四十回的用词,明显呈现了三大特色:第一,平庸化、陈旧化。第二,不恰当的口语化。第三,文字功底急剧降低。初看就是功力有限,心到笔不到,再看就是才华局促,一个非天才的写作者在搜肠刮肚、绞尽脑汁、竭力模仿一位顶级的天才作家。

后四十回的人还都性情改变、智商下降,黛玉、宝玉都动不动发呆,灵性全无。更可怕的是,所有人动不动就脸红,黛玉是这样,宝玉也是这样,贾琏也这样,香菱也这样,似乎所有人都变得假道学和心虚起来。黛玉过个生日,无缘无故就"含羞带笑""红着脸微笑",全无大家小姐的风度,扭捏作态,过生日弄得像举行婚礼似的。

黛玉竟然会对宝玉说八股文章"内中也有近情近理的,也有清微淡远的。那时候虽不太懂,也觉得好,不可一概抹倒"。连宝玉听了都觉得不甚入耳,奇怪黛玉怎么也这样势欲熏心起来了。(第八十二回)连宝玉都奇怪的黛玉,是多么奇怪的存在啊。

而宝玉会对薛姨妈这样评价薛蟠的小伙伴们:"薛大哥相好的都是些正经买卖大客人,都是有体面的,那里就闹出事来。"(第八十四回)宝玉居然会说出"正经买卖大客人"和"有体面的"这样的话,堕落到了冷子兴之类的水平。

更可怕的是,贾琏居然对王熙凤说出"大萝卜还用屎浇"这样粗俗不堪的俗话(第一○一回)用以表达"早已明白,不必多说"这样的意思,贾琏这样读过书的大家公子,文化水平真的会随家道衰落至此吗?况且贾琏又不事稼穑、又不管家族庄子的事务,这样的话他恐怕听都没听到过,怎么可能随口说出?贾琏为人虽俗,但还不至于如此粗鄙、恶俗。

从这些变化上看,前八十回和后四十回是一个人所写的可能性,近乎零。

第二个证据,植物。有时候很细微的证据可以说明很重要的问题。植物专家潘富俊提出了自己的证据:《红楼梦》书中总计写到237种植物,其中前四十回写到165种,平均每回11.2种;中间四十回写到161种,平均每回10.7种;最后四十回则只用到66种,平均每回3.8种。

这样一比较,便可以发现,后四十回作者的植物素养明显不如前八十回,前八十回和后四十回的作者不是同一个人,可以以此作为明证。这个证据,非常间接,但是一剑封喉。

我一向认为现在看到的后四十回不是曹雪芹所作，但也知道嫌弃和嘲笑后四十回容易，找到证据难，但当我读《阆苑仙葩 美玉无瑕——红楼梦植物图鉴》一书时，我着实松了一口气，潘富俊所入手的巧妙角度以及他所统计出来的每一回出现植物的频率，我认为，可以作为前八十回和后四十回不是一个人所作的有力证据了。

受了这个启发，我看了一下回目，前八十回中，葫芦僧的"葫芦"、绛芸轩的"芸"、梨香院的"梨"、茜香罗中的"茜"、金兰契的"兰"、花解语的"花"这样"隐性"植物的不算在内，确凿地在回目中出现的"显性"植物：莲叶、梅花、海棠、菊花、红梅、杏子、柳叶、茉莉、蔷薇、玫瑰、茯苓、芍药、石榴、桃花、柳絮……至少有二十处。

而后四十回，仅有一处，就是第九十四回的《宴海棠贾母赏花妖 失宝玉通灵知奇祸》中的"海棠"。

平均下来，前八十回，植物每四回就在回目中出现一次，而后四十回，每四十回才出现一次，出现概率是前八十回的十分之一。这应该也是一个补充证据。

可能有人会说：同一个作者，会不会因为情节和气氛的转折，家族败落、大观园花柳凋零、荒凉悲苦，顾不上欣赏奇花异木，所以不再那么频繁地想起植物了呢？就是说，在写作过程中，作者是同一个曹雪芹，他有没有可能写着写着，自然而然地越来越少写到植物呢？

不会。而且如果你和我一样，体会到植物对于以《红楼梦》

为代表的中国文学的"情感－审美－生命谱系"的意义,就不会有这个问题。

《红楼梦》里的植物从来不仅仅是植物。

植物在故事的源头就占据重要地位。西方灵河岸上,三生石畔,神瑛侍者以甘露浇灌一棵绛珠草。绛珠草修成的绛珠仙子为报灌溉之情,陪他下界为人,用一生的眼泪还他。这就是宝玉和黛玉的仙缘、夙缘。黛玉姓林,又自称草木之人,都是不自知之中的契合。

植物不但是环境,也是氛围、情节的一部分。植物是红楼中人"家园"的一部分,也是红楼中人"日常生活"的一部分,植物们有极大的情感价值和或明或隐的人格寓意,她们甚至是未卜先知的预言家。

第五十一回,宝玉发现为晴雯请的第一个大夫用的是药性过于猛烈的虎狼药,赶紧叫人再去请王太医——

> 一时茗烟果请了王大夫来,诊了脉后说的病症与前相仿。只是方子上果没有枳实、麻黄等药,倒有当归、陈皮、白芍等,药之分量较先也减了些。宝玉喜道:"这才是女孩儿们的药,虽然疏散,也不可太过。旧年我病了,却是伤寒,内里饮食停滞,他瞧了,还说我禁不起麻黄、石膏、枳实的狼虎药。我和你们一比,我就如那野坟圈子里长的几十年的一棵老杨树,你们就如秋天芸儿进我的那才开的白海棠。连我禁不起的药,你们那里禁得起?"麝月等笑道:"野坟只有杨树不成?难道就没有松柏?我最嫌的是杨树,那么大笨树,叶子只一点子。没一丝风,他也是乱响。你偏比他,也太下流了。"宝玉笑道:"松柏不敢比。连孔夫子

都说:'岁寒然后知松柏之后凋也。'可知这两件东西高雅,不怕害臊的才拿他混比呢。"

宝玉对女孩子的珍爱,对圣贤书的熟稔和带自谦自嘲的自我认知,都是通过植物来表达。麝月显然对大观园外的植物也有了解,所以就和宝玉探讨起坟地常见的几种植物。不过麝月的见识到底有限,而且只是贴地而思,没有趣味。而宝玉所思所虑的植物,就一头通审美,一头通圣贤:用新开的白海棠来比喻晴雯等女孩子,既说出了女孩子的娇弱,也带着强烈的审美意味,说女孩子像白海棠,意味着柔美、脆弱、洁白、不沾人间烟火,经不起一点粗暴对待……说自己是野坟圈子里的大杨树,而且借麝月之口贬低了杨树(暗讽宝玉的"无事忙"),但这个自我贬抑的比喻是宝玉面对美好女儿们和面对孔夫子的双重谦卑,显得宝玉格外高贵。

可惜宝玉和王太医联手,对晴雯也终究是"治得了病治不了命",后来晴雯终于被羞辱、斥骂后赶出了大观园,宝玉伤心地说——

"……他自幼上来娇生惯养,何尝受过一日委屈。连我知道他的性格,还时常冲撞他。他这一下去,就如同一盆才抽出嫩箭来的兰花送到猪圈里去一般。况又是一身的重病,里头一肚子的闷气。他又没有亲爷热娘,只有一个醉泥鳅姑舅哥哥。他这一去,一时也不惯,那里还等得几日?知道还能见一面两面不能了!"说着,又越发心酸起来。

袭人笑道:"可是呢,你'只许州官放火,不许那百姓点灯'。我们偶然说一句略妨碍些的话,就说不利之谈,你如今好好的咒他是该的了？他便比别人娇些，也不至于这样起来。"宝玉道："不是我妄口咒他，今年春天已有兆头的。"袭人忙问何兆。宝玉道："这阶下好好的一棵海棠花，竟无故死了半边，我就知必有异事，果然应在他身上。"

袭人听了，又笑起来，因说道："我待不说，又撑不住，你太也婆婆妈妈的了。这样的话，怎么是你读书的男人说出来的。草木怎又关系起人来了？若不婆婆妈妈的，真也成了个呆子了。"宝玉叹道："你们那里知道，不但草木，凡天下之物，皆是有情有理的，也和人一样，得了知己，便极有灵验的。若用大题目比，说有孔子庙前之桧，坟前之蓍；诸葛祠前之柏，岳武穆坟前之松。这都是堂堂正大随人之正气，千古不磨之物。世乱则萎，世治则荣，几千百年来，枯而后生者几次，这岂不是兆应？小题目比，就是杨太真沈香亭之木芍药，端正楼之相思树，王昭君冢上之草，岂不也有灵验？所以这海棠亦应其人欲亡，故先就死了半边。"（第七十七回）

用"才抽出嫩箭来的兰花"来形容美丽、高洁而脆弱的晴雯，用"猪圈"比喻她被送去的地方环境之污浊和不堪，实在是非常精准的理解。宝玉说了这句话，就是晴雯的知音，也不枉晴雯病中为他补孔雀裘了。

这番对话，除了再次用美而雅洁而娇弱的花卉比喻晴雯，还完整地表达了宝玉的"植物观"，在宝玉心目中，植物和人一样，有灵、有情，一定场域之内的枯荣，往往是某种征兆——植物不寻常的变化，是有缘故（带预警）、有灵验（最终得到事实验证）的。

怡红公子宝玉总是对植物有着敏锐的感应、丰富的感情和近乎本能的联想：

有一回，那一日正当三月中浣，早饭后，宝玉携了一套《会真记》，走到沁芳闸桥边桃花底下一块石上坐着，展开《会真记》，从头细玩。正看到"落红成阵"，一阵风过，把树头上桃花吹下一大半来，落的满身满书满地皆是。"宝玉要抖将下来，恐怕脚步践踏了，只得兜了那花瓣，来至池边，抖在池内。那花瓣浮在水面，飘飘荡荡，竟流出沁芳闸去了。"（第二十三回）

又一回，宝玉因低头看见许多凤仙石榴等各色落花，锦重重地落了一地，因叹道："这是他（黛玉）心里生了气，也不收拾这花儿来了。待我送了去，明儿再问着他。"说着，只见宝钗约着他们往外头去。宝玉道："我就来。"说毕，等他二人去远了，便把那花兜了起来，登山渡水，过树穿花，一直奔了那日同林黛玉葬桃花的去处来。（第二十七回）

还有，宝玉被紫鹃骗说黛玉要回苏州，急出一场病来，病好了之后，要去看黛玉，路上看见一株大杏树，花已全落，叶稠阴翠，上面已结了豆子大小的许多小杏。宝玉就想："能病了几天，竟把杏花辜负了！不觉倒'绿叶成荫子满枝'了！"仰望着杏子，宝玉又想起邢岫烟已择了夫婿一事，虽说是男女大事，不可不行，但未免又少了一个好女儿。不过两年，便也要"绿叶成荫子满枝"了。再过几日，这杏树子落枝空，再几年，岫烟未免乌发如银，红颜似槁了，因此不免伤心，只管对杏流泪叹息。正悲叹时，忽有一个雀儿飞来，落于枝上乱啼。宝玉又发了呆性，心下想道："这雀儿必定是杏花正开时他曾来过，今见无花空有子叶，故也乱啼。

这声韵必是啼哭之声,可恨公冶长不在眼前,不能问他。但不知明年再发时,这个雀儿可还记得飞到这里来与杏花一会了?"(第五十八回)

等到宝钗搬出大观园后,宝玉来到蘅芜苑,"因看着那院中的香藤异蔓,仍是翠翠青青,忽比昨日好像是改作凄凉了一般,更又添了伤感。"(第七十八回)

有这样"植物观"的宝玉,怎么会到了后四十回就突然对植物漠然起来了呢?

再看大观园中最著名的一幕——黛玉葬花,通过纤弱而诗性的美人儿埋葬落花这个"无中生有"却郑重以待、牵动内心的举动,写出对青春、美、人生的浓郁爱恋,写出生命意识觉醒后的伤痛、虚无和凛冽,写出对清洁、纯粹、自由的捍卫和追寻,纯粹而深刻,悲凉而浪漫,诗意满溢,充满生命哲学的光芒,真是绝美。而宝黛相逢在落英缤纷的树下,既是知音之间的对青春美好的共同见证,也开启了对生命本质意义的哲学思考。

曹雪芹让花树和满天落花晕染出宝黛恋情最美好的一幕,同时开启了两个青春生命共同探索生命价值和人生终极意义的精神之旅。

植物开启和参与两位主角对生命意义的思考,植物占据如此重要性,是其他长篇章回小说都不曾有过的。

同样写人与植物的关系,书中还有很多著名的情节:感情烈度相仿但生命觉知程度远远不如黛玉、宝玉的,有龄官画蔷——

只见一个女孩子蹲在花下,手里拿着根绾头的簪子在地下抠土,一面悄悄的流泪。宝玉心中想道:"难道这也是个痴丫头,又像颦儿来葬花不成?"……(中略)

再留神细看,只见这女孩子眉蹙春山,眼颦秋水,面薄腰纤,袅袅婷婷,大有林黛玉之态。宝玉早又不忍弃他而去,只管痴看。只见他虽然用金簪划地,并不是掘土埋花,竟是向土上画字。宝玉用眼随着簪子的起落,一直一画一点一勾的看了去,数一数,十八笔。自己又在手心里用指头按着他方才下笔的规矩写了,猜是个什么字。写成一想,原来就是个蔷薇花的"蔷"字。宝玉想道:"必定是他也要作诗填词。这会子见了这花,因有所感,或者偶成了两句,一时兴至恐忘,在地下画着推敲,也未可知。且看他底下再写什么。"一面想,一面又看,只见那女孩子还在那里画呢,画来画去,还是个"蔷"字。再看,还是个"蔷"字。里面的原是早已痴了,画完一个又画一个,已经画了有几千个"蔷"。(第三十回)

龄官是贾府买进来唱戏的姑娘,她深情而无望地爱上了公子贾蔷,因为心里有恋情,她对宝玉非常冷淡,近乎厌弃,给宝玉上了一课:没有人能得到全天下的爱,感情是各有归属的。这样的姑娘,宝玉看见她的时候,满架蔷薇就是这位纤秀美人儿的背景。植物与人的关系,真是水乳交融,片刻不离。

不具备什么感情烈度,但同样优美而别致的,还有湘云眠芍。第六十二回,湘云喝醉了,席间不见了踪影。后来小丫头来报告,发现了湘云,众人笑着过去看——

果见湘云卧于山石僻处一个石凳子上，业经香梦沉酣，四面芍药花飞了一身，满头脸衣襟上皆是红香散乱，手中的扇子在地下，也半被落花埋了，一群蜂蝶闹嚷嚷的围着他，又用鲛帕包了一包芍药花瓣枕着。众人看了，又是爱，又是笑，忙上来推唤挽扶。湘云口内犹作睡语说酒令，唧唧嘟嘟说：

泉香而酒洌，玉盏盛来琥珀光，直饮到梅梢月上，醉扶归，却为宜会亲友。

湘云的娇憨、天真和多才，在芍药花的花光、香气之中晕染开来。湘云是有名士风度的姑娘，率性洒脱如男儿，这幅画面只能属于她。

黛玉的《葬花词》是因桃李花而起，大观园中几次大规模写诗，也和植物有关系：海棠社、菊花诗、红梅诗、桃花社、柳絮词……

第六十三回《寿怡红群芳开夜宴　死金丹独艳理亲丧》，是神瑛侍者和石头人间体验的巅峰，也是大观园美好生活的顶峰，这一回的所有细节都值得格外注意。

首先注意一下宝玉的鲜花枕头——"宝玉只穿着大红棉纱小袄子，下面绿绫弹墨裤裤，散着裤脚，倚着一个各色玫瑰、芍药花瓣装的玉色夹纱新枕头，和芳官两个先划拳。"

然后他们行酒令，宝玉又提议玩"占花名"。这个游戏需要人多才有趣，所以丫鬟们去拉了宝钗、黛玉、探春、李纨来。于是，一款款鲜花出现在深夜的室内，出现在所有人的想象中：宝钗是牡丹，探春是杏花，李纨是梅花，湘云是海棠，麝月是荼蘼，香菱是并蒂花，黛玉是芙蓉花，袭人是桃花……宝玉的寿宴笼罩在一片花香花气之中。

这一回植物之美还有余波：平儿还席，说红香圃太热，在榆荫堂摆宴席，但这是芍药盛开的季节，曹雪芹不会冷落了芍药花，于是，平儿采了一枝芍药，二十几个人传花为令，热闹了一回。

整部《红楼梦》，简直是一封长长的写给花草的情书。植物在《红楼梦》中的重要性，是不容轻忽也无法忽视的。

对相同的植物，都会在她们身上随时随地读出不同的感情色彩的曹雪芹，到了后四十回，正应该用植物的枯荣寄托兴衰与心情、用植物的衰茂摹写沧桑巨变，偏偏他突然就放弃一项驾轻就熟的绝活儿，这对于一个成熟的作家用尽心血的作品，完全不可理解。所以，后四十回，不但主要人物的智商、情商急剧下滑，性格脉络呆若提线木偶，言谈举止荒腔走板，审美趣味也大幅下降，日常细节失去了汁液变得干瘪……连前八十回长满所有缝隙的迷人植物也成了可有可无、面目可疑的点缀，不，这样说都是客气的，后四十回的作者几乎把植物给忘了，这和前八十回是同一个人写的，怎么可能？

想起我曾亲历的一个笑话。有一年，我获了一个文学奖，不巧生病了，所以就没能去领奖，颁奖典礼上，主办方请了一位年轻女士代我上台领奖，有位作家朋友听见有人在台下议论："这是潘向黎吗？怎么看着像换了一个人似的！"这位朋友听了心里大乐：可不就是换了一个人？

为什么看着像换了一个人似的？因为本来就是两个人。

叁 04

独有薛蟠,比谁都忙

——"忙里偷闲法"

长篇小说的人物多,情节繁,可谓千头万绪。在荣国府整个故事开始的时候,曹雪芹很公开地承认,对小说家而言,理清头绪,找到一个合适的开头,也并不是一件容易的事情。

> 按荣府中一宅中合算起来,人口虽不多,从上至下也有三四百丁;事虽不多,一天也有一二十件,竟如乱麻一般,并无个头绪可作纲领。正寻思从那一件事自那一个人写起方妙,恰好忽从千里之外,芥豆之微,小小一个人家,向与荣府略有些瓜葛,这日正往荣府中来,因此便就这一家说来,倒还是个头绪。你道这一家姓甚名谁,又与荣府有甚瓜葛?且听细讲。(第六回)

就这样引出了刘姥姥。"刘姥姥进大观园"这句俗话大家都很熟悉,但也别一说刘姥姥就想起了大观园,这才第六回,此时大观园还没有建呢,她好不容易进的,是荣国府。

当然,曹公这样透露构思过程,也可能是担心读者不理解自己的选择,不那么乐意追随他从远处说起、从外头写起,一路写进荣国府,所以事先放低身段做个委婉的解释。"并无个头绪""恰好""这日正往""因此便就",即使算是解释,也暗藏了些许幽默。因为选择哪一个头绪,选定哪一天作为"这日",都是作者安排的,但是曹公安排已定,却轻盈地来到观众席,和读者坐在一起,看着台上说:"这是谁啊?哦,是刘姥姥,她今天正好要进荣国府,咦,这么巧,那咱们就跟着她一起进荣国府看看吧。"完全把构思之功不归于自己。

"正寻思从那一件事自那一个人写起方妙",还是作者一个人坐在书桌前琢磨,故事还在想象的虚空中,"恰好"两个字一下,顿时另一个光圈亮了,刘姥姥一家登场了,似乎这一家人的偶然登场解救了苦思冥想的作者,那好吧,他很"无辜"地摊了摊手,整个舞台大放光明,我们眼前已经是热气腾腾的"现实"了。

最好的想象力,是让人感觉不到想象力的存在的。

《红楼梦》的故事,其实在长篇小说里不算复杂,时间跨度也不算大,但里面各式各样的人物、各式各样的心思,深、细、复杂,变化也很微妙,所以头绪特别多,需要非常精妙的布局和非常细密的针线,才能把如此复杂的头绪精准地绣出来。

绣出来还不算,还要疏的地方不能漏,密的地方不能堆垛,还要吸引人一路看下去，越看越有趣，越看越觉得耐人寻味，这就是曹公之能了。

曹雪芹高明之处，已经无数人赞美，本不许我饶舌重复，不过有些地方看一回赞一回，便是在一片地动山摇的喝彩之中，也还是忍不住想喊出自己的一声"好"。

一处是第九回《恋风流情友入家塾 起嫌疑顽童闹学堂》——

贾蔷……走至外面，悄悄的把跟宝玉的书童名唤茗烟者唤到身边，如此这般，调拨他几句。

这茗烟乃是宝玉第一个得用的，且又年轻不谙世事，如今听贾蔷说金荣如此欺负秦钟，连他爷宝玉都干连在内，不给他个利害，下次越发狂纵难制了。这茗烟无故就要欺压人的，如今得了这个信，又有贾蔷助着，便一头进来找金荣，也不叫金相公了，只说："姓金的，你是什么东西！"

于是众人和书童大打出手，家塾中大乱——

金荣此时随手抓了一根毛竹大板在手，地狭人多，那里经得舞动长板。茗烟早吃了一下，乱嚷："你们还不来动手！"宝玉还有三个小厮：一名锄药，一名扫红，一名墨雨。这三个岂有不淘气的，一齐乱嚷："小妇养的！动了兵器了！"墨雨遂掇起一根门闩，扫红锄药手中都是马鞭子，蜂拥而上。贾瑞急拦一回这个，劝一回那个，谁听他的话，肆行大闹。众顽童也有趁势帮着打太平拳助乐的，也有胆小藏在一边的，也有直立在桌上拍着手儿乱笑、喝着声儿叫打的，登时间鼎沸起来。

这大概是全书最高分贝的一幕。起因有点不登大雅之堂，冲突的人数多，又基本上都是惟恐天下不乱的少年和顽童，于是迎来了《红楼梦》里少见的一幕：不分上下抄家伙，人声鼎沸打群架。

偏偏在这样的混乱和嘉年华般的热闹之中，作者忙里偷闲介绍了宝玉的四个小厮。茗烟是宝玉身边最重要的小厮，他最伶俐，最了解宝玉，也有些胆子。宝玉私自出门，一般都带他；宝玉想解闷，他会给宝玉找来《会真记》等禁书；薛蟠要骗宝玉出来喝酒也是找他。这回贾蔷要挑起争端，很自然也是找他。他果然也一点就着，马上撒起野来了。这样，宝玉的小厮里头，茗烟自然而然第一个亮相了。

金荣当然就还击了，茗烟吃了亏，于是乱嚷："你们还不来动手！"场面的失控、争斗的激烈、茗烟的性格和语气，如闻如见，好看。

"你们"是谁呢？当然不会是宝玉和秦钟，而是茗烟的小伙伴们。他的小伙伴来了三个，于是这时候介绍另外三个小厮：锄药，扫红，墨雨。名字想必是宝玉起的，都很风雅，但其人都是和风雅不沾边的。这三个人是集体亮相，只听他们一齐乱嚷："小妇养的！动了兵器了！"然后加入了战斗。

读到这里，实在忍不住笑，又忍不住叹，好看煞人。

宝玉小厮的群像画出来了，而且这么几句话里，已经有了参差错落：茗烟最早出现，表现最突出，事实上他也是宝玉小厮中最重要的一个，其他三个人没必要细写。

这种笔墨,自然得没有想象力的痕迹,完全像是现实就是如此,曹雪芹不得不据实写来——因为茗烟是宝玉身边最重要的小厮,所以贾蔷把他单独找来,悄悄地拨了拨火,然后茗烟进去吵架,大打出手,然后自己挨了对方一板子,情急之下,呼叫小伙伴的支援,于是锄药、扫红、墨雨一起上阵,这时候也顾不得区分他们三个人,只听得他们一起乱嚷,急急忙忙冲进去动了手。

他们的高矮胖瘦、眉毛眼睛不必写,但他们的动作必须写,连手中的家伙也写得清清楚楚——"墨雨遂掇起一根门闩,扫红锄药手中都是马鞭子"。想必扫红、锄药是给宝玉、秦钟牵马的,到了家塾服侍他们下马,所以原本手上就拿着马鞭子。两个少爷两匹马,所以马鞭子也只有两根,墨雨没有马鞭子,又急于为主子出气和支援茗烟,所以"掇起一根门闩"——书塾是清静斯文的地方,门口附近想来也没有其他比门闩更厉害的武器了。

对宝玉的小厮,还有比这样更自然贴切、更生动的写法吗?没有。还有比这更简净更经济的笔墨吗?也没有。宝玉的这四个小厮,是次要中又次要的人物,曹公不会给他们太多笔墨,但只是这样几笔,照样如此生动,令人印象深刻。这一处的情节本来近乎泼墨,但写到宝玉的四个小厮,曹雪芹给了和事件始作俑者贾蔷一样的待遇:工笔勾勒。都是工笔,却又有不同,对贾蔷写活了心理和神态,对小厮们写活了语言和动作,以体现豪门家仆的目中无人兼顽劣小童无知无畏的气势。虽然淘气可恶,但不知怎么倒想起前人评价韦应物《逢杨开府》诗所谓"侠气动荡,见者偏怜"。

打群架的时候介绍宝玉的小厮,这就是曹公的忙里偷闲法。

别致，高明，自然摇曳。

宝玉的小厮们不止这几个。第二十四回里借贾芸的视角又点出，除了这四个，还有引泉、挑云、伴鹤等几人。这些人，闹学堂时为什么没有露面？因为宝玉不可能把所有小厮都带去家塾，所以他们就没有亮相的机会，而是放在这里提一句。为什么要提？这是宝玉生活的背景，或者说，这样的排场就是宝玉的日常。这几个人当然不重要，所以只是派次要人物贾芸在寻宝玉不遇时顺便看了他们一眼，这种写法和他们在全书中的地位是符合的。

另一处令人叫绝的"忙里偷闲法"，在第二十五回《魇魔法姊弟逢五鬼 红楼梦通灵遇双真》。

这一回宝玉非常倒霉，接连地被人算计，先是在王夫人的眼皮底下烫伤了脸——他躺在王夫人炕上，妒忌他的弟弟贾环在旁边抄写经文，故意把一盏油汪汪的蜡灯往他脸上一推，想烫瞎他的眼睛，结果在他一边脸上烫出了一溜燎泡来，敷了一脸的药，形象之惨，他都不敢让黛玉看。烫伤还没好呢，更大的无妄之灾来了。两天之后，贪婪而心思阴狠的马道婆来了，她一眼看穿赵姨娘的心思，三言两语说动了赵姨娘，两个人谈好了价码，联手做法害宝玉和凤姐。这个马道婆恶毒得不像个人，但曹公不因为人品而全盘否定她的专业技能，她的做法果然是"有效验"的。宝玉和凤姐几乎同时被魇住，发起疯来了。宝玉发病的时候黛玉正好在他那里，两个人说着话，突然——

> 只见宝玉大叫一声："我要死！"将身一纵，离地跳有三四尺高，

口内乱嚷乱叫,说起胡话来了。林黛玉并丫头们都唬慌了,忙去报知王夫人、贾母等。此时王子腾的夫人也在这里,都一齐来时,宝玉益发拿刀弄杖,寻死觅活的,闹得天翻地覆。贾母、王夫人见了,唬的抖衣而颤,且"儿"一声"肉"一声放声恸哭。于是惊动诸人,连贾赦、邢夫人、贾珍、贾政、贾琏、贾蓉、贾芸、贾萍、薛姨妈、薛蟠并周瑞家的一干家中上上下下里里外外众媳妇丫头等,都来园内看视。

登时园内乱麻一般。正没个主见,只见凤姐手持一把明晃晃钢刀砍进园来,见鸡杀鸡,见狗杀狗,见人就要杀人。众人越发慌了。周瑞媳妇忙带着几个有力量的胆壮的婆娘上去抱住,夺下刀来,抬回房去。平儿、丰儿等哭的泪天泪地。贾政等心中也有些烦难,顾了这里,丢不下那里。

这次受攻击的是贾府的核心层,事发突然,情况可骇,所以惊动的人非常多,连贾赦、邢夫人、贾珍、贾政、贾琏、贾蓉、贾芸、贾萍、薛蟠这些平时不太进或者不方便进园子的人都进了园子。他们来做什么?看望宝玉。他们都这样关心宝玉吗?贾政是父亲,自然是真关心。宝玉的奶妈和丫头们,也是真关心。贾赦和邢夫人、贾珍、贾琏、薛蟠大约一半是真关心,另一半则是要在长辈和众人面前表个态度出来。其他人,则大部分主要是在溺爱宝玉如命的贾母和王夫人面前,必须做出关心的姿态,类似于职务行为。

这个场面人多而慌乱,发疯的发疯、哭喊的哭喊、夺刀的夺刀,制住的制住,然后照拂的照拂、安慰的安慰,而且所有人都不知道发生了什么,手忙脚乱,束手无策,连一向沉稳的贾政也不知

· 381 ·

如何应对，也跟着晕头转向。连贾政都如此，这个场面有多混乱，可想而知。

就在这样的紧张忙乱之中，曹雪芹突然丢下了众人，给了薛蟠一个特写——

> 别人慌张自不必讲，独有薛蟠更比诸人忙到十分去：又恐薛姨妈被人挤倒，又恐薛宝钗被人瞧见，又恐香菱被人臊皮——知道贾珍等是在女人身上做功夫的，因此忙的不堪。忽一眼瞥见了林黛玉风流婉转，已酥倒在那里。

说薛蟠比所有人更忙，而且更"忙到十分去"，这句话很奇怪了，虽说他和宝玉、凤姐都是表亲关系，平时关系也都不错，但在此刻的大观园中，集中了全世界最紧张宝玉和凤姐的人，薛蟠根本排不上号，只能算个闲人，何况以他呆霸王的性格，又能张罗什么，按理说怎么也轮不到他"忙"的，怎么还会"更比诸人忙到十分去"？不该是这样的，也不会是这样的。

但是曹公马上让我们明白了，薛蟠实在比谁都忙，而且他的精神负担特别重。薛呆子有四层忙：第一层，怕薛姨妈被人挤倒——这是孝心，属于人之常情；第二层，怕妹妹宝钗被人看见，宝钗是未出阁的千金小姐，而这个场合混杂了许多男子，有一些是平时不应该也不会看见宝钗的，今天却有可能看见甚至趁机"恶意"多看两眼，那是不允许的；第三层，怕侍妾香菱被人戏弄、调笑而丢了脸面，那是不能容忍的。"臊皮"云云，大概与沪语所谓"吃豆腐"相近，薛蟠是怕有人趁机吃香菱的豆腐；而且薛蟠是有根据的："知道贾珍等是在女人身上做功夫的"，换句话说，薛蟠是有重点提防对象的：贾珍等人。而此刻他们偏偏就在离香菱很近的距离之内，怎能不让薛蟠紧张？薛蟠只有一个，要同时照顾母亲、妹妹、香菱，而且还要提防贾珍等好色之徒，责任重大，分身乏术，所以他"忙的不堪"。

更命苦的是，忙得不堪之际，"忽一眼瞥见了林黛玉风流婉转，已酥倒在那里"，薛呆子应该此前没见过黛玉，在如此混乱的情况下，匆匆一见之下，立即就酥倒了。这是第四层。间不容发的节奏，独有薛蟠才会有的"忙"，实在令人忍俊不禁，以至于暂时忘记了宝玉和凤姐的性命攸关。

这一段"忙中偷闲"写得绝妙。在百忙百乱中写闲人薛蟠，一来点出薛姨妈家和荣国府（王夫人）的亲密以及宝玉在薛姨妈一家心目中的重要性，宝玉一出状况，除了本来在园中的薛宝钗，薛姨妈全家都赶来了：薛姨妈，薛蟠，香菱，一个都不少。也许有人会说，对凤姐不关心吗？凤姐也是他们王家嫁到贾府的。凤姐和他们是亲戚没错，但薛姨妈和薛蟠赶进园子只是为了宝玉，因为那个时候，他们还不知道凤姐也同时发病了，是他们听说宝玉突然病了，先进园子探望，然后凤姐才发病，"手持一把明晃晃钢刀砍进园来"。曹公写得清楚，凤姐是"砍进园来"，她平时并不和哥儿姐儿一起住在大观园里，她仍是住在荣国府里的。二来，写薛蟠避免了具体写众人如何忙乱的琐碎。笔墨细与叙述琐碎的区别，在于前者有趣、后者老实，前者生动、后者平淡，前者

· 383 ·

灵动、后者质实。这里若老老实实地写众人如何忙乱、如何着急，都是情理之中，这时候写一个薛蟠，方是意料之外，想象力于此轻盈地来一个"小飞"。三来让这个行事与众不同的呆霸王单独表演一折，让读者绷紧的心情松弛一下。

写薛蟠已是"忙中偷闲"，而闲中还有"闲"。第三层心思里头，担心的是香菱，暗写的是贾珍——贾珍父子的好色、荒唐、不顾人伦纲常是出了名的，连薛蟠这样不靠谱的人都深知、都戒备，因此"漫言不肖皆荣出，造衅开端实在宁"，太虚幻境的这句判词是不冤枉的。

第四层心思，写薛蟠对林黛玉惊艳，忙里偷闲中来这一笔，不是写薛蟠好色，是写黛玉之美。曹公写黛玉一向着眼于气质，这里似乎也稍稍提升了一下呆霸王的审美能力，写他觉得黛玉"风流婉转"。看，写薛蟠眼中的林姑娘，依然不提五官、肌肤和身材，只写气质。作为一个第一次见到林黛玉的男子，薛蟠只看一眼，就酥倒了。在这里，薛蟠是代表宝玉之外的绝大多数普通男子来表态的。黛玉有多美，曹公在这里明明白白昭示天下：她的美在一大群美貌少女之中依然出类拔萃，是一眼就能吸引住目光的。而且她很有魅力，且有层次：超尘脱俗的人会觉得她有仙气，书香熏染的人会觉得她有书卷气，凡胎俗骨也会觉得她"风流婉转"。

这番忙里偷闲真是绝妙：天外飞来却一丝不乱，明写一人却一石数鸟（众人的忙乱、薛蟠的可笑、贾珍的为人，黛玉的美），更兼穿花拂柳的钩连，入木三分的笔力，风行水上的气韵，实在好看煞人。

这些地方,曹公当然是着力的。有人认为作家有才华便可不下力气地写出好小说,听上去很美,可惜只能骗骗没写过小说的人。而所有小说家生在曹雪芹之后,可能多少都有点悲哀,他是天才,而且他还这样下功夫,不惜力气,不怎么给后人留余地。

不是天才的作家,也下苦功,也不惜力气,则如何?

现成的,看看《红楼梦》后四十回。第一百一十回《史太君寿终归地府　王凤姐力诎失人心》,贾母去世,湘云来守灵,想起贾母对她素日的疼爱,又想起自己命苦,刚嫁了一个才貌双全的丈夫,偏偏就得了痨症,眼看时日无多,"于是更加悲痛,直哭了半夜。鸳鸯等再三劝慰不止。"

贾府办丧事太不像话了,湘云伤心,就算王夫人、凤姐顾不上,连宝钗、李纨、薛姨妈也都不管?就只有丫头们来劝。这时候,无名氏似乎也想仿效曹公,来个"忙里偷闲",于是他写道——

宝玉瞅着也不胜悲伤,又不好上前去劝,见他淡妆素服,不敷脂粉,更比未出嫁的时候犹胜几分。转念又看宝琴等淡素装饰,自有一种天生丰韵。独有宝钗浑身孝服,那知道比寻常穿颜色时更有一番雅致。心里想道:"所以千红万紫终让梅花为魁,殊不知并非为梅花开的早,竟是'洁白清香'四字是不可及的了。但只这时候若有林妹妹也是这样打扮,又不知怎样的丰韵了!"想到这里,不觉的心酸起来,那泪珠便直滚滚的下来了,趁着贾母的事,不妨放声大哭。众人正劝湘云不止,外间又添出一个哭的来了。大家只道是想着贾母疼他的好处,所以伤悲,岂知他们两个人各自有各自的心事。这场大哭,不禁满屋的人无不下泪。还是薛姨妈李婶娘等劝住。

诸位请看,宝玉没有劝湘云,而是在一边"望野眼"、想心事。这里也写宝玉的几层心思:一层是看湘云素颜穿孝服好看,二是宝琴等素颜穿孝服也好看,三是宝钗浑身孝服,竟然也比平时好看,还进行了一番审美总结,四是又想到如果黛玉还在,也这样打扮,又不知有多好看。这四层想完了之后,他终于心酸起来,于是放声大哭。

这段文字真是看得人出离尴尬。湘云直哭了半夜,谁都会觉得宝玉不在,谁知他在,他一直在,而且他既不念多年的情谊,也不怜香惜玉,又莫名其妙地突然有了"男女之大防",认定自己是不可以劝湘云的,这还是宝玉吗?宝玉会这样僵硬、拘泥而不自然吗?想劝又不好劝,这是什么心路历程?读者只能觉得,要么自己前面认识了一个假宝玉,要么,贾母灵堂里跪着一个假宝玉。

接下来更不得了,宝玉居然欣赏起湘云的美貌来了。湘云当然是美的,但在她的人生如此灰暗绝望,又逢她的"娘家靠山"贾母去世这样的悲哀时刻,她一定是憔悴的,所以这应该是湘云光彩最暗淡的时候。即使湘云反常规地依然很美,也不能由宝玉来发现。为什么?虽然宝玉对女孩子一向有"泛爱"倾向,但唯独对湘云一向近乎"无感",可能因为从小太熟悉,加上湘云的中性性格,所以他们基本上是手足的感情,从无异性之间来电的瞬间,彼此没有心动过。

这一刻,宝玉突然发现了湘云的美,第一次发出赞叹,这真是见鬼了。

悠然自得地欣赏完湘云,假宝玉又欣赏起宝琴来了,更离谱的是,他还顺带欣赏起宝钗来了。这时的宝钗已经是宝二奶奶,两个人朝夕相处,而贾母去世之后,宝钗的孝服也已经穿了些天了,宝玉非要等到湘云来了,才看到宝钗穿孝服别有一番雅致,这是失明的人刚做手术恢复了视力吗?更恶心的是,还非说"独有宝钗"如何如何,你不是刚觉得湘云很美,宝琴等人也很美,然后才注意到宝钗吗?宝钗哪里"独"了?一秒钟不到就打自己的脸,真是何苦来呢?你对"独"这个汉字的误会是有多深啊。

有人说,"若要俏,一身孝",宝玉这样欣赏众美人的美,和前面写薛蟠一样,不也是"忙里偷闲"吗?

可是这个时候,老祖宗和林妹妹这两个宝玉生命中最重要的人都离去了,宝玉身在祖母的灵前,看着同受贾母疼爱的湘云痛哭不止,会是怎么反应呢?悲从中来、不可断绝?万念俱灰、安静麻木?勘破一切,悲欣交集?曹公怎么写,我们没看到,也很难揣测、料定。但是,唯独不可能是续写的这个样子。

难为他还知道想起黛玉。欣赏完几个美人,他终于想起林妹妹了。是的,他希望黛玉还在,为什么呢?好让自己看到她为贾母穿孝服有多好看。

那是他挚爱的恋人啊,这是他亲爱的祖母啊。"天地间竟有这样无情的事!"(第七十八回宝玉语)

这不是"忙里偷闲",这是无事生非。

所以天才就是天才，曹雪芹只有一个呀。

总体而言，《红楼梦》节奏是缓的，因此没有那么多"忙"，曹公更常用的是"闲起闲收"。

只看一处不显眼的。第三十七回《秋爽斋偶结海棠社 蘅芜苑夜拟菊花题》：大观园里起诗社，众人又是起别号又是定规矩，然后作起诗来，这时候，偏偏写起不写诗的闲人来了，袭人要给湘云送园子里新结的红菱和鸡头，找不到适合装这些的缠丝白玛瑙碟子——

> 袭人问道："这一个缠丝白玛瑙碟子那去了？"众人见问，都你看我我看你，都想不起来。半日，晴雯笑道："给三姑娘送荔枝去的，还没送来呢。"袭人道："家常送东西的家伙也多，巴巴的拿这个去。"晴雯道："我何尝不也这样说。他说这个碟子配上鲜荔枝才好看。我送去，三姑娘见了也说好看，叫连碟子放着，就没带来。你再瞧，那槅子尽上头的一对联珠瓶还没收来呢。"秋纹笑道："提起瓶来，我又想起笑话。我们宝二爷说声孝心一动，也孝敬到二十分。因那日见园里桂花，折了两枝，原是自己要插瓶的，忽然想起来说，这是自己园里的才开的新鲜花，不敢自己先顽，巴巴的把那一对瓶拿下来，亲自灌水插好了，叫个人拿着，亲自送一瓶进老太太，又进一瓶与太太。谁知他孝心一动，连跟的人都得了福了。可巧那日是我拿去的。老太太见了这样，喜的无可无不可，见人就说：'到底是宝玉孝顺我，连一枝花儿也想的到。别人还只抱怨我疼他。'你们知道，老太太素日不大同我说话的，有些不入他老人家的眼的。那日竟叫人拿几百钱给我，说我可怜见的，生的单柔。这可是再想不到的福气。几百钱是小事，

难得这个脸面。及至到了太太那里,太太正和二奶奶、赵姨奶奶、周姨奶奶好些人翻箱子,找太太当日年轻的颜色衣裳,不知给那一个。一见了,连衣裳也不找了,且看花儿。又有二奶奶在旁边凑趣儿,夸宝玉又是怎么孝敬,又是怎样知好歹,有的没的说了两车话。当着众人,太太自为又增了光,堵了众人的嘴。太太越发喜欢了,现成的衣裳就赏了我两件。衣裳也是小事,年年横竖也得,却不像这个彩头。"

完全是闲话,却在闲中侧写了宝玉一笔,宝玉的孝心。也写了贾母和王夫人对宝玉孝心的无限欢喜。这段话后,又通过晴雯的不服和众人的玩笑带出了袭人在王夫人那里的特殊待遇,然后是晴雯和秋纹去探春那里取回了缠丝白玛瑙碟子,袭人让人给湘云送去了东西。

一番闲起闲收,"寒波澹澹起,白鸟悠悠下",全不用力,何等自在。

袭人告诉宝玉给湘云送了东西,宝玉听了,拍手说:"偏忘了他。我自觉心里有件事,只是想不起来,亏你提起来,正要请他去。这诗社若少了他还有什么意思。"而那边是湘云哪,不是别人,她的性格,一听写诗,怎么按捺得住,怎能若无其事地等人家去请?果然送东西的宋妈妈回来,说"(湘云)问二爷作什么呢,我说和姑娘们起什么诗社作诗呢。史姑娘说,他们作诗也不告诉他去,急的了不的。"这是"对面写来"。

于是,第二天,湘云来了。前面那一段闲起闲收,像一溜青翠的叶子,带出了一枝花蔓,轻轻地一牵,牵出了一朵花——暂时被遗忘的湘云。

　　湘云的诗才,仅次于黛玉,到这时,诗社重要的诗人都到了。湘云又是明亮爽朗的性格,诗社顿时更热闹了。大观园里一段流光溢彩的芬芳岁月,就这样展开。

红楼衣裳与江宁织造

叁

05

一个喜欢《红楼梦》的人，有很多机会可以发现一个真相：自己摆脱不了《红楼梦》。你可以专心工作，可以到处旅行或者游荡，《红楼梦》丝毫都不阻挡你，但是你迟早会发现：整个大观园一直静静地跟在你身后。

比如，用"尴尬人难免尴尬事"来评点某些奇葩专做损人不利己的怪事；状态欠佳之时拼命赶工完成一项工作后，发出晴雯式感叹："我也再不能了！"……然而，这些都不算什么。

要紧的是：《红楼梦》会成为你的尺度。

前一阵，我读了匈牙利文学大师马洛伊·山多尔的自传体小说《一个市民的自白》，描写服饰的地方引起了我的注意。

在故事的开头，他写到一位女邻居，"是一位消瘦、忧郁、患有心脏病的女士，能弹一手好听的钢琴曲，她的衣服都是在城里找裁缝定做的"。

什么面料？什么质地？什么款式？什么色调？都没有。

当他写到运货夫和马车夫的时候，也只是写到运货夫们头戴绵羊皮帽，披着羊皮大氅，马车夫脚蹬高筒靴、头戴圆礼帽、身穿皮坎肩。

到了伦敦，他写到了伦敦上流社会的讲究而繁琐的穿着礼仪："每天要更衣五次，因为每位绅士都有三十套衣服，每种场合专有一套，见国王一套，打高尔夫球一套，骑马一套，钓鱼一套，打猎一套，甚至打鹞鸟也要单有一套。"

"一套""一套"，竟然没有详细描写其中的任何一套。这位一生追求自由、坚持人格独立的小说家（愿上帝保佑他高贵的灵魂），究竟是认为这些服饰细节是乏味的常识，不需要浪费笔墨呢？还是他对服饰方面的细枝末节确实缺乏兴趣？我忍不住腹诽：作为贵族出身的小说家，怎么这样啊？同样是贵族出身的小说家，你看看人家曹雪芹！

林黛玉进贾府，凤姐第一次出场的打扮是："这个人打扮与众姊妹不同，彩绣辉煌，恍若神仙妃子，头上戴着金丝八宝攒珠髻，绾着朝阳五凤挂珠钗；项上带着赤金盘螭璎珞圈；裙边系着豆绿宫绦双衡比目玫瑰珮；身上穿着缕金百蝶穿花大红洋缎窄裉袄，外罩五彩刻丝石青银鼠褂；下着翡翠撒花洋绉裙。"写了凤姐从头到颈到腰以及全身的装扮，每一件衣服前面都出现好几个定语，将衣服从颜色、花样到面料、款式细细道来，还出现了洋缎、刻丝（即缂丝）、银鼠、洋绉这些或奢华或新奇的高级面料。

脂批说凤姐"大凡能事者，多是尚奇好异，不肯泛泛同流"。说得不错，但她除了标新立异，主要更是追求奢华夺目，凤姐是荣宁二府中打扮最华丽、最奢侈、最高调的一个人。曹雪芹在她出场之前写迎、探、惜三春的穿着打扮只有一句话："其钗环裙袄，三人皆是一样的妆饰。"这是为了后面隆重推出凤姐，所以这句话赢得了脂批的反复赞美："欲画天尊，先画众神如此。其天尊自当另有一番高山世外的景象。""浑写一笔，更妙。必个个写去则板矣。"不用说，主要是一个小说家"欲画天尊，先画众神如此"的考虑。

但是，钗环裙袄从来是大事，所以，不但凤姐这样的"天尊"，连丫鬟的穿着都不马虎，写得细致入微——"一个穿红绫袄青缎掐牙背心的丫鬟"，颜色、面料、款式都写到了，连"掐牙"这样细微处都没有遗漏。

什么叫掐牙？人民文学出版社的《红楼梦》庚辰校注本的解释是："锦缎双叠成细条，嵌在衣服或背心的夹边上，仅露少许，作为装饰，叫掐牙。"很有审美追求和技术含量的细节。

什么叫重视细节，什么叫细致入微？曹雪芹作了示范，连丫鬟的衣服上仅露出一点的"掐牙"都不遗漏。

连名字都没有的次要配角尚且如此，对主角衣饰的描写，自然更不用说了。

黛玉进贾府，贾府中人出场顺序是先云蒸霞蔚、后云开日出，越晚出场的越是主角。所以，三春之后是凤姐，凤姐之后出场的只能是宝玉了。宝玉出场这一段，实在是奇文——

> 一语未了，只听院外一阵脚步响，丫鬟进来笑道："宝玉来了！"黛玉心中正疑惑着："这个宝玉，不知是怎生个惫懒人物，懵懂顽童？"——倒不见那蠢物也罢了。"心中正想着，忽见丫鬟话未报完，已进来了一位年轻的公子：头上戴着束发嵌宝紫金冠，齐眉勒着二龙抢珠金抹额；穿一件二色金百蝶穿花大红箭袖，束着五彩丝攒花结长穗宫绦，外罩石青起花八团倭缎排穗褂；登着青缎粉底小朝靴。面若中秋之月，色如春晓之花，鬓若刀裁，眉如墨画，面如桃瓣，目若秋波。虽怒时而若笑，即嗔视而有情。项上金螭璎珞，又有一根五色丝绦，系着一块美玉。
>
> 黛玉一见，便吃一大惊，心下想道："好生奇怪，倒像在那里见过一般，何等眼熟到如此！"只见这宝玉向贾母请了安，贾母便命："去见你娘来。"宝玉即转身去了。一时回来，再看，已换了冠服：头上周围一转的短发，都结成小辫，红丝结束，共攒至顶中胎发，总编一根大辫，黑亮如漆，从顶至梢，一串四颗大珠，用金八宝坠角；身上穿着银红撒花半旧大袄，仍旧带着项圈、宝玉、寄名锁、护身符等物；下面半露松花撒花绫裤腿，锦边弹墨袜，厚底大红鞋，越显得面如敷粉，唇若施脂，转盼多情，语言常笑。天然一段风骚，全在眉梢；平生万种情思，悉堆眼角。……贾母因笑道："外客未见，就脱了衣裳，还不去见你妹妹！"（第三回）

这里写了宝玉的两套打扮，第一套是外出的衣服，这一回前面王夫人说了，宝玉去庙里还愿了。黛玉第一次看到他的时候是刚回来，这只是"看见"，并未正式"相见"——因为按照礼数规矩，宝玉必须见过祖母，然后去见母亲，然后才能和黛玉"相见"。等见完母亲再回来，宝玉已经换了衣服了，这第二套就是他的家常服饰了，所以贾母笑着说他"外客未见，就脱了衣裳"。这里是写宝玉不脱孩子气的天真随意，也是若有若无的随处暗示——对宝玉来说，黛玉并不是初次见面的外客，而是故旧重逢，是自己人。

黛玉进贾府这一段，为什么一定要用黛玉视角？当然，这是一个明智的决定，因为可以从一个外来者的眼睛看贾府的一切，同时细致地刻画原本聪颖早慧、细腻敏感，在那个情境下精神压力又最大、内心戏最多的黛玉的内心活动，但并不是唯一的选择。选宝玉视觉，或者上帝视角（即全知视角），也可以顺利完成这一段情节。但是曹雪芹，只能这么写，只会这么写。我觉得，因为黛玉是一个聪慧、敏感的少女，一个心理紧张、打量什么都最新鲜又最仔细的外来人，从她眼里看出来，服饰打扮会占据特别重要的地位。

这也许是一个作家无意识的选择，因为他想给服饰打扮这么重要的地位，这里面包含着他身世和血缘的密码。因为他是江宁织造的后人。

若论清代的官办织造，就不能不提到南京的江宁织造和曹家。其实江宁织造本不姓曹，江宁织造自顺治二年（1645年）建立起，至光绪三十年（1904年）撤销时止，共存在约二百六十年。在这约二百六十年的时间中，主管织造的官员，先后更迭达数十人之多，但其中最为人们熟知的，是曹玺、曹寅、曹颙、曹頫四人。曹玺的妻子孙氏是康熙皇帝的奶妈，曹玺的儿子曹寅自幼就在康熙身边当伴读。因此，曹家深受皇帝信任和器重。曹家祖孙三代四人连任江宁织造达六十年之久，是江宁织造影响最大的一家人。这六十年，是曹家的兴盛期，也是江宁织造府的辉煌期，所以一说江宁织造就想起曹家。虽然众所周知，曹家在为宫里督造和采办各种丝织品之外，也负责收集江南地区的各种情报，直接向皇帝本人上奏，但毕竟曹家公开的主业是"织造"。就连最后雍正对曹家翻脸无情，曹𫖯对"织造"这个主业的经营不善也是其中的一个原因——有一批上用缎、宫缎"甚粗糙轻薄，而比早年织进者已大为不如"，曹𫖯等人罚俸一年。后来又因为皇帝穿的石青缎褂面落色，曹𫖯等人再次罚俸一年。有研究者认为，雍正就是由此觉得曹𫖯缺乏为官的才能，对曹家从维持康熙朝的恩宠到渐渐不招待见，才导致后来因亏空款项等罪而被抄家。我不太相信这个说法，怎么看都像是出于其他原因起了心要收拾曹家，然后在"织造"上找到了破绽。因此那是真实的理由还是子虚乌有的借口就只有天知道了。

当时，谁都不会想到，江宁织造的兴衰，曹家从烈火烹油、鲜花着锦到忽喇喇似大厦倾、白茫茫大地真干净，会带来一部光照中国文学史的《红楼梦》。

曹寅之孙、曹𫖯之子，就是曹雪芹。织锦、染色的顶级专业衙门——江宁织造，曹家经营了三代，这样的家族背景和成长环境，对曹雪芹的影响，如色入丝，几乎像先天基因一般，培养了曹雪芹对各种织物、染色、编织、服装款式、服饰做工特殊的敏感，加之他过人的鉴赏眼光和审美趣味，《红楼梦》这部百科全书中，丝绸服饰的品目异常丰富，异常精致，描写特别细腻生动。

再说黛玉进府这一回，看到荣国府正堂"荣禧堂"的乌木錾银字的对联是"座上珠玑昭日月，堂前黼黻焕烟霞"，黼黻，音"斧服"，本指古代官僚贵族礼服上绣的两种花纹，后来泛指官员贵族的衣饰图饰和华贵衣物。据说曹雪芹的祖父曹寅诗文中多用"黼黻"二字，以显示其显赫的织造家世，曹雪芹虽以"假语村言"掩饰小说的原型来历，但是他自己拟的这副对联，一上来就用了爷爷喜欢的字眼，更表现出作为"江宁织造"的后代对家族审美记忆的承续，以及经耳濡目染而来的对锦缎服饰特别敏感的特质。

也许所有的叛逆都只是生命上升期的一段轨迹，血缘里的密码是摆脱不了的。每个离经叛道、悖逆祖宗的人，血液里所携带的"传统"，也许都比自己想象的要多。正如曹寅喜欢红色，曾作《咏红叙事》诗，曹雪芹也最爱红色，所以宝玉这个"怡红公子"有怎么也改不掉的"爱红的毛病儿"：他住的地方，先是"绛芸轩"、后是"怡红院"（下界之前住在"赤瑕宫"）；他的住处陈设多用红色，连帐子都是"大红销金撒花帐子"；他经常穿红色的衣服，也喜欢穿红衣服的女孩子；他还喜欢胭脂，自己制作胭脂，还喜欢吃别人嘴上的胭脂……袭人苦苦劝他改掉"爱红的毛病"，殊不知这是他们家的遗传，与生俱来，如何能改？

不肖子孙，有一部分是没有能力"肖"，有一部分是不屑于"肖"，但恰恰是这些不屑于"肖"的子孙，他们一旦"肖"起来，是最彻底的。

说回衣服，再看湘云的打扮。

穿着贾母与他的一件貂鼠脑袋面子大毛黑灰鼠里子里外发烧大褂子，头上带着一顶挖云鹅黄片金里大红猩猩毡昭君套，又围着大貂鼠风领。……里头穿着一件半新的靠色三镶领袖秋香色盘金五色绣龙窄褙小袖掩衿银鼠短袄，里面短短的一件水红妆缎狐肷褶子，腰里紧紧束着一条蝴蝶结子长穗五色宫绦，脚下也穿着麀皮小靴，越显的蜂腰猿背，鹤势螂形。（第四十九回）

这是"琉璃世界白雪红梅　脂粉香娃割腥啖膻"中神采飞扬的史湘云。

云姑娘的这一身打扮，真是江宁织造工艺的集大成了。其中最奢华的是片金和妆缎。片金是用金箔制成金线，然后和蚕丝同织而成的高级工艺——"穿金戴银"这个成语中的"穿金"依靠的就是这种工艺，南京有金箔锻造的传统；妆缎，又叫"妆花缎"，是手工织物巧夺天工的巅峰之作，是从江宁织造直到今天南京云锦的明星产品。

云锦的称呼是道光年间才有的，所以《红楼梦》中主要人物虽然穿着各色云锦，但是"云锦"这个叫法没有出现。所谓云锦，并不是一种织物，而是在南京生产的以锦缎为主的各种丝织物的总称。"锦"字，是"金"字和"帛"字的组合，《释名·采帛》："锦，金也。作之用功重，其价如金。故惟尊者得服。"作为只有皇家和达官贵人才能穿的云锦，用料不惜工本，大量使用金线，色彩浓艳富丽，花纹典雅繁复，织工精细，质地坚实，金碧辉煌，宛如天上彩云般夺目，故称"云锦"。

南京云锦习惯上分为"妆花""织金""库缎""库锦"四类，

各有特点，但外行人看过去会只觉得花团锦簇，分不清楚。实际上许多云锦面料确实不那么容易分类，因为云锦甚至可以在一个服装层面上表现绢、绸、罗、缎、纱，可以将金、银、孔雀羽织进去。

我曾经在南京江宁织造博物馆看到，织造一块上等云锦需要经过何等繁复的工艺程序："一抢、二揪、三抄、四会、五提、六捧、七拽、八掏、九撒。"织手要做到足踏开口、手甩梭管、嘴念口诀、脑中配色、眼观六路、全身配合。"七上八下"是织造云锦所必需的工序，制作工艺之繁复，仅仅旁观也眼花缭乱，再三长叹。

湘云身上所穿的"妆缎"，后来还出现在凤姐的私人备忘录上——第二十八回，凤姐让宝玉帮她这样记录："大红妆缎四十匹，蟒缎四十匹，上用纱一百匹，金项圈四个。"所谓妆缎，进入工业化时代之后，也无法用机器代替人工，至今都还只能手工织就，需要在四米高的大花楼机上，一上一下两位织工同时创作，像计算机编程一样的复杂精细，却完全靠人脑、人眼、人手来完成，凭借提花工"通经"的准确和织造工"断纬"的灵巧，还有两位巧匠惊人的默契和耐心，方能织就。"寸锦寸金"实不为过。

第四十九回"琉璃世界白雪红梅"的时节，众人的衣服也格外好看："宝玉便邀着黛玉同往稻香村来。黛玉换上掐金挖云红香羊皮小靴，罩了一件大红羽纱面白狐狸里的鹤氅，束一条青金闪绿双环四合如意绦，头上罩了雪帽。二人一齐踏雪行来。只见众姊妹都在那边，都是一色大红猩猩毡与羽毛缎斗篷，独李纨穿一件青哆罗呢对襟褂子，薛宝钗穿一件莲青斗纹锦上添花洋线番耙丝的鹤氅……"

第二天烤肉、写诗、折梅的日子,宝玉穿什么衣服?"只穿一件茄色哆罗呢狐皮袄子,罩一件海龙皮小小鹰膀褂,束了腰,披了玉针蓑,戴上金藤笠,登上沙棠屐",后来又从贾母眼中看见宝玉穿了大红猩猩毡的斗篷。众人的衣服,后来也从平儿口中补出一句:他们都穿了大红外罩,不是猩猩毡,就是羽缎羽纱,十来件大红衣裳映着大雪好不齐整。总觉得宝玉这一回的衣裳写得比较简单,后来才明白是有原因的,一是为了突出贾母送宝琴的凫靥裘,二是为了引出后面的雀金裘。

宝琴的凫靥裘什么样?

正说着,只见宝琴来了,披着一领斗篷,金翠辉煌,不知何物。宝钗忙问:"这是那里的?"宝琴笑道:"因下雪珠儿,老太太找了这一件给我的。"香菱上来瞧道:"怪道这么好看,原来是孔雀毛织的。"湘云道:"那里是孔雀毛,就是野鸭子头上的毛作的。可见老太太疼你,这样疼宝玉,也没给他穿。"宝钗道:"真俗语说'各人有缘法'。他也再想不到他这会子来,既来了,又有老太太这么疼他。"

金碧辉煌,像孔雀毛做的,连见多识广的宝钗也没见过,湘云大概在史家听说过,所以说出这是野鸭子头上的毛做的——更加珍稀,更加奢侈。

美丽的宝琴穿着凫靥裘的视觉效果是非常赏心悦目的——

一看四面粉妆银砌,忽见宝琴披着凫靥裘站在山坡上遥等,身后一个丫鬟抱着一瓶红梅。众人都笑道:"少了两个人,他却在这里等着,也弄梅花去了。"贾母喜的忙笑道:"你们瞧,这山坡上配上他的这个人品,又是这件衣裳,后头又是这梅花,像个什么?"众人都笑道:"就像老太太屋里挂的仇十洲画的《双艳图》。"贾母摇头笑道:"那画的那里有这件衣裳?人也不能这样好!"(第五十回)

可见贾母的心思,她除了喜欢宝琴,也有什么衣服配什么人的考量,要美貌不同凡响的宝琴才配得上这么好的衣裳,这是一个生活美学家审美上的"成全"考量。此外,这么高级的一件衣服,如果不给宝琴,给谁好呢?家里有三个孙女、一个外孙女、还有一个亲戚家的女孩子——宝钗,给谁都一碗水端不平,干脆给一个初来乍到的宝琴,反而大家无话可说。

宝钗说,老太太那么疼宝玉,都没有给宝玉穿,可见多么疼宝琴。这话说对了一半,疼宝琴不假,但老太太绝不会忘记心肝宝贝孙子的,所以过了没多久就给他雀金裘了。

宝玉的雀金裘什么样子?第五十二回写道——

贾母见宝玉身上穿着荔色哆罗呢的天马箭袖,大红猩猩毡盘金彩绣石青妆缎沿边的排穗褂子。贾母道:"下雪呢么?"宝玉道:"天阴着,还没下呢!"贾母便命鸳鸯来:"把昨儿那一件乌云豹的氅衣给他罢。"鸳鸯答应了,走去果取了一件来。宝玉看时,金翠辉煌,碧彩闪灼,又不似宝琴所披之凫靥裘。只听贾母笑道:"这叫作'雀金呢',这是哦啰斯国拿孔雀毛拈了线织的。前儿把那一件野鸭子的给了你小妹妹,这件给你罢。"宝玉磕了一个

· 401 ·

头，便披在身上。贾母笑道："你先给你娘瞧瞧去再去。"宝玉答应了，便出来，……（中略）到了王夫人房中，与王夫人看了，然后又回至园中，与晴雯麝月看过后，至贾母房中回说："太太看了，只说可惜的，叫我仔细穿，别遭踏了他。"贾母道："就剩下了这一件，你遭踏了也再没了。这会子特给你做这个也是没有的事。"

但是太在乎了往往适得其反，这件绝无仅有、奢华到家的雀金裘，偏偏宝玉穿的第一天就被手炉上的火星子迸出来烧了一块。麝月想的办法是，送出去找能干的织补匠人赶紧补上，可是哪有那么容易？——

婆子去了半日，仍旧拿回来，说："不但能干织补匠人，就连裁缝绣匠并作女工的问了，都不认得这是什么，都不敢揽。"麝月道："这怎么样呢！明儿不穿也罢了。"宝玉道："明儿是正日子，老太太、太太说了，还叫穿这个去呢。偏头一日烧了，岂不扫兴。"晴雯听了半日，忍不住翻身说道："拿来我瞧瞧罢。没个福气穿就罢了。这会子又着急。"

雀金裘不是凡俗衣裳，一般人哪里能料理？必须一个不是凡俗的人来才行。这时候晴雯开口了。别忘了，怡红院里养着一个平时懒散的晴雯，养兵千日用兵一时，这就是用她的时候了。

要织补这样的衣服谈何容易？当然不是一般的手段——

晴雯道："这是孔雀金线织的，如今咱们也拿孔雀金线就像

· 402 ·

界线似的界密了,只怕还可混得过去。"麝月笑道:"孔雀线现成的,但这里除了你,还有谁会界线?"晴雯道:"说不得,我挣命罢了。"……(中略)便命麝月只帮着拈线。晴雯先拿了一根比一比,笑道:"这虽不很像,若补上,也不很显。"宝玉道:"这就很好,那里又找哦啰嘶国的裁缝去?"晴雯先将里子拆开,用茶杯口大的一个竹弓钉牢在背面,再将破口四边用金刀刮的散松松的,然后用针纫了两条,分出经纬,亦如界线之法,先界出地子后,依本衣之纹来回织补。补两针,又看看,织补两针,又端详端详。

这一段描写,对面料、服饰剪裁、织补难易程度了解之深入,对"界线"描摹之准确细致,令人叹为观止。这实在是穿过雀金裘、凫靥裘,肌肤眼目所触皆为各色上好料子、并且家中有很多能工巧匠的江宁织造曹家出来的作家,才能写到这个份上。

除了雀金裘和凫靥裘这样的极品,成了《红楼梦》中的"名衣",还有不少与服饰有关的名场面:

比如"薛宝钗小恙梨香院",宝玉来看她——

宝玉掀帘一迈步进去,先就看见薛宝钗坐在炕上作针线,头上挽着漆黑油光的鬓儿,蜜合色棉袄,玫瑰紫二色金银鼠比肩褂,葱黄绫棉裙,一色半新不旧,看去不觉奢华。唇不点而红,眉不画而翠,脸若银盆,眼如水杏。罕言寡语,人谓藏愚,安分随时,自云守拙。(第八回)

身为皇商之女,宝钗却穿着半新不旧的蜜合色棉袄,玫瑰紫二

· 403 ·

色金银鼠比肩褂,葱黄绫棉裙,很符合她的低调平和、安分随时的闺秀风范,也是区别于暴发户的旧家格调。和王夫人房中的靠背、引枕、坐褥一概都是"半旧"的是一个道理。

宝玉打量宝钗,宝钗也打量宝玉——

> 看宝玉头上戴着缧丝嵌宝紫金冠,额上勒着二龙抢珠金抹额,身上穿着秋香色立蟒白狐腋箭袖,腰系五色蝴蝶鸾绦,项上挂著长命锁、记名符,另外有一块落草时衔下来的宝玉。

宝玉的打扮符合他的身份,而且符合得很直白。一来讲究精美,不避华丽,不脱富贵气。二来审美个性不明显(因为宝玉身上的衣饰往往是王夫人和大丫鬟给他准备的,再说此刻的宝玉,内心的审美和情感体系都还在发育之中)。三来,显得有点繁琐,暗示这时候的怡红公子,身上背负的、心里牵挂的东西还太多。

最后一条,也是最重要的原因:这一回宝玉所有的衣物都不重要,都是引子,都是陪衬,只为了烘托他的通灵宝玉。宝玉穿的衣服不用说都是上上等的,但是毕竟都是人间的织物,而他的宝玉却不是此界的物件,它是有来历的,它是通灵的。

还有鸳鸯。她家常穿着水红绫子袄儿、青缎子背心,束白绉绸汗巾儿,和脖子上戴花领子,就看得宝玉心里痒痒;到了邢夫人替老色鬼丈夫说鸳鸯做妾时,邢夫人眼中的鸳鸯则又是:"只见他穿着半新的藕合色的绫袄,青缎掐牙背心,下面水绿裙子。蜂腰削背,鸭蛋脸面,乌油头发,高高的鼻子,两边腮上微微的几点雀斑。"

什么颜色都穿得好看,鸳鸯也是美人。

宝玉和黛玉吵架后上门赔罪时,穿的是簇新藕合纱衫,这是雅致而浅淡不耐脏的颜色,而且是新衣服,可是他也顾不得,流泪了就用衫袖去擦,黛玉看见了,连忙摔过去一方手帕。

紫鹃正在回廊上手里做针潲,宝玉来了,见她穿着弹墨绫薄棉袄,外面只穿着青缎夹背心,宝玉便伸手向他身上摸了一摸,说:"穿这样单薄,还在风口里坐着,看天风馋,时气又不好,你再病了,越发难了。"紫鹃的衣服大概是大观园中大丫鬟中最朴素的,她诚挚无私,一心照顾黛玉,自己无心妆扮,而宝玉看了也没有寻常对女孩子的好看不好看的观感,只是觉得她穿得太单薄,黛玉一直多病,若是紫鹃也病了,那真是不好办了。写出紫鹃和宝玉这两个人都是心中只有一个黛玉的。

香菱斗草时穿的石榴红绫裙,是女子最夺目的衣服,也是多少美人的标配。读武则天在感业寺出家时,写给李治的《如意娘》:"看朱成碧思纷纷,憔悴支离为忆君。不信比来长下泪,开箱验取石榴裙。"便可知石榴裙在唐代女性时尚中的地位。宝琴送了宝钗和香菱一人一条石榴裙,香菱穿了这条裙子,和其他女孩子打闹时在草地上滚脏了,香菱非常狼狈,怕对不起宝琴,更怕被薛姨妈埋怨,宝玉及时来救急,说袭人上月做了一条和这个一模一样的,但因为她有孝,如今也不穿,让袭人送来给湘云换下来。爱红的曹雪芹,这里藏着对美丽、单纯而苦命的香菱极大的怜惜和补偿,特意让她穿上了石榴裙,还让怡红公子为她送来了一条新的。而袭人,大红石榴裙来的时候她却绝对不能穿,这是不让袭人穿,因为她不配。

宝玉生日那天,怡红院里关起门来过生日,天热,都脱了大衣裳,于是——

> 宝玉只穿着大红棉纱小袄子,下面绿绫弹墨袷裤子,散着裤脚,倚着一个各色玫瑰、芍药花瓣装的玉色夹纱新枕头,和芳官两个先划拳。当时芳官满口嚷热,只穿着一件玉色红青酡绒三色缎子斗的水田小夹袄,束着一条柳绿汗巾,底下是水红撒花夹裤,也散着裤腿。头上眉额编着一圈小辫,总归至顶心,结一根很粗的总辫,拖在脑后。右耳眼内只塞着米粒大小的一个小玉塞子,左耳上单带着一个白果大小的硬红镶金大坠子,越显的面如满月犹白,眼如秋水还清。引的众人笑说:"他两个倒象是双生的弟兄两个。"(第六十三回)

写宝玉和芳官的衣裳和举动,是怡红院内梦幻般的天真无邪又恣意热闹、心满意足的一幕。

与此类似的还有第七十回怡红院中一幕,清晨醒来,宝玉外面房间就咭咭呱呱笑声不断,原来是晴雯和麝月在按住芳官膈肢(呵痒痒),宝玉听了,忙披上灰鼠袄子出来一瞧——

> 只见他三人被褥尚未叠起,大衣也未穿。那晴雯只穿葱绿院绸小袄,红小衣红睡鞋,披着头发,骑在雄奴(芳官)身上。麝月是红绫抹胸,披着一身旧衣,在那里抓雄奴的肋肢。雄奴却仰在炕上,穿着撒花紧身儿,红裤绿袜,两脚乱蹬,笑的喘不过气来。宝玉忙上前笑说:"两个大的欺负一个小的,等我助力。"说着,

也上床来膈肢晴雯。

这是怡红院最后的春天，最后的欢乐时光，虽然"宝玉因冷遁了柳湘莲，剑刎了尤小妹，金逝了尤二姐，气病了柳五儿，连连接接，闲愁胡恨，一重不了一重添。弄得情色若痴，语言常乱，似染怔忡之疾"，但他身边的人都还无忧无虑，一醒来就打闹嬉笑，一派女儿家的天真欢脱，娇憨无限，浑不知阴云当头，雷霆逼近。当他们四个人裹成一团的时候，那满床的少男少女身上的衣服，也是另一种怡红快绿。

至于尤三姐，当她对贾珍贾琏发飙的时候，她的衣着突破了《红楼梦》里所有女性的底线，既美艳性感又慷慨绝望，既惊心动魄又充满自我冲突，是一种不能久持的美——

这尤三姐松松挽着头发，大红袄子半掩半开，露着葱绿抹胸，一痕雪脯。底下绿裤红鞋，一对金莲或翘或并，没半刻斯文。两个坠子却似打秋千一般，灯光之下，越显得柳眉笼翠雾，檀口点丹砂。

这些衣裳和饰物，无不符合人设，令人难忘，只因都是曹雪芹用家族的繁华、温柔和秘密织出来的，是用往事一梦的无限伤感无尽追忆制成的。

还有一个细微处，书中关于衣服，经常见"洋""倭"等字。凤姐身上穿的洋缎、洋绉，宝玉身上穿的倭缎，看到"洋"字，"倭"字，难免有人认为是舶来品，而且以凤姐的娘家（王家）和外国打交道多,还兼管东南沿海的对外贸易为佐证(第十六回,凤姐说"那时我爷爷单管各国进贡朝贺的事,凡有的外国人来,都是我们家养活。粤、闽、滇、浙所有洋船货物都是我们家的")。

其实未必。据沈从文先生研究,"洋"字当指布料图案样式带西洋风格,并非指产地;而倭缎,冯其庸等专家认为,是福建漳州、泉州等地仿日本织法制成的缎面起绒花的缎子。因此,这些高级衣料,很可能只是最初是"洋"血统的,穿在凤姐、宝玉身上时,大概率已经是完完全全的本土出品了。就像胡椒、胡萝卜、番茄、番薯(红薯)、番石榴,洋葱、洋芋(土豆)、洋白菜(卷心菜)……这些姓"胡""番""洋"的蔬菜瓜果一样,虽然最初来自异国,但早已落地生根,成了国产品了。

关于曹雪芹服饰方面描写达到的成就,前人之述备矣,我就不再重复了。我只想说一句,江宁织造的嫡系后人,天性高明、过目不忘、审美细致的作家,他写服饰,绝对不会像马洛伊·山多尔这样以"套"为单位的。"套"用马洛伊·山多尔的写法,你能想象《红楼梦》中出现这样的描写吗?——"贾府的贵族每个人都有三十套衣服,每种场合专有一套,进宫见皇上一套,看戏一套,过节一套,去庙里烧香一套,骑马一套,甚至为了下雪天烧烤鹿肉也要单有一套。"这样的写法,还是《红楼梦》吗?虽然我非常推崇马洛伊·山多尔的小说,尤其是《烛烬》,但他关于衣服的这等描写,如果用绸缎来比,质地的粗糙程度,也应该罚俸一年吧。

而江宁织造出品的绫罗绸缎,因为曹雪芹,永远在《红楼梦》中流光溢彩,比它们原本的样子更好看,比它们刚织就时更新更耀眼。

红楼饮食的真滋味

叁

06

说到《红楼梦》的饮食,许多人都津津乐道。可是,谁记得黛玉进贾府后的第一顿饭吃了什么吗?不记得?来重温一遍——

> 于是,进入后房门,已有多人在此伺候,见王夫人来了,方安设桌椅。贾珠之妻李氏捧饭,熙凤安箸,王夫人进羹。贾母正面榻上独坐,两边四张空椅,熙凤忙拉了黛玉在左边第一张椅上坐了,黛玉十分推让。贾母笑道:"你舅母你嫂子们不在这里吃饭。你是客,原应如此坐的。"黛玉方告了座,坐了。贾母命王夫人坐了。迎春姊妹三个告了座方上来。迎春便坐右手第一,探春坐左第二,惜春坐右第二。旁边丫鬟执着拂尘、漱盂、巾帕。李、凤二人立于案旁布让。外间伺候之媳妇丫鬟虽多,却连一声咳嗽不闻。寂然饭毕,各有丫鬟用小茶盘捧上茶来。当日林如海教女以惜福养身,

云饭后务待饭粒咽尽,过一时再吃茶,方不伤脾胃。今黛玉见了这里许多事情不合家中之式,不得不随的,少不得一一改过来,因而接了茶。早见人又捧过漱盂来,黛玉也照样漱了口。盥手毕,又捧上茶来,这方是吃的茶。(第三回)

这顿饭,吃的是待遇,吃的是规矩,所以所有菜式、主食、点心,一字未写。难怪我一直只记得"一声咳嗽不闻"。黛玉不是把贾府的一切看得真真切切吗?怎么唯独不留心桌上菜肴呢?

未成年之前,人总是不喜欢和外人、陌生人吃饭,如果不得不如此,一般都是吃不香的。况且黛玉来到门第不凡、规矩极大的外祖母家,"步步留心,时时在意,不肯轻易多说一句话,多行一步路,惟恐被人耻笑了他去",吃饭的时候,第一次和外祖母和好几个陌生人吃饭,连王夫人、凤姐、李纨都没资格上桌子,后面还有人站着伺候,更是满心紧张,一直到吃完饭,如何对待马上送过来的茶都要眼角余光观察别人是饮是漱,这样的一顿饭自然是食而不知其味,吃了什么应该是根本不记得的。

同样道理,第十八回,元春省亲,也是只见宴席不见肴馔——

尤氏、凤姐等上来启道:"筵宴齐备,请贵妃游幸。"元妃等起身,命宝玉导引,遂同诸人步至园门前。早见灯光火树之中,诸般罗列非常。……(中略)已而至正殿,谕免礼归座,大开筵宴。贾母等在下相陪,尤氏、李纨、凤姐等亲捧羹把盏。

只说"大开筵宴",然后就是元春给各处馆阁赐名,然后大家作诗,根本不知道吃了些什么——这就对了,本来这一顿饭,吃的是恩典和荣宠,吃的是皇家气派,吃的是烈火烹油鲜花着锦,也吃的是一丝不苟如履薄冰，谁有心思真的吃呢？谁有心思真的布让、劝别人吃呢？所有人的注意力都在元春身上，可怜桌上费尽心思准备的各色佳肴，恐怕宴席上的人连看都看得不专心。就连后面元春赏表现出众的龄官的吃食，也是由一个太监"执一金盘糕点之属进来"，也不知道是什么点心。这个细节很有意思，表面上似乎买椟还珠，写明了器具却没有说是什么糕点，但却是再恰当不过了——这个场合，贵妃赏赐，自然是只见金盘、不见糕点了。

反过来一想，元春省亲的宴会，也和这盘赏龄官的糕点一样，吃食本身根本不重要，金盘才重要。

然而，《红楼梦》写饮食端的好看，而且是让人大开眼界的。这一点，第一遍读就可以领略到。

不知道有多少人和我小时候一样，看《红楼梦》，一半兴趣是看里面的各种好吃的？在我小时候，物资匮乏，许多东西都还凭票供应，因此《红楼梦》让我领略了最早的文学的"舌尖上的中国"。

说到"舌尖上的《红楼梦》"，最著名的菜当数茄鲞。

> 贾母笑道："你把茄鲞搛些喂他。"凤姐儿听说，依言搛些茄鲞送入刘姥姥口中，因笑道："你们天天吃茄子，也尝尝我们的茄子弄的可口不可口。"刘姥姥笑道："别哄我了，茄子跑出这个味儿来了，我们也不用种粮食，只种茄子了。"众人笑道："真是茄子，我们再不哄你。"刘姥姥诧异道："真是茄子？我白吃了半日。姑奶奶再喂我些，这一口细嚼嚼。"凤姐儿果又搛了些放入口内。
>
> 刘姥姥细嚼了半日，笑道："虽有一点茄子香，只是还不像是茄子。告诉我是个什么法子弄的，我也弄着吃去。"凤姐儿笑道：

"这也不难。你把才下来的茄子把皮签了,只要净肉,切成碎钉子,用鸡油炸了,再用鸡脯子肉并香菌、新笋、蘑菇、五香腐干、各色干果子,俱切成丁子,用鸡汤煨干,将香油一收,外加糟油一拌,盛在瓷罐子里封严,要吃时拿出来,用炒的鸡瓜一拌就是。"刘姥姥听了,摇头吐舌说道:"我的佛祖!倒得十来只鸡来配他,怪道这个味儿!"……(第四十一回)

这个让刘姥姥念佛的名菜,确实是小说家的神来之笔,写出了贾府的食不厌精,凤姐越是举重若轻轻描淡写,其贵族气派越是令人难忘。但也正是这道菜,引起了有些人对曹雪芹是不是美食家的质疑——据说,研究红楼菜的烹饪大师精心拷贝,品尝过的专家认为非常像——一道特别油腻、加了茄丁的宫保鸡丁。也有人因此推断,其实曹雪芹并不真的懂美食。

把小说当成菜谱读,做不出"梦"里的味道,还不醒悟,反而怀疑作者不懂美食,这如果不能归于黛玉所谓的"不悔自家无见识,却将丑语诋他人",便是薛姨妈评价宝玉的"实心的傻孩子"了。

第二著名的大约是"小荷叶儿小莲蓬儿汤"。这是第三十五回,宝玉挨打以后,贾母、王夫人等人来看望时,宝玉对母亲提起的。

宝玉笑道:"也倒不想什么吃,倒是那一回做的那小荷叶儿小莲蓬儿的汤还好些。"凤姐一旁笑道:"听听,口味不算高贵,只是太磨牙了。巴巴的想这个吃了。"贾母便一叠声的叫人做去。凤姐儿笑道:"老祖宗别急,等我想一想这模子谁收着呢。"因回头吩咐个婆子去问管厨房的要去。那婆子去了半天,来回说:"管厨房的说,四副汤模子都交上来了。"凤姐儿听说,想了一想,道:"我记得交给谁了,多半在茶房里。"一面又遣人去问管茶房的,也不曾收。次后还是管金银器皿的送了来。

薛姨妈先接过来瞧时，原来是个小匣子，里面装着四副银模子，都有一尺多长，一寸见方，上面凿着有豆子大小，也有菊花的，也有梅花的，也有莲蓬的，也有菱角的，共有三四十样，打的十分精巧。因笑向贾母王夫人道："你们府上也都想绝了，吃碗汤还有这些样子。若不说出来，我见这个也不认得这是作什么用的。"凤姐儿也不等人说话，便笑道："姑妈那里晓得，这是旧年备膳，他们想的法儿。不知弄些什么面印出来，借点新荷叶的清香，全仗着好汤，究竟没意思，谁家常吃他了。那一回呈样的作了一回，他今日怎么想起来了。"说着接了过来，递与个妇人，吩咐厨房里立刻拿几只鸡，另外添了东西，做出十来碗来。王夫人道："要这些做什么？"凤姐儿笑道："有个原故：这一宗东西家常不大作，今儿宝兄弟提起来了，单做给他吃，老太太、姑妈、太太都不吃，似乎不大好。不如借势儿弄些大家吃，托赖连我也上个俊儿。"贾母听了，笑道："猴儿，把你乖的! 拿着官中的钱你做人。"说的大家笑了。凤姐也忙笑道："这不相干。这个小东道我还孝敬的起。"便回头吩咐妇人，"说给厨房里，只管好生添补着做了，在我的帐上来领银子。"妇人答应着去了。

这道汤写得空灵，原料完全没有交代清楚，不知道用什么面，只知道是用精致的银模子，每个小莲蓬、小荷叶仅豆子大小，莲蓬、菱角、花卉等形状，然后大概是下到加了新鲜荷叶的鸡汤里。凤姐说："全仗着好汤，究竟没意思，谁家常吃他了。"

有人分析宝玉这时候想吃这个汤，是因为荷叶莲蓬有清热散淤活血等效，实在想多了，简直把十几岁的、出名任性的宝玉当成老年大学养生班的学员了。

宝玉馋这个汤，应该主要是因为这个汤里面的小荷叶儿小莲蓬儿

· 413 ·

十分精致好看，也因为实在是麻烦，形式大于内容，所以所有人都只吃过一次，家里就再没做过，所以宝玉印象深刻吧。这时候，既然祖母、母亲允许他撒娇，他就自然而然地撒个娇、提个有点难度的要求。

"小荷叶儿小莲蓬儿的汤"，应该是一道视觉审美大于实际享受的汤。当然，味道也不会差。如果不怕煞风景，实话实说，我实在颇疑心这就是一碗奢华版兼文艺唯美版的面疙瘩。

第三著名的吃食，不太好说了，以下的著名吃食就排名不分先后吧：

豆腐皮的包子——第八回，宝玉知道晴雯爱吃，特地向尤氏要了一份，专门留给晴雯的。

枣泥山药糕——第十一回，病重的秦可卿不思饮食，唯有贾母叫人送来的枣泥馅的山药糕，倒勾起了她的食欲，吃了两块，而且"倒像克化得动似的"——就是说吃了也能消化。许多研究者和中医都指出：这是非常适合病人吃的一道点心，红枣可以补气血，山药可以健脾胃。不过，秦可卿之所以爱吃，大概主要还是这点心的造型精巧，清甜诱人吧。我又煞风景地想，再补气血、健脾胃，也不会那么立竿见影，吃了能消化，想必是因为不油腻，还因为里面糯米的比例不高，外加是趁热吃的。

火腿炖肘子——第十六回，贾琏的乳母来了，遇上贾琏夫妇在吃饭，于是贾琏向桌上拣了两盘肴馔给她放在机上自吃，凤姐就说："妈妈很嚼不动那个，倒没的硌了他的牙。"然后凤姐向平儿道："早起我说那一碗火腿炖肘子很烂，正好给妈妈吃，你怎么不拿了去赶着叫他们热来？"凤姐正在得意的时候，对下人、老人都乐于厚待，加上夫妻关系也融洽,当着贾琏的面,更显出了女性的细心和热情。

蒸酥酪——第十九回,宝玉给袭人留的,后来却被宝玉奶母李嬷嬷赌气吃了。酥酪,就是乳酪(不是干酪,而是装在容器中用调羹吃的那种)、酸奶。当时牛奶不常见,所以用牛奶做的蒸酥酪也是高级点心。

也是这一回,还写到一种坚果,松子。宝玉先去了袭人家,袭人喜出望外,袭人的母兄连忙另外齐齐整整摆上一桌子果品来,宝玉吃了什么?他既没有动手也没有说话,"袭人见总无可吃之物,因笑道:'既来了,没有空去之理,好歹尝一点儿,也是来我家一趟。'说着,便拈了几个松子穰,吹去细皮,用手帕托着送与宝玉。"特地准备的一桌子果品,只有几粒松子仁有资格入宝二爷的口,这里不是写袭人的小心与屈奉,而是写宝玉一贯的千娇万贵。

腊八粥。也是第十九回,宝玉和黛玉一起躺在床上聊天,宝玉为了不让黛玉睡出病来,就给她讲故事,说的故事里出现了腊八粥——

"扬州有一座黛山,山上有个林子洞。"黛玉笑道:"这就扯谎,自来也没听见这山。"宝玉道:"天下山水多着呢,你那里知道这些不成。等我说完了,你再批评。"黛玉道:"你且说。"宝玉又诌道:"林子洞里原来有群耗子精。那一年腊月初七日,老耗子升座议事,因说:'明日是腊八,世上人都熬腊八粥。如今我们洞中果品短少,须得趁此打劫些来方妙。'乃拔令箭一枝,遣一能干小耗前去打听。一时小耗回报:'各处察访打听已毕,惟有山下庙里果米最多。'老耗问:'米有几样?果有几品?'小耗道:'米豆成仓,不可胜记。果品有五种:一红枣,二栗子,

415

三落花生，四菱角，五香芋。'老耗听了大喜，即时点耗前去。乃拔令箭问：'谁去偷米？'一耗便接令去偷米。又拔令箭问：'谁去偷豆？'又一耗接令去偷豆。然后一一的都各领令去了。只剩了香芋一种，因又拔令箭问：'谁去偷香芋？'只见一个极小极弱的小耗应道：'我愿去偷香芋。'

看宝玉对腊八粥的用料如此熟悉，可见贾府必定是年年按时吃腊八粥的，只是这本是天下人都吃的，说不得尊贵，也说不得别致，所以在这里不经意地带一笔也就是了。和端午节的粽子一样，并不写贾府人吃粽子，但黛玉会对宝玉和袭人开玩笑说："难道是为争粽子吃，争恼了不成？"

呆瓜霸藕——这名号是我的杜撰，就是特别大的西瓜和鲜藕，第二十六回，薛蟠的朋友给他的生日礼物，薛蟠是呆霸王，所以在我心目中，这两件瓜果必须单独拥有一个雅号。薛蟠叫茗烟把宝玉骗出来，然后——

薛蟠道："要不是我也不敢惊动，只因明儿五月初三日是我的生日，谁知古董行的程日兴，他不知那里寻了来的这么粗这么长粉脆的鲜藕，这么大的大西瓜，这么长一尾新鲜的鲟鱼，这么大的一个暹罗国进贡的灵柏香熏的暹猪。你说，他这四样礼可难得不难得？那鱼、猪不过贵而难得，这藕和瓜亏他怎么种出来的。我连忙孝敬了母亲，赶着给你们老太太、姨父、姨母送了些去。如今留了些，我要自己吃，恐怕折福，左思右想，除我之外，惟有你还配吃，所以特请你来。可巧唱曲儿的小么儿又才来了，我同你乐一天何如？"

薛蟠的粗豪、没有文化，薛蟠的自恋、搞笑，呆霸王的识人以及憨直热诚,一笔写出来这几层意思,且口吻毕肖,一个活灵活现的呆霸王如在眼前,又令人莞尔。

说到果子,《红楼梦》里出现了西瓜、葡萄、荔枝、还有朱橘、黄橙和橄榄等水果,还写到了水果的吃法,第三十一回,宝玉酒后回到怡红院,向白天和他吵过架的晴雯搭话求和,晴雯说"才刚鸳鸯送了好些果子来,都湃在那水晶缸里呢,叫他们打发你吃。"宝玉笑道:"既这么着,你也不许洗去,只洗洗手来拿果子来吃罢。"晴雯笑道:"我慌张的很,连扇子还跌折了,那里还配打发吃果子。倘或再打破了盘子,还更了不得呢。"怡红院里,初夏时节,水果是先湃在那水晶缸里,然后吃的。

酸梅汤、糖腌的玫瑰卤子和香露——第三十四回,这一回出现了好几种饮品,宝玉挨打后,吵着要喝酸梅汤,袭人怕酸梅的收敛不利于他的伤,所以就给他用糖腌的玫瑰卤子和水喝,宝玉喝腻了,不喜欢,王夫人于是把两瓶进贡用的香露给了他。

> 袭人看时,只见两个玻璃小瓶,却有三寸大小,上面螺丝银盖,鹅黄笺上写着"木樨清露",那一个写着"玫瑰清露"。袭人笑道:"好金贵东西!这么个小瓶儿,能有多少?"王夫人道:"那是进上的,你没看见鹅黄笺子?你好生替他收着,别糟踏了。"

此外,还提到宝玉平时也喝葡萄酒。

螃蟹——第三十八回,湘云请贾府的人吃螃蟹,螃蟹宴摆在藕香榭,环境是秋天最好的环境,既能赏桂,又能看水。贾府吃螃蟹是很有一套的:

凤姐吩咐："螃蟹不可多拿来，仍旧放在蒸笼里，拿十个来，吃了再拿。"一面又要水洗了手，站在贾母跟前剥蟹肉，头次让薛姨妈。薛姨妈道："我自己掰着吃香甜，不用人让。"凤姐便奉与贾母。二次的便与宝玉，又说："把酒烫的滚热的拿来。"又命小丫头们去取了菊花叶儿桂花蕊熏的绿豆面子来，预备着洗手。

螃蟹冷了就会变腥，现蒸现吃最好。蟹肉味美而剥蟹麻烦，所以剥好蟹肉请人享用，是极佳款待，凤姐剥好了蟹肉，先虚晃一枪给薛姨妈——她是客人，但她肯定会推辞的，然后凤姐就奉与贾母，然后再给宝玉，这一老一小，是她的重点照顾对象。薛姨妈的话倒也不全是假话，确实有不少人认为螃蟹必须自己剥才更美味的，这是吃螃蟹时的见仁见智；凤姐让人烫酒来也是对的，估计是黄酒，因为螃蟹性寒，需要热黄酒的热性来保护脾胃；好螃蟹的味道沾在手上，不容易洗净，所以贾府是用菊花叶儿桂花蕊熏的绿豆面子来洗手的，想必比一切香皂、洗手液都好用吧。这一回后面写到平儿给凤姐剥了一壳蟹黄来，凤姐叫她"多倒些姜醋"，平儿和凤姐都是吃蟹的行家。

松穰鹅油卷——第四十一回，大观园的酒宴之后，贾母带着众人和刘姥姥园中"散散"，丫鬟们送来的小捧盒中的一款点心。用松子为馅，外面用鹅油和面粉做成卷。应该是甜的，应该有浓郁的异香。

牛乳蒸羊羔、野鸡瓜齑、烤鹿肉、糟鹌鹑和蒸芋头——第四十九回，宝玉急着赏雪作诗，于是——

一时众姊妹来齐，宝玉只嚷饿了，连连催饭。好容易等摆上来，头一样菜便是牛乳蒸羊羔。贾母便说："这是我们有年纪的人的药，没见天日的东西，可惜你们小孩子们吃不得。今儿另外有新鲜鹿肉，你们等着吃。"众人答应了。宝玉却等不得，只拿茶泡了一碗饭，就着野鸡瓜齑忙忙的咽完了。贾母道："我知道你们今儿又有事情，连饭也不顾吃了。"便叫"留着鹿肉与他晚上吃"，凤姐忙说"还有呢"，方才罢了。史湘云便悄和宝玉计较道："有新鲜鹿肉，不如咱们要一块，自己拿了园里弄着，又顽又吃。"宝玉听了，巴不得一声儿，便真和凤姐要了一块，命婆子送入园去。

因为写"脂粉香娃割腥啖膻"，所以吃的也比较狂野，在芦雪庵用铁炉、铁叉、铁丝蒙烤新鲜鹿肉吃，又吃又玩，是年轻人的烧烤野餐氛围。当然也有别的菜，比如乘兴而来的贾母也认可的糟鹌鹑。在此之前，李纨已经命人将蒸的大芋头盛了一盘，又将朱橘、黄橙和橄榄等盛了两盘，让人送给袭人去了。

庄子上送来的年货与收成——第五十三回，宁国府在黑山村的乌庄头上送来了庄子上的收成："大鹿三十只，獐子五十只，狍子五十只，暹猪二十个，汤猪二十个，龙猪二十个，野猪二十个，家腊猪二十个，野羊二十个，青羊二十个，家汤羊二十个，家风羊二十个，鲟鳇鱼二个，各色杂鱼二百斤，活鸡、鸭、鹅各二百只，风鸡、鸭、鹅二百只，野鸡、兔子各二百对，熊掌二十对，鹿筋二十斤，海参五十斤，鹿舌五十条，牛舌五十条，蛏干二十斤，榛、松、桃、杏穰各二口袋，大对虾五十对，干虾二百斤，银霜炭上等选用一千斤、中等二千斤，柴炭三万斤，御田胭脂米二石，碧糯五十斛，白糯五十斛,粉粳五十斛,杂色粱谷各五十斛,下用常米一千石,各色干菜一车,外卖粱谷、牲口各项之银共折银二千五百两。外门下孝敬哥儿姐儿顽意:活鹿两对,活白兔四对,黑兔四对,活锦鸡两对,西洋鸭两对。"

五花八门,山珍野味,贾珍还不满意,认为他该有五千两银子交来,抱怨"真真是又教别过年了"。

鸭子肉粥、红枣粳米粥、杏仁茶——第五十四回,元宵节的深夜,看戏、喝酒、放烟花之后,贾母饿了,这是凤姐报出来供选择的三样夜宵,最后贾母选了杏仁茶,这顿夜宵配了各种精致小菜。

凉拌菜和热糕——第六十回,芳官去小厨房找柳嫂子,说宝玉说了:"晚饭的素菜要一样凉凉的酸酸的东西,只别搁上香油弄腻了。"在江南,今天人们仍然经常吃拌马兰头、拌莴笋丝、拌黄瓜丝、拌金瓜丝、拌海蜇丝一类的东西,不知道宝玉吃到的是什么。至于热糕,却不是小厨房做的,是柳嫂子买给女儿五儿的,因为想通过芳官走怡红院的门路,所以见芳官来了,就把糕给她吃了,芳官也不吃,为了气别人,便将手内的糕一块一块的掰了,掷着打雀儿顽,口内笑说:"柳嫂子,你别心疼,我回来买二斤给你。"芳官年轻不懂事,这样不惜福,过分了。后面看到她把王夫人给宝玉的玫瑰露,潇洒地连瓶子给了柳嫂子和五儿母女,虽然是宝玉同意的,但总觉得非常逾越,估计袭人看了心里也不舒服,后来果然惹出事情来了。芳官聪明伶俐,但不懂得"安分"二字怎么写,也不知畏惧,真是可叹。

油盐炒枸杞芽——第六十一回,管厨房的柳家的无意中说起,"连前儿三姑娘和宝姑娘偶然商议了要吃个油盐炒枸杞芽儿来,现打发个姐儿拿着五百钱来给我,我倒笑起来了……"

吃腻了肥甘厚味的探春和宝钗,想吃个清香爽口的枸杞芽,非常容易理解。而且这是时令菜,估计她们也是不想错过时令了吧。真是两位会吃、会生活的姑娘。

这一回里面,还写到司棋想吃炖得嫩嫩的鸡蛋,晴雯点过面筋炒芦蒿,还有五儿分一半给芳官的茯苓霜——"这地方千年松柏最多,所以单取了这茯苓的精液和了药,不知怎么弄出这怪俊的白霜儿来。说第一用人乳和着,每日早起吃一钟,最补人的;第二用牛奶子;万不得,滚白水也好。"

这一回里面,柳嫂子说了一番令人暗暗惊心的话:"你们深宅大院,水来伸手,饭来张口,只知鸡蛋是平常物件,那里知道外头买卖的行市呢。别说这个,有一年连草根子还没了的日子还有呢!我劝他们,细米白饭,每日肥鸡大鸭子,将就些儿也罢了。吃腻了膈,天天又闹起故事来了。"

前面提到的小荷叶儿小莲蓬儿汤,虽然新奇,但确实如凤姐所说,没多大意思,论味道,肯定不如曹雪芹笔下的另外几道汤:

第一道在第八回,宝玉和黛玉在薛姨妈那里,就着糟鹅掌鸭信喝了酒以后——没有写是什么酒,可能是黄酒,酒酣之际,薛姨妈让人做的"酸笋鸡皮汤"。吃了重口味的糟货,又喝了酒,唯有这样又酸又鲜的汤才能唤醒味蕾,喝起来才过瘾。而且酸笋能解酒。至于为什么要放鸡皮或者带皮鸡肉?因为鸡油可以减少酸笋对胃的刺激,这时候,宝玉虽然酒酣,但其实还没有吃主食呢,只吃酸笋,对胃就不那么适宜了。这道汤又可口又及时,所以"宝

421

玉痛喝了两碗",才转向主食——"吃了半碗碧粳粥"。

第二道在第五十八回,宝玉病愈时的那碗火腿鲜笋汤——

> 晴雯笑道:"已经好了,还不给两样清淡菜吃。这稀饭咸菜闹到多早晚?"一面摆好,一面又看那盒中,却有一碗火腿鲜笋汤,忙端了放在宝玉跟前。宝玉便就桌上喝了一口,说:"好烫!"袭人笑道:"菩萨,能几日不见荤,馋的这样起来。"一面说,一面忙端起轻轻用口吹。

这道火腿鲜笋汤和江南家喻户晓的名菜"腌笃鲜"大同小异,"腌笃鲜"以咸肉、鲜肉加鲜笋炖汤,贾府是用火腿代替咸肉,风味略有不同,而那股独一无二、万夫莫当之鲜香,当是一路的。

第三道汤,出现在四十三回,贾母感冒好了之后,王夫人、凤姐孝敬的一道"野鸡崽子汤"——

> 正商议着,只见贾母打发人来请,王夫人忙引着凤姐儿过来。王夫人又请问:"这会子可又觉大安些?"贾母道:"今日可大好了。方才你们送来野鸡崽子汤,我尝了一尝,倒有味儿,又吃了两块肉,心里很受用。"王夫人笑道:"这是凤丫头孝敬老太太的。算他的孝心虔,不枉了素日老太太疼他。"贾母点头笑道:"难为他想着。若是还有生的,再炸上两块,咸浸浸的,吃粥有味儿。那汤虽好,就只不对稀饭。"凤姐听了,连忙答应,命人去厨房传话。

野鸡崽子,自然又鲜又香又嫩,吃在饮食寡淡了几天的贾母口中,自然是很受用的。鸡汤对感冒后的身体也有滋补之功。这里可以看出凤姐的聪慧和细致,倒确实不枉了素日老太太疼她。

贾母因为要吃稀饭,所以提出要吃炸的野鸡肉。这里的炸野鸡肉想必是先用调味品腌渍了,再去炸的,这样才能咸香入味。

贾母说到汤不对稀饭,就让人想起后四十回里,一道尴尬的汤来了。

> 紫鹃说:"刚才我叫雪雁告诉厨房里给姑娘作了一碗火肉白菜汤,加了一点儿虾米儿,配了点青笋紫菜。姑娘想着么?"黛玉道:"也罢了。"紫鹃道:"还熬了一点江米粥。"(第八十七回)

这是被无数专家、红粉们万箭齐发、骂得体无完肤的一个细节。在八十七回。

理由很充分:第一,明明喝粥,却配汤。许多人的证据是:前面明明贾母也说了汤不配稀饭,这个其实不必搬出老祖宗,因为这是常识。

第二,这个汤太奇怪了,也不像林黛玉应有的饮食。火腿、大白菜,如果是熬煮,倒也罢了,但是居然煮汤,有点古怪;加上虾米,有些不南不北了;再配上青笋和紫菜,从颜色到味道都完全不伦不类了。

青笋,有人说是扁尖,我怀疑不是,因为若是扁尖,是要用水浸泡、剖开切段的,而且一般都是早早下锅的,不会用"配上点"这样的语气,这样的语气只能用来说葱花、紫菜末、蛋丝这种出锅前加下去,很快就可以出锅的羽量级食材。

我觉得青笋也许就是莴笋。但是不论是扁尖还是莴笋,抑或是第三种蔬菜,火腿、大白菜、青笋、虾米、紫菜,这样的一道汤,都是匪夷所思、非常尴尬了。

后四十回的作者，似乎还怕大家不死心，想在后面继续探寻舌尖之旅，于是又让雪雁来补刀了——

这里雪雁将黛玉的碗箸安放在小几儿上，因问黛玉道："还有咱们南来的五香大头菜，拌些麻油醋可好么？"黛玉道："也使得。只不必累赘了。"一面盛上粥来，黛玉吃了半碗，用羹匙舀了两口汤喝，就搁下了。

我们眼睁睁地，看着我们的阆苑仙葩林姑娘，就着汤喝江米粥！而且这汤，还不是一般的汤，是一道无敌尴尬汤！还配五香大头菜！

记得当年读到这里，我真是痛心疾首，撞墙的心都有了。后来稍稍平复，心想：难怪黛玉会一反常态地说"也使得"，只怕任何一个贵族小姐都会这样说的——沦落至此，大头菜拌不拌麻油和醋，还有什么要紧？

就连第八十九回同样万众吐槽的关于黛玉打扮的描写，都不能使我更痛心痛苦痛悲痛恨了——"但见黛玉身上穿着月白绣花小毛皮袄，加上银鼠坎肩，头上挽着随常云髻，簪上一枝赤金匾簪，别无花朵，腰下系着杨妃色绣花绵裙。"

当初十来岁时和我一起读《红楼梦》的同学兼好友应点点，她父亲是《红楼梦》专家应必诚先生，应点点总是对"赤金匾簪""杨妃色绣花绵裙"笑得半死，说这么俗这么土，简直"岂有此理"。我却懒得笑——赤金簪子就赤金簪子，粉红裙子就粉红裙子吧，反正都喝粥配汤就大头菜了。

而曹雪芹写吃的，随便写写，都令人非常口舌生津，且看芳官的一顿饭——

> 只见柳家的果遣了人送了一个盒子来。小燕接着揭开，里面是一碗虾丸鸡皮汤，又是一碗酒酿清蒸鸭子，一碟腌的胭脂鹅脯，还有一碟四个奶油松瓤卷酥，并一大碗热腾腾碧荧荧蒸的绿畦香稻粳米饭。小燕放在案上，走去拿了小菜并碗箸过来，拨了一碗饭。芳官便说："油腻腻的，谁吃这些东西。"只将汤泡饭吃了一碗，拣了两块腌鹅就不吃了。宝玉闻着，倒觉比往常之味有胜些似的，遂吃了一个卷酥，又命小燕也拨了半碗饭，泡汤一吃，十分香甜可口。小燕和芳官都笑了。（第六十二回）

一碗虾丸鸡皮汤，一碗酒酿清蒸鸭子，一碟腌的胭脂鹅脯，还有一碟四个奶油松瓤卷酥，并一大碗热腾腾碧荧荧蒸的绿畦香稻粳米饭，写得满纸香气扑鼻而来，这几道菜和饭，构思和食材均一流，色香味俱全，而且颜色搭配格外悦目，滋味也是真正可口的家常菜，难怪连宝玉都觉得比平时的更好吃，跟着芳官吃了起来。这一方面是写宝玉性格，另一方面也因为这饭菜是柳嫂子单独为芳官一个人做的，小锅菜更好吃，加上她们母女和芳官关系亲密且有求于芳官，此时自然格外尽心。正如宝玉在水月庵对秦钟所说的，自己让智能儿倒茶，那茶是没情意的，秦钟让智能儿倒茶，倒的茶是有情意的。柳嫂子给芳官做的这一顿，果真是格外有情意。

饮食实在是很能表现社会阶层、经济状况、审美格调、时代氛围和人物性格、人物关系的。

曹雪芹的表现手法绝不单一。有的，比如茄鲞，从食材到配料到制作过程写得一清二楚；有的，比如小荷叶儿小莲蓬儿汤，从原料到工具到制作，都半遮半掩，像云雾笼罩的山水，一半靠"看见"一半靠"想见"；还有的，竟是从品名、食材、制作到形、色、香、味，几乎不写，彻底留白。

比如，第十四回，秦可卿死了，凤姐协理宁国府——

> 凤姐儿见自己威重令行，心中十分得意。因见尤氏犯病，贾珍又过于悲哀，不大进饮食，自己每日从那府中煎了各样细粥，精致小菜，命人送来劝食。贾珍也另外吩咐每日送上等菜到抱厦内，单与凤姐。

同时管着荣宁二府、千头万绪、起早贪黑的凤姐，居然能想到贾珍夫妇的心理和身体状况，"自己每日从那府中煎了各样细粥，精致小菜，命人送来劝食"，实在令人惊叹。而贾珍，自己根本没有心思也没有胃口，却"另外吩咐每日送上等菜"，专门给凤姐一个人。

"各样细粥，精致小菜"，这是周到，是体贴，是细致入微，也是凤姐在不露声色地展示自己全方位的能耐。

"每日送上等菜""单与凤姐"，这是礼数，是敬重，是真心感激，更是宁国府忙乱之中也不能丢弃的体面。

什么叫滴水不漏？什么叫礼出大家？这就是了。

通过饮食写出来的贵族气派，这是全书中让我印象最深的。这里的粥不是粥，菜不是菜，所以正不必具体写。

写吃的，小说家曹雪芹照样显示了他的好手段：可以妙入毫颠，勾人魂魄，也可以不着一字，尽得风流。

从贾探春到林徽因

叁

08

《红楼梦》第一回,《甄士隐梦幻识通灵 贾雨村风尘怀闺秀》,因为是开篇,浓度极高:明说了"真事隐"、半真半假地自称笔下皆为"假语村言",最重要的词语"梦幻""通灵"出现了——点出是通灵宝玉和它的主人在人世间的"梦幻"经历。

需要留意一下"风尘怀闺秀"。是谁在"怀"呢?明面上是贾雨村,贾雨村看上了甄士隐家的丫鬟娇杏,但娇杏是丫鬟,怎么能算闺秀?曹雪芹特特用这个词,是因为本来内里说的就不是她。"风尘怀闺秀"的,其实是作者自己。

风尘者,曹雪芹写书时的潦倒处境,梦幻已醒,沦落贫贱;虽然如此,他的一颗心仍在眷恋着过去,怀想那些"或情或痴"、才德兼备、"行止见识"在"堂堂须眉"之上的闺中裙钗，追忆那些发生过的与本来可能发生的美好。或者说，正因为现实已经如此冷酷，他那颗心才更迫切更炙热更深切地"怀闺秀"，以此来回到旧梦中，重新和那些美好相聚。这是全书的主旨。

庚辰本正文前的一段脂批，记录了作者自白，开宗明义，最是要紧——

此开卷第一回也。作者自云：因曾历过一番梦幻之后，故将真事隐去，而借"通灵"之说，撰此《石头记》一书也，故曰"甄士隐"云云。但书中所记何事何人？自己又云："今风尘碌碌，一事无成，忽念及当日所有之女子，一一细考较去，觉其行止见识，皆出于我之上。何我堂堂须眉，诚不若彼裙钗哉？实愧则有余、悔又无益之大无可奈何之日也！当此，则自欲将已往所赖天恩祖德，锦衣纨绔之时、饫甘餍肥之日，背父兄教育之恩、负师友规训之德，以至今日一技无成、半生潦倒之罪，编述一集，以告天下人：我之罪固不免，然闺阁中本自历历有人，万不可因我之不肖，自护其短，一并使其泯灭也。虽今日之茅椽蓬牖，瓦灶绳床，其晨夕风露，阶柳庭花，并未有妨我之襟怀笔墨。虽我未学，下笔无文，又何妨用假语村言，敷演出一段故事来，亦可使闺阁昭传，复可以悦世人之目，破人愁闷，不亦宜乎？故曰"贾雨村"云云。

此回中凡用"梦"用"幻"等字，是提醒阅者眼目，亦是此书立意本旨。"

这就是"风尘怀闺秀"的涵义。曹雪芹的初衷就是描摹、赞美、传扬那些"异样女子",留下她们的美和独特,同时也留下往昔美妙的一切。当然,在"追悔"自己的"罪"的同时,也留下了一个无比真实无比深刻的自己。这个自己,并不等于贾宝玉,而是一个若即若离的灵魂,宝玉身上有一部分,黛玉身上也有,湘云、探春身上也有,甚至柳湘莲和妙玉身上也有一点。

当时光和人事变迁带走往昔和所爱的一切,记忆是人最后的武器,而文学也是最终、最高的抵抗。

怀闺秀,怀的是过去重要的人,也是整个往昔,包括在往昔里的自己。"怀"的目的,是让自己回到那个往昔里重新活一遍。不论是某个作品写作的动机,或者是文学整体的起源,这都是一个重要的"缘起"。

但《红楼梦》仍然是特殊的。因为只有它,是打定主意"风尘怀闺秀"。

看看曹雪芹投以凝视的"闺秀"群体:她们是黛玉、宝钗、湘云;她们是探春、迎春、惜春;她们是宝琴和妙玉;她们是晴雯、平儿、紫鹃、鸳鸯、香菱、芳官、藕官、龄官、小红……她们还包括了少妇王熙凤、李纨和元春。

这一次,必须端详一下宝玉的妹妹探春。这也是一个出色的女儿家。

探春出场就是"三春"中最引人瞩目的,她长得"削肩细腰,长挑身材,鸭蛋脸面,俊眼修眉,顾盼神飞,文彩精华,见之忘俗"。美得有个性、有气质、有气场。

这一回后面说王熙凤是"自幼假充男儿教养的",其实不仅王熙凤是这样，黛玉、湘云、探春，甚至最符合闺秀标准的宝钗，也都是或多或少"充男儿教养"的。"充男儿教养"的第一要义就是：受教育。她们绝大部分都读书识字（凤姐虽不太识字，但也颇有文化），这就使她比同时代的绝大多数女子具备了领先得多的起跑线。因为能读书，她们都从书本里得到了许多滋养，都比较有见识、自我发育比较健全，大部分人个性相对不压抑（李纨算是最受"女德"束缚的了，但她也有家学渊源，并且自己读了不少书，所以在为人处世、进退绸缪和鉴赏诗词等方面都有不俗表现）。她们都不被生计所扰和受困于家务，所以有充分的经济保障和时间自由。她们都有不让须眉的才华或实务能力，并且乐于展示自己的能力（凤姐、探春）与才华（黛玉、湘云、宝钗）。"充男儿教养"的第二层意思是：她们在不能走出家门的情况下，拥有比较快乐的童年和少年——富足的物质生活、各种节庆、人情往来与尊长赏赐、家庭内娱乐、和兄弟们一起玩（包括偷读禁书）、有谈得来的闺中朋友。

这些闺秀，多少都是被"充男儿教养"的——她们是成因复杂而尚在萌芽状态的男女平权观念的受益者。

但是，她们再优秀，也是从家庭（原生家庭）到家庭（出嫁后夫家的家庭），无法在社会上被看见。有才多能，满腹锦绣，但根本走不出去，"立一番事业"更是痴心妄想。

全书开篇第二回，冷子兴聊贾府的小姐们，说"只看这少一辈的将来之东床如何呢！"每次看到这里，我都会发出一声长叹——说了半天，女子就只看这一条？女子就只看这一条！因为是女子，你有什么样的特质，你人生的所有可能，你内心的所有波澜与梦想，一概不论，当时的人们只关心这一条：你将来会嫁给什么人。

而事实上，即使在《红楼梦》的时代，探春这样的姑娘已经明白，女子的光明前程是：受教育，走出去，立事业。她在现实中享受了一部分，另外一部分则还在远方的路上，非常遥远。

探春可不是寻常的姑娘。我非常喜欢探春，记得少女时代读《红楼梦》，内心代入最多的人，不是黛玉，也不是宝玉，更不是宝钗，而是探春。

这位三姑娘是从小上学的——黛玉进贾府时，老太太说，去叫姑娘们来相见，今天有远客，她们不用上学了，可知"三春"平时都要上学的。探春不但识字，而且和宝玉一样，读了不少书，熟知各种典故，也能吟诗作文，她还写得一手好字。宝玉和黛玉相见，宝玉送黛玉一个字"颦颦"，所有人都还没有反应，探春就马上问哥哥：什么出处？宝玉说出自《古今人物通考》。探春笑道："只恐又是你的杜撰。"探春真是落落大方！在这样的场合轻松自如，有说有笑，而且她在学识方面是自信的。这个回合，探春的表现是三姐妹中唯一给人留下印象的。

属于她的一页命运预言是："后面又画着两个人放风筝，一片大海，一只大船，船中有一女子掩面泣涕之状。也有四句写云：才自精明志自高，生于末世运偏消。清明涕送江边望，千里东风一梦遥。"

探春有才华，有志向，但没有机会挽救家族败局，也无法改变自己的远嫁。她终于远嫁他乡（异邦或天涯海隅），和家族血亲不能相见更无法相助了。

太虚幻境中的《红楼梦》曲，在宝、黛、钗、元春之后，就是属于探春的一曲《分骨肉》："一帆风雨路三千，把骨肉家园齐来抛闪。恐哭损残年，告爹娘，休把儿悬念。自古穷通皆有定，离合岂无缘？从今分两地，各自保平安。奴去也，莫牵连。"再次写明她是远嫁了，其中对父母的宽解之语和悲伤中的理性和坚韧，确实是三姑娘的口气和心性。

第二十二回大家制灯谜，探春制的是："阶下儿童仰面时，清明妆点最堪宜。游丝一断浑无力，莫向东风怨别离。"谜底是风筝。风筝再次出现，"清明"再次出现（可能是探春远嫁的时节），"别离"是再次写明了，无可逃避。脂批说："此探春远适之谶也。使此人不远去，将来事败，诸子孙不至流散也，悲哉伤哉！"

一个女儿家，竟能让人抱有这样的指望。这本来应该是对贾琏、贾宝玉的指望，至少是对王熙凤的指望。如此不简单的探春，究竟是个什么样的姑娘？

她是个美丽的姑娘，不是黛玉那种自带仙气的飘逸美，也不像宝钗那么圆润端整的福相美，探春长相俊秀，雅俗共赏。她与众不同之处在于个性明快爽利，大女主潜质十足。除了一出场就写她容貌与气质都不俗，而且颇有气场，后面还借仆人兴儿之口说出她的诨名是"玫瑰花"，"玫瑰花又红又香，无人不爱的，

• 432 •

只是刺扎手。也是一位神道，可惜不是太太养的，'老鸹窝里出凤凰'"。这是说她又明丽又可爱，并不孤僻高冷，因此人人喜欢，不过她有个性有见识，边界感强，若得罪她就会吃苦头付代价。另外称赞她的能耐和气场不同凡响，与庶出身份形成强烈的反差，是老鸹窝里飞出的凤凰。

社交距离看，探春是个明事理、守礼仪、顾大局的姑娘。不论是元妃省亲，还是逢年过节，不论是写灯谜，还是别人过生日，探春总是在的，大大方方地坐在属于她的位置上，虽然她从来不是承欢取乐的主角，但她从不使小性子称病不来，来了也从不计较自己是否受重视，也从不中途离席，往往中间赔笑说些"宝姐姐有心，不管什么他都记得。""也别要怪老太太，都是刘姥姥一句话。""你闻闻，香气这里都闻见了，我也吃去。"之类得体、凑兴的话。

她是个端庄又不失女儿心性，爱说笑又有分寸的姑娘。在没有赵姨娘或者冷血家人、无知仆妇让她生气的情况下，她通常都是满面春风，笑脸相迎的。在红楼十二钗里，"笑道"次数最多，最能"不笑不说话"的人，首推探春。

第四十二回，宝钗开了一张颜料和画具单子，黛玉"笑着拉探春，悄悄的道：'你瞧瞧，画个画儿又要起这些水缸箱子来，想必胡涂了，把他的嫁妆单子也写上了。'探春听了，笑个不住，说道：'宝姐姐，你还不拧他的嘴？你问问他编派你的话。'宝钗笑道：'不用问，狗嘴里还有象牙不成？'一面说，一面走上来，把黛玉按在炕上，便要拧他的脸。"这些场合，探春是天然的气氛组。

第七十六回，冷冷清清的中秋节家宴，凤姐病了，宝钗飞快地搬出了大观园，黛玉和湘云虽来了，但中途这两个诗人自由散漫，自己去凹晶馆赏月联诗去了，到了四更，其他姐妹也熬不住，都去睡了，只有探春还独自坐在那里，守着残席，陪着心情不佳的祖母和嫡母。这时候，探春是忠心耿耿、绝不任性、吃苦费力的背景板。

这样模范生气质的姑娘，容易过于正常，并不那么令人难忘。但是，探春的魅力可不止于此。且看，刘姥姥进了荣国府又回去了，宝玉结识又失去了秦钟，宝、黛、钗三个人各种矛盾别扭又和好了，秦可卿轰轰烈烈的丧事，元妃娘娘鲜花着锦的省亲，所有这些过去之后，到二十七回，大观园安静的日常里，探春的故事才徐徐展开的。

芒种节，花神退位，大观园中女儿们祭饯花神，宝玉追着赌气的黛玉过来了，只见宝钗、探春正在那边看仙鹤。在此之前，属于宝钗的画面是扑蝶，而探春，在大观园里一亮相就是看仙鹤。

黛玉葬花，宝钗扑蝶，湘云眠芍，而探春呢？探春望鹤。这确实是这位"穿裙子的士"的不同凡响的趣味。

然后探春把宝玉叫到一边，单独聊了一会儿，探春说自己又攒了一些零花钱，想托宝玉替她再买一些"朴而不俗、直而不作"的小玩意儿，比如：柳条儿编的小篮子儿，整竹子根抠的香盒子，胶泥垛的风炉儿。然后牵扯出赵姨娘对探春的误会

· 434 ·

和抱怨,以及探春对自己出身的极端敏感以及对赵姨娘的情感距离。

起初读这一段,总觉得宝玉对探春不过尔尔,似乎并不想和这个唯一的亲妹妹多说,对妹妹的请托也不热情,后来细想,是因为宝玉心里记挂着黛玉,黛玉因为吃了闭门羹给宝玉脸色看,而宝玉并不知道原因,此时"不见了黛玉",一肚子的焦急和柔情牵挂,所以,是探春叫住宝玉的时机不好,他们兄妹关系是融洽的。

探春也是大观园的好女儿。大观园的诗社,按理应该是宝玉或者李纨发起,或者黛玉、湘云,结果都不是,竟然是探春。因为她身上既有闺阁的情趣,又有文人的雅兴,还有大观园中稀缺的行动能力。细想想,也只有探春会发起诗社,而且能成功召集起来。

探春中规中矩、端庄矜持的风度之下,是闺秀中少有的胸怀轩朗、气象阔大。她住在秋爽斋,名字就疏朗;那里遍植芭蕉和梧桐,阔大舒展;梧桐更是凤凰栖息的树木,暗示她也是一羽凤凰;秋爽斋内的布置更令人耳目一新:

> 探春素喜阔朗,这三间屋子并不曾隔断。当地放着一张花梨大理石大案,案上磊着各种名人法帖,并数十方宝砚;各色笔筒,笔海内插的笔如树林一般。那一边设着斗大的一个汝窑花囊,插着满满的一囊水晶球儿的白菊。西墙上当中挂着一大幅米襄阳《烟雨图》,左右挂着一副对联,乃是颜鲁公墨迹,其词云:
> 烟霞闲骨格,泉石野生涯。
> 案上设着大鼎,左边紫檀架上放着一个大观窑的大盘,盘内

盛着数十个娇黄玲珑大佛手。右边洋漆架上悬着一个白玉比目磬，旁边挂着小锤。（第四十回）

格局开阔而通透，色调明亮而清雅，审美高洁而带英气，既有大案、大鼎所代表的入世雄心，又有白菊、烟雨图和对联透露出来的林泉高致，实在是非常典型的文人书斋。（此处与宝玉的怡红院形成强烈对比。宝玉是公子，怡红院却富丽精致得像千金小姐的闺房。读《红楼梦》，经常会想：探春和宝玉，正应该对调一下才好，若是宝玉有探春的志气、胆识和行动力，让探春像宝玉这样当个清淡无为的富贵闲人大小姐，那么对于荣国府绝对是幸事。）

确实是住在这样的秋爽斋中的、"文彩精华"的姑娘才写得出这样的邀请信——

娣探谨奉二兄文几：前夕新霁，月色如洗，因惜清景难逢，讵忍就卧，时漏已三转，犹徘徊于桐槛之下，未防风露所欺，致获采薪之患。昨蒙亲劳抚嘱，已复数遣侍儿问切，兼以鲜荔并真卿墨迹见赐，何瘵痌惠爱之深哉！今因伏几凭床处默，因思及历来古人中，处名攻利敌之场，犹置一些山滴水之区，远招近揖，投辖攀辕，务结二三同志者盘桓于其中，或竖词坛，或开吟社。虽一时之偶兴，遂成千古之佳谈。娣虽不才，窃同叨栖处于泉石之间，而兼慕薛林之技。风庭月榭，惜未宴集诗人；帘杏溪桃，或可醉飞吟盏。孰谓莲社之雄才，独许须眉。直以东山之雅会，让余脂粉。若蒙棹雪而来，娣则扫花以待。此谨奉。（第三十七回）

这封信中，用了与邀众结社之意有关的几个典故，"薛林"是指宝钗和黛玉，属于今典；还用了三个东晋的典故："莲社""东山雅会"与"棹雪"，一个唐诗的典故"扫花"。

莲社是东晋名僧慧远居庐山虎溪东林寺所结的一个文社，集结了一批有名的僧俗名人。因寺内有白莲，故称莲社。见梁代释惠皎《高僧传》。

东山则是东晋宰相、政治家谢安隐居之地，当时谢安常邀集文人雅士在此寄情山水、吟诗作文。

"棹雪"说的是王羲之的儿子王子猷"访戴"的故事，有一天晚上大雪，王子猷忽然兴起，冒雪乘船前去造访朋友戴安道，到门口却不进去，掉头而返，别人问他原因，他答道："吾本乘兴而行，兴尽而返，何必见戴？"所以，棹雪而来，就是乘兴而来的意思。

"扫花"，王维的《桃源行》有"平明闾巷扫花开，薄暮渔樵乘水入"之句，杜甫《客至》的"花径未曾缘客扫，蓬门今始为君开"更是名句。探春用"扫花"二字，切合大观园中花木茂盛的生活环境，又暗示大观园和世外桃源一样清幽绝尘，还在热诚的邀请之中，带上了几分得体的文人自谦。

这样逸兴飞扬、文彩卓然的花笺，充满了文人雅趣和疏放高迈的豪情，难怪宝玉看了，高兴得拍手笑道："倒是三妹妹高雅！我如今就去商议。"一面说，一面就走。

宝玉到了探春那里才知道，探春给大家都写了帖儿，而大家都立即响应，连李纨都来了，然后在黛玉的提议下，她们拥有了自己的别号，李纨是稻香老农，探春是蕉下客，黛玉是潇湘妃子，宝钗是蘅芜君，宝玉是怡红公子……就这样，他们暂时摆脱了宗族血缘关系，也摆脱了世俗规范，成了一群雅聚的文人。探春说必须自己先做个东道主人，并且说不如就今天此刻，于是大家以宝玉刚收到的白海棠为题，这就是诗社第一次的雅聚。社名也是探春起的，她说："俗了又不好，忒新了刁钻古怪也不好，可巧才是海棠诗开端，就叫'海棠诗社'罢。虽然俗些，因真有此事，也就不碍了。"所以，大观园第一个诗社就叫"海棠社"，是探春发起、探春命名的。

到三十八回，大观园里吃螃蟹、游玩、写诗，这次他们写菊花诗，探春的《簪菊》得到李纨好评，紧随黛玉之后。探春又立在垂柳中看鸥鹭——大约一心想要飞出去，飞得高高的，所以比起看花看蝴蝶，探春一直更喜欢有翅膀的飞禽。

探春的不寻常岂止这些。她是个"有心"、有主见的人。她生下来就比宝玉低了一档半（是女子，低一档；是庶出，低半档），但她身上的这两根先天的刺，却让她成为先知，早早就思考人生、命运与出路，清醒地省察、判断，特别自主地做出选择，并且渴望有所担当、有所作为，靠自己的见识和才能赢得认可、弥补缺陷、实现自我价值。

只有这样的人才能直面人生的尴尬时分。贾赦想纳鸳鸯为妾，鸳鸯当众抗婚，把气氛一下子推到了谁都下不来台的尴尬巅峰，贾母气得浑身乱战，因为惹祸的儿媳妇一不在而儿媳妇二在，所以她就迁怒于王夫人，把她一顿数落。薛姨妈见怪到了姐姐头上，不好劝；李纨看话题几重尴尬，闺秀不宜，晚辈更不宜，就带姐妹们出去了。这时候，唯有探春没有随大流离开，她想：王夫人虽有委屈，如何敢辩；薛姨妈和宝钗是王夫人娘家人，都不便替王夫人说话；李纨、凤姐、宝玉不能偏帮王夫人顶撞祖母，也都不敢辩；探春敏感到"这正用着女孩儿之时，迎春老实，惜春小"，所以能够打破尴尬僵局的，只有自己了。

好个探春——

> 因此窗外听了一听，便走进来陪笑向贾母道："这事与太太什么相干？老太太想一想，也有大伯子要收屋里的人，小婶子如何知道？便知道，也推不知道。"话未说完，贾母笑道："可是我老糊涂了！姨太太别笑话我！你这个姐姐他极孝顺我，不像我那大太太一味怕老爷，婆婆跟前不过应景儿。可是委屈了他。"（第四十六回）

探春一句话点出了关键，王夫人是贾赦的弟媳妇，大伯子要纳妾，怎么问责也怪不到王夫人身上。贾母是明白人，心智和心理弹性一向优于两个儿媳，此时反应极快，探春还没说完就接受了提醒，马上承认自己错了，先向薛姨妈解释，再要宝玉跪下代自己向王夫人赔不是。于是凝固的气氛重新变得流动起来，一家三代说说笑笑，亲情融融。这都是探春的功力。遇事自己判断，探春有这个主见；敢于出头承担，探春有这个胆魄；一语道破、切中肯綮，探春有这个能耐。

王夫人自然是领情的，于是，探春迎来了一个施展才能的机会,当凤姐小产后需要养病,王夫人就让探春和李纨、宝钗一起代行凤姐之职,临时管家。三个人在"议事厅"里办公。李纨和宝钗都走明哲保身路线,所以探春是"议事厅"的精神领袖,这个姑娘终于等到了当主角、施展身手的时候。

探春管家并不容易。一来她是突然被重用,暂时代凤姐管家,没有经验;二来她是个年轻姑娘,缺乏威望;三来她是庶出,在根基和气势上先天不足。那些媳妇婆子起初"都想着不过是个未出闺阁的年轻小姐,且素日也最平和恬淡,因此都不在意,比凤姐儿前便懈怠了许多。"但是她们很快看清了现实:"只三四天后,几件事过手,渐觉探春精细处不让凤姐,只不过是言语安静、性情和顺而已。"

"言语安静、性情和顺"是出于千金小姐的身份和教养,表面文章罢了,探春胸中自有风云雷霆。可笑那些下人太看表面了,所以她们还是继续试探探春。

赵姨娘的兄弟死了,在该给多少赏银的问题上,来回话的仆妇就假装忘了旧例,等着看探春笑话。李纨说按照袭人丧母的待遇给四十两,探春敏锐地觉察出其中危险的气息,果断喊停,催着仆妇拿来了旧账,然后按照惯例只给二十两。这下子赵姨娘不干了,这个女人实在也是一个"尴尬人",做的都是尴尬事,开口都是尴尬话——

忽见赵姨娘进来,李纨探春忙让坐。赵姨娘开口便说道:"这屋里的人都踩下我的头去还罢了,姑娘你也想一想,该替我出气才是。"一面说,一面眼泪鼻涕哭起来。探春忙道:"姨娘这话说谁?我竟不解。谁踩姨娘的头?说出来,我替姨娘出气。"赵姨娘道;"姑娘现踩我,我告诉谁!"探春听说,忙站起来,说道:"我并不敢。"李纨也站起来劝。

赵姨娘道:"你们请坐下,听我说。我这屋里熬油似的熬了这么大年纪,又有你和你兄弟,这会子连袭人都不如了,我还有什么脸?连你也没脸面,别说我了!"探春笑道:"原来为这个,我说我并不敢犯法违理。"一面便坐了,拿账翻与赵姨娘瞧,又念与他听。又说道:"这是祖宗手里旧规矩,人人都依着,偏我改了不成?也不但袭人,将来环儿收了外头的,自然也是和袭人一样。这原不是什么争大争小的事,讲不到有脸没脸的话上。他是太太的奴才,我是按着旧规矩办。说办的好,领祖宗的恩典,太太的恩典;若说办的不公,那是他胡涂不知福,也只好凭他抱怨去。太太连房子赏了人,我有什么有脸之处;一文不赏,我也没什么没脸之处。依我说:太太不在家,姨娘安静些养神罢了,何苦只要操心?太太满心疼我,因姨娘每每生事,几次寒心。我但凡是个男人,可以出得去,我早走了,立一番事业,那时自有我一番道理;偏我是女孩儿家,一句多话也没我乱说的。太太满心里都知道,如今因看重我,才叫我照管家务。还没有做一件好事,姨娘倒先来作践我。倘或太太知道了,怕我为难不叫我管,那才正经没脸,连姨娘也真没脸!"一面说,一面不禁滚下泪来。(第五十五回)

随着赵姨娘话语中的"尴尬量"上升,探春的话语也变得理性而透着冰冷,诸如"谁家姑娘拉扯奴才了?""谁是我舅舅?""何苦来,谁不知道我是姨娘养的……"显得情急之下急于切割而失了分寸。

后面第六十回赵姨娘再次出丑，和芳官等几个女孩子厮打成一团，探春就有分寸了："那些小丫头子们原是些顽意儿，喜欢呢，和他说说笑笑；不喜欢便可以不理他。便他不好了，也如同猫儿狗儿抓咬了一下子，可恕就恕；不恕时，也只该叫了管家媳妇们去说给他去责罚。何苦自己不尊重，大吆小喝，失了体统。你瞧周姨娘怎不见人欺他，他也不寻人去。我劝姨娘且回房去煞煞性儿，别听那些混帐人的调唆，没的惹人笑话自己呆，白给人作粗活。心里有二十分的气，也忍耐这几天，等太太回来自然料理。"说得赵姨娘哑口无言，回房去了。

探春在成长，而且成长得很快。

探春的内里是个强硬派。她在赵姨娘上门闹事的时候，不但对她严词拒绝，而且对代表凤姐而来的平儿也不假以辞色。她放手革除了好几项不合理的支出，直接涉及宝玉、贾环、贾兰这些贾府核心成员。在众人面前的威望由此树立。平儿回去向凤姐汇报，凤姐非常欣赏，脱口而出就是："好，好，好！好个三姑娘！我说他不错。——只可惜他命薄，没托生在太太肚里。"凤姐的话，说出了探春的两面，一方面，她是个明白人，有心人，能干人；另一方面，她是庶出，先天不足。

凤姐识人，病中的她这样和平儿分析贾府局势："我正愁没个膀臂。虽有个宝玉，他又不是这里头的货，纵收伏了他，也不中用；大奶奶是个佛爷，也不中用；二姑娘更不中用，亦且不是这屋里的人；四姑娘小呢；兰小子更小；环儿更是个燎了毛的小冻猫子，只等有热灶火炕让他钻去罢；——真真一个娘肚子里跑出这样天悬地隔的两个人来。我想到这里就不服。——再者林丫头和宝姑娘他两个倒好，偏又都是亲戚，又不好管咱们家务事。况且一个是美人灯儿，风吹吹就坏了；一个是拿定了主意'不干己事不张口，一问摇头三不知'，也难十分去问他。倒只剩了三姑娘一个，心里嘴里都也来得，又是咱家的正人，太太又疼他；虽然面上淡淡的，皆因是赵姨娘那老东西闹的，心里却是和宝玉一样呢。比不得环儿，实在令人难疼，要依我的性子，早撵出去了。"凤姐最后还盼咐平儿，"他虽是姑娘家，心里却事事明白，不过是言语谨慎；他又比我知书识字，更利害一层了。如今俗语：'擒贼必先擒王'，他如今要作法开端，一定是先拿我开端。倘或他要驳我的事，你可别分辩，你只越恭敬，越说驳的是才好。千万别想着怕我没脸，和他一犟就不好了。"

能让"束带顶冠的男子也不能过"、一向厉害的凤姐如此欣赏和推重，可见探春的能力、器识和手段。后来探春在大观园里大胆实行承包制，虽然推倒了大观园生态的多米诺骨牌，但却是面对现实和走出困境的可贵尝试，除了探春，贾府上下，没有人有这个清醒和魄力。

"金紫万千谁治国，裙钗一二可齐家"，这是凤姐因"协理宁国府"所获得的评价。但看到后面，会明白有资格和凤姐一起分享这份赞誉的，唯有探春。

行动派、强硬派探春，高于凤姐的地方，不仅在于她知书达礼，更在于她公正清明，不谋私利，事事能从大局着眼，不仗势不弄权。

大观园里的小厨房，探春和宝钗偶尔要单点一个油盐炒枸杞芽，马上让丫鬟送五百钱过去，柳嫂子说怎么也吃不了这么多钱，把钱送回去，探春坚决不收，说让她用来填补各屋里"素日叨登的东西窝儿"——就是填补小厨房的亏空。所以柳嫂说："这就是明白体下的姑娘，我们心里只替他念佛。"其实这不仅仅是明白体下，也是拥有权力之后的清正自律。所以后来连黛玉都对宝玉称赞探春——

> 黛玉便说道："你家三丫头倒是个乖人。虽然叫他管些事，倒也一步儿不肯多走。差不多的人就早作起威福来了。"宝玉道："你不知道呢。你病着时，他干了好几件事。这园子也分了人管，如今多掐一草也不能了。又蠲了几件事，单拿我和凤姐姐做筏子禁别人，最是心里有算计的人，岂止乖而已。"黛玉道："要这样才好。咱们家里也太花费了。我虽不管事，心里每常闲了替你们一算计，出的多，进的少，如今若不省俭，必致后手不接。"（第六十二回）

好个探春！真是"岂止乖而已"。她是在无法"走出去"的情况下，把握住了机会，靠自己的能力，开始"立事业"的尝试。"优秀的灵魂都是雌雄同体的"，探春领先几百年就证明了。她身上还出现了现代管理思维的萌芽。她是既有现实眼光、务实能力，又带理想主义色彩、具有超前管理意识的大观园最佳CEO。

与宝钗相比，探春的可贵之处则在于积极用世，敢作为敢担当。宝钗实在也是一个智商情商双高的姑娘，她的矜持清冷中透着世事洞明人情练达。有时候她的智慧之圆熟令人惊叹，比如第四十八回，薛蟠被柳湘莲打了一顿，没脸见人，想借口做生意出去逛一年，薛姨妈心里纠结，和宝钗商量——

宝钗笑道："哥哥果然要经历正事，正是好的了。只是他在家时说着好听，到了外头，旧病复犯，越发难拘束了。但也愁不得许多。他若是真改了，是他一生的福。若不改，妈也不能又有别的法子。一半尽人力，一半听天命罢了。这么大人了，若只管怕他不知世路，出不得门，干不得事，今年关在家里，明年还是这个样儿。他既说的名正言顺，妈就打量着丢了八百一千银子，竟交与他试一试。横竖有伙计们帮着，也未必好意思哄骗他的。二则他出去了，左右没有助兴的人，又没了倚仗的人，到了外头，谁还怕谁，有了的吃，没了的饿着，举眼无靠，他见这样，只怕比在家里省了事也未可知。"

这番话，说得何止冷静，简直是谋事老练，既"诸葛一生唯谨慎"，又"吕端大事不糊涂"。远愁近虑，见识超卓，分析了可能的利弊，权衡了所有得失，无一疏漏，对人心的剖析何等老辣，对大局的把握何等明白。在父亲早亡、兄长混账、母亲愁难的时候，宝钗说出这番话，是我整部《红楼梦》中唯一为她击节之处。但是，如此明白的人，她打定主意要自保，"不干己事不开口，一问摇头三不知"，谁也拿她没办法。她虽年轻，但心灵却不属于少女时代，

· 445 ·

甚至没有经历过少女时代,她的明白,她的周全,是和她的坚硬、疏离与冷漠相联系的。

当然,"好风凭借力,送我上青云",宝钗有宝钗的热衷。而探春有的,是热心和热血。有热心和热血的人,才肯为大家出头,才肯辛苦劳心兼得罪人。

和有些人的看法相反,探春还是个讲情义的人。刚管家的时候,被亲生母亲气了个倒仰,加上为了震慑众人,先拿凤姐开刀,对平儿也拿出了主子姑娘的款,聪慧的平儿也特别小心恭敬地伺候顺承,探春心里明白,事后也没有忘记。不久,当探春知道平儿和宝玉、宝琴、岫烟同一天生日,便对平儿笑着说:"今儿倒要替你过个生日,我心里才过得去。"翻译一下:那天的所作所为,我是不得已的,而你那么通情达理,我心里感念,如果不对你表示一下,我心里会一直过意不去。然后她吩咐丫头去告诉凤姐,说今天一天不放平儿出去了,要大家凑份子给她过生日。于是大家凑份子单独为平儿预备了两桌新巧的菜肴,喝酒行令,红飞翠舞,把从来没有庆生礼遇的平儿置于四个寿星之中,热热闹闹地过了一次生日。探春对平儿的礼遇,是对平儿关键时刻的知情识趣和得力支持的回报。有句话叫"上等人都有好记性",探春姑娘证明了这一点。所以,不能因为探春对赵姨娘态度差,就说她对人刻薄无情。

探春固然对当时嫡庶尊卑观念高度认同,但这只是她没有超越时代而已,很难说她有什么错。她对赵姨娘那样冷面,主要是因为赵姨娘是个重度尴尬的血亲,每每给女儿带来难堪和伤害。看探春对待平儿如此温厚,就知道探春并不势利虚荣,也不刻薄寡情,她只是"以国士待我,以国士报之;以众人待我,以众人报之";如果赵姨娘能通情达理,进退得体,遇事替探春考虑一些,哪怕仅仅像周姨娘那样安静不生事,探春对待这个亲生母亲的态度也会温和得多。可惜赵姨娘是这样一个不堪的母亲。探春如果亲近赵姨娘、听赵姨娘的,恐怕连窝囊的迎春都不如,只能成为一个被无穷榨取的"扶弟魔",活得不见天日、神憎人厌。像赵姨娘这样的母亲,探春和她心理上的切割,是探春人生的重大选择。

不是所有原生家庭的成员都让人可以接受或者忍受的,有时候甚至不咬牙切割只会一起烂死在又脏又臭的泥潭里。这是人生残酷的真相。不是其中人,没有理由无视别人的痛苦,没有必要盲目说什么"无不是的父母",或者唱一些"血浓于水"之类的空洞高调。

探春以自己的大局观和能力打破了头顶上的玻璃天花板。贾母和王夫人本来口味不同,但对她都颇欣赏。第七十回,王子腾夫人来接凤姐去帮忙张罗女儿的婚事,顺便请众甥男甥女去闲乐一日,贾母和王夫人命宝玉、探春、黛玉、宝钗四个人去了。探春不但在三姐妹中是唯一被选中亮相的,而且压倒了亲弟弟贾环,排名直接在宝玉之后,俨然是王夫人看重的嫡女、贾母最重要的嫡孙女一般。第七十一回,贾母生日,南安太妃来,贾母命凤姐去把湘云、宝钗、黛玉带来,湘云因为和南安太妃最熟悉,又正好在贾府,所以第一个就提湘云,钗黛是每次必不可少的，然后贾母说了一句很重要的话："再只叫你三妹妹陪着来吧。"

探春得到重视，是不寻常的，所以邢夫人就心里不平衡，在迎春面前发牢骚："你是大老爷跟前的人养的，探丫头也是二老爷跟前人养的，出身一样，你娘比赵姨娘强十倍，你该比探丫头强才是，怎么反而不及她一半？真是奇怪了。"

邢夫人的话，反衬了探春的优秀、出色，以及她一路走来的步步艰辛。

探春有头脑，敢说话，对人性有洞察，对形势看得透彻，有几分"众人皆醉我独醒"，心怀补天之才对烂糟局面的深刻忧患。面对内部抄检，她说："你们别忙，往后自然连你们一齐抄的日子还有呢！你们今日早起不曾议论甄家，自己家里好好的抄家，果然今日真抄了！咱们家也渐渐的来了！可知这样大族人家，若从外头杀来，一时是杀不死的。这是古人曾说的，'百足之虫，死而不僵'，必须先从家里自杀自灭起来，才能一败涂地！"

何等痛切，何等尖锐，何等深刻，何等振聋发聩。只可惜该听的人都没有听见，听见了也不会真正明白，明白了也未必有挽救之策——因为这是系统性的腐烂、溃散和坍塌。

抄检完，宝钗避嫌，借口薛姨妈病了，马上要搬出去，李纨和尤氏相对而笑，不知该说什么，唯有探春的反应通透，言辞犀利中充满反讽、激愤和悲凉——

探春道:"很好。不但姨妈好了还来,就便好了不来,也使得。"尤氏笑道:"这话奇怪,今日怎么撑起亲戚来了?"探春冷笑道:"正是呢。有叫别人撑的,不如我先撑。亲戚们好,也不在必要死住着才算是好。咱们倒是一家子亲骨肉呢,一个个不像乌眼鸡似的,恨不得你吃了我,我吃了你!"(第七十五回)

探春是入世之人,她活得很努力很明白很扎实,她的荣耀、成功和痛苦、酸楚都来自于人——身边的人,以及能左右家族命运的人。黛玉心中只有一个宝玉,没有众人;探春正相反,她心中没有儿女情长,眼中看见整个人世间,人潮汹涌,众声喧哗。

为人筹划,被人所累,为人所苦,但她也在与人的对抗中迎来了人生的高光时刻——

探春道:"你可细细的搜明白了?若明日再来,我就不依了。"凤姐笑道:"既然丫头们的东西都在这里,就不必看了。"探春冷笑道:"你果然倒乖!连我的包袱都打开了,还说没翻?明日敢说我护着丫头们,不许你们翻了。趁早说明,若还要翻,不妨再翻一遍!"凤姐因知探春素日与众不同的,只得陪笑道:"我已经连你的东西都搜查明白了。"探春又问众人:"你们也都搜明白了不曾?"周瑞家的等都陪笑说:"都翻明白了。"

那王善保家的不过是个心内没成算的人,素日虽闻探春的名,那是为众人没力量罢了,那里一个姑娘就这样起来?况且又是庶出,他敢怎么?他自恃是邢夫人的陪房,连王夫人尚另眼相看,何况别个,他只当是探春认真单恼凤姐,与他们无干,他便要趁势作脸献好,因越众向前,拉起探春的衣襟,故意一掀,嘻嘻笑道:"连姑娘身上我都翻了,果然没有什么。"凤姐见他这样,忙说:

"妈妈走罢,别疯疯癫癫的!"一语未了,只听"啪"的一声,王家脸上早着了探春一掌。

探春因是大怒,指着王家的问道:"你是什么东西,敢来拉扯我的衣裳!我不过看着太太的面上,你又有年纪,叫你一声'妈妈';你就狗仗人势,天天作耗,专管生事。如今索性了不得了。你打量我是同你们姑娘一样好性儿,由着你们欺负,你可就错了主意了!你搜检东西我不恼,你不该拿我取笑!"说着,便亲自解衣卸裙,拉着凤姐儿细细的翻着,说:"我能可叫你翻着看,不叫奴才来翻我身上。"(第七十四回)

这真是整部《红楼梦》最解气的一个回合。"一点浩然气,千里快哉风",身为闺阁千金,探春的亮烈难犯和对恶人的果敢反击,骤然爆出了闺阁力量的最强音。一片肃杀压抑之中,这一巴掌,打出了闺阁女儿的八面威风,打出了一个身陷困局却心怀大志的姑娘的豪烈之气。这是智慧对愚昧、高贵对卑污、光明对阴暗、维护者对破坏者的耳光。

这记耳光,响彻整部《红楼梦》。此刻的探春,扬眉吐气,美不可言,光彩照人,光焰万丈。

好,好,好,好个三姑娘!

只不过,我们知道探春不仅是生凤姐的气,她也痛恨王善保家的这些无端生事的刁奴,但是,她不满的人,真的只是凤姐、王善保家的这些查抄的执行者吗?显然也不止如此。她心里明白,邢夫人在这里面扮演什么角色,王夫人的决定又是多么昏庸,甚至她所敬重的父亲和祖母,也没有及时做出明智决断……但是,她能对他们发脾气吗？她能去找父亲好好谈谈家族的未来吗？作为闺阁千金，她如果这样做就是不守规矩，简直就是疯了。她能说什么？她能做什么？心里明镜似的三姑娘，激愤、悲哀、忧思、焦虑、痛苦，但，非常无奈。

这时候再听一遍探春的心声："我但凡是个男人，可以出得去，我早走了，立一番事业，那时自有我一番道理"，真是令人感慨万千。

但凡是个男人，就可以出得去，可以立一番事业。可惜偏偏是女儿家。虽然读了书，有见识，但一句话都没有你多说的，一步路都没有你多走的，水做的灵秀女儿又如何？真正的珍珠、稀世的夜明珠，又能如何？平庸些也就罢了，偏偏是如此聪慧、如此飒利、如此能干、如此有见识、有气场的姑娘。

令人仰天一叹。

探春的困局在那个时代无解。那么要到哪一个时代、哪一年才有出路呢？我不禁替探春和她的同时代女儿们计算起时间来。

有关考证显示，曹公可能生于1715年，卒于1763年，他写《红楼梦》大约是在1746到1754年，所以探春和她的姐妹们的闺阁妙龄可能是漂移在1725到1740之间的若干年。那么，探春还要等多久，才能有机会走出家门，在正规学堂与男子一起读书，然后在社会上找到自己喜欢的工作，靠自己安身立命，有独立的经济能力，有自己的社会地位，拥有自己的事业？让我加快速度，把历史向后翻。

因为探春，我经常会想起林徽因。

林徽因的父亲林长民，奉父母之命娶了一个夫人，但她早逝，在父母的操持下，林长民又娶了浙江嘉兴一个作坊主的女儿何雪媛，这就是林徽因的母亲。何雪媛是以妾的身份被娶进林家的，"像那个时代大部分的小家碧玉一样，不通文墨，不谙诗词，不擅女红，不懂持家。殷实家境里老幺的排行，又造成了她的任性执拗。……在林家大宅中，她空有一副端正的容貌，既难得到丈夫的爱情，也讨不来身为名门闺秀的婆婆的欢心。"（陈新华《风雨琳琅》）如此种种，是不是与赵姨娘有几分神似？林长民后来又娶了一房（林徽因叫她二娘），并且对这一房非常宠爱，林徽因的处境变得更加复杂：自己虽然得到父亲疼爱，但亲生母亲长期受冷落，脾气不好，作为庶出的女孩子，长期生活在父母的吵闹中，林徽因的难处和辛苦可想而知。她又是肩负重任的长女，父亲耽于公务，林徽因受父亲的委托早早担起了家庭的重担，有一个阶段"既要照顾病中的二娘，书信快报父亲二娘的病情，又要安抚母亲的情绪，不仅如此，就连半夜哄孩子的事情，也须亲力亲为。"《风雨琳琅》作者的总结是："林家大宅里的林徽因，就像红楼梦里的探春，精明能干，成熟周到，用她的聪明、大气为自己的生命开创出不同于母亲的格局。"这几句话，令我非常惊喜，因为不止我一个人，看到了探春和林徽因的相似之处：一样是庶出的女孩儿家，一样的美貌与才华兼具，一样的个性十足，一样身处结构复杂的大家庭之中深受其苦，一样的受到器重而过早担当、从小为一大家子操心；个性上，相似的要强，相似的内心敏感，有时锋芒毕露，往往暗自神伤，因此相似的令人疼惜又敬重。

林徽因生于1904年，她的幸运在于深受西学熏染的外交家父亲开明前卫，丝毫没有重男轻女，而且格外看重她。1920年林长民赴欧洲考察，特地带她游历欧洲各国并在伦敦上学。年仅十六岁的林徽因，拥有了当时绝大多数中国女性梦都不敢梦见的远游经历、开阔眼界、中西合璧的学养以及外语、艺术等素养。1924年，林徽因与梁思成一起留学美国宾夕法尼亚大学，本来想学建筑，但因为当时宾大建筑系不招收女生，她只好选择了美术系，同时选修了建筑系的大部分课程，并以优异成绩毕业，虽然当时她获得的只是美术学士学位。一百年后，鉴于林徽因的成就，宾大在2024年的毕业典礼上，正式为她追授建筑学学士学位。

探春和林徽因之间，隔着两百年的时光。同样是同时代最优渥的受教育条件,同样是大家庭里受重视的女孩子，但是时代不同，探春所苦恼的"出不去"，到了林徽因已经不成问题，她不但走出了家门，还走出了国门。探春所煎熬的"我但凡是个男人"，林徽因也不用那么煎熬了，她便是以一个女子的身份，出国了，留学了，回国了，结婚了，生儿育女了，工作了，奋斗了，爱了，恨了，被瞩目，被妒忌，被非议，万口传颂，成为至今的传说。林徽因，中国历史上第一位女建筑学家，著名的设计师、作家、诗人，她活出了自己，精彩丰富而独特。她丝毫没有辜负命运和时代的馈赠，从一块璞玉渐渐活成了羊脂白玉，绝美，坚定，独一无二，不可复制，无法模仿。

如果要用一句话来评说林徽因，我会说：她美好得很深刻。

汪曾祺的小说《徙》中有一个叫高雪的女孩子，是林徽因时代女性的另一种可能。高雪的父亲是小县城的教师，高雪是特别受宠爱的女儿，初三毕业，一心要考高中，将来到北平上大学。可惜因为家境窘迫，父亲和姐姐痛苦地说服她考了师范。读师范的高雪变成了一个美人，暑假回家一身白，白旗袍、白草帽、白纱手套、白丁字皮鞋，"风姿楚楚，行步婀娜，态度安静，顾盼有光"，但是她心里还想等毕业了、教两年书，再去考大学。结果在毕业实习的时候，就得了肺炎，父亲请他的得意弟子、中医汪厚基来诊治，汪厚基恋慕高雪，向高家提亲，高家尊重高雪的心愿，拒绝了。高雪病愈后一边在本县一小教书，一边补习功课，准备考大学，接连考了两年，没有考取。第三年，七七事变，全面抗战爆发了，她所向往的大学都迁到了四川、云南，交通也都断了。高雪被困在了家乡。几年后她无奈嫁给了汪厚基，虽然汪厚基待她极好，但高雪仍然郁郁寡欢，最后患了忧郁症，半年后去世了。最了解她的姐姐高冰哭喊："妹妹，你想飞，你没有飞出去呀！"

高雪比林徽因晚十多年出生，但其地域条件和家境都不如林徽因：高雪所处的是小县城，观念保守，家境也清苦，所以，她没能实现自己的心愿——飞出去。时代的动荡与命运的无情轻易地戕害了年轻生命，哪怕她如此清灵如此优美。

所以，在林徽因的时代，也仍然有许多女性无法实现探春的愿望：走出去。

而"走出去"的先行者林徽因，她一生的很多时间并不像人们所想象的那么从容、优渥、雅致、贵不可言，相反充满了无数伤痛：有梁思成遇车祸而致残的意外，有父亲突然死于战乱的惊变，有长期母女不和谐的痛苦，更有多年战争带来的颠沛流离、衣食不足和缺医少药，战争和重病导致的死亡阴影，亲生弟弟和很多朋友战死带来的痛苦，还有长期带病工作的透支……何况，因为是女性，她还要承受额外的重轭：就如同她留学时明明成绩优异却无法获得建筑学学士证书一样，很多人认定的她当过清华大学教授也是美丽的误会。她在清华大学建筑系从这个系起步到桌椅板凳、行政工作、课程设置，倾注了大量心血，这么多工作，都是在没有正式教职、没有职务也没有报酬的情况下完成的。清华大学当时有夫妻二人不能同时任教的规定，但是，面对如此优秀而密切合作的一对夫妇，为什么不能破例？实在不能，为什么被放弃的一定是林徽因？再有天分再优秀再努力，只因为是女子，就必定会承受这些压抑和委屈。哪怕她已经进入生命的最后阶段，当时的时代、社会仍然没有给她应有的理解和公正的待遇。

她受了最好的教育，也成功地"走出去"了,也闯过了"立事业"的第三关，但依然要比男子困难得多，付出的代价更要大得多。

但林徽因一概承受了。她面对所有事业的机会都是异常珍惜，不遗余力的。这位"穿裙子的士"，为了获得人格的独立与平等，为了心中的人文理想和家国情怀，勇毅地承担了人生的全部负荷与女性的超负荷,徐徐绽放乃至竭尽全力迸射出生命的全部光华和炽热。

终于,她拥有了自己的名字,她不仅仅是林长民之女,梁思成之妻,梁从诫之母,最重要的她是林徽因。她是才女中的才女,她是中国文化人的精英,她更是一个大写的人。这是女性追求自由平等的里程碑。背负着时代变迁对个体的无情消耗,她短暂的一生活得淋漓尽致,这方面她又和林黛玉有几分相同之处。更难得的是:林徽因既有传统的士之风骨,又有西式的洗练跳脱,既坚持自我,又甘于奉献,既积极用世,又不随波逐流。在林徽因身上,我看到了一种丰富的、进化了的"雅人深致"。这是富有现代性的高度。

如果探春能选,她一定不愿远嫁,哪怕是真的当上了什么王妃,而愿意成为林徽因。走出去,立事业,活出自己、完成自己,一定是探春羡慕和向往的人生。只不过,这个心愿要实现,还需要等两百年。算出这个数字的时候,我长叹了一声,为探春,为过去时代里所有注定不能施展才华和实现抱负的才女们、闺秀们。

无论多么曲折,林徽因实现了探春的梦想:走出去,立一番事业。林徽因生前身后围绕着她的"绯闻"轶事,除了证明她作为女性的非凡魅力,也包含了不少世人对杰出女性的不理解和暗自贬低。似乎一个女性,只要她有成就,就必定是靠男人的;只要她出名了,就必定和男人有关。有时候,不是人们不理解,是人们不愿意理解。

是时代的进步造就了林徽因的非凡。但也可以说，正因为林徽因是非凡的，所以她把握了时代。

这就是女子的力量。女子是水做的，当清澈的细流穿透了阻挡出路的山岭与巨石，活成了大江大河，她们是如此开阔，如此有力量，同时，她们仍然是深情的，清洁的，人品优美的。

那些山岭、那些巨石、那些土层，滴水穿之，自然是慢的。所以，从探春、黛玉、湘云的时代开始，女子们的眼泪，一滴一滴，后面，越来越多女子的眼泪，是更多更密集的水滴在石头上。再后来，女子的眼泪、汗水和呼喊，如骤雨如激流如奔浪。更多人加入，骤雨激流之外，还有了雷电霹雳。甚至有男子的呐喊加入。骤雨、激流和霹雳击打着巨石与土层。石头穿了，孔洞成了隧道，大量光线涌入。前方的路上，有林徽因们奋进的身姿，那么纤秀，却那么坚韧，那么夺目。啊，后面那么多的现代女性，都是她们的追随者。这些女性，都是一边开路，一边前行，一边前行，一边继续挣脱历史的重轭。

此刻，我在上海。东经120度52分至122度12分，北纬30度40分至31度53分的城市。此刻是公元2024年的暮春。当我用电脑敲下这些文字，距离探春们的时代已经过去了三百年。回想这三百年，中国女性所跋涉过的道路，经受过的艰辛、痛苦和压抑，所付出的艰苦卓绝的努力，一个个时代所带来的困苦、无望、翻转、冲刷、机遇与希望，一时觉得冰炭置肠，感慨万端，不禁潸然泪下。

多么庆幸，我活在当代，多么庆幸我是一个生来就可以和男子同等受教育、读大学、外出工作的女性。这个时代，当然远远不是在所有方面都令人满意，但是，我们已经比三百年前止步于闺阁、家庭的女性，幸运太多了。有些方面，我们可能比林徽因那个时代的女性都要幸运一些，比如，我们生活在和平年代，比如，我们可以有与自己的抱负相匹配的人生规划，我们在一定程度上也更可能在事业和家庭之间谋求平衡或者做出选择。在高素质人群中男女平权也越来越显得理所当然，运气好的话，我们的家庭成员会支持我们的事业，真正尊重我们的爱好和选择。越来越多的时候，我们的才华和能力会被社会公正地评价，赢得相对平等的经济地位、社会地位和精神回报。

想象一下，如果探春知道有一天，女性的人生不但可以向外伸展，而且可以多维度地向高处超越，她会有怎样的感叹和歆羡？如果探春、黛玉、湘云，还有王熙凤、李纨，甚至晴雯、平儿、鸳鸯、小红，看到今天的女性可以凭借自己的力量，直接面对命运，她们会怎么想怎么说？她们会不会欢呼着加入我们？

虽然黛玉纤弱如柳，但林徽因也是体弱多病的，而林徽因，活成了璀璨的传奇。

从《红楼梦》里一抬头，再从林徽因赴美留学的1924年看到2024年，会很清晰地发现：作为女性，是否遇到一个好的时代，是否有内驱力和行动力去好好把握机遇，靠自己活出真实而丰盈的人生，这，比是否遇到一位多情公子，是否能够成就自己的好姻缘，要重要得多。

三百年，如果宝玉再现，不知道是否依然会认为"女儿是水做的骨肉",我只知道,今天的女儿们,胸中自有丘壑,眼前峰回路转,早看见红楼之外的世界,纷纭复杂,瞬息万变,苍苍茫茫,没有尽头。水做的也好,泥做的也罢,所有人面前,都是一整个世界,不精致,不唯美,不温软,但辽阔,涌动,生机盎然。